Mammon

E.F. Benson

Writat

Cette édition parue en 2023

ISBN : 9789359256498

Publié par
Writat
email : info@writat.com

Contenu

LIVRE I

CHAPITRE I

LE DÎNER DE LA VILLE

« L'égoïsme est certainement le premier, » dit Lady Conybeare avec une fermeté admirable ; "et votre inclination envers votre prochain est la seconde."

Or, c'était le genre de choses qu'Alice Haslemere aimait ; et elle s'arrêta brusquement au milieu de sa conversation un peu langoureuse avec personne en particulier pour demander des explications. Cela semblait prometteur.

"Le premier quoi, et le second quoi, Kit ?" elle a demandé.

"La première et la deuxième leçons", dit promptement Lady Conybeare. "La première et la seconde vertus sociales, si vous êtes exigeants. Je vais fonder une école de propagation des vertus sociales, où j'apprendrai aux classes supérieures à être charmantes. Il y aura une classe spéciale pour la royauté."

Lady Haslemere n'était généralement pas connue pour être particulièrement pointilleuse, mais elle prit position sur le conditionnel de Kit et la défendit.

« Il n'y a rien comme la particularité, rien », dit-elle avec sérieux, avec une sorte de zèle missionnaire pour être en désaccord avec quelqu'un ; "même si certaines personnes essaient de s'en passer."

Étant une grande amie de Kit, elle savait qu'il lui suffisait d'énoncer une généralité, quelle qu'elle soit, pour la contredire. Elle n'avait pas tort dans ce cas. Kit soupira de l'air d'une femme qui voulait accomplir son devoir désagréable comme une sœur et une chrétienne.

"Chère Alice," dit-elle, "il n'y a rien de plus irritant que la particularité. Je ne suis pas sûr de ce que vous entendez par là, mais je suppose que vous faites allusion soit à des gens prudes, soit à des gens qui laissent toujours échapper des informations précises à tout moment. Ils veulent toujours la récupérer aussi. Ne savez-vous pas que les gens qui insistent pour vous donner l'heure exacte sont simplement ceux qui vous demandent l'heure exacte. Je ne connais jamais l'heure exacte et je ne veux jamais qu'on me le dise. Et je déteste une femme prude, conclut-elle avec emphase, autant que j'abhorre un homme bien informé."

" À l'inverse, " dit Lady Haslemere , " et je suis d'accord avec vous. Je déteste un homme prude et je déteste une femme bien informée. "

"Il n'y en a pas non plus", a déclaré Lady Conybeare.

Elle se redressa très droite sur sa chaise en faisant cette affirmation surprenante et arrangea la dentelle autour de son cou. Son attitude donnait l'impression d'une frégate impétueuse se préparant à l'action, et à ce moment-là, le premier coup de feu retentit.

"Je suis prude", dit une voix grave à son coude.

Kit se retourna à peine.

"Je sais que vous l'êtes", dit-elle en répondant avec une lourde bordée ; "mais alors tu n'es pas un homme."

"Cela dépend de ce que l'on entend par homme", répéta la voix.

L'orateur était tellement caché par les accoudoirs de la chaise basse dans laquelle il était assis, qu'on ne voyait de lui qu'un genou, un tibia et un pied, alignés horizontalement sur l'appui invisible d'un autre genou.

"Je veux dire un être humain qui aime tuer des choses", dit Kit sans hésitation.

« J'ai tué une guêpe hier, dit la voix ; "Au moins, je pense qu'il est mort après. Je l'ai certainement désactivé. Oh, je suis sûr de l'avoir tué."

"Oui, et vous vous en souvenez aujourd'hui", dit vivement Lady Conybeare. "Vous ne l'avez pas vraiment tué ; il vit dans votre mémoire, et... et empoisonne votre vie. Avec le temps, il vous tuera. Pensez-vous que Jack se souvient du tétras-lyre qu'il a tué hier ?"

"Oh, mais Jack est comme le plus ancien habitant", a déclaré Lady Haslemere . "Il ne se souvient de rien, tout comme le plus âgé des habitants ne se souvient jamais d'une inondation, d'un orage ou d'une famine comme celle en question. Cela veut dire qu'ils ne se souviennent de rien du tout, car une famine est comme une autre ; des orages."

Kit s'arrêta un instant, la tête penchée sur le côté, en regardant l'orateur.

"Non ; l'oubli n'est pas caractéristique de Jack," dit-elle, "pas plus que la mémoire. Il se souvient de ce dont il veut se souvenir et oublie ce qu'il veut oublier. Maintenant, c'est tout le contraire avec moi. J'oublie ce que je veux oublier. Je veux me souvenir – des histoires horribles sur mes amis, par exemple – et je me souviens du genre de choses que je veux oublier – comme – comme dimanche matin. N'est-ce pas vrai, Jack ?

Un rire légèrement amusé vint d'un homme assis à la fenêtre, qui n'était autre que le Jack en question et, accessoirement, le mari de Kit.

« C'est vrai que je me fais un devoir d'oublier les choses désagréables, dit-il ; "C'est la seule véritable utilité d'avoir une mémoire décemment sous contrôle. J'oublie les factures de modiste de Kit——"

"Moi aussi, chérie", dit Kit avec une soudaine affection.

"Non, tu ne le fais pas ; tu me rappelles seulement de les oublier. J'oublie les noms et les visages des gens sans intérêt. J'oublie... non, je n'oublie pas ça..."

"Qu'est-ce que tu n'oublies pas, Jack ?" » demanda Kit avec une certaine acuité. "Je n'y crois pas."

"Je n'oublie pas que nous devons dîner dans la ville à sept heures et demie. Pourquoi y a-t-il eu une heure telle que sept heures et demie à inscrire dans une horloge chrétienne, je ne peux pas le deviner", a-t-il déclaré dans » un ton émerveillé et plein de regret.

"Eh bien, si vous oubliez les choses désagréables et que vous n'oubliez pas cela, ce sera peut-être agréable."

"Je suis certain que ce sera infernal", a déclaré Jack. "Va t'habiller, Kit."

Lady Conybeare fronça les sourcils avec impatience.

"Oh, Jack ! quand apprendras-tu que je ne peux pas faire ce que tu demandes si tu me parles de cette façon ?" elle a pleuré. "J'allais justement m'habiller. Maintenant, je ne peux pas, et nous serons tous les deux en retard, ce qui sera très ennuyeux. Vous me maudirez et vous injurierez comme saint Pierre de vous avoir fait attendre. Comme vous êtes stupide et comme peu tu me connais!"

Lord Conybeare regarda sa montre.

"Il est exactement six heures moins trois", a-t-il déclaré. "Tu n'as pas encore besoin d'y aller avant une demi-heure. Il y a beaucoup de temps, beaucoup de temps !"

Kit se leva aussitôt.

"C'est un cher garçon", dit-elle. "Gracieusement ! il est plus d'une demi-heure ! Je dois voler ! Au revoir, Alice ; Conybeare et moi allons venir te voir après notre dîner. Je pense que tu as dit que tu allais faire une belle partie de jetons. Bien- au revoir, Tom, et apprends à ne pas être prude.

"Je suis sûr que tu m'apprendrais, si quelqu'un le pouvait," dit Tom plutôt méchamment.

Kit ajusta à nouveau le lacet autour de son cou.

"Merci pour le compliment", dit-elle ; "Mais les prudes naissent, ils ne sont pas faits. Vous ne tirez pas, vous ne chassez pas, vous vous souvenez de toutes les guêpes que vous avez peut-être tuées. Oh, Tom, j'ai bien peur que vous ne soyez désespéré. Ne riez pas. Je veux dire ce que je pense." dites ; du moins, je pense que je pense à la plus grande partie. »

"Je réserve donc moins", dit Tom. "Je dois y aller aussi. Alors Alice, Haslemere et moi vous verrons ce soir ?"

"Oui, nous nous échapperons dès que possible du dîner. Attention, prends de l'argent avec toi, Jack, pour le match. Je dois voler", répéta-t-elle, et elle quitta très lentement sa présence gracieuse. chambre.

Il y eut un court silence, rompu par Lord Conybeare.

"C'est étrange comme on peut reconnaître un homme à l'heure à laquelle il dîne", dit-il. "Sept heures est une heure impossible, et ceux qui dînent à sept heures sont aussi impossibles que l'heure. Les gens qui dînent à huit heures et demie sont ceux qui essaient de dîner à huit heures et n'y parviennent pas. Ils essaient aussi de ne pas être impossibles. , et je ne le peux pas."

Lady Haslemere se leva.

« J'ai connu un jour un homme qui dînait à huit heures moins dix, dit-elle, ce qui m'a semblé extrêmement curieux. C'était un archidiacre. Je crois que tous les archidiacres dînent à huit heures moins le quart. ce qui est encore plus étrange. »

"Je ne connais aucun archidiacre", dit Tom avec une touche de nostalgie dans la voix. "Présentez-m'en un ce soir, Alice."

"Les archidiacres ne viennent pas à Berkeley Street", dit-elle.

"Pourquoi pas ? Comme c'est exclusif ! S'attendent-ils à ce que Berkeley Street vienne à eux ?"

"Probablement. Ils sont entraînés à ne rien croire qui ne soit incroyable. C'est exactement cela qui les rend impossibles."

"Les extrêmes se rencontrent", a déclaré Lord Conybeare. "Le sceptique se force à croire tout ce qui est parfaitement crédible. Et il y parvient si bien. Les sceptiques croient qu'ils ont mangé des noix autrefois - nous avons tous mangé des noix une fois - et qu'ils descendent des singes. Et comme leur généalogie est évidente sur leurs visages. ! Si je devais être quelque chose, je ne devrais pas être sceptique."

Lady Haslemere fit une fois le tour de la pièce, condamnant silencieusement la porcelaine .

"Je dois absolument y aller", dit-elle.

"Fais-le, Alice !" dit Jack ; "Parce que je veux m'habiller. Mais tu es un peu comme Kit. Quand elle dit qu'elle doit voler, cela signifie qu'elle n'a pas encore l'intention de marcher."

Lady Haslemere éclata de rire.

"Viens, Tom," dit-elle. " Nous ne sommes pas recherchés. Comme c'est pathétique ! Ils voudront de nous un jour, comme l'a dit le bourreau. Eh bien, Jack, nous te reverrons plus tard. J'y vais . "

Lord Conybeare monta dans sa loge, racontant avec une certaine intensité l'affaire de ce dîner de la ville. Le fait d'avoir enlevé son manteau l'a amené à remonter sa montre, et il était tellement perdu dans ses pensées que pendant un moment il a regardé avec surprise ses vêtements de cérémonie, qui étaient disposés pour lui, comme si un pyjama eût été une trouvaille plus probable. . Mais sa chemise unie et cloutée lui rappelait irrésistiblement que c'était l'heure du dîner et non celle du coucher, et il commença à s'habiller avec une certaine hâte soignée qui lui était clairement caractéristique. En stature, il était légèrement au-dessous de la taille moyenne, tant en hauteur qu'en largeur ; mais on sentait qu'un commissaire-priseur d'hommes aurait pu dire très honnêtement, lorsqu'il venait le voir lors d'une vente : « Voici un spécimen un peu plus petit, messieurs, mais beaucoup plus fini et très solide !

L'agilité rapide des mouvements, même sans importance, donnait certainement l'impression d'une grande puissance motrice ; tout ce qu'il faisait était fait avec infaillibilité ; il n'avait aucune difficulté avec ses clous, et sa cravate semblait former un nœud impeccable et négligent sous la simple suggestion de ses doigts fins et effilés. Il avait l'air extrêmement bien élevé, et une certaine acuité méphistophélique sur son visage, même si cela aurait pu avertir ceux que Kit aurait qualifié de prudes (car c'était un mot assez large avec elle) qu'il n'était peut-être pas désirable en tant qu'ami, ne serait certainement pas désirable. J'ai prévenu les prudents qu'il serait assurément bien plus indésirable comme ennemi. Dans l'ensemble, un prude prudent aurait essayé de rester en bons termes avec lui. Il apparaissait en effet, même à un regard aussi précipité et informel que celui que nous lui adressons pendant qu'il arrange sa cravate, comme un de ces heureux gens à qui il fait bon être agréable, car il était difficile d'imaginer que il avait peur de tout et ne se souciait de personne. Certains gens bien constitués n'ont jamais douté de la raison d'être du monde, tant il était clairement conçu pour les nourrir et les amuser. Lord Conybeare était l'un d'eux ; et pour rendre justice au monde , nous devons dire qu'il a rempli son rôle altruiste de manière très décemment.

Jack Conybeare avait encore trente-cinq ans. Lui et Kit étaient mariés depuis environ sept ans et n'avaient pas d'enfants, une privation pour laquelle ils étaient profondément reconnaissants. Ils avaient tous deux des responsabilités tout à fait suffisantes, ou, pour parler plus précisément, des responsabilités ; et être responsable de quelque manière que ce soit de toute responsabilité au-delà des leurs leur aurait semblé un fardeau indirect des plus intolérables. Les leurs, il est juste d'ajouter, ne s'en sont occupés qu'à la légère ; Kit, en particulier, portait le sien avec beaucoup de grâce, comme un manteau seyant. Les maladies chroniques, pour la plupart, ont tendance à cesser d'être ressenties avec acuité, et elle et Jack auraient bien plus tôt eu quelques milliers de livres en main et cinquante mille livres de dettes, plutôt que de ne pas devoir ou posséder un sou. Kit avait même pensé un jour à annoncer dans les journaux du matin qu'une marquise au caractère agréable était prête à faire n'importe quoi au monde pour mille livres, et Jack avait reconnu qu'il y avait quelque chose dans cette idée, même si le défaut était le bas prix : vous ne devriez pas vous trahir. Lui-même avait hypothéqué chaque acre possible de sa propriété et vendu tout ce qui était disponible à la vente, et la fin de chaque journée montrait à un monde étonné comment il était possible de vivre à la pointe de la mode et du luxe sans aucun moyen de subsistance . du tout. Si lui et Kit s'étaient assis un moment au bord d'une route ou s'ils avaient flâné dans Park Lane, ils auraient probablement été conduits, par les soins paternels de la loi anglaise, au magistrat le plus proche, car pour cela ils n'avaient aucun moyen apparent de se rendre à l'hôtel. subsistance. Heureusement , ils n'avaient jamais pensé à faire quelque chose de pareil, trouvant à la fois plus sûr et plus agréable de divertir les princes et de donner les meilleurs bals de Londres.

Le manque d'argent est un défaut aimable, commun au saint comme au pécheur, et n'empêche pas l' *accusé* d'acquérir une grande popularité. Jack, il est vrai, n'avait pas d'amis, pour la simple raison qu'il n'en voulait pas du tout ; Kit, en revanche, en avait assez pour deux.

Ses règles de vie étaient très simples, et elles le devenaient chaque jour davantage. "On ne peut pas être trop charmant", disait le chef d'entre eux. Elle prit un soin infini à se rendre presque universellement agréable, et fut largement récompensée, car elle était presque universellement considérée comme telle. Ce désir d'expansion avait ses inconvénients, mais les remèdes que Kit proposait à ces problèmes étaient tout à fait satisfaisants. Par exemple, lorsqu'une femme dont elle ne se souvenait pas de vue la saluait, comme cela arrivait souvent, avec effusion lors d'une soirée, Kit l'embrassait toujours avec une effusion correspondante ; si un homme dans les mêmes circonstances faisait de même, elle lui disait toujours avec reproche : « Vous *ne* venez plus nous voir maintenant. De cette façon, son ignorance totale de qui ils étaient est devenue une chose insignifiante ; tous deux étaient charmés, et quand les gens sont charmés, leurs noms deviennent d'une insignifiance notable.

modus vivendi de Jack rivalisait avec sa propre subtilité et celle de Kit. Il professait haut et fort de fervents principes conservateurs, votait toujours avec les évêques à la Chambre des Lords sur toute question et avait fait une étude particulière du guano et des rituels de l'Église. Une méthode exposée semble toujours un peu grossière, mais la crudité n'appartient souvent pas à la méthode mais à son exposition. La méthode de Jack a certainement répondu, et aucune méthode ne peut faire plus. Le mammon de l'injustice, n'étant pas trompé, mais n'étant pas choqué par une telle duplicité, le pensait très intelligent, et le unmamon de la justice, étant trompé, n'était pas choqué par d'autres choses qui étaient occasionnellement dans l'air autour de lui. Avec une parfaite justice, ils qualifièrent le monde de scandaleux et de peu charitable lorsqu'on leur racontait ces autres choses, et invitèrent Jack à dîner, pour montrer qu'ils ne les croyaient pas. Une autre preuve de sa sagesse peut être vue dans le fait qu'il a accepté de telles invitations, et si lui et Kit sont partis tôt, ce n'est pas parce qu'ils allaient jouer ailleurs, mais parce que la pose des premières pierres et la l'ouverture des bazars avait été si fatigante.

Mais même si lui et Kit aimaient apparaître autrement qu'ils ne l'étaient dans des décors autres que le leur, ils étaient dans l'ensemble singulièrement peu secrets l'un envers l'autre. En premier lieu, ils savaient tous les deux que l'autre était raisonnablement vif, et même si chacun respectait l'autre pour cette finesse, ils réalisaient que toute tentative de tromperie serait probablement détectée. En deuxième lieu, raison bien meilleure, même pour les raisons les plus basses sur lesquelles ils l'ont invoqué, ils savaient que le mensonge mutuel est une base pourrie pour la vie conjugale. Chacun se laissait une grande latitude, et par conséquent ils étaient d'excellents amis, et se prêtaient toujours un coup de main s'il y avait un projet d'agrandissement mutuel à réaliser. Il y avait juste quelques questions que Kit n'avait jamais posées à Jack, ni lui à elle ; chacun avait une armoire, toute petite, dont il n'y avait qu'une seule clé, et ils avaient la sagesse de ne jamais la demander. Telle avait été jusqu'ici leur vie conjugale : beaucoup de franchise et de confiance, et un respect absolu de l'intimité du sanctuaire le plus intime de l'autre.

Ce soir, il y avait un beau projet dans l'œuf prêt à éclore, sinon aucun d'eux n'aurait songé à dîner dans la Ville à sept heures et demie. L'attention commençait tout juste à se tourner vers l'exploitation aurifère de l'Australie occidentale, et le public avait pris conscience du fait qu'il y avait de grandes fortunes à gagner ou à perdre dans cette direction. Ainsi Jack, n'ayant aucune fortune à perdre, s'y lança le cœur léger ; il était clairement désigné comme l'un de ceux qui étaient destinés à gagner. Conformément à l'idée louable d'éviter une crise financière vraiment grave, ils dînaient à la Drapers' Company, où ils rencontreraient un certain M. Frank Alington, qui possédait toute une flotte de petites entreprises papetières, était-il entendu, prêtes à être flottait. Jack l'avait rencontré une fois et avait profité de cette occasion pour le revoir, espérant trouver du pain sur les eaux. C'était l'affaire de Kit de se rendre inimitablement agréable, de l'inviter à Park Lane et de laisser le reste à Jack. Bien sûr, elle aurait une part dans les bénéfices.

Kit était ravi de prendre le rôle qui lui était assigné. Jack avait regardé dans sa chambre pendant qu'elle s'habillait et, par la porte entrouverte, il avait dit : "Très magnifique, s'il te plaît, Kit", et elle avait compris qu'il s'agissait d'une opération vraiment importante et qu'une épouse éblouissante en faisait partie. l'appareil nécessaire. Elle n'avait pas eu l'intention de s'habiller de façon très particulière ; les peluches et les cairngorms, avait-elle dit un jour à Jack, étaient le genre de choses que la Ville appréciait vraiment, mais elle était toujours prête, dans la limite du raisonnable, à faire ce que Jack souhaitait, et elle dit à sa femme de chambre de sortir une robe qui arrivait de chez lui. Paris seulement ce matin-là. Mais la remarque que Jack lui faisait alors qu'elle s'habillait était le genre d'allusion que Kit prenait toujours. Cela coûtait si peu d'être agréable de cette manière, et comme il était sage d'obéir à son mari en pareille matière ! Elle avait eu l'intention de garder cette robe pour un dîner royal dans huit jours, mais elle l'enfila sans murmurer, et en effet, son dévouement d'épouse eut sa récompense immédiate.

Pour la robe ! Cet homme exceptionnel, Jean Worth, avait dit un jour, non pas à elle-même, mais à un autre client, qui n'était pas un de ses amis, que c'était un réel plaisir d'habiller Lady Conybeare ; et Lady Conybeare, de son côté, considérait gentiment que c'était un réel plaisir d'être habillée par Worth. La satisfaction était donc mutuelle, et cela devait être une consolation pour la couturière, si elle devait siffler longuement et fort pour son chèque, de pouvoir compter sur son plaisir artistique. Maintenant, Kit – une réalisation rare – pourrait être orange, et être orange signifie être admirablement adapté à l'orange. Elle l'aimait elle-même, Jean était sincèrement d'accord avec elle, et dans cette robe quatre teintes de mousseline orange, *Dantè*, *faisan doré*, *Vésuve* et *pomme d'or*, flambés ensemble. Même Worth, le plus audacieux, avait intérieurement ressenti un scrupule d'audace, mais comme il était admirable que, lorsque Kit était à l'intérieur de la robe, son audace ait réussi ! " *Réussi !* " aurait-il soupiré s'il l'avait vu. Le tout était recouvert d'un fin filet jaune mandarine pâle, auquel était cloué un motif d'acanthe cuspidé de sequins ; et Kit, se regardant longuement et d'un œil critique dans le verre de son armoire, dit "Lor'!" Ses magnifiques cheveux rouge-or, pleins de flammes sombres, d'une teinte après laquelle la nature tâtonne aveuglément là où Paris ouvre la voie, étaient le point sur lequel Worth avait travaillé, et son succès était au-delà de toute approbation ou éloge.

Vint ensuite la question des bijoux, et Hortense, sa servante, avec l'œil d'artiste, pensa que les perles et les perles seulement, *pas un diamant*, seraient d'un chic consommé. Kit comprit ce qu'elle voulait dire et, d'un point de vue artistique, fut tout à fait d'accord, mais elle fit le nez à cette suggestion. "Nous ne voulons pas être chic, ma bonne femme", dit-elle. "On veut les frapper dans les yeux. Les rubis, Hortense !"

Maintenant, les rubis étaient vraiment beaux, de glorieux lacs fondus de couleur , d'une splendeur presque barbare, et étant impliqués, ils avaient été forcés de rester dans les coffres de Conybeare. Mais si jamais une femme et sa robe ont été conçues et fabriquées pour des rubis, Kit et cette création l'ont été. Hortense, émue au-delà de son habitude, éjacula « *Mon Dieu !*» tandis que les magnifiques boules étaient serrées sur le cou éblouissant de Kit ; et sa maîtresse, aussi franche avec elle-même qu'avec son mari, souriait sereinement à son propre reflet.

« Une touche de rouge », dit-elle à Hortense, et quand cela fut infailliblement appliqué : « Voilà, murmura-t-elle, cela doublera la Ville. Et Jack, ajouta-t-elle, procédera alors à la cueillette. les poches."

Elle parcourut le parquet en bruissant et frappa à la porte de la loge de son mari.

"Es-tu prêt, Jack ?" elle a demandé.

"Oui, juste. Entrez, Kit."

Kit prit sur sa table l'éventail rouge orangé que Worth avait envoyé avec la robe, ouvrit la porte et leva la tête très haute.

« La femme du chercheur d'or », remarqua-t-elle.

Son mari la regarda un instant avec une admiration vide. Même s'il était mari depuis sept ans, Kit le « renversait » de temps en temps, comme il l'exprimait, et elle le renversait maintenant. Puis il éclata de rire.

"Cela devrait les rapporter ", dit-il franchement.

« C'est ce que je pense, » dit Kit ; "Mais vraiment, Jack, c'était un sacrifice de mettre ça. Souviens-toi de ça, s'il te plaît. Je le gardais pour les royalties la semaine prochaine, mais tu as dit 'très magnifique' et j'ai obéi."

"Oh, fais exploser les redevances !" dit Jack. " Habillez-les avec un plaid tartan, ou même un kilt. De plus, ce n'est pas une bonne manière pour une hôtesse d'être mieux habillée que ses invités. Cette robe ne conviendrait pas du tout, Kit, dans votre propre maison. Ils penseraient que vous étaient un radical avancé.

Le coupé sur pneus en caoutchouc, avec sa petite lampe électrique sur le toit (la seule véritable extravagance de Kit pendant plus de dix jours, comme elle le dit triomphalement à Jack) était prêt quand ils descendirent, et ils roulèrent dans le rugissement éclairé par le gaz de la voiture. des rues. Ici et là brillaient les lumières brillantes des cabines et des voitures ; c'était comme traverser une pluie d'étoiles filantes au mois d'août. De longues files d'attente s'étendaient comme des serpents depuis les portes des théâtres ; les vendeurs de journaux hurlaient leurs détails « ' orribles et révoltants ' » ; les bijouteries aux vitrines, un éclat de pierres précieuses signalait et clignait dans les rues ; des femmes à plumes accouraient, faisant de l'œil aux passants ; chaises longues allongées; de petits hommes occupés, portant des sacs noirs, se précipitaient en ligne droite à travers la chaussée bondée ; des bus, recouverts de panneaux publicitaires, se balançaient en hochant la tête ; et des bicyclettes glissaient à côté d'eux, si épurées et si silencieuses qu'elles auraient pu être des choses incorporelles. Haut sur les toits des maisons brillaient les couleurs changeantes des savons prima-donna, faisant honte aux moindres lumières du ciel ; maintenant, un gigantesque stylo invisible écrivait *Kodak* avec une grande main fluide à l'encre rouge, puis, insatisfait, le supprimait et réessayait en jaune. Ici, les enseignes de cristal des music-halls brillaient de diamants, ou la porte ouverte d'un restaurant projetait sur la rue un carré de lumière éclatant. Puis, pendant un instant, une gamme stridente et d'une précision diabolique provenant d'un orgue de rue éclipserait tous les autres bruits ; mais les sabots et les roues qui transportaient le monde affamé jusqu'aux maisons de ses amis pour se nourrir réapparurent avec fracas et piétinements comme quelque Valkürie-ritt ; toute la ville était à l'étranger et bourdonnait comme une ruche grouillante.

Kit ne se lassait jamais du spectacle de la vie, pourvu qu'elle soit gaie, variée et pleine. Le mouvement incessant, les commerces infinis et séparés qui constituaient la grande corde sensible des rues de Londres, la vitesse admirable avec laquelle le monde bougeait, la merveille de ses contrastes, le gaz, les paillettes, la sordide et la splendeur se côtoyaient . , tous faisaient appel à sa formidable *joie de vivre* , le meilleur et le plus constant facteur de son caractère très vivant. Elle avait un jour exprimé le souhait d'être enterrée, comme un suicidé à la croisée des chemins, en plein centre de Piccadilly Circus. "Pas de cimetières de campagne ni de glas du jour de départ pour moi, merci", avait-elle dit.

Tout au long de Piccadilly, elle resta silencieuse, regardant avec dévoration depuis la fenêtre du coupé le kaléidoscope extérieur, mais quand ils quittèrent Trafalgar Square et descendirent Northumberland Avenue, pour éviter le Strand, qui à cette heure jaillit et bouillonne de trafic comme un barrage dans Au printemps, elle se tourna vers son mari avec un soupir de regret d'avoir quitté les rues bondées.

« Les grandes lignes de l'intrigue, Jack ? dit-elle.

"Je ne le sais pas encore moi-même", a déclaré Jack. "Mais le *vieux premier ministre* est Alington - un homme lourd et solennel, comme un majordome, plutôt ennuyeux, j'en ai peur. Très probablement, vous vous asseoirez à côté de lui ; il est un invité des Drapers comme nous. Sinon, joignez-vous. de lui d'une manière ou d'une autre. Il pourrait dîner demain.

"Mais nous donnons une danse demain", dit Kit, "et nous ne nourrissons que les plus brillants et les meilleurs."

"Raison de plus pour qu'Alington vienne, peut-être", dit Jack. "J'ai entendu dire qu'il y a encore quelques personnes qui se soucient d'un duc en tant que tel. Cela semble étrange, mais espérons qu'il en est un."

"Oui, ces gens sont si faciles à gérer", dit Kit pensivement. "Mais ça va bouleverser la table, Jack."

"Bien sûr, si vous mettez votre table aussi importante que des milliers possibles", a déclaré Jack.

"C'est vraiment quelque chose d'important alors ?" » demanda Kit.

"C'est peut-être une chose très importante. Je n'en sais pas encore plus que vous. Cela peut même durer du samedi au lundi ou plus."

"Très bien. Je vais bouleverser tout le chariot à pommes pour cela, comme le dit M. Rhodes. Nous y sommes. Partons tôt, Jack. J'ai dit que nous irons ensuite à Berkeley Street."

"Nous partirons le plus tôt possible", a-t-il répondu. "Mais il ne faut pas risquer de ne pas débarquer votre poisson parce que vous ne le jouez pas assez longtemps."

"Oh, Jack, je ne suis pas idiote", dit-elle. " Commandez la voiture pour dix. J'entreprendrais dans cette robe de débarquer par dix toute la maison des profanes sans gaffe. Cher Jean Worth ! Que d'argent je lui dois, et que de plaisir il me fait ! Je serais perplexe de dire lequel était le plus grand.

CHAPITRE II

DIMANCHE MATIN

M. Frank Alington s'est avéré être une étoile de plus grande magnitude, en fait une étoile du samedi au lundi, presque une comète. Lord Conybeare trouva que le tourbillon et l'agitation de Londres ne lui permettaient pas de le voir suffisamment, ainsi il le formula, et ainsi il arriva que, une dizaine de jours après le dîner à la Drapers' Company (Kit jouant et débarquant le poisson ayant été magistrale, car elle l'avait battu bien avant dix heures), M. Alington arriva un samedi après-midi de juin dans ce que Kit appelait leur « cottage » dans le Buckinghamshire.

À proprement parler – même si elle ne parlait pas souvent strictement – ce n'était pas du tout une chaumière ; et ce n'était certainement pas dans le Buckinghamshire, mais dans le Berkshire. Mais il y avait une sonorité rustique, presque bohème, dans l'esprit de Kit dans le Buckinghamshire, alors que le Berkshire ne faisait que rappeler le bacon, et quelques kilomètres dans un sens ou dans l'autre ne faisaient que très peu de différence. "Et si je choisis d'appeler Berkshire l'archipel malais", dit Kit, "qui va m'en empêcher ?"

Cependant, pour adopter la nomenclature de Kit, le cottage en question était une grande maison élisabéthaine en briques rouges sur les rives de la Tamise, avec quelques hectares de vérandas et un charmant jardin fleuri, descendant par degrés verts et haies d'ifs taillés jusqu'à la rivière. Mais l'idée du cottage n'était pas totalement absente, car ils dînaient toujours dans la pièce qui avait certainement été autrefois la cuisine. La cuisinière avait été supprimée, laissant une immense cheminée à foyer ouvert, où il était sacrilège de brûler autre chose que des bûches, et les plus charmantes commodes en chêne foncé, portant sous le nouveau régime *quantité* de vieilles faïences bleues de Nankin, couraient autour des murs. Suivant la même idée, ils s'asseyaient toujours dans le grand hall qui donnait directement sur la porte d'entrée, et non dans le salon. "Tout à fait comme des journaliers cloués", dit Kit.

L'analogie est évidente, et le goût admirable de Kit avait rendu la ressemblance presque flagrante. Il y avait là une horloge de grand-père, deux grands chênes installés de chaque côté de la cheminée, qui avaient des chiens en bronze pour les fers à feu, et de simples Chippendale et des chaises en panier. Quelques tapis persans, il est vrai, qu'un connaisseur aurait chargé d'évaluer, se trouvaient par hasard sur le sol, mais sinon il n'y avait absolument aucun tapis et on marchait sur de vraies planches de bois de chêne poli, nues. Dans toutes les fenêtres, sauf une, il y avait de minuscules carreaux de diamant en vieux verre ondulé, qui faisaient monter et descendre les caractéristiques du paysage extérieur comme un lacet lorsque vous traversiez la pièce ; et dans l'autre fenêtre, qui donnait de la lumière sur la salle de service (arrangement très gênant, dont Kit, dans son *rôle* d'ouvrier, se réjouissait), il y avait de vrais bas de verres, qui avaient l'air charmants. Le toit était à pignon et pas même blanchi à la chaux (étant également en chêne), et dans l'ensemble, un ouvrier peu exigeant aurait pu passer des soirées très confortables dans cette pièce simple.

L'idée du cottage a également été réalisée dans le jardin. Les parterres étaient tous constitués de fleurs à l'ancienne, de roses trémières, de London Pride, de coquelicots, de giroflées, de dahlias, de réséda, assez rustiques et herbacées, sans parterres italiens en coussinets, qui, selon Kit, étaient très chers et en désaccord avec la simplicité ambiante. Ils lui rappelaient aussi les salades mal mélangées. Une frugalité sévère se manifestait encore dans l'habillage des murs de briques rouges qui délimitaient le jardin. Il n'y avait pas ici de lianes flamboyantes, brillantes et sans profit, mais des poiriers et des abricots simples, qui portaient d'excellents fruits. Une barque en bois commune était amarrée au bout du jardin, utile et simple, propre au transport des produits du jardin de l'ouvrier jusqu'au marché. Une pile de coussins brodés s'y trouvait à ce moment-là, et Kit y avait aussi laissé son étui à cigarettes russe orné de bijoux, mais c'était tout. Même l'étui à cigarettes était fait de simple paille tressée, et le monogramme et la couronne sertis de turquoises très bleues dans un coin semblaient être arrivés là par hasard, comme s'il s'agissait d'éclats tombés du ciel et pouvant être devrait bientôt flotter à nouveau là-bas.

C'était dimanche matin, évidemment dimanche matin, et la nature avançait comme d'habitude à sa manière simple mais agréable. Un soleil éclatant, un vent doux, une rivière douce et tranquille, tout témoignait de la tendresse et de la bienveillance des puissances de l'air. Le printemps, le printemps aqueux et impétueux du Nord, avait depuis un mois définitivement cédé la place à l'été, laissant une autre année au cours de laquelle les poètes, avec leur extraordinaire manque d'observation correcte, pourraient oublier à quoi cela avait réellement été et le rimer d'une manière ou d'une autre. cent courtoisies imméritées et infondées. Mais l'été était vraiment arrivé dans les derniers jours de mai, avec un désir marqué de se rendre agréable et d'offrir au robuste yeoman britannique, qui s'était jusqu'alors plaint (avec des statistiques de précipitations) de l'humidité du printemps, un autre excellent occasion de vilipender la sécheresse de l'été. La Providence veille sur eux avec un soin particulier et, sachant que la chose pire que d'avoir un grief est de n'en avoir aucun, elle leur donne un échange aimable de printemps humides, d'étés secs, d'étés humides, de printemps secs, sûre de ne jamais plaire à personne.

Une douce brume bleue de chaleur et d'humidité planait sur la rivière et les basses prairies aquatiques de l'autre côté, mais à mesure que les collines au-delà s'élevaient vers le haut de la vallée, elles s'élevaient dans une atmosphère extraordinairement claire. Même si la journée était chaude, il y avait une précision de contour dans les bois qui coupait le ciel, évoquant presque un matin glacial, et même ici en bas, la chaleur était vive. Tout était imprégné du contenu dominical, et du clocher gris de l'église, gardien debout parmi les toits des hameaux serrés, parvenait le tintement mélodieux des cloches qui sonnaient pour le service de onze heures. Le jardin des ouvriers était dans toute la luxuriance des fleurs du milieu de l'été (car un jardin lumineux et joyeux devrait être à la portée des plus humbles), et un arc-en-ciel de couleurs délimitait la pelouse rasée de près. Rien, comme il se doit, n'a jamais été fait sur cette pelouse, moussue jusqu'aux pieds, reposante pour les yeux ; aucune ligne de chaux ne l'a découpé en horribles carrés et oblongs, aucune balle de tennis frénétique n'a jamais décapité parmi les parterres de fleurs qui l'encadraient, et vous pouviez vous y promener au crépuscule sans vous soucier de savoir si votre prochain pas serait trébuché dans un cerceau de croquet ou emmêlé dans les pièges d'un filet de tennis tombant. Pendant les semaines du printemps, c'était un espace de crocus semés d'étoiles, comme la prairie de l'Annonciation de Fra Angelico, mais c'était fini et c'était redevenu un velours vert et vivant.

Kit avait développé ce matin-là, au petit-déjeuner, une étrange envie irraisonnée d'aller à l'église, et jusqu'à ce que Jack la voie manger, il avait presque peur qu'elle soit malade. Elle était donc allée à l'église, entraînant avec elle Alice Haslemere, qui logeait avec eux. Ils avaient traversé la rivière dans le punt, Kit armé d'un énorme service religieux, et il était évident, pensa Conybeare alors qu'il se dirigeait vers le bord de l'eau après le retour du punt, que Kit avait fumé une cigarette pendant qu'elle est passé à travers. Selon le critère de la perfection, il considérait cela comme une erreur. Si vous voulez faire quelque chose, faites-le à fond, se disait-il, et qu'une femme doive fumer juste avant d'aller à l'église était un écart par rapport au niveau approprié. Mais il prit l'étui à cigarettes au monogramme turquoise posé sur le coussin et le mit dans sa poche. Kit marcherait dessus quand elle reviendrait dans le botté de dégagement.

Jack avait apprécié une longue conversation avec M. Alington après le dîner la veille au soir, et il se promenait maintenant dans le jardin en s'attendant à ce qu'il sorte et continue. Alington était, comme il l'avait dit à Kit, un homme d'apparence lourde, mais dans la conversation, il ne l'avait pas trouvé du tout lourd. Il avait l'air d'un Anglais solide et intelligent, dont l'esprit s'était considérablement élargi au cours de nombreux voyages à l'étranger et qui avait une vision large et peu insulaire des choses. S'il avait été disposé à postuler pour un poste de majordome, aucun chef de famille n'aurait raisonnablement pu espérer trouver un homme plus digne de confiance ou d'apparence plus respectable. La sobriété brillait dans son grand œil doux, et les lignes de sa bouche ferme, aux lèvres quelque peu charnues, exprimaient la fermeté dans chaque courbe. Si, en tant que majordome, on lui avait dit que toute la famille royale viendrait prendre le thé dans dix minutes, vous auriez pu parier que cette nouvelle ne le dérangerait pas et qu'un goûter suffisant apparaîtrait immédiatement. . Pour un homme aussi ample et bien fourni, il avait une voix curieusement petite, suggérant plutôt qu'elle venait de loin, et il prononçait ses phrases d'une manière précise, sans jamais corriger un mot, comme s'il les avait réfléchies avant d'ouvrir. sa bouche. Cette supposition était colorée par le fait qu'il s'arrêtait toujours un instant avant de parler. Une telle habitude de parler, portée par la majorité, prédisposerait à la lourdeur ; mais le résultat, lorsqu'il arriva, ne fut pas, dans le cas de M. Alington, lourd. Au contraire, c'était lourd – c'était une tout autre chose. Dans l'intervalle de rappeler à quelqu'un un admirable majordome, il suggéra irrésistiblement un membre d'un cabinet conservateur, à l'abri d'une pairie. Ce n'est que lorsqu'on le considérait comme un flotteur de mines d'or que son apparence était contre lui, et même alors, elle n'était contre lui que sur le plan de la probabilité, car il était impossible que même un public imaginatif puisse inventer un homme chez qui il serait plus primitif . *La confiance à première vue* devrait être déposée en tant que fiduciaire de l'argent des veuves et des orphelins de père.

Jack se promena dans le jardin pendant près d'une demi-heure avant d'apparaître, jetant des cailloux dans la Tamise et des mégots de cigarettes dans les parterres de fleurs. Au petit-déjeuner, M. Alington était vêtu d'une redingote noire, mais maintenant, lorsqu'il sortait sans se presser par la porte-fenêtre basse du salon, il portait un chapeau de paille et un costume de tweed élégant, le résultat, sans aucun doute, de son observation selon laquelle personne d'autre ne portait de vêtements du dimanche. Il portait une canne malacca dans une main ; dans l'autre, un grand livre de cantiques aux bords rouges d'un côté, dorés de l'autre.

"Lady Conybeare a commencé ?" » il a demandé à Jack.

"Oui ; elle est allée à l'église. Elle y est allée il y a près d'une demi-heure."

M. Alington fit une pause un moment.

"J'avais l'intention de l'accompagner", a-t-il déclaré. "Je ne savais pas qu'il était si tard."

"Il y a le botté de dégagement ici", a déclaré Jack. "Tu peux y aller maintenant si tu veux. Je ne savais pas que tu voulais le faire."

"Je pensais que tout le monde allait à l'église le dimanche matin en Angleterre quand ils étaient à la campagne", a-t-il déclaré. "Mais je préférerais ne pas y aller du tout plutôt que d'arriver au milieu de la prière de saint Chrysostome."

"Et j'arriverais plutôt au milieu de la prière de saint Chrysostome qu'au début de celle-ci", remarqua Jack.

Une légère expression de douleur traversa le visage de M. Alington, comme s'il souffrait d'un pincement au cœur ; mais il ne fit aucun autre commentaire sur la légèreté de Jack. Il appuya soigneusement son livre de cantiques contre le fond de sa chaise-panier, après avoir senti que la pelouse était sèche, et alluma une cigarette.

"Une matinée exquise", dit-il après un moment de réflexion. "Les collines semblent avoir été peintes avec de la crème pour un médium, un effet si rare en Angleterre."

Lord Conybeare ne répondit pas immédiatement, car il n'avait pas attendu tout ce temps dans le jardin qu'Alington l'entende parler de crème. Puis il est allé droit au but :

« Tout ce que vous avez dit hier soir m'a beaucoup intéressé, » commença-t-il, « et votre aimable offre d'investir de l'argent pour moi dans votre nouveau groupe de mines… »

M. Alington leva une grande main blanche et désapprobatrice. Au petit doigt se trouvait une chevalière en or uni, portant la devise *Fortiter fideliter feliciter*.

"Ce n'est rien", répondit-il; " Je vous en prie, n'en parlez pas. En effet, Lord Conybeare, si je puis dire, je n'ai fait cette offre que comme une sorte de palpation. Votre réponse alors, votre nouvelle référence au sujet maintenant, montrez-moi que vous êtes gentil. assez pour être intéressé par mes nouvelles entreprises.

« Profondément », dit Lord Conybeare ; puis, avec une franchise désarmante : « L'argent est la chose au monde la plus intéressante et la plus désirable. Je souhaite souvent, ajouta-t-il, en voir davantage.

Alington jeta un morceau de cendre au bout de sa cigarette.

"Cela me confirme dans ce que je pensais vous dire", répondit-il. "Maintenant, me permettez-vous de parler avec votre franchise ? Ah, observez cette belle ligne tracée par cet écheveau d'étourneaux !"

Jack leva les yeux.

"Beau!" il a dit. "Je vous en prie, parlez."

"Voilà donc. Ma conviction honnête est qu'il y a d'immenses fortunes à faire dans les mines d'Australie occidentale. Je crois aussi, encore une fois avec une honnêteté absolue, que les concessions que je possède sont, certaines d'entre elles, au moins, extrêmement riches. Maintenant, j'aimerais beaucoup être assez riche pour les exploiter moi-même. Je regrette de dire que je ne le suis pas. Je dois donc créer une entreprise. Pour créer une entreprise, je dois avoir des administrateurs.

"Sûrement votre nom…" commença poliment Conybeare, mais avec seulement la plus vague conjecture de ce qui pourrait arriver.

" Mon nom, comme vous le suggérez si gentiment, sera sans aucun doute d'une petite aide, " dit Alington, " car je ne suis pas entièrement inconnu en pareille matière. Mais ce n'est pas suffisant. Cette compagnie doit être anglaise ; elle doit être formée ici. " Les actionnaires devraient être en grande partie anglais. Pourquoi ? Pour diverses raisons. En premier lieu, vous pouvez lever dix mille livres ici plus facilement qu'en Australie. Encore une fois, le public britannique se prépare à devenir fou. sur l'exploitation minière d'Australie occidentale, alors qu'en Australie, ils considèrent l'exploitation minière australienne sans, eh bien, sans aucun symptôme prémonitoire de folie. Peut-être qu'ils sous-estiment son avenir ; je pense qu'ils le font. Peut-être que le public britannique la surestime ; c'est également possible. Mais j'apporte mon point de vue. marchandises au meilleur marché. Maintenant, je vous le demande, Lord Conybeare, ferez-vous partie de mon conseil d'administration ? Serez-vous mon président ?

Il se retourna vivement avec le premier mouvement rapide que Conybeare lui avait encore vu faire.

« Moi, demanda-t-il, je suis membre d'un conseil d'administration des mines ? Je sais des mines exactement ce que vous m'avez dit hier soir, c'est-à-dire à moins que j'en ai oublié une partie.

L'ombre d'un sourire apparut sur le large visage de M. Alington, et il posa sa grande main blanche sur le genou de Jack. Ce dernier semblait le considérer comme il aurait pu considérer un papillon inoffensif qui s'y était installé. La pauvre n'a pas fait mal.

"Vous avez vu que j'ai souri", dit-il. " J'ai vu que vous l'aviez vu. J'ai souri parce que vous parliez si loin du sujet. C'est assez franc, n'est-ce pas, pour vous montrer que je vous dis la vérité. Il y a aussi d'autres preuves. "

Tant dans son geste de la main que dans son discours, le plébéien se montrait clair, mais Jack ne lui en voulait pas. Il n'avait pas invité Alington au cottage pour profiter de sa conversation raffinée et de sa présence bien élevée, mais pour parler affaires. C'est ce qu'il faisait. Jack était très content de lui.

"Je ne vous suis pas", dit-il.

M. Alington alluma une autre cigarette avec le moignon de son ancienne avant de répondre, et se leva pour déposer l'autre hors de vue dans un lit de jardin.

"Les mégots de cigarettes sont terriblement en dissonance avec ce charmant jardin", a-t-il déclaré. "Maintenant, je vous parle d'un point de vue purement commercial. J'ai supposé, c'était naturel, n'est-ce pas ? que vous aviez eu la gentillesse de m'inviter dans votre charmante maison pour discuter de ces mines. Vous voyez. comme je suis franc."

Conybeare laissa son regard voyager lentement sur un tronçon de la Tamise.

"Oui, c'est la raison pour laquelle je vous ai demandé", dit-il.

" Et je suis venu exactement pour la même raison. Le plaisir de vous rendre visite à votre « cottage », comme l'appelle si ludiquement Lady Conybeare, est grand, très grand ; mais les hommes d'affaires simples comme moi ont peu de temps pour de tels plaisirs. Franchement " Alors, je n'aurais pas dû venir sans avoir deviné votre raison. Moi aussi, je souhaitais parler de ces mines, Lord Conybeare, et je vous demande à nouveau d'être administrateur de mon conseil d'administration. "

Il ôta son chapeau de paille – car ils étaient assis à l'ombre – et l'appuya soigneusement contre sa chaise, à côté du grand recueil de cantiques. Son retrait a montré un front haut et blanc et une calvitie circulaire au centre de cheveux soyeux et châtain clair, comme une tonsure.

« Je suis un simple homme d'affaires, poursuivit-il, et quand je suis engagé dans des affaires, je n'offre rien d'avantageux aux autres, à moins que j'en tire moi-même un avantage ; car introduire du sentiment dans les affaires, c'est en faire un plaisir. et un échec. Vous devez vous rappeler, mon cher Lord Conybeare, que l'Angleterre est essentiellement aristocratique dans ses idées. Au moins, dans la mesure où votre noblesse est conservatrice, elle est aristocratique. Pensez que si Lord Salisbury rejoignait un conseil d'administration, le public réclamerait à grands cris lotissements ! Mon Dieu, oui, le maître de Hatfield pourrait être un homme très riche, un homme très riche en effet. »

Jack Conybeare était complètement lui-même ; il n'était pas ébloui ni indûment ravi de cette offre. Il voulait simplement savoir ce qu'il en tirait, tenant pour acquis, et à juste titre, que cet homme était sincère.

"Les marquis comptent toujours, alors", dit-il. "Je vous donne ma parole, je n'en avais aucune idée. Je suis heureux d'être marquis. Mais qu'est-ce que je m'en sors, ajouta-t-il?"

"Un salaire", a déclaré M. Alington, et sa pause habituelle a donné à la remarque un poids considérable. "Mais nous passerons sous silence", a-t-il poursuivi. "Les administrateurs ont cependant le privilège de prendre un grand nombre d'actions avant que l'entreprise ne soit rendue publique. En effet, pour pouvoir devenir administrateur, il faut en détenir un nombre considérable."

"Je suis très pauvre", a déclaré Jack.

"Heureusement, il est possible d'y remédier", a déclaré M. Alington.

Jack était immensément pratique et très rapide, et il était immédiatement évident que cela pouvait donner lieu à deux interprétations. Il a pris le bon.

"Tu veux dire que c'est une certitude pour moi ?" il a dit.

Encore une fois, M. Alington laissa intervenir une pause perceptible avant de répondre.

"Je veux dire ceci," dit-il, "si vous voulez parler franchement, et je pense que c'est le cas, cela me convient aussi mieux. Vous recevrez un certain nombre d'actions, disons dix mille, dans mon nouveau groupe de mines. Vous Je n'aurai probablement qu'à payer le premier appel. Vous serez directeur de ces mines - et, d'ailleurs, j'ai un autre nom en tête, dont j'aimerais aussi avoir le propriétaire dans mon conseil d'administration. " J'ai eu le plaisir de le voir chez vous à Londres. Très bien, je publie mon prospectus, et mon nom, comme vous l'avez si gentiment observé, compte pour quelque chose. Bien entendu, en tant que vendeur, je rejoindrai le conseil d'administration après l'attribution. Le vôtre et j'espère qu'un autre sera là aussi. Maintenant, je suis certain dans mon esprit qu'un tel conseil (avec certains autres noms, qui seront mon affaire) me sera avantageux. Cela sera payant. Je suis sûr aussi - je dites-le sobrement : entre mon prospectus et mon conseil d'administration, les actions monteront immédiatement, de sorte que si vous le souhaitez, vous pourrez les vendre avant le deuxième appel. Ainsi, vous ne serez pas non plus sans avantage. Nous ne nous rendons aucune faveur ; nous entrons en partenariat chacun pour son propre avantage.

"Et mes devoirs ?" demanda Jack.

" Présence, présence régulière aux réunions de la société. Dans ces occasions, je demanderai que vous preniez la présidence, que vous lisiez le rapport du gérant, s'il y en a un sous la main, que vous fassiez l'état des affaires de la société et que vous félicitiez les actionnaires."

« Ou condoléances ? demanda Jack.

"J'espère que non. Je devrais également vous demander d'approcher immédiatement Lord Abbotsworthy et de lui demander de faire partie du conseil d'administration. C'est l'autre nom que j'ai mentionné."

"Pourquoi veux-tu Tom Abbotsworthy ?" » demanda Conybeare avec surprise.

"Pour la même raison que je te veux. Il est déjà comte – il sera duc. Mon Dieu, si je n'étais pas un homme d'affaires, je choisirais d'être duc."

Jack réfléchit un instant.

"C'est votre propre préoccupation", a-t-il déclaré. "Je lui poserai la question avec plaisir, et je pense qu'il consentira très probablement. Bizarrement, lui et moi parlions de cet intérêt soudain pour l'Australie occidentale hier matin."

"Je pense que beaucoup d'autres personnes en parleront d'ici peu", a déclaré Alington.

"Je consens", dit Jack.

M. Alington n'a montré ni exaltation, ni soulagement, ni surprise. Mais il fit une pause.

"Je pense que cela en vaut la peine", a-t-il déclaré. « Et maintenant, Lord Conybeare, il y a un autre point. Dans la mise en œuvre d'un grand projet comme celui-ci – car, je vous l'assure, il ne s'agit pas d'une affaire de jardin de campagne – il y a, comme vous pouvez l'imaginer, une affaire énorme. Il faut que quelqu'un soit responsable, ou en tout cas sanctionne, de tout ce qui se fait : que nous apposions de nouveaux tampons, que nous décidions d'utiliser le procédé au cyanure pour les résidus, que nous creusions un niveau profond ou que nous abandonnions une veine. , ou utiliser la réduction des sulfures, pour ne prendre que quelques exemples évidents, il faut que quelqu'un soit capable de répondre à toutes les questions, parfois les plus difficiles, peut-être même les plus embarrassantes. Maintenant, êtes-vous prêt à aborder tout cela, ou non ? Si vous Si vous souhaitez avoir votre mot à dire sur de telles questions, vous devez y aller. J'insiste là-dessus. J'ai entendu dire que vous êtes une autorité de premier ordre en matière d'engrais chimiques - un sujet des plus captivants, j'en suis sûr. Êtes-vous prêt à en apprendre autant sur les mines D'un autre côté, vous et Lord Abbotsworthy pouvez laisser toute la gestion de ces affaires à moi et à certains hommes d'affaires que je pourrais nommer. Mais après l'avoir quitté, vous le quittez complètement. Vous n'aurez aucun droit d'être consulté sur des points techniques à moins que vous n'en fassiez votre étude. Si vous décidez de laisser ces choses à ceux dont la vie s'y est déroulée, tant mieux. Vous leur accordez une confiance implicite et, si nécessaire, vous le direz honnêtement lors des réunions. Si, en revanche, vous souhaitez avoir votre mot à dire dans les affaires techniques, votre voix doit être justifiée. Vous devez faire des mines, techniquement, votre étude. Vous devez sortir et voir les mines. Vous devez en acquérir une connaissance non pas superficielle, mais approfondie. Vous devez être capable d'évaluer le rapport entre une once d'or par tonne et le coût de l'exploitation, et le capital sur lequel un tel rendement rapportera. Et maintenant lequel ? Choisir!"

Et M. Alington se retourna carrément, un peu épuisé par une matinée si chaude par une volubilité qui était rare chez lui, et regarda Jack en face.

"Lequel conseillez-vous ?" demanda l'autre.

"Je ne peux pas m'engager à vous conseiller. Je vous ai simplement donné les données de votre choix et je ne peux rien faire de plus."

"Alors épargne-moi les détails", dit Jack.

M. Alington hocha gravement la tête.

"Je pense que vous êtes sage", dit-il, "même si je ne peux pas prendre la responsabilité d'influencer votre propre opinion. Je vous paie pour votre nom. Votre nom, pour vous dire la vérité, est ce que je veux. Vous déléguez des affaires à hommes d'affaires. J'espère que vous présenterez la question sous le même jour à Lord Abbotsworthy. En ce qui concerne votre salaire en tant que président, je ne peux pas encore vous faire une offre précise ; à titre provisoire, je devrais suggérer cinq mille par an.

Lord Conybeare possédait à la perfection ce point très utile de bonne éducation, à savoir la capacité de conserver un visage parfaitement en bois lorsqu'il entendait les nouvelles les plus surprenantes. M. Alington, malgré tout l'effet que cette information a apparemment eu sur lui, aurait pu parler au pied d'une table.

"Cela me semble très beau", répondit-il avec négligence.

"Cela me semble à peu près juste", a déclaré M. Alington.

Lord Conybeare était perplexe et se demandait si Kit comprendrait tout. Comment son nom en première page, comme l'appelait M. Alington, avec sa participation à quelques réunions au cours desquelles il lisait un rapport, pouvait-il valoir cinq mille dollars par an, il ne le voyait pas, bien qu'il en soit tout à fait certain. que M. Alington pensait que c'était le cas. Que cela se révèle être le cas ou non, il ne s'en souciait guère ; il est évident que cette question ne le concernait pas. Si quelqu'un était prêt à payer cinq mille dollars par an pour son nom, il était tout à fait bienvenu de l'avoir ; en fait, il aurait pris un chiffre beaucoup plus petit. Il ne savait pas que les marquis bénéficiaient d'une telle prime. Son ascendance distinguée était soudainement devenue une entreprise industrielle, payant lourdement. "Le nouvel Ésaü", pensa-t-il, "et une grande amélioration par rapport à l'ancien. Je ne prête que mon droit d'aînesse, et les plats que je reçois sont vraiment considérables."

Quelque temps avant qu'ils n'en arrivent à ce point de leur conversation, le bateau avait traversé de nouveau la rivière pour aller chercher Kit et Alice Haslemere à l'église, et alors que M. Alington prononçait ses derniers mots, il était revenu avec les fidèles blasés. Il mit son chapeau de paille, ramassa le grand recueil de cantiques et, accompagné de Conybeare, descendit au pied de la pelouse pour les rencontrer.

"La dévotion est tellement fatigante", dit Kit d'une voix harcelée, en marchant sur l'herbe. " Alice et moi avons l'impression d'avoir attrapé la grippe, n'est-ce pas, ma chérie ? Et j'ai perdu mon étui à cigarettes. C'est trop ennuyeux, parce que je voulais le mettre en gage. Je suis sûr de l'avoir laissé dans le botté de dégagement."

Jack le sortit de sa poche et le lui rendit.

"Merci à votre cher mari de ne pas avoir marché dessus", remarqua-t-il.

Kit le prit avec colère et alluma une cigarette.

"Oh, Jack, j'aimerais que tu ne sois pas si attentionné," dit-elle. "Les gens réfléchis sont tellement ennuyeux. Ils rappellent toujours ce que l'on fait de son mieux pour oublier et mettent les choses qui nous sont chères dans des endroits sûrs. Oh, je suis tellement content de ne pas être un ecclésiastique. Je devrais devoir y aller. encore à l'église ce soir. Quel est ce livre, M. Alington ? Oh, je vois. Jack et vous avez-vous chanté des hymnes sur la pelouse ? Comme c'est cher de votre part ! Je ne savais pas que vous pensiez aller à l'église, sinon je le ferais. Je t'ai attendu. J'ai compris que tu allais parler affaires avec Jack. Il y a des affaires dans l'air. Juste un peu étouffant.

M. Alington fit une pause.

"Nous avons eu une conversation longue et intéressante", a-t-il répondu. "On peut en dire plus dimanche matin que sur l'ensemble du reste de la semaine."

"Oui, c'est tellement vrai", dit Kit en marchant avec lui et en fumant violemment. "L'homme qui prêchait le savait aussi. C'était comme un voyage de nuit, j'ai tellement mal dormi. Et votre discours était-il satisfaisant ?"

"Pour moi, très", a déclaré M. Alington. "Je suis convaincu que cela satisfera également Lord Conybeare. Il a aimablement consenti à devenir mon président et directeur de mon nouveau groupe de mines, les mines Carmel, comme on les appellera."

"Quel jolie nom!" dit Kit. "Et allons-nous tous faire fortune ?"

M. Alington hocha la tête de sa tête massive.

"Je serais très surpris si nous ne tirions pas une modeste compétence des mines du Carmel", a-t-il déclaré.

CHAPITRE III

APRÈS LA FÊTE DES GEE-GEE

Lady Haslemere recevait ce qu'elle appelait les « Gee-gees » ou les « Great Grundys » un soir dans sa maison de Berkeley Street. La soirée "Gee-gee" était une idée empruntée à Jack, et tous ceux qui avaient le plus de poids dans la société y venaient, un grand nombre d'entre eux pour le dîner, et le reste pour la soirée. En ce moment même, son frère, Tom Abbotsworthy, vivait avec eux, car sa propre maison était en train d'être rénovée, et Alice l'avait facilement persuadé de rester avec eux au lieu de vivre avec le duc. En effet, vivre avec le duc était presque impossible ; trois femmes avaient déjà tenté de supporter le fardeau d'être sa duchesse, mais elles s'étaient toutes effondrées peu de temps après, le laissant dans chaque cas éminemment consolable. Il pouvait précipiter une personne dans la tombe, disait-on, plus tôt que n'importe quel homme ou femme du royaume. La dernière fois que Tom l'avait vu, c'était il y a environ une semaine, quelque part au dîner, et toute sa conversation avait consisté à lui dire à voix haute, à travers la table, à des intervalles d'environ deux minutes : « Pourquoi ne te maries-tu pas ? "

La présence de Tom dans la maison était une grande aubaine pendant la saison ; il releva son beau-frère de ses fonctions d'hôte d'une manière simple et sans ostentation, gagnant ainsi sa sincère gratitude et s'acquittant de ces fonctions, au lieu de les laisser sans exécution. Lord Haslemere lui-même avait l'habitude d'être ignoré. Il était un adepte des puzzles en fil de fer et jouait un jeu de billard remarquablement bon, mais autrement, il n'y avait rien de lui. Il portait des moustaches, passait la plus grande partie de sa journée au club et était connu sous le nom de Whisky-and-Soda, non pas parce qu'il avait des penchants excessifs dans ce sens, mais parce qu'il n'y avait vraiment rien d'autre pour l'appeler. Lorsque sa femme recevait, il se rétrécissait dans ce qu'il y avait de lui-même, et la majorité de ses invités lors d'une soirée ne le connaissaient généralement pas de vue. Son visage était empreint d'une qualité d'oubli ; le voir une fois, c'était s'assurer de l'oublier au moins deux fois. Mais lors des soirées « Gee-gee », il était rangé, ce qui n'était généralement pas le cas, et placé à des endroits bien en vue. Il avait été très en vue ce soir et, par conséquent, mécontent. Il avait invité à dîner une duchesse aux teintes de perroquet et avait renversé un verre de vin sur sa nouvelle robe, et comme le caractère de Sa Grâce était à la hauteur de l'arête de son nez, la soirée avait été inhabituellement amère.

Au dîner « Grundy » succéda un vaste « Grundy » At Home, auquel affluèrent tous les gens solides de Londres, y compris ceux qui « se retiennent » lorsqu'on parle d'un ensemble très élégant, et se ruent assoiffés dans leurs maisons, comme des chameaux vers un puits du désert, chaque fois qu'on le leur demande. C'était la chose habituelle. Il y avait eu une petite musique de premier ordre, pendant laquelle tout le monde parlait le plus fort, et un grand nombre d'hortensias roses et bleu de porcelaine dans l'escalier, un coruscation positive d'étoiles, d'ordres et de jarretières, car deux princes royaux avaient été inclus parmi les invités. « Gee-gees » – et vers minuit, Lady Haslemere bâillait lamentablement derrière son éventail et se demandait quand les gens commenceraient à s'éloigner. Dans les intervalles de ses bâillements, qu'elle cachait admirablement, elle parlait un français excellent et vif à l'ambassadeur de Hongrie, un vieux petit homme chauve, qui n'avait besoin que d'un bâton pour se transformer en singe sur un, et se moquait follement de ses petites blagues étouffantes sur la maison des singes, qu'elle avait toutes fréquemment entendues auparavant. En conséquence, il la considérait comme une femme extrêmement agréable, et elle l'était d'ailleurs.

Kit et son mari n'étaient pas présents au dîner, tous deux ayant refusé catégoriquement d'y aller, au motif qu'ils avaient déjà fait leur devoir envers « Grundy » ; mais ils arrivèrent, après avoir dîné tranquillement à la maison, vers onze heures et demie, accompagnés de M. Alington. Il n'était pas connu de beaucoup de personnes présentes, mais Lady Haslemere quitta immédiatement son ambassadeur, après avoir reçu des instructions de Kit, et le conduisit comme un ours dansant. Elle l'initia à la royauté, qui lui demanda gracieusement s'il aimait l'Angleterre ou s'il préférait l'Australie, et d'autres questions d'un genre très original et pénétrant ; elle l'a présenté aux étoiles, aux ordres et aux jarretières, ainsi qu'à tous les plus beaux « Gee-gees » présents, comme s'il avait été l'invité de la soirée. L'œil de Kit était fixé sur elle tout le temps, même si elle parlait à deux mille personnes, et il voyait qu'elle faisait son devoir.

Les pièces étaient aussi jolies que des boîtes décorées peuvent l'être, et plus chaudes qu'on aurait pu l'imaginer. Les gens étaient entassés comme des sardines dans une boîte de conserve, joue contre bajoue, et semblaient apprécier cela. Des hommes anémiques posaient des questions inaudibles à des femmes robustes, et *des débutants* à l'air éthéré criaient des réponses aux conservateurs âgés. Personne ne s'assit - en fait, il n'y avait pas de place pour s'asseoir - et les plus heureux de toute la foule, à l'exception de ceux qui y avaient dîné, étaient les mortels enviables qui étaient venus d'une maison et pouvaient annoncer qu'ils partaient. sur un autre. Trois petits salons s'ouvraient l'un sur l'autre, et les portes étaient enflammées et encombrées. Celui qui occupait le plus de place semblait se tenir là, et celui qui occupait le plus de place semblait être vêtu de rouge. Dans l'ensemble, on ne pouvait imaginer une soirée plus réussie. Les politiciens le considéraient comme un parti politique, ceux qui n'étaient pas aussi intelligents que le groupe de Lady Haslemere le considéraient comme le parti le plus intelligent de l'année, et tous ceux qui n'étaient personne considéraient que tout le monde était là et attendaient avec impatience d'acheter le prochain numéro de Smart Society. afin de voir ce que "Belle" ou "Amy" pensaient de tout cela.

Le bruit de deux ou trois cents personnes parlant à la fois dans de petites salles provoque un rugissement extraordinairement strident et, comme dans le cas des salles pleines de fumée de tabac, intolérable à moins qu'on n'y contribue soi-même . M. Alington a dû élever sa petite voix précise jusqu'à ce qu'elle ait l'air d'être en train d'entonner, et l'effort a été considérable. Cette façon particulière de passer une agréable soirée dans la chaleur de l'été lui était jusqu'alors inconnue, et il regardait autour de lui avec un léger émerveillement. Il se sentait rappelé ces caisses de canards et de volailles qu'on voit sur les ponts des paquebots de haute mer, dont les occupants sont si cruellement surpeuplés, et dont les plus heureux seuls peuvent enfoncer leur bec dans l'osier de leur prison, et cancaner désolément à la brise de la mer. Les chambres de Lady Haslemere lui semblaient ressembler à ces cages à oiseaux, la seule différence étant que les gens recherchaient cet emprisonnement étouffant de leur plein gré, parce qu'ils l'aimaient, les oiseaux parce qu'il fallait nourrir les passagers. Un ou deux hommes très grands avaient la tête libre, quelques autres se tenaient près des fenêtres et pouvaient respirer ; mais la majorité ne pouvait ni respirer, ni entendre, ni voir plus loin que ses voisins immédiats. Ils ne pouvaient que cancaner. Et ils cancanèrent.

Peu à peu, le parti s'éclaircit ; un chemin involontaire était tracé à travers la foule pour la sortie des princes, et les grandes fleurs épanouies des haies, pour ainsi dire, tombaient tour à tour au passage, comme un champ de coquelicots soufflé par un vent qui passe. Après eux, ces chanceux qui se dirigeaient vers une autre maison, où ils se retrouvaient côte à côte avec une foule légèrement différente et exprimaient un extrême étonnement que leurs voisins n'aient pas été chez Lady Haslemere ("Je pensais que tout le monde était là!") , s'empressa de le suivre. Dehors, tout le long de la rue, depuis Berkeley Square d'un côté jusqu'à Piccadilly de l'autre, s'étendaient des rangées de lampes de calèche, ressemblant à un gigantesque double collier. La congestion dans le salon s'est transformée en une inflammation vraiment alarmante dans le vestiaire et dans le hall, et tout le monde voulait sa voiture et l'attendait, sauf la malheureuse dame dont la voiture s'est arrêtée pendant tout le chemin, comme un stentorien. l'informa soigneusement un policier, mais qui ne trouva attaché à son billet qu'un petit chapeau d'opéra au lieu du manteau qui aurait dû la couvrir. Les gens se marchaient sur les orteils et les talons et s'empêtraient dans les bijoux et les dentelles des autres. La pluie avait commencé à tomber abondamment, le tapis rouge depuis la porte jusqu'au trottoir était humide et boueux, des valets de pied méprisants escortaient des dames âgées sous des parapluies de calèche jusqu'à leurs coupés, et de grosses gouttes de pluie tombaient froidement sur le dos des dames âgées. Les passants des rues critiquaient les passants avec des rires pointus et cockney, mais la foule bien habillée se bousculait, cancanait et parlait, et disait combien cela avait été remarquablement agréable, et combien il était doublement délicieux d'être venu ici d'ailleurs, et aller ailleurs à partir d'ici.

Une demi-heure après le départ des princes, lady Haslemere, qui cessait rapidement de bâiller, manœuvra les deux ou trois douzaines de personnes qui ne parvenaient toujours pas à s'arracher, dans le plus extérieur des trois salons, et fit un signe de tête à un valet de pied qui s'attardait dans l'embrasure de la porte et avait pour ordre évident d'attirer son attention. Là-dessus, lui et un autre géant impassible se glissèrent dans la pièce la plus intérieure, prirent deux tables recouvertes de feutrine verte là où elles avaient été pliées contre le mur, les placèrent au milieu de la pièce et placèrent une douzaine de chaises autour d'elles ; puis, utilisant un escalier de service, afin qu'ils ne soient pas vus par les "Grundys" restants, ils montèrent et préparèrent un souper froid, composé principalement de gelée et de volants et de mousse et de verre et de bouteilles et de cailles et de cigarettes. posa des cartes, des pions et des bougies sur les tables recouvertes de feutrine verte et se retira. Dix minutes plus tard, le dernier des « Grundy » se retira également, et le reste, une douzaine de personnes qui étaient restées debout dans l'attitude du plus profond découragement pendant la dernière demi-heure, tandis qu'un évêque jouait à Kit l'homme du monde, se soulevèrent. un profond soupir de soulagement et s'éclaira considérablement. Automatiquement, ou comme par l'action d'un courant d'air ou d'une marée, ils dérivèrent dans la pièce intérieure, et des lignes à la craie furent soigneusement tracées sur la toile de feutrine verte.

Le baccara est un jeu admirablement adapté aux personnes qui ont eu une longue journée, et est considéré comme un antidote spécifique à la morosité induite par les grandes soirées « Grundy ». C'est un effort et une tension pour l'esprit que de parler à des personnes très solides qui s'intéressent aux grandes questions et prennent plaisir à la discussion ; mais au baccara, l'esprit, pour ainsi dire, allume une cigarette, se jette dans un fauteuil et enfile ses pantoufles. Le Baccara ne nécessite aucun jugement, aucun calcul, aucune connaissance préalable de quoi que ce soit, et bien qu'il soit plein d'excitation agréable, il n'impose aucune exigence à l'intellect le plus fort ou le plus faible. Les joueurs n'ont qu'à se mettre aveuglément, comme les dames qui s'habillent pour le dîner, se livrent à une servante habile, entre les mains de la chance et des forces élémentaires austères qui gèrent les vents et les vagues, et décident dans quel ordre les neuf et autres cartes sont distribuées. à partir des packs, faites le reste. Vous achetez vos compteurs, et quand ils sont tous partis, vous en achetez d'autres. Si par contre ils se comportent comme il se doit, et grossissent et se multiplient comme des lapins, vous aurez le plaisir de les présenter à votre hôte en fin de soirée ou en début de matinée selon le cas, et il vous donne très gentiment de l'or sterling brillant et de riches billets de banque crépitants en échange.

Tom Abbotsworthy, depuis qu'il vivait avec sa sœur, prenait toujours la place d'hôte lorsque se jouait ce jeu apaisant à Berkeley Street ; car Lord Haslemere, s'il n'était pas au lit, était à ce moment-là occupé à jouer au billard sur le billard. De temps en temps, il regardait à l'intérieur, avec son air agité, et jouait avec la mousse et les fioritures, et s'il y avait quelqu'un présent dont la grandeur exigeait sa présence, il prenait la main hésitante. Mais cette nuit, il fut épargné ; il n'y avait qu'une petite fête intime, qui l'aurait trouvé ennuyeux. Il était lent aux cartes, faisait preuve d'une avidité démesurée pour sa mise et était connu au baccara pour se demander s'il devait en avoir une autre. Comme nous l'avons déjà dit, cela n'est pas nécessaire. Avec certains numéros, vous devez : avec tous les autres, il ne faut pas, et la considération retarde la partie.

Les heures se passaient beaucoup plus agréablement et plus vivement que pendant la période de la soirée « Grundy ». C'était une nuit chaude et calme, les fenêtres étaient grandes ouvertes et les bougies brûlaient sans vaciller. Autour de la table se trouvaient une douzaine de visages enthousiastes et attentifs. La chance, comme un joueur de flûte, flûtait vers la noblesse et la noblesse, et la noblesse et la noblesse la suivaient comme les enfants de Hamelin. De temps en temps, l'un d'eux se levait et consultait la table d'appoint, sans fioritures et mousse, ou la fumée odorante d'une cigarette empêchait la pièce pendant quelques minutes. La plupart des personnes présentes étaient restées oisives toute la journée, maintenant elles étaient employées et sérieuses. Dehors, la pluie avait cessé et, pendant quelques heures, la symphonie incessante des roues s'enfonçait dans un pianissimo. Parfois, avec un bruit aigu de sabots et le tintement d'une cloche, un fiacre trottait vivement, et de temps en temps une camionnette ferrée faisait tonner dans la rue. Mais la sieste bruyante fut courte, car le temps au maximum est précieux ; A peine le monde était-il rentré de ses soirées, que ceux dont la tâche est de se lever quand leurs maîtres se couchent, pour que la table du déjeuner ne manque pas de fleurs et de fruits, commencèrent à se mettre au petit matin. travail, et les fourgons chargés et parfumés se sont dirigés vers l'est. Les bougies s'étaient éteintes autrefois et avaient été remplacées par l'un des géants impassibles, lorsque le soupçon de l'aube, la même aube qui, dans les campagnes, illuminait d'une lumière tremblante les creux rosés des chemins inexplorés, fut murmurée dans le monde. Ici, cela n'a fait que changer les façades vides et sombres des maisons d'en face en un gris plus visible ; il aspirait le feu des bougies, était étrangement inconvenant pour

Lady Haslemere, qui était conçue pour la lumière artificielle, et de l'obscurité naquit le jour.

Il n'était plus nécessaire d'allumer les phares du carrosse lorsque Kit et son mari montèrent dans leur coupé. Un ciel bleu très pâle, sans fumée et clair, s'étendait sur la ville, et l'haleine du matin était délicieusement fraîche. Kit, qu'il soit dû à un art supérieur ou à la simple nature, ne paraissait en rien dérangé par le matin. Elle était un peu rouge, mais sa rougeur était plus celle d'un enfant qui vient de se réveiller d'une longue nuit de sommeil que celle d'une femme de vingt-cinq ans, excitée par le baccara et suffisamment - dans une certaine mesure pas plus que suffisant - de champagne. Son harmonie constante avec son environnement était sa caractéristique la plus extraordinaire ; cela semblait être un instinct, agissant automatiquement, tout comme le caméléon prend sa couleur en fonction de son environnement. Placez-la dans une foule bien habillée du monde, elle y était la femme la mieux habillée et la plus mondaine ; parmi les enfants au visage rose, elle ressemblerait le plus à une élève-institutrice. Tout à l'heure, dans le salon de lady Haslemere, vous auriez appelé son joueur jusqu'au bout des doigts ; mais tandis qu'elle restait un moment sur le trottoir, attendant qu'on lui ouvre la portière, elle était une enfant du matin.

Elle tira plus près d'elle son manteau, doublé des plumes arrachées de la poitrine qui ne poussent sur la mère qu'en période de reproduction, et releva la fenêtre à moitié.

"Tu as eu de la chance aussi bien que moi, n'est-ce pas, Jack ?" dit-elle. "Je suppose que je suis un mercenaire, mais je dois avouer que j'aime gagner l'argent des autres. J'ai l'impression de gagner quelque chose."

"Oui, nous étions tous les deux sur le point de gagner ce soir", a déclaré Jack.

Puis il s'arrêta, mais comme s'il avait quelque chose à dire, et pour Kit comme pour lui, le silence fut gênant.

"Tu as remarqué quelque chose ?" elle a demandé.

"Oui, Alington."

" Moi aussi. Alice aussi, je pense. Quel ennui ! Que faut-il faire ? "

Jack s'agita sur son siège, alluma une cigarette, en prit deux bouffées et la jeta.

"Peut-être avons-nous tort", a-t-il déclaré. "Peut-être qu'il n'a pas triché."

Kit ne trouva pas utile de répondre à une suggestion aussi timide.

"C'est sacrément gênant", a-t-il poursuivi, abandonnant lui-même. " Je ne sais que faire. Vous voyez, Kit, dans quelle horrible situation je me trouve. En tout cas, ne faisons pas de scandale ; ce genre de chose a été essayé une fois, et je ne sais pas si ça n'a fait de bien à personne. »

"Bien sûr, nous n'aurons pas de scandale", dit rapidement Kit. "S'il y avait un scandale, il faudrait rompre avec lui et s'en aller aux mines d'or en ce qui nous concerne."

commença Jack. Ses pensées étaient si absolument identiques à ce que disait sa femme, que c'était comme s'il avait entendu un écho soudain. Et même si ses pensées étaient les siennes et que Kit se contentait de les exprimer, quand elle l'avait fait, tant l'homme était déraisonnable, il se sentait enclin à répudier ce qu'elle disait. Présentée ainsi, la chose paraissait grossière. Kit le vit sursauter, en devina la cause avec une précision intuitive et ressentit soudain une colère impatiente contre lui. Elle détestait cette sorte de lâcheté hypocrite, car, ayant elle-même beaucoup de courage immoral, elle n'avait aucune sympathie pour ceux qui y manquaient. Jack, elle le savait très bien, n'avait pas l'intention de rompre avec Alington, car ce dernier avait triché au baccara. Alors, au nom du ciel, même si vous êtes trop délicat pour être franc vous-même, essayez de faire un effort pour ne pas grimacer quand quelqu'un d'autre le fait.

« C'est ainsi qu'un homme appelle son honneur », pensa-t-elle avec une contrariété amusée. "Cependant, ce n'est pas différent de Jack."

Pendant ce temps, son cerveau rapide filait des fils comme une araignée.

"Regarde ici, Jack," dit-elle dans un instant. "Laissez-moi faire. C'était stupide de ma part de le mentionner. Vous n'avez rien vu : je n'ai rien vu. Vous n'en savez rien. Il n'y a pas eu de baccara, pas de triche, rien. Venez."

"Qu'est-ce que tu vas faire?" » demanda Jack, dubitatif.

Il avait une grande confiance en Kit, mais cette question méritait d'être réfléchie.

"Oh, Jack, je ne suis pas un imbécile", a déclaré Kit. "Je veux seulement que, officiellement, pour ainsi dire, vous n'en sachiez rien, juste en cas d'accidents ; mais il n'y aura pas d'accidents si vous me laissez m'en occuper. Si vous voulez savoir ce que je dois faire, c'est ceci." : J'irai voir Alice demain, ou plutôt aujourd'hui, et je lui dirai ce que j'ai vu. Je suis sûr qu'elle l'a vu elle-même, sinon je ne devrais rien lui dire. J'ajouterai aussi combien j'ai eu de la chance qu'elle seule et je l'ai remarqué. Ensuite, tout cela sera étouffé, même si j'ose dire que nous regarderons Alington jouer une fois de plus pour en être sûr, et si nous le voyons tricher à nouveau, faites-lui promettre de ne plus jouer. Faites-nous confiance pour Je ne le laisse pas sortir. Je suis dans votre galère à propos des mines, voyez-vous.

« Elle doit comprendre que je n'ai rien vu ? demanda Jack.

"Bien sûr, bien sûr", a déclaré Kit. " C'est là tout l'intérêt. Quel est votre scrupule ? Je n'arrive vraiment pas à comprendre. Je sais que ce n'est pas agréable d'avoir affaire à quelqu'un qui triche aux cartes. Il faut toujours être aux aguets. Il faudra Gardez les yeux ouverts sur cette histoire de mines, mais c'est votre affaire. Il est évidemment préférable qu'Alice imagine que vous ne savez rien de la tricherie. Elle pourrait penser que vous devriez rompre avec cet homme ; les gens sont si bizarres. et inattendu. »

"Et Tom?" lui demanda-t-il.

Ils étaient arrivés à Park Lane et Kit en sortit.

"Jack, vas-tu ou non laisser toute l'affaire entre mes mains - toute l'affaire, tu comprends - sans interférence ?"

Il s'arrêta un instant, toujours indécis.

"Oui", dit-il enfin; "mais fais attention."

Kit entendit à peine cette injonction ; dès qu'il eut dit « oui », elle se détourna rapidement de lui et entra dans la maison.

Il était déjà plus de quatre heures et la cime des arbres du parc avait capté les premiers rayons du soleil oriental. La ville splendide et sordide dormait encore, et la route luisait à cause de la pluie tombée plus tôt dans la nuit et était vide de passagers. Mais les oiseaux, ces bons compagnons de l'aube, étaient éveillés, et le chant matinal des moineaux piquait l'air. Kit se dirigea directement vers sa chambre, où les stores roses, baissés sur les fenêtres grandes ouvertes, remplissaient la pièce d'une lumière douce et tamisée, et sonnèrent la cloche qui communiquait avec sa chambre de bonne. Lorsqu'elle risquait de sortir très tard, elle laissait toujours sa femme de chambre se coucher et la sonnait lorsqu'elle était recherchée. Souvent même, elle faisait un effort pour se coucher sans son aide, mais ce matin, elle était préoccupée et a téléphoné avant de pouvoir déterminer si elle avait besoin d'elle. Kit elle-même était une de ces personnes heureusement constituées qui peuvent se contenter de très peu de sommeil, bien qu'elles puissent se débrouiller beaucoup, et pendant ces mois londoniens, quatre ou cinq heures pendant la nuit et peut-être une demi-heure avant le dîner suffisaient pour dormir. non seulement elle était éveillée, mais elle l'était excessivement à d'autres moments. A la campagne, il est vrai, elle rattrapait ses heures peu naturelles par un comportement vraiment bucolique. Elle faisait quotidiennement de l'exercice vigoureux par tous les temps, mangeait beaucoup de choses saines, ne buvait presque pas de vin et dormait huit heures comme une enfant. En cela, elle était plus sage que la majorité de son monde, qui, pour corriger ses erreurs à Londres, passe un mois de retraite digestive à Carlsbad.

"Vivez sainement six mois par an", dit un jour Kit, "et vous réparerez vos dégâts. Pourquoi devrais-je écouter des groupes allemands et boire de l'eau salée ?"

Au lieu de cela, elle a pêché tout le mois d'août et septembre, a réduit ses cigarettes et a vécu, comme elle le disait, comme une laitière. Cela aurait été une sorte de laitière plutôt bizarre, mais les gens savaient ce qu'elle voulait dire.

Avant que sa servante n'arrive (l'arrangement de Kit pour qu'elle puisse aller se coucher était en partie le résultat de sa gentillesse, en partie de sa réticence à être servie par une servante très endormie), elle avait ôté ses bijoux et les avait mis dans son coffre-fort. Là aussi, elle plaça la somme d'argent très considérable qu'elle venait de gagner au baccara, pour adhérer à la caisse des mauvais jours. Jack n'était pas au courant de l'existence du fonds pour les mauvais jours : il s'agissait d'une propriété très privée de Kit ; mais il est juste pour elle de dire que s'il avait été dans une *impasse financière*, il aurait été à sa disposition. Cependant, aucun certain nombre de factures impayées ne constituaient une *impasse* jusqu'à ce que vous soyez absolument poursuivi pour dette ; la manière la plus simple de s'en débarrasser, et naturellement populaire, était de continuer à commander dans les mêmes magasins.

Kit et son mari ne se retrouvaient pas au petit-déjeuner, mais prenaient ce repas plébéien dans leur propre chambre. Et elle, après avoir dit à Hortense d'ouvrir encore plus les fenêtres et de lui apporter son déjeuner à dix heures et demie, mit la clé de son coffre-fort sous son oreiller, et s'endormit cinq heures. Elle voudrait son Victoria à midi, et elle griffonna un mot à Lady Haslemere lui disant qu'elle serait avec elle à une heure et quart.

Dehors, le jour devenait de plus en plus clair et des ruisseaux de circulation commençaient à couler sur Park Lane. L'heure du départ des omnibus apporta une grande montée de bruit, mais Kit s'endormit aussitôt qu'elle se coucha, et, le sommeil des justes et des sains étant sain, elle ne les entendit pas. Elle rêvait vaguement qu'elle avait gagné un million de livres, mais qu'au moment où elle gagnait le dernier d'entre eux, ce qui signifierait le bonheur éternel, elle trompait l'ombre indéfinie d'un sou qui, à la manière brumeuse et inexpliquée des rêves. , lui a enlevé la totalité de ses gains. Puis l'odeur du thé et du bacon et un soudain afflux de lumière dispersèrent ces imaginations vaines et peu propices, et elle se réveilla avec un autre jour de sa vie sans valeur, égoïste et sans but.

CHAPITRE IV

LE PETIT PLAN DE KIT

Pour beaucoup de gens, les événements de la veille et les anticipations du jour à venir donnent, avec l'exactitude la plus pédante, une couleur automatique aux moments d'éveil. La première impulsion de la conscience consciente, sans cause apparente, est heureuse, malheureuse ou indifférente. Puis vient un train de pensées à rebours, le cerveau tâtonne en raison de son plaisir ou de son chagrin, quelque chose s'est produit, quelque chose va se produire, et l'instinct du premier instant est justifié. La chose se trouvait dans le cerveau ; elle donnait sa couleur au moment où la pensée raisonnée dormait encore.

Le bacon et le thé furent les premières saveurs d'un monde extérieur pour Kit à son réveil, car elle avait profondément dormi, mais en même temps, et sans faire référence à ces excellentes choses, son cerveau lui dit : « Pas sympa ! Or, c'était étrange : elle partageait avec son mari son opinion sur l'importance primordiale de l'argent, et la nuit précédente, elle avait enfermé dans son coffre-fort suffisamment pour payer au moins six blouses et les factures d'un an de dentiste, car ses dents étaient très bien. En fait, on croyait généralement qu'elles étaient fausses, et même si Kit riait toujours la bouche ouverte, on lui avait demandé plus d'une fois qui était son dentiste. Ici, elle montra moins que sa sagesse ordinaire lorsqu'elle répondit qu'elle n'en avait pas, car la malignité du monde, combien incomparable elle aurait dû savoir, se sentait justifiée.

Pourtant, malgré cette délicieuse somme rondelette dans son coffre-fort à bijoux, l'odeur du bacon ne l'éveilla à aucun sentiment de bonheur au-delà du bacon. Un instant, elle défia son instinct et se dit qu'elle allait prendre le thé chez les Carbury et que Coquelin viendrait ; qu'elle dînait chez les Arbuthnot, où ils allaient jouer une petite farce française si hurlante et si curieuse que le Censeur aurait certainement eu une crise s'il avait su qu'une pareille pièce avait été jouée dans les limites de ses soins paternels. Tout cela était comme il se doit, mais à mesure que le fleuve de la pensée commençait à couler plus pleinement, elle était encore moins satisfaite de la couleur du jour. Quelque chose de désagréable s'était produit ; il y avait encore quelque chose de désagréable dans l'air... ah ! c'était tout, et elle s'assit sur son lit et se demanda exactement comment elle devrait le dire à Lady Haslemere. De toute façon, elle avait *carte blanche* de la part de Jack, et si entre dix heures et demie et midi et quart elle ne parvenait pas à penser à quelque chose de simple et suffisant, elle était une idiote, et elle savait qu'elle ne l'était certainement pas.

Avec son petit-déjeuner vint le courrier. Il y avait une demi-douzaine de cartes d'invitation à des concerts, à des dîners et à des garden-parties ; une note autographe d'un très grand personnage concernant ses invités au banquet de la semaine prochaine ; un certain nombre de factures faisant un total surprenant mais sans intérêt ; une autre note, qu'elle lut deux fois avec intérêt, puis déchira en très petits morceaux ; et quelques lignes de Jack, griffonnées sur une demi-feuille de papier.

« Faites de votre mieux, Kit », dit-il ; "Je pars à la Ville pour voir A. Je ferai comme si je ne savais rien."

Kit le déchira également, mais pas en petits morceaux, avec un petit soupir de soulagement. « Le bon sens vient le matin », se dit-elle, et elle déjeuna de très bon appétit.

Quoi qu'elle ait fait, aussi imprudemment qu'elle ait soupé, Kit « voulait » toujours son petit-déjeuner, et tandis qu'elle le prenait, l'affaire de la veille lui semblait prendre un teint quelque peu différent. Au fond de son cœur, elle commençait à ne pas vraiment regretter la faute dans la moralité sociale dont M. Alington s'était rendu coupable la nuit précédente. Après réflexion, il lui sembla que ce n'était peut-être pas tout à fait une mauvaise chose qu'elle ait un petit contrôle sur lui. Cela pourrait même être qualifié de bénédiction, sans presque aucun déguisement, et elle s'est ainsi positionnée. Lorsque vous parcouriez des champs aurifères inexplorés avec le propriétaire, un inconnu, attelé à votre charrette, c'était tout aussi bien d'avoir une sorte de pause à portée de main. Il serait très probablement inutile de l'utiliser ; en fait, elle ne voulait pas du tout avoir à s'en servir, mais il était certainement préférable de savoir qu'il était là, et que si l'inconnu se mettait en tête de s'enfuir, il le trouverait soudainement mis en place. Le seul inconvénient était qu'Alice était également au courant ; au moins, Kit était moralement certaine d'avoir remarqué que M. Alington avait avancé subrepticement sa mise après la déclaration de sa carte, ce qui avait été fait très maladroitement, et elle aurait préféré, si cela avait été possible, que seuls Jack et elle le fassent. Nous le savons, car un secret n'a qu'une seule valeur, et plus il est partagé, moins chaque part a de valeur, sur le simple postulat arithmétique que si l'on divise une unité en morceaux, chaque morceau est inférieur à l'unité d'origine.

En effet, plus elle y pensait, plus il lui semblait commode que M. Alington ait commis cette petite erreur et qu'elle ait dû s'en apercevoir. Et, après tout, cela éviterait peut-être des ennuis qu'Alice l'ait également remarqué, car selon toute probabilité, il serait nécessaire de faire jouer à nouveau Alington et de le surveiller. Pour cela, il lui fallait un complice, et comme Jack ne devait pas du tout se mêler de cette affaire, il n'y avait vraiment pas de meilleur complice qu'Alice. Tenir ce piège au financier insipide ne semblait en rien à Kit être une démarche déshonorante. Elle se disait que si un homme trichait, il ne fallait pas lui permettre de jouer aux cartes et de gagner l'argent de ses amis, et que c'était pour lui rendre justice qu'il fallait vérifier les soupçons . Mais le fait que c'était une chose basse et répugnante de demander à un homme, en tant qu'ami, de jouer aux cartes pour voir s'il trichait ou non, ne lui vint pas à l'esprit. Son esprit — après tout, c'est une question de goût — n'était pas construit de manière à pouvoir comprendre ce point de vue, et elle n'était ni bornée ni pédante dans sa conception de l'obligation qu'entraînait l'hospitalité. Tricher aux cartes était une habitude impossible, cela ne suffirait pas du tout ; pour un homme riche, tricher aux cartes était inexplicable. En effet, il ne serait pas exagéré de dire que Kit a été vraiment choqué par cette dernière.

Au bout d'une heure, dame Haslemere répondit. Elle était inévitablement absente jusqu'à deux heures, mais si Kit venait déjeuner, elle serait à la maison. Haslemere et Tom étaient tous les deux absents et ils pouvaient être seuls.

Kit trouvait toujours Alice Haslemere en excellente compagnie, et pendant le déjeuner, ils ternissaient la réputation de leurs amis les plus intimes avec toute la maîtrise de la coutume et un contact ferme mais doux. Tel un détective déductif aux fictions illisibles, Kit pouvait de manière très plausible argumenter sur la culpabilité à cause des cendres de cigarettes, des bottes boueuses, des tasses de thé – tout ce qui, en fait, est totalement innocent en soi. Mais plus chanceuse que lui, elle n'avait pas réussi à arracher des verdicts à des jurys réticents, mais seulement à convaincre Lady Haslemere, ce qui était une tâche bien plus légère, car elle pouvait, sans le moindre effort, croire n'importe quoi de mal chez qui que ce soit. Kit, de plus, était un parfait génie pour les insinuations ; c'était un des plus grands charmes de sa conversation.

Après le déjeuner, ils s'assirent dans la salle de jeu et fumèrent des cigarettes à bout doré teintées d'opium, et lorsque les domestiques eurent apporté du café et les quittèrent, Kit alla droit au but et demanda à Alice si elle avait vu quelque chose d'anormal pendant qu'ils jouaient. baccara la veille.

Lady Haslemere but une gorgée de café et alluma une autre cigarette ; elle avait l'intention de s'amuser beaucoup.

"Vous voulez dire l'Australien", dit-elle. "Eh bien, j'avais des soupçons ; c'est-à-dire qu'hier soir j'en étais sûr. C'est si facile d'être sûr de ce genre de choses quand on perd."

Kit eut un rire sympathique.

"C'est *ennuyeux* de perdre", dit-elle. "S'il y a une chose que je déteste plus que gagner l'argent des autres, c'est bien perdre le mien. Et la certitude de la nuit dernière est encore un soupçon aujourd'hui ?"

"Oui. Mais vous savez, un homme peut avoir l'intention de miser sans pour autant placer les jetons bien à l'écart de cette chère petite ligne de craie. Je suis sûr, de toute façon, que Tom n'a rien vu, parce que je lui ai lancé un indice. ce matin, ce qu'il aurait compris s'il avait vu quelque chose.

"Oh, Tom ne voit jamais rien", dit Kit ; "il est comme Jack."

La conclusion naturelle de Lady Haslemere fut que Jack n'avait rien vu non plus, et pour le moment Kit était épargné d'une erreur plus directe. Non pas qu'elle ait une quelconque horreur pudibonde pour les fausses déclarations, mais il était vain d'en faire une à moins que cela ne soit nécessaire ; il est idiot de se forger une réputation de prévarication habituelle. Les mensonges sont comme les drogues ou les stimulants : plus vous en faites un usage fréquent, moins ils ont d'effet, tant sur vous-même que sur les autres.

"Eh bien, Kit," continua Lady Haslemere, "nous n'avons pas encore grand-chose à faire. Toi, Tom, Jack et moi sommes les quatre seules personnes qui auraient pu vraiment voir : Jack et moi parce que nous étions assis directement en face de M. Alington, vous et Tom parce que vous étiez assis un de chaque côté de lui. Et de nous quatre, vous seul pensez vraiment que ce—ce malheureux effondrement moral, je pense que vous l'avez appelé, s'est produit. Et Jack est si vif. Je ne suis pas du tout d'accord qu'il ne voit jamais rien, il n'y a rien plutôt qu'il ne voie. J'attache autant de poids à ce qu'il ne voie rien qu'à ce que quelqu'un d'autre voie quelque chose. Vous et moi voyons les choses très vite, vous je sais, ma chère", a-t-elle ajouté avec une franchise inhabituelle.

"Peut-être que Jack allumait une cigarette ou quelque chose du genre", a déclaré Kit. "En effet, maintenant que j'y pense, je crois qu'il l'était."

"Jack peut voir à travers la fumée de cigarette aussi bien que la plupart des gens", remarqua Alice. "Mais dans l'ensemble, je suis d'accord avec toi, Kit ; nous ne pouvons pas laisser les choses telles quelles. Je crois que la chose à faire est de le faire jouer à nouveau et de le regarder."

"Je le crois", dit Kit avec une insouciance étudiée.

Ici, elle a commis une erreur ; l'insouciance était un peu exagérée, et Lady Haslemere leva rapidement les yeux. À ce moment-là, elle réalisa pour la première fois que Kit n'était pas tout à fait naïf.

"Mais je n'aime pas faire ce genre de choses", poursuivit-elle en lançant une sonde.

"Mais que devons-nous faire d'autre ?" » demanda Kit, qui, depuis le petit-déjeuner, avait fait émerger de sa conscience intérieure plusieurs platitudes admirables. "Ce n'est vraiment pas juste envers Alington lui-même de laisser les choses ainsi; d'avoir dans l'esprit - on n'y peut rien - un soupçon contre cet homme qui peut être tout à fait erroné. D'un autre côté, à supposer qu'il ne soit pas erroné. , en supposant qu'il ait triché, il n'est pas juste envers les autres qu'il soit autorisé à continuer à jouer. Soit il a triché, soit il ne l'a pas fait.

Il n'y avait aucun doute sur le bon sens de cette affirmation, et Lady Haslemere resta silencieuse un moment.

"Dis-le à Jack", suggéra-t-elle longuement, après s'être creusé la tête pour trouver quelque chose d'assez gênant à dire.

En règle générale, elle et Kit étaient d'excellents amis et se traitaient avec une immense franchise ; mais Lady Haslemere avait ce matin la très nette impression que Kit cachait quelque chose, ce qui l'ennuyait. Il s'agissait sans aucun doute de quelque chose de tout à fait trivial et sans importance, mais elle-même n'aimait pas être tenue dans l'ignorance par qui que ce soit. Mais Kit a répondu immédiatement.

"Je ne vois pas pourquoi nous devrions le dire à qui que ce soit, Alice," dit-elle ; "Et le pauvre cher Jack s'arracherait la moustache dans sa perplexité, s'il le savait", ajouta-t-elle avec une belle touche de couleur locale. "En tout cas, la dernière chose que nous voulons est un scandale, car il n'est jamais bon de lire dans les journaux que la marquise de Conybeare, alors qu'elle organisait une grande soirée de baccara hier soir, a détecté qu'un de ses invités trichait. Sa Seigneurie maintenant se trouve dans un état précaire. Vous connaissez ce genre de choses. Alors suivez les noms des invités. Je déteste la presse publique ! observa-t-elle avec dignité.

"Oui; c'est comme les rayons X", observa Lady Haslemere; "et permet au public curieux de voir ses os. Et aussi charmant qu'on puisse être, ses os ne sont pas dignes d'une inspection publique. De plus, les journaux inscriraient le nom de l'un des invités avec des tirets pour les voyelles, et le lecteur excité dessinerait " Ses conclusions. En réalité, la classe supérieure est terriblement mal utilisée. C'est le fouet de la nation. Supposons que Smith et Jones organisent une soirée de baccara et que Smith triche, personne ne s'en souciera, pas même Robinson. "

Kit rit.

"C'est justement pour cela que je ne veux en parler à personne", a-t-elle déclaré. "Si trois personnes sont impliquées dans un secret, les chances que celui-ci soit révélé sont bien plus grandes que s'il n'y en avait que deux. Non pas que quiconque le dise exactement, mais l'atmosphère s'en imprègne. Vous savez ce qui s'est passé auparavant. Il faut garder le secret. les fenêtres s'ouvrent, pour ainsi dire, et laissent entrer beaucoup d'air frais, de politique, etc. D'autres personnes respirent le secret.

"Nous ne pouvons pas nous attaquer à cet homme seuls", a déclaré Alice.

"Pourquoi pas ? Un homme déteste toujours une scène, parce qu'un homme n'est jamais bon dans une scène ; et, personnellement, je les aime plutôt. Je suis à mon meilleur dans une scène, ma chère ; je suis vraiment génial."

Une fois de plus, Lady Haslemere eut la sensation très nette que Kit cachait quelque chose. Elle semblait vouloir prouver ses arguments contre Alington, mais elle ne voulait pas que quiconque le sache. On se demandait pourquoi elle souhaitait s'en prendre personnellement à cet homme. Peut-être… Lady Haslemere pensait avoir une idée de la vérité et décida de tenter sa chance.

"Bien sûr, il serait gênant pour Jack", observa-t-elle avec négligence, "d'avoir des liens d'affaires avec cet homme, si l'on apprenait qu'il savait qu'Alington avait triché au baccara."

Kit n'était pas sur ses gardes.

"C'est exactement ce qu'il ressent, ce que je ressens", a-t-elle déclaré.

Elle fit cette correction sans détour avec le sang-froid le plus soyeux ; elle ne se dépêcha ni n'hésita, mais Lady Haslemere éclata de rire.

"Mon cher Kit !" dit-elle.

Kit resta silencieuse un moment, puis, tout naturellement, elle rit aussi.

« Oh, Alice, » dit-elle, « comme tu es intelligente ! Vraiment, chérie, si j'avais été un homme et que je t'avais épousé, nous aurions dû être roi et reine d'Angleterre avant que tu puisses dire « couteau ». En effet, vous avez été très rapide, car je ne me suis pas mal corrigé du tout. Je pensais avoir fait valoir mon point de vue, alors j'ai été négligent. Maintenant, je vais m'excuser, ma chère, et je promets de ne jamais essayer de vous reprendra, en partie parce que cela ne sert à rien, et en partie parce que vous m'en devez une. Jack le sait et, à ma demande, il m'a laissé m'en occuper comme s'il ne le faisait pas. Ce serait très gênant pour lui s'il le savait, pour ainsi dire, officiellement. À l'heure actuelle, voyez-vous, il n'a que des soupçons. Il ne pouvait pas en être certain, pas plus que vous ou moi. Comme vous l'avez si judicieusement dit, ma chère, nous n'avons que des soupçons. Mais maintenant, Alice, laissons Jack en dehors de cela. Ne lui faites pas savoir que vous savez qu'il sait. Cher moi, comme c'est compliqué ! Vous voyez, il devrait rompre avec Alington s'il le savait.

Lady Haslemere éclata de rire.

« Je suppose que les gens de la classe moyenne nous prendraient pour des méchants ? elle a observé.

"Probablement ; et ce serait vraiment de la classe moyenne de leur part", a déclaré Kit. "C'est ce qui est commode avec la classe moyenne : elle n'est jamais autre chose. Maintenant, il ne faut pas compter sur la classe supérieure et la classe inférieure ; tantôt nous appartenons tous deux à la classe criminelle, tantôt nous sommes tous deux d'honnêtes travailleurs. Mais La classe moyenne conserve le monopole perpétuel de nous choquer et de nous considérer comme des méchants. Et puis elle nous met au pilori et nous jette des saletés. Cela doit être tellement amusant aussi, parce qu'elle pense que cela nous dérange. Alors ne nous laissons pas faire de scandale. "

Lady Haslemere pinça sa jolie bouche et souffla un excellent rond de fumée. C'était une femme de bonne humeur, et sa détection de Kit a atténué la tentative de tromperie de l'autre. Elle était plutôt contente d'elle.

"Très bien, je ne lui dirai rien", dit-elle.

"C'est un chéri !" » dit Kit cordialement ; " et vous devez voir que cela ne servirait à rien d'en parler à quelqu'un d'autre. Jack serait obligé de rompre avec lui si cela se produisait, et quand un marquis réduit veut vraiment gagner sa vie, il est cruel de le décourager. Alors allons-y. Alington rejoue et le regarde, toi et moi, comme deux chats. Ensuite, si nous le voyons tricher à nouveau, nous lui demanderons de déjeuner et nous le lui dirons, et lui ferons signer un papier, le tamponner et le sceller. et jure-le de dire qu'il ne jouera plus jamais, amen."

Lady Haslemere se leva.

"Les deux conspirateurs jurent donc silence", dit-elle. "Mais comme ce serait gênant, Kit, si quelqu'un d'autre le remarquait à cette deuxième occasion !"

"Bluffez-le!" dit Kit. "Vous et moi nierons avoir vu quoi que ce soit et dirons que la chose est absurde. Ensuite, nous dirons à cet Alington que nous savons tout, mais qu'à moins qu'il ne se comporte mal ou ne joue à nouveau, l'incident sera clos ! "

"Je serais désolée de confier mon argent à cet homme", dit Alice.

"Oh, là tu fais une erreur", dit Kit. "Vous faites preuve de prudence au mauvais endroit, et je ne devrais pas me demander si vous nous rejoignez bientôt, les Carmélites. Pour une raison ou une autre, il pense que le nom de Conybeare mérite d'être mis en première page, comme il l'appelle, et j'en suis convaincu. il lui en donnera pour son argent. Il lui en donnera peut-être même plus, d'autant plus que Jack n'en a pas. Il pense que Jack est très intelligent, et il a tout à fait raison. Tu es très intelligent aussi, Alice, et moi aussi. " Comme c'est agréable pour nous tous, et comme nous avons raison d'être amis ! Cher moi ! si vous, Jack et moi étions ennemis, nous rendrions bientôt Londres trop chaude pour accueillir aucun de nous. Dans l'état actuel des choses, la température est parfaitement charmant."

"Et est-ce que cette frontière va vous rendre, toi et Jack, très riches ?" demanda lady Haslemere.

"Le limiteur va faire de son mieux", a ri Kit ; "Au moins, Jack le pense. Mais il faudrait une sorte de limiteur très persévérant pour que nous soyons riches pendant longtemps ensemble. L'argent est si agité ; il vole toujours, et il vole si rarement dans ma direction."

"Cela a peut-être pris une habitude dans le monde entier", a déclaré Alice.

"J'ose dire. Certes, nous volons toujours, et c'est tellement ennuyeux de devoir payer de l'argent liquide aux bureaux de réservation. Jack a complètement oublié l'autre jour où nous allions à Sandown, et il a dit à l'homme du bureau de réservation de mettre c'est à lui qu'il incombe, ce qu'il a barbarement refusé de faire.

"Comme c'est déraisonnable, ma chérie !"

"N'est-ce pas ? Je donnerais beaucoup pour pouvoir payer la facture aux compagnies de chemin de fer. Mon Dieu, il est plus de trois heures ! Je dois prendre l'avion. Il y a un bazar pour empêcher ou propager quelque chose à Knightsbridge. , et je vais soutenir la princesse Frédéric, qui va l'ouvrir, et manger un grand thé. Comme ils mangent, ces gens-là ! Nous sommes toujours en train de propager ou d'empêcher, et on ne peut pas les annuler les uns contre les autres, car l'un veut propager exactement ces choses que l'on ne veut pas empêcher. »

"Qu'allez-vous propager aujourd'hui ?"

" J'oublie. Je crois que c'est l'anti-propagation de la prévention en général. Allez-vous au bal hongrois ce soir ? Oui ? Nous nous reverrons alors. *Au revoir !* "

"Vous êtes tellement plein de bonnes œuvres, Kit", dit Lady Haslemere sans aucune trace de regret dans son ton.

Kit éclata de rire.

"Oui, n'est-ce pas gentil de ma part ?" dit-elle. "Vraiment, les bazars sont une excellente politique, aussi bonne que l'honnêteté. Et ils en disent bien plus. Si vous êtes allé dans un bazar, cela est publié dans les journaux, alors qu'ils ne le mettent pas dans les journaux si vous avez été honnête. " Je l'ai souvent fait. Les bazars aussi sont bientôt terminés et on a ensuite l'impression d'avoir mérité sa balle, tout comme on a l'impression d'avoir mérité son dîner après avoir fait du vélo. "

Kit bruissait agréablement en bas, laissant Alice dans la salle de jeux où ils avaient parlé. Cette dame avait un sens de l'argent aussi vif que Kit elle-même, et évidemment, si Kit se refusait le plaisir de faire scandale à cause de cette tricherie au baccara (un sujet piquant), elle devait avoir une bonne raison de le faire. Elle voulait, ainsi que le raisonnait Lady Haslemere, avoir Alington sous sa coupe très privée, et non, concluait-elle, obtenir quelque chose de précis de lui, car le chantage n'était pas dans le domaine de Kit, mais par mesure de précaution. Elle suivit le fil de ses pensées avec une admirable lucidité et arriva à la conclusion très raisonnable que l'intérêt que les Conybeare portaient à Alington était grand. En effet, compte tenu du manque total d'argent liquide dans l'établissement Conybeare, celui-ci doit être immense ; car aucun d'eux n'aurait envisagé autre chose qu'un revenu équitable ou une très grosse somme d'argent qui valait la peine d'être essayée. Ceci étant, elle souhaitait également y participer.

Tom, elle le savait, avait été approché par M. Alington et Jack au sujet de sa nomination comme administrateur, et elle était déterminée à le persuader de le faire. Pour l'instant, il n'avait pas encore décidé. Quoi qu'il en soit, gagner de l'argent dans les mines était tout aussi respectable que d'en perdre aux cartes, et bien plus rentable. En outre, les quotidiens pourraient devenir intéressants s'il s'agissait d'une affaire personnelle de savoir si les Bonanzas étaient en hausse ou les Rands en baisse. Tom s'intéressait beaucoup aux Robinson - quels qu'ils soient, et ils semblaient vulgaires mais riches - et elle lisait occasionnellement les rapports du marché monétaire dans son journal financier, comme une personne oisive peut épeler des mots dans une langue inconnue. . Les « opérateurs d'ursines », les « taureaux », « la planéité », « l'étroitesse », les « réalisations » : comme tous ces termes deviendraient intéressants s'ils s'appliquaient à son propre argent ! Elle avait souvent remarqué que les perspectives politiques affectaient le marché monétaire, et à l'époque de Fachoda, Tom était comme un ours avec un mal de tête. Connaître un peu la politique, avoir, comme elle, un chef conservateur prêt à lui chuchoter des choses qui n'étaient pas censées être officiellement chuchotées, serait évidemment un avantage si l'on s'intéressait aux prix. Et le démon de la spéculation lui fit sa révérence d'introduction.

Il est difficile pour ceux qui habitent sur les terres plates de la raison de comprendre les sommets et les vallées de la manie. Il est impossible à quiconque ne connaît pas les hauteurs et les profondeurs auxquelles conduisent de telles croyances d'évaluer pleinement la dépression intolérable qui résulte de la conviction que l'on a une jambe de verre, ou la majesté secrète qui accompagne la croyance que l'on est Charles Ier. le titulaire. Mais la manie de la spéculation – aussi sûrement une folie que l'une ou l'autre – est plus facile à comprendre. Seul le bon sens le plus grossier est requis ; Si l'on suppose que votre pays est au bord de la guerre, et que vous savez avec certitude que des événements rassurants seront rendus publics demain, il est en corollaire d'investir tout ce que vous pouvez mettre la main dans les consoles englouties du pays. certitude d'une hausse demain. C'est aussi simple que A B C, et vos gains ne sont limités que par le montant que vous pouvez investir. Un pas de plus et vous avez devant vous le plan enchanteur de ne pas payer du tout ce que vous achetez. Achetez simplement. Les consoles (vous devez en être sûr) augmenteront avant le prochain jour de règlement et avant la vente du prochain jour de règlement. Et donc le secret pour ne pas prendre d'actions vous appartient.

Mais les consoles sont un pari lent. Il est concevable qu'ils augmentent de deux points en une journée. Au lieu de vos cent livres sterling, vous en aurez cent deux (moins les frais de courtage), un butin peu glorieux que tant de brillants souverains pourront ramener chez eux. Mais pour ceux qui désirent expérimenter cette forme d'excitation fascinante d'une manière moins posée, d'autres moyens sont proposés, et le plus important et le plus choisi sont les miens. Une seule action minière qui, judicieusement achetée, coûte un souverain sterling, peut, dans des circonstances avantageuses, en valoir trois ou quatre en une semaine ou deux. Combien plus excitante une aventure ! Lorsque nous estimons cela en centaines et en milliers, nous constatons que cette perspective éblouit des yeux relativement sobres.

Or, parmi les personnes concernées actuellement par cette histoire, pas moins de cinq, alors que Kit se rendait à son bazar, réfléchissaient à ces choses simples. Alington y réfléchissait toujours et agissait en conséquence ; Jack y réfléchissait depuis une semaine entière, Kit pendant la même période, et Tom Abbotsworthy était sur le point d'accepter de devenir réalisateur. Et Lady Haslemere, repensant à son entrevue avec Kit, se dit, avec son admirable bon sens, que s'il y avait un gâteau, autant en prendre une part. Elle avait une immense confiance dans le pouvoir de Kit et de Jack de prendre soin d'eux-mêmes, et savait pertinemment que ni l'un ni l'autre n'auraient bougé le petit doigt pour M. Alington s'ils n'avaient pas clairement considéré que cela en valait la peine. Et Kit remuait tous ses doigts ; elle promenait Alington aussi constamment qu'elle prenait son mouchoir de poche ; elle l'emmenait non seulement à de grandes fêtes et à de grands dîners Grundy, mais aussi à des réunions intimes des plus brillants et des meilleurs. Car elle était une bonne épouse pour Jack, et elle croyait en tout cas qu'il y avait un gâteau.

CHAPITRE V

TOBY

Lord Evelyn Ronald Anstruther D'Eyncourt Massingbird n'était généralement pas connu sous le nom de tout ou partie de cela, mais sous le nom de Toby. Il aurait été difficile, exigeant une foi des plus absurdes, de se tenir devant lui et de lui dire sérieusement : « Je crois que vous êtes Lord Evelyn Ronald Anstruther D'Eyncourt Massingbird », et les résultats de cette démarche auraient été difficiles. aurait pu être assez déconcertant. Mais après avoir appris qu'il s'agissait de Toby, il aurait été impossible de l'oublier ou d'en douter. L'imagination la plus vive ne pourrait pas concevoir un Toby plus évident ; l'identité aurait presque pu être devinée par un parfait inconnu ou un étranger intelligent. Il avait environ vingt-quatre ans (l'âge habituel de Tobys), et il avait un visage agréablement laid, avec un nez retroussé, légèrement tacheté de rousseur. Des yeux bleus, pas du tout beaux, mais très blancs quant au blanc et bleus quant au bleu, sortaient honnêtement sous un front typiquement peu intellectuel, au-dessus duquel se trouvait une chevelure de couleur sable, qui se dressait comme le pelage d'un terrier ou un paillasson, et sur lequel aucune brosse encore inventée n'avait été connue pour exercer une tendance à l'aplatissement. Il mesurait environ cinq pieds dix pouces et était large pour cela. Son chapeau avait tendance à s'incliner vers l'arrière de sa tête et il avait de grandes mains fermes, calleuses à l'intérieur par l'utilisation constante d'armes conçues pour propulser violemment des balles. Il avait toujours l'air à l'aise dans ses vêtements, et qu'il orne les rues de Londres, impeccablement habillé et chaud et large, ou qu'il se promène péniblement dans la bruyère en tenue artisanale, il n'a jamais été autre chose que Toby.

Un autre fait incroyable à son sujet, en plus de son nom de baptême impossible, était qu'il était le frère cadet de Jack Conybeare et le beau-frère de Kit. La nature, cette humoriste exquise qui fait sortir tant de petits personnages dissemblables des mêmes moules, ne s'était jamais montrée artiste plus imaginative que lorsqu'elle ordonna que Jack et Toby aient les mêmes père et mère. Plus vous considériez leur relation, plus cette relation paraissait étrange. Jack, mince, aquilin, brun, avec ses mains fines aux doigts effilés et les marques indubitables de race sur son visage et sa forme, était suffisamment éloigné de Toby pour toute apparence - blond, au nez retroussé, trapu, avec ses gros gants et son visage. de grosses bottes et sa carrure qui remplit une chaise ; mais de caractère, ils étaient, considérés comme frères, parfaitement inconciliables. L'aîné avait ce qu'on pourrait appeler un esprit d'araignée. Il tissait un fil invisible presque à l'œil nu, mais suffisamment solide pour supporter le poids de ce qu'il était censé supporter.

Problèmes évidents, conséquences naturelles des choses, Jack passait par là à la manière d'un express se précipitant dans une gare routière, et devant Toby, pour continuer la métaphore, il s'était arrêté, rougi et haletant, sur le quai, et avait lu le nom dessus. Sur le panneau de la gare, Jack serait une banderole grise de fumée à l'horizon. Mais la compréhension de Toby de l'évidence était aussi sûre que l'appréciation aiguë des subtilités de Jack, et bien qu'il ne fasse pas de libellules dans les airs, ni ne disparaisse sans s'en apercevoir à l'horizon, il avançait très régulièrement, en plein milieu de la route, et n'a jamais couru le risque de tomber dans des fossés évidents, ou d'entrer en collision avec quelqu'un qui ne le gênait pas incontestablement, ou là où on pouvait s'attendre à ce qu'il aille.

Toby était une personne qui recevait continuellement des tapes dans le dos – une habitude adorable, mais qu'aucune diplomatie ou filature ne produira. Par exemple, donner une claque à Jack dans le dos a toujours dû, dès son plus jeune âge, être une impossibilité. C'était une chance, car cela lui aurait valu du ressentiment. Que personne ne se soit jamais disputé avec l'un ou l'autre semble à première vue un point commun ; en réalité, cela illustre leur dissemblance. Il était dangereux de se disputer avec Jack ; il était absolument impossible de se disputer avec Toby. Vous n'osez pas l'essayer avec celui-là ; c'était inutile d'essayer avec l'autre.

En ce moment, sa belle-sœur faisait de son mieux pour y parvenir, et échouait lamentablement. Kit n'avait pas l'habitude d'échouer ou d'être pitoyable, et cela l'irritait.

"Tu n'as aucun sens, Toby", disait-elle. "Vous ne pouvez pas voir, ou vous ne verrez pas, où se situe votre intérêt – oui, et votre devoir aussi."

Maintenant, quand Kit parlait du devoir, Toby souriait toujours. Quand il souriait, ses yeux se plissaient jusqu'à se fermer, et il montrait une rangée de dents fortes, propres et utiles. La force, la propreté et l'utilité étaient en fait ses caractéristiques les plus marquantes.

Kit s'appuya en arrière sur sa chaise, attendant sa réponse, car Toby devenait confus à moins que vous ne lui laissiez du temps. Ils étaient assis sur le balcon de la tente de l'ambassade de Hongrie, et de l'intérieur résonnait le rythme de la musique de danse et un délicieux murmure de voix. C'était le soir du jour du bazar, et Kit sentit qu'elle avait mérité son bal. La nuit était chaude et, alors qu'elle tentait la tâche désespérée de se disputer avec Toby, elle s'éventait, en partie, sans doute, à cause du courant d'air, mais pour un psychologue, à en juger par son visage, non sans l'intention d'éventer. les braises de sa colère. Elle avait fait exprès de ne pas participer à ce bal avec lui et elle commençait à penser qu'elle perdait son temps.

Le sourire de Toby s'élargit.

« Quand as-tu fait ton devoir pour la dernière fois, Kit ? Il a demandé.

"Mon devoir?" » dit Kit sèchement. "Nous parlons du vôtre."

"Et mon devoir est——"

"Non pas pour aller demain soir à ce vulgaire et stupide music-hall avec votre voyou d'Oxford, mais pour dîner avec nous et rencontrer Miss Murchison. Vous semblez oublier que Jack est votre frère aîné."

"Mon devoir envers Jack——" commença Toby avec irrévérence.

"Ne soyez pas grossier. Vous êtes le seul frère de Jack, et je vous dis clairement que ce n'est pas amusant d'être Lord Conybeare à moins d'avoir quelque chose avec quoi être Lord Conybeare. Mettre de l'argent dans la succession," dit Kit plutôt imprudemment, "est comme si on le jetait dans un puits. »

Toby devint pensif et ses yeux s'ouvrirent à nouveau. Son esprit travaillait lentement, mais il se rendit vite compte qu'il n'avait jamais entendu dire que son frère était réputé pour mettre de l'argent dans la succession.

"Et retirer de l'argent de la succession, c'est comme le retirer d'un puits", remarqua-t-il enfin, d'un air de personne sûre de ses faits, mais qui ne veut tirer aucune conclusion d'aucune sorte.

Kit le regarda un instant. Il lui était arrivé une ou deux fois auparavant qu'elle soupçonne Toby de paroles sombres, et cela ressemblait remarquablement à une autre de ces paroles. Il était si sensé que parfois il n'était pas du tout stupide. Elle a noté mentalement combien une chose admirable est d'une manière parfaitement impénétrable si l'on veut faire une insinuation ; il n'y avait rien de si révélateur.

"Bien?" dit-elle longuement.

Le visage de Toby n'exprimait absolument rien. Il enleva un grand huit et alluma une cigarette.

« C'est tout, dit-il, rien de plus.

Kit a décidé de décéder.

« Tout va bien pour vous maintenant, dit-elle, car vous en avez six ou sept cents par an, et il se trouve que vous n'aimez rien tant que frapper des balles rondes avec des morceaux de bois et de fer. C'est un goût bon marché, et " Vous avez de la chance de trouver cela amusant. Dans votre position actuelle, vous n'avez aucune visite à faire et aucune caserne de maison à entretenir. Mais lorsque vous serez Lord Conybeare, vous découvrirez à quel point c'est différent. En outre, vous devrez vous marier un jour. , et quand on se marie, il faut épouser de l'argent. Les vieux célibataires sont plus absurdes, si possible, que les vieilles célibataires. Et Dieu sait combien ils sont ridicules !

"Ma belle-sœur est une mercenaire", fit remarquer Toby. "Et on ne s'en sort pas plutôt vite ?"

"Rapide!" » cria Kit. "J'essaie péniblement de te faire avancer de quelques pas, et tu dis que nous nous en sortons vite ! Maintenant, Toby, tu as vingt-cinq ans..."

"Quatre", dit Toby.

"Oh, Toby, tu es assez pour exaspérer Job ! Quelle différence cela fait-il ? J'ai choisi que tu aies vingt-cinq ans ! Tous tes gens se marient tôt ; ils l'ont toujours fait ; et c'est une chose très convenable pour un jeune homme de En réalité, les jeunes hommes deviennent tout à fait impossibles. Ils ne dansent pas – vous ne dansez pas ; ils ne se marient pas – vous n'êtes pas mariés ; ils passent toute leur vie paresseuse et égoïste à s'amuser et – et à se ruiner. les autres gens."

"Il vaut mieux s'amuser que ne pas s'amuser", dit Toby. Comme il le savait, c'était un tirage sûr. Si Kit était à la maison, elle sortait.

"C'est votre point de vue. Dieu merci, il existe d'autres points de vue", a déclaré Kit avec une énergie extraordinaire. "Pourquoi, par exemple, pensez-vous que je suis descendu dans les étendues sauvages de Kensington et que j'ai ouvert un bazar, comme je l'ai fait cet après-midi ?"

"Je n'arrive pas à réfléchir", dit Toby. « N'était-ce pas terriblement lent ?

Il recommença à sourire.

" Lent ? Oui, bien sûr, c'était lent ; mais il est de notre devoir de ne pas nous soucier de ce qui est lent ", continua rapidement Kit, gonflant ses sentiments moraux avec une fluidité surprenante. "Pourquoi pensez-vous que Jack va à la Chambre chaque fois qu'un projet de loi de l'Église est présenté ? Pourquoi est-ce que je viens discuter avec vous et me disputer avec vous comme ça ?"

Toby ouvrit ses yeux bleus aussi grands que le bazar de Kit.

« Est-ce que vous vous disputez avec moi ? Il a demandé. "Je ne savais pas. N'essaye pas, Kit."

Kit rit.

"Cher Toby, ne sois pas si odieux et ennuyeux", dit-elle. "Soyez gentil. Vous pouvez vous comporter si gentiment si vous le souhaitez, et la princesse disait au bazar cet après-midi quel cher garçon vous étiez."

"Donc le bazar n'a pas été si lent", pensa Toby, qui savait que Kit avait un faible évident, tout à fait inexplicable, pour les princesses. Mais il a eu la sagesse de ne rien dire.

"Et j'ai pris toute la peine d'inviter Miss Murchison à dîner juste à cause de vous," continua Kit rapidement, voyant du coin de l'œil sa partenaire courir follement à sa recherche. " Elle est parfaitement charmante, Toby, et très jolie, et tu aimes toujours parler aux jolies filles, et tu as raison aussi ; et les millions... oh, les millions ! Tu n'as personne pour s'occuper de toi à part Jack et moi, et Jack. est un homme de la ville maintenant ; et qu'arrivera-t-il aux Conybeares si vous n'épousez pas l'argent, je ne sais pas. Vous voulez de l'argent ; elle veut un marquis. Le voilà !

"Tu lui as demandé ?" dit Toby entre parenthèses.

"Non, chérie, je ne l'ai pas fait", dit Kit avec une aspérité pardonnable. "Je t'ai laissé ça."

Toby soupira.

"Allez si vite, Kit", dit-il. "Tu me maries à une personne que je n'ai jamais vue."

Kit enfila ses gants ; le partenaire était imminent.

"Viens la voir, Toby, viens la voir. C'est tout ce que je demande. Oh, te voilà, Ted, je t'attends depuis des lustres. Je pensais que tu m'avais renversé. Au revoir, Toby ; demain à huit heures et demie, et je te promets de commander des asperges glacées, que je sais que tu aimes.

Les deux partirent, laissant Toby seul. Une conversation de ce genre avec Kit le réduisait toujours à un état d'effondrement mental haletant. Elle l'a rattrapé, pour ainsi dire, et l'a entraîné à travers des mers infinies d'alliances potentielles, pour le laisser tomber à la fin, simple morceau sans vie, dans des localités inconnues, avec la perspective d'asperges glacées comme réparateur. Cette question de son mariage n'était pas nouvelle entre eux. Plusieurs fois auparavant, Kit l'avait attrapé ainsi et l'avait repulpé devant une jeune fille extraordinairement éligible. Mais soit lui, soit la jeune fille extraordinairement éligible, ou les deux, s'étaient éloignés dès que l'œil de Kit avait été tourné, et s'étaient montrés déconcertants face à ses projets. Mais ce soir-là, Kit avait fait preuve d'une vigueur et d'une franchise inhabituelles. Aussi égoïste et sans scrupules qu'elle soit, elle avait, comme tout le monde, un faible pour Toby, et elle ne pouvait honnêtement penser à rien de plus propice à son plus grand avantage que de lui procurer une épouse riche. La richesse était la *condition sine qua non* – aucune autre nécessité ne s'appliquait ; mais chez Miss Murchison, elle pensait avoir trouvé bien plus. La jeune fille était une beauté, une vraie beauté ; et même si elle n'était pas du genre à plaire personnellement à Kit, elle pouvait facilement plaire énormément à Toby. Elle n'était sortie que cette saison-là, et Kit ne l'avait rencontrée qu'une ou deux fois auparavant ; mais un œil beaucoup plus ennuyeux que celui de Kit aurait pu voir que, selon toute probabilité, elle ne serait pas visible très longtemps dans le département éligible. Elle était américaine d'origine, mais avait été entièrement élevée en Angleterre ; et ses compatriotes l'observaient avec douleur, et les hommes de son pays d'adoption avec cette approbation condescendante sur laquelle nos voisins continentaux ont tant de mal à garder leur calme, que personne n'aurait deviné sa nationalité. On savait peu de choses sur son père, mais ce peu était bon, car on pensait qu'il était riche au-delà des rêves d'avarice, ayant fait un tas colossal d'une manière porcine ou huileuse, et ayant eu le bon goût de ne pas engendrer d'autre. enfants. Elle et sa mère étaient au bazar cet après-midi-là, où elles avaient croisé l'omniprésente Kit, qui avait soudain vu, de son côté impulsive, qu'elle était enfin la fille qu'il fallait à Toby, s'étonnait de sa cécité de ne pas l'avoir vue plus tôt, et il les engagea à dîner le lendemain soir.

Or, Mme Murchison soupirait depuis longtemps et attendait avec impatience une invitation de Kit, qu'elle considérait comme la plus haute fleur de la plante la plus intelligente de l'agréable jardin de la société. Son souhait était enfin exaucé. Les princes avaient bu son champagne, dansé ou s'étaient assis au son de ses violons et se rendaient agréables sous ses paumes ; mais un groupe restreint et particulier de société dans lequel Kit évoluait le plus intimement n'avait jusqu'alors rien eu à lui dire, et elle accepta l'invitation avec effusion, même si cela signifiait une excuse ou un subterfuge pour une comtesse. Mais Mme Murchison avait repris le cours de la vie londonienne avec une rapidité étonnante et une grande clarté. Son objectif était de se lancer, elle et sa fille, non dans le décor le plus intelligent ou le plus amusant, ou, comme elle l'appelait, dans le « décor le plus ducal » de Londres, mais dans ce qu'elle et d'autres, faute d'un meilleur nom, appelaient « le groupe intelligent », et elle avait observé, d'abord avec surprise et douleur, mais infailliblement, que le rang n'y comptait pour rien. Elle n'aurait pas pu vous dire, et peut-être eux non plus, ce qui comptait ici, mais elle savait très bien que ce n'était pas un rang.

"Eh bien, nous pourrions jouer au baiser sur le ring avec la reine et la famille royale", avait-elle observé un jour à sa fille, "mais nous ne devrions pas être plus proches pour cela."

Il y a un an, elle aurait considéré une comtesse comme un échelon dans l'échelle qu'elle se proposait de gravir, mais maintenant elle savait qu'aucune comtesse, qu'une *comtesse* , ne comptait pour une goutte d'eau dans la réalisation du but qu'elle visait ; et celle-ci, qu'elle avait déjà abandonnée pour Kit, aurait tout aussi bien pu être laitière dans le Connecticut pour toute l'aide qu'elle pouvait lui apporter dans sa quête. L'ensemble intelligent était l'ensemble intelligent, voici son credo ; Les Américains étaient déjà arrivés là-bas, et les Américains, elle était pleinement déterminée, devraient y retourner. Ce qu'elle espérait y trouver, elle ne le savait pas ; Elle ne se souciait pas de savoir si cela valait vraiment la peine, et elle ne serait pas du tout déçue si c'était exactement comme tout le reste, ou peut-être plus ennuyeux. Il suffirait qu'elle soit là.

À bien des égards, Mme Murchison était une femme remarquable et elle avait un cœur bon et excellent. Elle avait été la très jolie fille d'un homme qui avait fait une belle fortune dans le commerce et qui avait laissé ses enfants grandir et s'instruire comme Dieu le voulait ; mais dès son plus jeune âge, sa fille avait décidé qu'elle ne travaillerait pas pour le reste de sa vie dans les milieux commerciaux, et elle avait partagé son argent assez équitablement entre les ornements pour le corps et les améliorations pour l'esprit. Elle avait ainsi acquis une grande maîtrise du français et un accent aussi remarquable que incorrect. De la même manière, elle avait lu beaucoup d'histoire et de littérature classique des deux langues anglaises ; et même si elle parvenait rarement à prononcer correctement ses noms, elle et ceux qui l'entendaient pouvaient facilement deviner à qui elle faisait référence. Ainsi, lorsqu'elle faisait allusion à Richard Dent de Lion, même si le nom sonnait comme une fleur jaune à tige laiteuse, il ne pouvait y avoir de doute raisonnable qu'elle parlait du Croisé ; ou quand elle vous disait que son mari était riche comme Crésum, ceux qui avaient déjà entendu parler de Crésus ne pouvaient manquer de voir qu'ils entendaient parler de lui maintenant. Elle aimait les allusions, et sa conversation était pleine de prunes comme un gâteau ; mais comme elle avait l'opinion raisonnable et irréfutable que la conversation n'est qu'un moyen de se faire comprendre, elle s'en contenta.

Mme Murchison était maintenant une grande et belle femme d'une quarantaine d'années, fraîche, haut en couleur et joliment habillée. Malgré ses absurdités manifestes et le caractère surprenant de sa conversation, elle était éminemment sympathique et aimable pour ses amis. Il n'y avait aucun doute sur l'honnêteté et la gentillesse de sa nature ; c'était une bonne femme et, d'une certaine manière, sage. Lily, sa fille, qui se retrouvait vingt fois par jour au bord de l'hystérie à cause de ses remarques inimitables, avait pour sa mère la plus intense affection, aveuglément rendue ; et la fille, à qui la poursuite effrénée après l'élégant ensemble semblait parfaitement incompréhensible, était disposée à ce que tout le monde pense que son cœur y était plus tôt que que sa mère ne soupçonne le contraire. Mme Murchison elle-même avait commencé à oublier un peu son français et son histoire, car elle n'était qu'une simple esclave de cette nouvelle réussite, la réussite sociale, et trouvait que cela exigeait tout son temps et toute son attention. Elle y travaillait du matin au soir, et du soir au matin elle en rêvait. La nuit précédente encore, elle avait pensé avec une extraordinaire vivacité dans son sommeil que sa servante était venue à son chevet avec une note contenant un ordre royal de chanter en duo avec la reine tout doucement à 11 h 30 ce matin-là, et elle s'était réveillée avec un pincement de ravissement. anxiété de trouver la vision sans substance et de ne pas avoir besoin de se lever pour pratiquer ses gammes. Elle ne cachait pas ses ambitions, mais les exhibait plutôt et racontait son rêve à la princesse Frédéric au bazar avec une grande *naïveté* . Et voir Lily se marier dans le monde chic l'aurait amenée à dire son Nunc Dimittis avec un cœur sobre et reconnaissant.

Mais le décor intelligent était une affaire de feu follet terriblement déroutante, du moins c'était ce qui avait été le cas pour elle jusqu'à présent. Une fille mariée, et même une fille célibataire, observa-t-elle, pouvait être baignée dans le milieu chic, tandis que la mère était, au sens figuré, à Bloomsbury. Vous pourriez vous vêtir de la tête aux pieds de rubis Balas, vous pourriez être une double duchesse, vous pourriez danser un cancan sur Piccadilly, vous pourriez être la plus aimable des créatures de Dieu, la plus spirituelle, la plus corrompue ou la plus correcte des créatures de Dieu. filles d'Eve, et pourtant ne vous en approchez jamais ; mais voici Mme Lancelot Gordon, qui n'a jamais rien fait, n'était même pas un honorable, habillée un peu moins bien que la propre femme de chambre de Mme Murchison, et pourtant elle était un pivot et un centre de ce cercle enchanté. Mme Murchison s'est creusé la tête sur le problème et est arrivée à la conclusion qu'aucun accomplissement ne pouvait vous y amener, qu'aucun vice ou vertu ne vous en empêchait. C'était un réconfort, car elle n'avait aucun vice. Mais aujourd'hui, Kit l'avait invitée à dîner ; les portes mystiques commençaient peut-être à tourner sur leurs gonds, et sa comtesse abandonnée pourrait continuer à tourner sur son orbite non éclairée dans une obscurité décente et terne avec son comte ceinturé.

CHAPITRE VI

LE PARTENAIRE DE TOBY

Toby finit sa cigarette quand Kit le quitta et jeta le bout par-dessus le balcon, dans la rue. Il flirtait dans les airs comme un petit feu d'artifice, et il le vit tanguer sur l'épaule d'un immense policier en contrebas, qui regardait autour de lui avec colère. Et c'est ainsi que le discret Toby se retira doucement dans la salle de bal.

Il n'était qu'un peu plus d'une heure et la danse était à son comble. Tous ceux qui avaient l'intention de venir l'avaient fait, et personne encore n'avait pensé à repartir. De l'orchestre présent dans la galerie sortait le rythme enchanteur de la musique de danse, avec son accent gracieux et son apaisement, rendant impossible de ne pas danser. L'ivresse légère du mouvement rythmique pénétrant dans l'âme de nombreuses femmes qu'on eût naturellement supposées avoir laissé derrière elles leurs jours de danse, pour des raisons sur lesquelles elles n'avaient aucun contrôle, avait produit en elles le même genre d'effet qu'un La chaude journée de novembre est une réalité pour les mouches bleues qui ont survécu à l'été, et ils se trompaient en pensant que "juin n'était pas terminé, même s'il était déjà plein". La salle de bal était idéalement occupée ; c'était assez peuplé, mais pas surpeuplé, et comme un murmure sous la bande qui criait, on pouvait entendre le bruissement sifflant des jupes et le « gorgée » des chaussures sur le sol bien ciré.

Kit et son partenaire formaient un couple aussi assorti et gracieux qu'on pouvait trouver à Londres – trop bien assortis, disait le monde ; mais le monde n'est jamais heureux s'il ne dit quelque chose de ce genre, et les plus sages de ce monde, parmi lesquels même ses amis les plus acharnés mettent Kit, ont l'habitude de négliger tout ce qui se dit. Répéter de nouveaux potins sans vraiment y croire ou ne pas y croire, et les entendre dans le même esprit léger rend le monde aussi frais qu'un journal quotidien pour quelqu'un qui vient d'arriver d'un long voyage, et l'intérêt de Kit pour ce qui était dit à son sujet était d'une grande ampleur. le genre le plus superficiel. Elle n'a jamais eu l'intention qu'il lui soit possible, même de loin, de se compromettre, car elle reconnaissait avec une humble gratitude combien il lui était difficile de faire des compromis. Elle avait fait beaucoup de choses risquées dans sa vie, et leur nombre était un gage de sécurité. On disait seulement que sa conduite avec Untel avait été bien plus risquée, et pourtant cela n'avait abouti à rien. Il est donc probable que cette intimité avec Lord Comber était également innocente. D'autres personnes avaient simplement regardé par-dessus les haies et avaient été accusées de vol de chevaux, tandis que Kit, pour ainsi dire, avait déjà été retrouvée avec le licol volé à la main ; et pourtant, son excellente grâce, en le cédant au moment opportun au véritable propriétaire, l'avait tirée d'une situation qui aurait pu être une épreuve pour un aventurier moins accompli.

Et ce soir, personne n'a parlé de manière plus désagréable qu'il ne l'avait fait des dizaines de fois auparavant. Jusqu'à un certain point, la répétition est l'âme de l'esprit ; au moins, l'intérêt d'une plaisanterie grandit en s'y attardant, mais la répétition excessive est lassante, et ce soir on n'a guère dit plus que quel beau couple ils formaient.

Il ne peut guère y avoir deux opinions à ce sujet. Kit était très grande et svelte, et il y avait dans sa danse un ressort et une grâce enfantines qui donnaient une spontanéité particulière à cette jolie performance. Ted Comber, un beau jeune homme au visage frais, n'avait aucun poids supplémentaire sur les mains ; les deux se déplaçaient avec une exquise unanimité de mouvement. Des indiscrétions aimables et un mode de vie non indiqué dans le programme éducatif avaient conduit les autorités d'Eton et de Christ Church à se séparer de lui plus tôt qu'il ne l'avait lui-même prévu, mais, comme Kit l'a dit de sa meilleure manière, "Il n'était alors qu'un garçon. » Il n'était plus qu'un garçon aujourd'hui ; en apparence, surtout à la lumière artificielle, c'était encore un garçon, et les deux n'avaient guère plus de cinquante ans à eux deux.

Mais les bals ne sont pas donnés pour fournir un terrain de chasse au romancier et au réformateur, et ce soir, ils étaient peu nombreux. En effet, il faut avoir une âme de mastic pour ne pas laisser de côté la critique ; ne pas avoir oublié tout ce qui avait été dit auparavant, et tout ce qui pourrait être dit après, dans l'instant enchanteur. Cette danse durait depuis une dizaine de minutes lorsque Toby entra ; les gens avec des vents et ce qu'on appelle, par une élégante périphrase, comme un excès de tissu adipeux s'étaient arrêtés ; et pendant quelques minutes, il n'y eut plus qu'une demi-douzaine de couples par terre. Kit, sûre de savoir que personne d'autre qu'elle et Jack n'étaient allés à ce dîner en ville quinze jours auparavant, avait remis la même création en mousseline orange qu'elle avait portée ce soir-là, et elle flamboyait contre les vêtements sombres de l'homme ; elle était une flamme dans son bras qui l'entourait. La pièce était presque carrée, et ils dansaient non pas en lignes droites de haut en bas, mais en un grand cercle, s'approchant des murs seulement en quatre points au milieu des côtés de la pièce ; comme une belle étoile jumelle, ils se déplaçaient autour d'un centre, tournant également sur un axe privé qui leur était propre. En effet, les voir tournoyer rapidement et doucement au rythme délicieux était si joli que personne ne songeait à faire allusion à leur axe privé. Même l'ambassadeur de Hongrie, un jeune homme d'environ quatre-vingts ans aussi vif qu'on pourrait souhaiter le voir, et encore habitué à diriger le cotillon, reconnut la supériorité de la performance. " Décidément, nous tous faisons mauvaise figure quand ces deux-là dansent ", dit-il avec une modestie inhabituelle à Lady Haslemere.

Mais au bout de quelques minutes, la salle se remplit à nouveau. Les couples rétablis surgirent comme des champignons sur le sol et le rythme ralentit. Lord Comber dirigeait comme personne d'autre ne pouvait diriger, mais des contrôles infinitésimaux mais infinis ne pouvaient que se produire. Cela aurait été assez bien si cela n'avait pas été mieux maintenant.

« Nous attendrons un moment, Ted », dit Kit ; "Peut-être qu'à la fin, ce sera encore plus vide."

Elle s'arrêta devant une des portes.

"Allons-nous au balcon ?" Il a demandé. "Il n'y aura personne là-bas."

"Oui. Oh, voici Mme Murchison ! Emmenez-moi vers elle. Je vous suivrai dans un instant."

Ted jura doucement dans sa barbe.

"Oh, laissez le Crésum tranquille", dit-il. "Viens maintenant, Kit. C'est ma dernière danse avec toi ce soir."

Mais Kit baissa le bras.

« Allez chercher Toby », dit-elle à voix basse à Lord Comber ; " Va chercher, tu comprends, et tout de suite. Il est là-bas. " Puis, sans pause : « Alors nous nous reverrons », dit-elle à Mme Murchison. "Vous aviez raison et j'avais tort, car je vous ai dit, vous souvenez-vous, que la seule façon de ne pas rencontrer quelqu'un était d'aller au même bal. Et avez-vous ramené tous vos gros achats chez vous en toute sécurité ? Vous étiez tout à fait sûr. trop charitable ! Que ferez-vous de cent quarante pare-étincelles ? — ou était-ce cent quarante et un ? Miss Murchison, quelles magnifiques perles vous avez ! Elles sont trop belles ! Maintenant, si je portais des perles comme les vôtres, les gens diraient qu'ils n'étaient pas réels, et ils auraient parfaitement raison. »

Miss Murchison était ce que Kit aurait appelé à première vue une sorte de fille inconfortable, très jolie, belle certes, mais inconfortable. Ce qu'elle aurait dû dire à l'éloge de Kit sur ses perles, Kit n'aurait pas pu vous le dire, mais après vous être rendu agréable à quelqu'un, c'est l'affaire de cette personne de répondre dans le même sens. Sinon, que deviennent les réunions sociales et festives ? Mais Miss Murchison ne parut ni satisfaite ni embarrassée. L'un ou l'autre aurait fait preuve d'un bon esprit.

"Ils sont bons", dit-elle brièvement.

Kit gardait un œil ouvert sur la météo pour Toby. Elle pouvait le voir de près, mais aussi de loin, car la salle était pleine, étant « récupéré » à contrecœur par Lord Comber, qui semblait lui faire des reproches. Il lui restait encore quelques secondes avant de pouvoir les atteindre, mais Kit était déterminé à le présenter sur-le-champ à Miss Murchison. Peut-être que sa beauté serait plus efficace que ses propres arguments.

« Il n'y a qu'un tout petit dîner demain, » dit-elle à Mme Murchison, afin de remplir le temps naturellement. "Il faudra que tu fasses une sorte de partage avec nous. Une sorte de dîner "sans couteau à poisson"."

De mieux en mieux. C'était un début prometteur pour l'intimité dont Mme Murchison rêvait. Ce n'était rien, se disait-elle, d'être invitée à un grand dîner ; le dîner-partage était bien plus à son goût.

"Eh bien, je pense que c'est tout à fait charmant de votre part, Lady Conybeare", dit-elle. "S'il y a une chose qui me *passionne* , ce sont ces petits dîners tranquilles, et on en a si peu. Même si humble, il n'y a rien de tel que de dîner tranquillement avec ses amis."

Le visage de Kit était rempli de fossettes de gaieté.

"C'est si gentil de ta part", dit-elle. "Oh, voici Toby. Toby, laissez-moi vous présenter Mme Murchison. Oh, quel est votre nom ? J'oublie toujours. Cela commence par Evelyn. De toute façon, c'est le frère de Conybeare, vous savez, Mme Murchison."

Mme Murchison ne le savait pas, mais elle était très heureuse de le savoir. De plus, le côté informel était charmant. Mais son bonheur s'éclipsa momentanément. Elle savait qu'un homme était présenté à une femme, et non l'inverse, mais une autre règle ne pourrait-elle pas s'appliquer lorsqu'il s'agissait d'une affaire entre une simple demoiselle et le frère d'un marquis ? La préséance anglaise lui paraissait une chose effrayante et merveilleuse. Mais Kit la soulagea de ses difficultés.

"Et Miss Murchison, Toby", dit-elle. "Charmé de vous avoir revu. Jusqu'à demain 8h30;" et elle sourit et se retira avec Ted.

Les honneurs rougissants pleuvaient sur la dame enchantée. « Une chose en amène une autre », se dit-elle, et voici le frère de Lord Conybeare approuvant l'heureuse réunion de cet après-midi.

Puis à voix haute :

"Très heureuse de faire votre connaissance", dit-elle, car la phrase était ineffaçable. Elle avait cherché en vain un équivalent cisatlantique, mais n'en avait pas trouvé. Comme le serpent au printemps, elle s'était débarrassée de nombre de ses transatlantismes, mais l'expression "très heureuse" était profondément enracinée et apparaissait involontairement et inévitablement.

Mais l'œil inflammable de Toby avait attiré l'attention sur *Filia Pulchrior* .

« Ma belle-sœur me dit que vous dînez chez elle demain, dit-il cordialement. "C'est délicieux."

Il s'arrêta un moment et se creusa la tête pour trouver une autre remarque appropriée ; mais n'en trouvant pas, il se tourna brusquement vers Miss Murchison.

"Puis-je avoir le plaisir ?" Il a demandé. "Nous aurons juste le temps de faire un tour avant que cela ne soit fini."

"Bien sûr que vous le pouvez, Lord Evelyn", dit précipitamment sa mère.

Miss Murchison s'arrêta un instant sans répondre, et Toby, bien que naturellement modeste, se dit que l'acceptation immédiate de sa mère justifiait cette pause.

"Ravi", dit-elle.

Toby pourrait être décrit comme un bon danseur utile, mais pas plus. Les gens qui persistent à décrire une chose dans des termes adaptés à une autre parlent de poésie et de mélodie du mouvement, et Toby dansant n'avait pas plus de poésie ou de mélodie dans son mouvement qu'une automobile ou un piano de rue. La marée des couples, aussi inexplicable dans son flux et reflux que les courants marins profonds, était redescendue, et ils disposaient d'un plancher assez libre. Mais avant qu'ils aient fait deux fois le tour de la pièce, Kit et Lord Comber réapparurent, et Kit poussa un soupir de belle-sœur reconnaissante.

« Toby danse avec la fille Murchison », dit-elle ; "et elle ne danse presque jamais. Maintenant..."

Et ils glissèrent sur le sol.

"Une de vos créations ?" » demanda Ted.

"Oui, tout à moi. *Ego fecit* , comme le dit Mme Murchison. Elle a des millions. Si Jack était mort et que j'étais un homme, je devrais essayer de l'épouser moi-même. Simplement des millions, Ted. Ne souhaites-tu pas avoir ?"

"Certainement ; mais je suis très content de danser avec toi. Je préfère ça."

"C'est idiot", dit Kit. "Aucun homme sensé ne préfère vraiment danser avec... avec qui que ce soit plutôt que d'avoir des millions."

rôle cynique ? Tu y crois vraiment, Kit ?"

"Oui, et je déteste les compliments. Les compliments devraient toujours être peu sincères, et je suis sûr que vous pensez ce que vous dites. S'ils sont sincères, ils sont inutiles. Oh, ça s'arrête. Quel ennui ! Six mesures de plus. Plus vite, plus vite ! "

La coda rassembla les fils rêveurs de la valse en un motif sonore vif et toujours plus rapide, et se terminait par un grand éclat. Toby, travailleur et passionné, s'essuya le front.

"C'était délicieux", dit-il. "Voulez-vous pas une glace ou quelque chose comme ça, Miss Murchison ? Dis-je, il fait chaud, n'est-ce pas ?"

Lily lui prit le bras.

"Oui, donne-moi une glace", dit-elle. "Qui est-ce qui danse avec Lady Conybeare ?"

Toby regarda autour de lui.

"Je ne les vois pas", a-t-il déclaré. "Mais je suppose que c'est Ted Comber. Kit danse habituellement avec lui. Ils sont censés être les meilleurs danseurs de Londres. Oh oui, je les vois. C'est Comber."

"Est-ce-que tu le connais?"

"Oui, comme on connaît cinquante mille personnes. On se dit toujours "Helloa", et puis on a fini, tu ne sais pas."

"Tu ne l'aimes pas, apparemment."

"Je ne l'aime pas particulièrement", dit Toby d'une voix enjouée et qui avait un vrai son de sincérité.

"Pourquoi?"

"Je ne sais pas. Il ne fait rien de ce qu'il devrait. Il ne tire pas, ne monte pas à cheval et ne joue pas à des jeux. Il reste dans les maisons de campagne, voyez-vous, et s'assoit avec les femmes dans le salon. , ou je marche avec eux et je fais du vélo avec eux l'après-midi. Ce n'est pas mon genre.

Lily jeta un coup d'œil à son visage laid et agréable.

"Je suis tout à fait d'accord avec vous", dit-elle. "Je déteste que les hommes s'assoient sur des chaises et soient beaux. Il m'a été présenté tout à l'heure, même si je n'ai pas compris son nom, et j'ai eu l'impression qu'il savait de quoi ma robe était faite, comment elle était confectionnée et combien elle coûtait. ".

"Oh, il sait tout ce genre de choses", dit Toby. "Vous devriez l'entendre lui et Kit parler de mousseline ensemble. Et vous n'aimez pas ce genre d'inspection ?"

"Intensément. Mais apparemment, ce n'est pas le cas de la plupart des femmes."

"Non : n'est-ce pas drôle ! Tant de femmes semblent ne pas connaître un homme quand elles le voient. Comber est certainement très populaire auprès d'elles. Mais un homme doit être aimé des hommes."

Miss Murchison sourit. Toby avait acheté deux glaces et était assis en face d'elle, dévorant les siennes à grandes bouchées, comme s'il s'agissait de porridge. Elle avait été élevée à la campagne et en plein air, parmi les chevaux et les chiens, et d'autres choses saines et agréables, et ce mode de vie à Londres, tel qu'elle le voyait, sous les marches et les manœuvres de sa mère pour prendre d'assaut le monde chic, lui semblait pour elle, elle est parfois un peu folle. Si vous ne mettiez pas de robe, vous l'enleviez, et tout cela simplement pour vous asseoir sur une chaise dans le parc, dire une demi-douzaine de mots à une demi-douzaine de personnes, déjeuner dans une maison, dîner dans une autre. , et danser à un tiers. Tout ce qui n'était qu'accessoire dans la vie lui semblait être devenu son affaire ; tout était sens dessus dessous. Elle comprenait bien que si l'on vivait au milieu de ses meilleurs amis, ce serait un plaisir de les y voir trois fois par jour, dans ces décors assez bien habillés, mais d'aller dans une maison simplement pour y avoir été. était inexplicable. Mme Murchison avait donné un bal quelques semaines auparavant dans sa maison de Grosvenor Square, dont même au fil des jours les gens avaient à peine cessé de parler. La royauté était là et Mme Murchison, dans le véritable esprit républicain, les avait reçus royalement. Ses cadeaux de cotillon avaient été vraiment merveilleux ; il y avait tant de fleurs qu'il était à peine possible de respirer, et tant de monde qu'il était impossible de danser. Mais comme le succès, dans l'esprit de Mme Murchison et de bien d'autres, se mesurait à votre foule et à votre extravagance, elle avait été extrêmement satisfaite et avait envoyé à son mari plusieurs récits élégamment écrits de la fête extraits de journaux de la société. La soirée avait été pour elle comme une sorte de certificat signé de sa condition sociale. Mais pour Lily, le bal avait été plus un cauchemar qu'un certificat : ni elle ni sa mère ne connaissaient de vue la moitié des gens qui venaient, et certainement la moitié des gens qui venaient ne les connaissaient pas de vue. Tout cela lui semblait vulgaire, terriblement inutile et totalement désagréable.

Il y en a, et sa mère en était une, qui s'asphyxieraient allègrement dans une foule suffisamment exaltée. Être retrouvée morte au milieu d'un tas de duchesses serait pour elle ce que pour un soldat c'est la mort au premier rang de la bataille. Une foule de gens à la mode avaient mangé et bu à ses dépens, écouté son orchestre et émerveillé par ses orchidées. Elle avait aussi à un haut degré cette vertu excellente, quoique un peu barbare, qu'on appelle l'hospitalité. Elle aimait nourrir les gens. Mais l'âme humaine, comme les poètes sont unanimes à nous le dire, aspire toujours vers le haut, et ce point atteint, Mme Murchison, comme nous l'avons déjà dit, désirait davantage. Ses goûts redevinrent enfantins ; elle aspirait à de simples petits dîners avec quelques mystiques, à ces dîners qui ne paraissaient même jamais dans les journaux et qui n'étaient suivis d'aucun bal, peut-être même de « quelques personnes ». Du rosbif froid ou des morceaux de lard commun en brochettes sont parfois servis au milieu des banquets. Mme Murchison avait envie de manger ses morceaux de bacon en bonne compagnie. C'était très agréable que le prince demande des nouvelles de la toux de votre teckel, mais elle avait surmonté ce problème.

Ces choses passèrent vaguement dans l'esprit de Miss Murchison, tandis qu'elle et Toby mangeaient leurs glaces. Il était comme une bouffée d'air frais, pensait-elle, pour quelqu'un qui respirait une atmosphère étroite et viciée. Il ne lui demanda pas où elle avait été la nuit dernière, où elle avait dîné aujourd'hui, et qui était dans le parc le matin. Il semblait être aussi peu du monde qui dansait et cabriolait dans la pièce voisine, bavardant avec volubilité sur lui-même, qu'elle l'était elle-même. Sur ce point, elle souhaiterait des informations.

"Est-ce que tu aimes Londres?" » demanda-t-elle longuement, puis elle se crut idiote de dire cela. Cela ressemblait à une de ces *banalités* qu'elle trouvait si désespérément stupides.

Mais Toby a compris. Il venait de finir sa glace, et avec sa cuillère il fit un cercle complet dans les airs. "Ce genre de chose, tu veux dire ?" Il a demandé. "Tous ces braves gens ?"

"Oui, juste ça. Tous ces braves gens."

"Cela me semble parfaitement idiot", répondit-il.

"Alors pourquoi viens-tu ?"

"Pourquoi ? Oh, parce qu'il y a beaucoup de gens que j'aime vraiment, de vrais amis, tu comprends, que je vois de cette façon. Et ils viennent pour la même raison, je suppose."

Lily le regarda un instant de ses grands yeux sombres, puis acquiesça gravement.

"Oui, ça fait toute la différence", a-t-elle déclaré. "Si vous avez beaucoup d'amis ici, il y a une raison pour venir. Mais——" et elle s'arrêta loyalement.

Toby devina ce qu'il y avait au bout de sa langue et, avec un certain instinct de délicatesse, changea de sujet, ou plutôt l'éloigna de ce qu'il croyait être dans son esprit.

"Je sais ce que vous voulez dire", dit-il, "et tout le monde trouve cela ennuyeux parfois. On va à une fête dans l'espoir de voir une personne en particulier, et cette personne en particulier n'est pas là. En réalité, j'aimerais souvent ne jamais être là. Londres du tout. Mais, voyez-vous, je suis le secrétaire particulier de mon cousin Pangbourne, et pendant qu'ils sont en fonction et que la Chambre siège, je dois être en ville. Qu'arriverait-il à la Constitution britannique si je ne l'étais pas, je n'ose pas penser.

Miss Murchison a ri.

"Mais ça doit être intéressant", dit-elle. "J'adorerais être au milieu des roues. Je remarque en Angleterre qu'un silence soudain s'installe toujours dans une pièce chaque fois qu'un homme politique entre. Quelqu'un décrit les Anglais comme une race de commerçants. C'est une très mauvaise définition ; ils sont bien plus une race de politiciens. Les commerçants viennent d'Amérique.

Toby secoua la tête.

"J'aimerais pouvoir remarquer un silence chaque fois que j'entre dans une pièce", a-t-il déclaré. "Je devrais avoir l'impression de laisser une marque. Mais ce n'est pas le cas."

"Mais c'est intéressant, n'est-ce pas ?" » demanda Miss Murchison – « étant secrétaire d'un ministre, je veux dire.

Toby réfléchit.

"La semaine dernière", dit-il, "j'ai examiné les factures des fleurs à Hyde Park. Elles étaient immenses, alors j'espère que vous approuverez les fleurs. J'ai également vérifié la nourriture des canards de St. James's Park, donc j'ai J'espère que vous ne pensez pas qu'ils ont l'air maigres. Ces canards sont le fléau de mon existence. Depuis, je n'ai rien fait. Mon cousin vient tous les matins dans la salle des secrétaires pour voir que nous travaillons. Il nous trouve invariablement en train de jouer au cricket avec la pelle à feu. J'y suis habituellement.

"C'est aussi intéressant", a déclaré Miss Murchison. "J'adore les jeux. Oh, voilà ma mère ! Je pense qu'elle me cherche."

"Mais je pourrais avoir cette danse ?" » demanda Toby.

« Je suis sûre qu'elle me le permettrait, » dit la jeune fille ; et alors qu'ils pensaient tous deux à l'acceptation fébrile de sa mère pour elle du dernier, leurs regards se croisèrent.

« Allons-y, » dit Toby gravement ; et il lui rendit son bras dans la salle de bal.

Miss Murchison, lorsqu'elle partit une demi-heure plus tard avec sa mère, avait conscience de s'être beaucoup plus amusée qu'elle ne le faisait habituellement lors de telles soirées. Pour la plupart, ils lui semblaient des formes d'amusement tristes et étranges. Elle dansait avec un certain nombre de jeunes hommes qui admiraient ses perles ou son profil. Il est vrai que tous deux étaient admirables, notamment son profil. Mais leur parler, c'était comme parler sur commande au téléphone ; il semblait impossible de dépasser les *banalités* de l'époque. Elle était qualifiée, comme elle le savait, d'héritière de l'année ; et il était aussi difficile d'oublier cela que d'oublier que d'autres personnes s'en souvenaient. Nul doute que lorsqu'elle connaîtrait les gens plus intimement, ce serait différent ; mais ces premières semaines de début ne pouvaient, pensait-elle, être considérées comme amusantes.

Mais Toby avait constitué un changement des plus délicieux. C'était là un jeune homme humain ordinaire, qui ne semblait pas être simplement un automate fatigué pour passer d'une fête à l'autre. Il était assez stupide – un soulagement inexprimable ; car s'il y avait un mode de conversation qu'elle détestait, c'était bien l'épigramme bon marché ; et il était tout à fait sensé et naturel, un soulagement plus indicible.

Sa mère est rentrée chez elle avec elle dans un état de joie. Le sanctuaire mystique le plus profond allait enfin être déverrouillé.

"Lady Conybeare a dit que personne ne viendrait demain soir", dit-elle. "Nous ne serons que six ou huit. Lord Comber, je pense, arrive, ainsi que Lord Evelyn. Ce sera tout un arcane. Elle a dit qu'elle ne porterait qu'une robe de thé - je devrais dire une robe de thé seulement. Ainsi *chic* . Nous organiserons une petite soirée en robe de thé avant la fin de la saison, ma chère. Vous et Lord Evelyn êtes plutôt bien ensemble. Vous êtes-vous amusé, Lily ?

"Oui beaucoup."

"Je suis si heureuse, chérie. Je n'ai vu aucune perle aussi belle que la tienne. Portez-les demain, chérie. Lady Conybeare a dit qu'elle adorait les perles. 'Ah, Margerita !'" Et Mme Murchison fredonnait une mesure ou deux de la chanson de Siebel en une variété de clés. "Et le soir d'après, nous allons voir 'Tristram et Isolde'", a-t-elle poursuivi. "C'est une soirée de gala, et Jean de Risky joue Tristram. Quelle chance nous avons eu d'avoir la loge à côté de la loge royale ! J'espère qu'il ne fera pas très chaud, car j'entends dire que tout le monde s'arrête jusqu'à la fin dans Tristram. ' Il y a un leitmotiv - ou est-ce Liebstod ? - à la fin, ce qui est tout à fait merveilleux, me dit-on. Mais on peut y aller tard. J'espère que ce sera en italien. L'italien est la seule langue pour chanter. Je me souviens quand J'étais une fille avec qui je chantais "La donna è nobile". J'oublie qui l'a écrit ; ces noms italiens se ressemblent tellement. Et de quoi avez-vous parlé à Lord Evelyn, ma chère ?

"Je ne pense pas qu'il se soucie de Wagner", a déclaré Lily; "En effet, il me l'a dit."

"Comme c'est très démodé ! Nous aimons tous Wagner maintenant. Personnellement, je le trouve assez enchanteur ; mais il m'endort toujours profondément, même si je l'apprécie beaucoup jusqu'au moment. Mais il y a une grande similitude dans les opéras ; ils sont comme ces romans. J'avais l'habitude de lire par Mme Austen : « Sense and Sensibleness », et tous les autres livres sur Bath et d'autres points d'eau. Je les trouvais très ennuyeux ; mais on m'a dit qu'il fallait les lire. Ou était-ce Sir George Eliot qui les a écrits ? Mon Dieu, quelle stupidité de ma part ! Sir George était là ce soir, et je n'ai jamais pensé une seule fois à lui dire à quel point j'aimais ses charmants romans !

"George Eliot était une femme", remarqua Lily, se penchant en arrière dans son coin, tremblante d'amusement héroïquement réprimé.

" Vous avez peut-être raison, ma chérie ; mais ce n'est pas un nom courant pour une femme. Bien sûr, il y a George Sand. Mais si vous avez raison, quelle chance que je n'aie pas parlé de ses romans à Sir George ! Il n'aurait pas raison. J'ai aimé être pris pour quelqu'un d'autre. Certains de ces hommes de lettres sont si sensibles.

"Mais, voyez-vous, il n'a écrit aucun de ces romans", dit Lily avec un soudain petit éclat de rire.

"Non, chérie, c'est exactement ce que je disais. Comment tu rattrapes ton retard ! Ma chérie, je suis si heureuse que tu t'es bien amusée cette soirée. Parfois, j'ai trouvé que tu avais l'air un peu ennuyé et fatigué. Vraiment, Londres est charmante ! Il y a tellement *de jeu d'esprit* là-dedans, n'est-ce pas ? Et demain nous dînons chez Lady Conybeare ! Comme c'était agréable et quelle merveilleuse robe elle avait ce soir ! Elle m'a fait me sentir tout à fait dodo, je devrais dire démodée. ".

Lily éclata soudain de rire et sa mère rayonnait de bonne humeur.

"Je me moque encore de ta pauvre mère", dit-elle en lui tapotant la main. "Tu ris toujours, Lily, tu es une parfaite *fille de joie* . Cher moi ! Je dis toujours le mauvais mot. Nous y voilà, chérie. Sors très prudemment, car ma robe est partout."

Lily entra dans une foule parfaite de valets poudrés qui bordaient les marches du manoir Murchison. Mme Murchison, lorsqu'elle a pris sa maison, a donné ce qu'elle appelait *bête noire* à une célèbre entreprise de décorateurs londoniens (c'est-à-dire, il faut le supposer, *carte blanche*) pour la rendre aussi élégante et raffinée que l'argent le pouvait. Le résultat était une impression d'opulence extraordinaire ; et l'éminente maison de décorateurs, sages dans leur génération, avait très bien plu à Mme Murchison. L'immense somme qu'elle devait leur payer n'était pas la moindre partie de sa satisfaction. L'argent ne signifiait presque rien pour elle, mais il signifiait beaucoup pour les autres ; et pouvoir dire en toute honnêteté qu'un plafond avait coûté quelques milliers de livres était une bonne raison de se féliciter. En fait, la contemplation du chèque qu'elle avait tiré lui plaisait presque autant que ce que le chèque avait accompli.

Elle s'arrêta un instant dans le hall, pendant qu'un valet de pied ôtait son manteau et le tendait à un autre, et regardait autour d'elle avec contentement le cuir estampé et le vieux chêne Louis XIV. les chaises, les ustensiles de Nankin et les tapis persans ; et son esprit revint un instant à l'époque du pitchpin et du crin de cheval, et dans son excellent cœur monta un soudain frisson de gratitude. Lily était déjà dans l'escalier, et le regard de sa mère la suivit et resta là si longtemps que le troisième valet de pied avait fermé la porte et se tenait au garde-à-vous, attendant qu'elle bouge. Et un cheveu de la tête de Lily lui était plus cher que tout le vieux chêne, l'opulence et les valets poudrés. Elle poussa un gros soupir, toute mère.

"Éteignez les lumières, William," dit-elle, "ou est-ce Thomas ?"

CHAPITRE VII

LE FINANCIER SOLITAIRE

M. Alington n'était pas présent au bal à l'ambassade de Hongrie, bien que Kit ait pris la peine de lui procurer une invitation. Le courrier du soir était arrivé un long rapport de son directeur australien, et comme le rapport exigeait une digestion considérable, il faisait, comme toujours, passer les affaires avant le plaisir, d'autant plus qu'il ne dansait pas, et consacrait la soirée à le digérer. C'était tout ce qu'un rapport devait être, concis, clair et complet, et comme il en savait jusqu'ici très peu, techniquement parlant, sur sa nouvelle entreprise, il exigeait un long et solitaire examen. Il était accompagné d'une carte très soignée, dessinée à l'échelle, avec le récif trouvé marqué en rouge, là où conjecturé en jaune.

À cette époque, l'exploitation minière en Australie occidentale n'en était qu'à ses balbutiements. Quelques rapports seulement étaient parvenus en Angleterre au sujet de gisements aurifères inexplorés d'une richesse extraordinaire, et, comme c'est le cas des premiers rapports, ils n'avaient acquis qu'une faible crédibilité. Mais M. Alington venait tout juste de rentrer du Queensland ; il avait vu du quartz aurifère, il avait fait quelques expériences provisoires pour prouver la richesse du minerai, et avait par la suite acheté un très grand nombre de claims à un prix relativement bas. Il s'attendait à ce que certaines d'entre elles se révèlent sans valeur, ou ne valent guère la peine d'être exploitées ; il croyait sobrement que d'autres se révéleraient très riches. Et lorsqu'il a ouvert le rapport de son entraîneur le soir du bal hongrois, il n'avait plus d'informations certaines sur eux.

Le directeur conseilla, conformément au désir même d'Alington, de démarrer un groupe de cinq mines qui, ensemble, engloberaient toutes ses revendications. Au numéro un (voir carte), il y avait, comme Alington s'en souvient, une veine d'or très riche, qui avait maintenant été retracée dans les trous de forage passant par les numéros quatre et cinq. Les numéros deux et trois étaient des cas extrêmes par rapport à la ligne directe de cette veine, mais dans les deux cas, une grande quantité d'or affleurant pourrait être exploitée avec profit. D'après ce que l'on pouvait voir à l'heure actuelle, tous, dit le directeur, méritaient d'être exploités, car les deux sur lesquels ne se trouvait pas la veine la plus profonde contenaient de l'or dans des veines plus petites, proches de la surface, qui pouvaient être exploitées avec relativement peu d'argent. peu de frais. On ne savait pas encore s'il y avait en eux une veine plus profonde.

S'ensuivent ensuite de nombreux conseils techniques. La principale difficulté, comme M. Alington s'en souvient, était l'eau, et il fallait se préparer à de lourdes dépenses dans ce domaine. Mais sinon, la propriété ne pourrait pas être meilleure. Parmi les spécimens envoyés au hasard pour examen, ceux des numéros un, quatre et cinq étaient très riches, et le rendement ne paraissait pas inférieur à cinq onces par tonne. C'était très élevé, mais tels furent les résultats. Le récif d'où ils furent extraits avait cinq pieds d'épaisseur. S'ensuit ensuite une discussion sur les processus ; il y a certainement beaucoup à dire sur le cyanure, mais il ne recommanderait pas la corrosion. C'était un travail fastidieux et on parlait d'interdire aux femmes d'y être employées. Certes, la céruse qu'elle produirait la mettrait au rang des métiers dangereux. Dans les numéros deux et trois, le minerai était très réfractaire, et il était curieux de trouver une veine si difficile en matière d'extraction d'or à proximité des veines un, quatre et cinq. Jusqu'à présent, malgré des expériences répétées, ils n'avaient pu récupérer que 20 pour cent. de l'or qu'il contenait. Mais un nouveau procédé était en cours d'essai dans certaines mines du Rand – la Bülow, n'est-ce pas ? – peut-être que M. Alington s'en occuperait et communiquerait les résultats. Le pire de ces procédés chimiques était qu'ils étaient très coûteux.

M. Alington ressemblait plus que jamais à un majordome d'une bienveillance supérieure, alors qu'il était assis à sa table près d'une lampe de lecture à abat-jour vert, et se rendait maître de cet excellent rapport. Tout en lisant, il inscrivait de temps en temps de petites notes au crayon dans la marge de la page, et de temps en temps il notait quelques chiffres sur son buvard. Ses chambres, situées au-dessus d'une fabrique d'armes dans la rue St. James's - un local temporaire seulement - étaient admirablement meublées pour les besoins d'un homme d'affaires aux goûts raffinés et aux désirs simples. Une grande bibliothèque tournante remplie d'ouvrages de référence se tenait à ses côtés et un téléphone était posé sur la table devant lui. Il était en quelque sorte un connaisseur en images, et dans sa maison des Sussex Downs, à laquelle il ajoutait de nombreux détails, il possédait une très belle collection de maîtres anglais. Mais les brouillards et la fumée corrosive de Londres ont sonné le glas des pigments, et ici, dans ses modestes quartiers de Londres, il n'avait que des tirages. Mais ceux-ci étaient vraiment admirables. Lady Crosby de Reynolds ondulait au-dessus de la cheminée ; Lady Hamilton lui souriait irrésistiblement sous sa couronne de feuilles de vigne s'il regardait le mur opposé ; à côté d'elle était assise Marie-Antoinette dans un cadre en vieil or de travail français, et Mme Siddons était un premier état avec le bord effacé tant convoité.

Mais ce soir-là, M. Alington n'avait aucun œil pour ces charmantes dames ; il resta assis longuement et studieusement avec le rapport devant lui, son visage large et intelligent étant attentif à son travail. De temps en temps, il tendait une main ferme et potelée pour prendre une cigarette dans une boîte en argent qui se trouvait à côté de son téléphone, mais souvent il restait assis sans l'allumer pendant une dizaine de minutes, absorbé dans la page ; ou encore, il le posait encore à moitié fumé, pendant qu'il faisait un de ses petits calculs, l'oubliait et tendait distraitement la main pour en prendre un autre. Ainsi, avant minuit, il y en avait une demi-douzaine dans son cendrier à peine touché. Une caisse à spiritueux et un siphon étaient posés sur un plateau à sa droite, et une heure auparavant, il s'était mélangé un whisky doux et un soda qu'il n'avait pas encore goûté.

La cloche d'argent de son pendule de Sèvres avait déjà sonné une heure lorsqu'il prit le rapport, le plia soigneusement et le remit dans son enveloppe recommandée. Il étala cependant la carte sur la table devant lui et continua à l'étudier très attentivement pendant encore dix minutes. Cela aussi, il le mit ensuite dans l'enveloppe et, se penchant en arrière sur sa chaise, alluma sérieusement une cigarette et la fuma jusqu'au bout. Il était un peu myope et, pour lire, surtout la nuit, il portait des lunettes à monture d'or, ce qui lui donnait un aspect scolastique, presque théologien. Mais celles-ci étaient depuis longtemps placées sur son front ; le théologien avait évidemment de gros sujets en débat.

Enfin il se leva, toujours lentement, et resta un instant plongé dans une profonde réflexion. Puis, avec une vivacité soudaine, comme celle d'un homme décidé, il prit l'enveloppe et, la mettant dans un tiroir de sa table à genoux, tourna la clé dessus.

"Ce sera l'une des plus grosses transactions", se dit-il.

Un piano à queue de Bechstein se trouvait de l'autre côté de la pièce, sur lequel était ouverte la Musique de la Passion selon Saint Matthieu de Bach. M. Alington le prit et tourna les pages avec un respect affectueux. Il s'arrêta un instant et fredonna de sa belle voix de ténor le récitatif de « Et Pierre sortit », puis, allumant les bougies, joua quelques accords crescendo et se plongea dans les subtilités du grand double chœur des éclairs et des tonnerres. . La fugue sonore et terrible grandissait et grandissait sous ses mains adroites, montant de crescendo en crescendo avec sa basse ground affolante et tumultueuse. Une pause d'une mesure, et avec un grand éclat il attaqua la deuxième partie. Il chantait l'air de « l'abîme » à pleine voix, tandis que ses mains frémissaient brumeusement dans l'accompagnement chromatique endiablé. Les terreurs épouvantables de la musique le possédaient ; il avait l'air d'un homme dément. Dans les six dernières mesures, il doublait la basse comme s'il était écrit pour des pédales, et avec la tierce de Picardie il terminait dans un accord fracassant.

M. Alington repoussa ses cheveux plutôt rares de son front et poussa un grand soupir plein de respect révérencieux, le soupir d'un artiste religieux. C'était un vrai musicien, et sa propre interprétation admirable de ce merveilleux texte l'émouvait ; ça sentait les flammes. Puis, au bout d'un moment, il se tourna vers le dernier refrain, le morceau de pathétique le plus parfait jamais traduit en son, et le joua avec toute la réticence et la sobriété de son plus grand art. Les cadences lamentables, les phrases simples le touchaient profondément. Contrairement à Mme Murchison, il ne se considérait pas tenu d'adorer Wagner, même si les opéras ne lui semblaient pas du tout semblables. Il vous aurait dit qu'il le trouvait artistiquement immoral, qu'il violait les canons de la musique, aussi contraignants, selon lui, pour les musiciens que l'est le code moral pour une société civilisée. « Un sauvage brillant », dit-il un jour à propos de ce maître ; "mais je sais que je suis démodé."

Il resta assis une longue minute parfaitement immobile après avoir terminé le refrain, aussi absorbé par cette pensée qu'il l'avait été dans les mines une demi-heure auparavant. Une humidité intacte se trouvait dans les yeux de l'homme ; son visage était celui d'un saint gros et ravi dans un vitrail contemplant quelque vision béatifique. Il était seul et parfaitement honnête avec lui-même. Enfin il ferma le piano très doucement, comme s'il craignait de troubler la douceur exquise et la beauté mélancolique de la musique par un autre son, et, une bougie à la main, se rendit dans sa chambre. Une admirable reproduction du « Lux Mundi » de Holman Hunt était accrochée au-dessus de sa cheminée ; le « Triomphe des Innocents » se trouvait juste au-dessus de son lit aux allures d'anachorète. C'étaient ses photos préférées, non seulement pour leur sujet, mais aussi pour l'authenticité de leur sentiment. Ils lui semblaient avoir saisi quelque chose de la simplicité de la véritable école préraphaélite, quelque chose de sa sobriété, de son amour constant de la forme, de sa simplicité enfantine. Il y avait un vieux *prie-Dieu* en chêne à son chevet, avec plusieurs livres de dévotion bien feuilletés dessus, et il s'agenouilla là dix bonnes minutes avant de se coucher. Il était reconnaissant pour beaucoup de choses : sa santé, sa richesse, sa persévérance, son intelligence, sa capacité à apprécier les belles choses ; et il a prié avec ferveur pour leur longue continuité et leur bien-être.

M. Alington dormait profondément et se levait tôt, et ni ses projets nouveaux et vertigineux ni le pathétique de la Passion Music ne l'empêchaient de dormir. Il avait plusieurs rendez-vous dans la ville le lendemain matin et allait déjeuner avec Lord Conybeare chez White's. Jack n'était pas là à son arrivée, et il dut consoler ses moments d'attente par l'inspection de la salle réservée à l'accueil des étrangers. Il était meublé d'une table sur laquelle se trouvaient un encrier vide et une carafe d'eau fade, de deux chaises en crin, d'une balance et d'une rangée de pinces à chapeau accrochées à l'intérieur d'une bibliothèque sans étagère. Il espérait cependant qu'il n'aurait plus à l'avenir à se limiter à la chambre de l'étranger lorsqu'il y prendrait rendez-vous, puisque Jack l'avait proposé comme membre du club, avait demandé à Tom

Abbotsworthy de le seconder et l'avait incité à devenir membre du club. un grand nombre de membres à apposer leurs nobles noms à sa candidature.

Jack entra peu de temps après, avec l'apparence qu'il avait toujours eue, même par le temps le plus torride : parfaitement frais, sans harcèlement et avec qui il n'y avait pas de querelle. Il ne semblait jamais avoir chaud ni se salir, même dans le métro ; les charbons le dépassaient et se posaient sur le nez de ses voisins moins fortunés.

"Désolé de vous faire attendre", dit-il. " Déjeunons tout de suite. Vous n'êtes pas ici depuis longtemps, j'espère. "

"Seulement quelques instants", a déclaré Alington; "et j'imagine que j'étais ici avant mon heure."

"Une belle habitude", murmura Jack. "Comme nous devrions être ponctuels entre nous !"

Ils entrèrent dans la salle à manger, qui était plutôt vide, et prirent place à une petite table un peu à l'écart des autres convives.

"Je ne vous ai pas vu hier soir à l'ambassade", a déclaré Jack. "Je pensais que tu étais sûr d'être là. Kit m'a dit qu'elle t'avait envoyé une invitation, et les hommes occupés comme toi semblent toujours avoir du temps pour tout."

"On a tout le temps qu'il y a", a déclaré Alington; "et j'avais l'intention d'y aller. Mais le courrier m'a apporté des nouvelles, des nouvelles importantes d'Australie."

"En effet ? Bonne nouvelle, j'espère."

"Excellente nouvelle. Nous aurons très bientôt besoin de vos services."

"Ah ! Que vas-tu boire ?"

" Merci, je ne touche jamais de vin au déjeuner. Un peu d'eau, s'il vous plaît. Je suis un peu ascétique à certains égards. Oui, les nouvelles étaient excellentes. Je vais immédiatement sortir un prospectus et faire entrer les sociétés en bourse. Hors de "Sur les cinq mines, le même récif, dont une très riche, en traverse trois. Les deux autres sont des valeurs aberrantes de ce récif, mais il semble y avoir beaucoup d'or en surface. Elles devraient commencer à payer presque immédiatement. Je propose de faire deux groupes sur ces cinq mines, l'un comprenant les valeurs aberrantes, les trois autres le récif principal. Ou nous pourrions les fusionner plus tard. Je vous recommande fortement d'acheter ces valeurs aberrantes en grande quantité. C'est du moins ce que j'ai l'intention de faire moi-même. ".

Jack rit.

« Il est facile de me recommander de faire de gros achats, dit-il ; " et je me demande si je pourrais leur payer une facture. Mais des circonstances sur lesquelles j'ai depuis longtemps cessé d'avoir aucun contrôle... "

M. Alington leva sa grande main blanche.

"Vous n'aurez pas besoin de vous couvrir", a-t-il déclaré. " Payez le premier appel, ou tout au plus les deux premiers appels. Je vous assure que ce sera tout ce qu'il faudra. A moins que je ne me trompe beaucoup plus que je ne l'ai jamais fait dans ma vie, le prix augmentera très bientôt et très considérablement. N'oubliez pas que vous percevez un salaire en tant que directeur. Si vous le souhaitez, je l'avancerai pour cette année.

"Ce serait très pratique", observa Jack avec vérité et franchise.

"Le premier appel sera d'une demi-couronne", a poursuivi Alington. "Mille livres vous permettront ainsi de commander huit mille actions."

"Il y a longtemps que je n'ai pas eu huit mille choses", remarqua Jack ; "Bien sûr, je ne compte pas les dettes. Je ne compte jamais les dettes. Mais que m'arrivera-t-il si les actions ne montent pas ?"

"Les actions vont augmenter", a déclaré sèchement Alington. "Je vous conseille de vous en remettre entièrement à moi. Je ne peux tout simplement pas me tromper. En tant qu'administrateur, vous êtes tenu de détenir des actions. Je vous recommande d'en placer la plus grande partie dans ces deux mines éloignées."

"Je ne demande rien de mieux que d'être guidé par toi", dit Jack. "Merci beaucoup pour l'indice."

M. Alington écarta les remerciements, comme s'ils étaient disproportionnés par rapport à la faveur accordée.

" Et j'aimerais avoir une réunion des directeurs mardi, " dit-il, " si cela vous convient, à vous et à Lord Abbotsworthy. Je vais le voir cet après-midi. Je propose d'employer mes propres courtiers, des hommes que j'ai traité depuis des années. »

Peu à peu, la salle se remplit, et comme les tables voisines commençaient à être occupées, ils laissèrent pour le moment le sujet des mines. Jack était plus que content de laisser sa propre entreprise financière entre les mains d'Alington, car il était convaincu qu'il jouait honnêtement avec lui. Habituellement quelque peu cynique, il aurait réfléchi à deux fois avant de déposer une caution pour sa connaissance la plus intime ; mais il croyait qu'Alington, comme il le disait lui-même franchement, agissait dans son propre intérêt en faisant en sorte qu'un marquis vaille la peine de rejoindre le conseil d'administration. Concernant les capacités d'Alington, il n'avait pas trouvé deux opinions ; Des enquêtes approfondies lui montrèrent que, de tous côtés, il était considéré comme le plus astucieux des astucieux. Le marché était déjà informé de la nouvelle émission et attendait avec une certaine impatience la publication de son prospectus. Et l'intérêt s'est étendu bien au-delà des opérateurs professionnels ; le public britannique, comme l'avait dit Alington, était presque prêt à devenir fou au sujet de l'or australien, et il avait bien choisi son moment.

CHAPITRE VIII

LE SIMPLEMENT PERSONNE

Le « dîner tranquille, tout simplement personne », auquel Kit avait invité la veille Mme Murchison et sa fille, ravies, avait grandi comme une boule de neige roulante pendant les heures du bal hongrois. Si vous dînez tranquillement, un dîner de plus ne fait aucune différence ni ne change le caractère du divertissement, et il y en a eu beaucoup. Entre autres, Kit avait rencontré Alice Haslemere dans le parc le lendemain matin, et cette dernière lui avait lancé un appel *ad misericordiam* .

"Je suis invitée à rencontrer une transparence sereine ou une sorte de sérénité transparente ce soir", avait-elle déclaré. "Qui ? Oh, une petite royauté de seconde classe fabriquée en Allemagne, et je n'ai pas l'intention d'y aller, et je l'ai dit. J'ai donné une excuse, Kit ; je t'ai donné comme excuse, parce que tu es une sorte de privilégié. personne, et même la royauté vous laisse faire ce que vous voulez. Comment y parvenez-vous, ma chère ? J'aimerais que vous me le disiez. Quoi qu'il en soit, j'ai dit que vous m'aviez demandé de dîner ce soir il y a six semaines. Vous voyez, je vous dois un sur la façon trompeuse dont vous m'avez traité à propos de Jack et du baccara. Alors vous me l'avez demandé, n'est-ce pas ?

Kit ralentit ; elle conduisait un vélo blanc rehaussé de pourpre.

« Il y a sept semaines, Alice, » dit-elle ; " et si vous aviez oublié, je ne vous aurais jamais pardonné. Tout à fait tranquillement, vous savez ; et ainsi nous sommes quittes. Le dîner de Lady Conybeare, " dit-elle avec quelque cérémonie, " sera servi comme d'habitude à huit heures trente. "

Ils roulaient tous deux du mauvais côté de la route, et Lady Haslemere jeta un regard offensé au cocher de son père, qui ne la reconnut pas et se dirigea vers la voiture.

"Je savais que c'était de très très vieilles fiançailles", dit-elle avec émotion. "Et qui vient ? J'oublie ; il y a si longtemps que tu ne me l'as pas dit."

« Murchison *mère et fille* », dit Kit ; "Et la *fille* va épouser Toby. Vous voyez. Aussi Ted et Toby et le gars du baccara. Jack est très en colère avec lui en ce moment, et ma dame sent l'argent. Oh, Alice, nous pourrions rejouer au baccara ce soir ; Je pensais que ce serait plutôt fastidieux de devoir jouer aux groseilles avec Toby toute la soirée, mais jouer aux cartes aiderait à passer le temps, n'est-ce pas ? Voyons, le baccara est le jeu où il faut essayer d'obtenir neuf heures, n'est-ce pas ? Comme c'est agréable ! Il y a d'autres personnes qui viennent aussi, et il y en aura probablement d'autres avant le soir. Je remarque que quand il y a des dîners pour Transparents, les gens me demandent de leur demander. Je suis une sorte de refuge de la royauté. »

"Oui, et comme c'est transparent !" remarqua lady Haslemere.

" N'est-ce pas ? et quelle mauvaise blague ! Mais porte une robe de thé, Alice, parce que j'ai dit à Mme M. de le faire. Oui, nous jouerons aux détectives sur l'Alington ce soir. J'espère qu'il le fera. trichez encore. Cela doit être tellement amusant d'être un vrai détective. Je pense que je le deviendrai si tout le reste échoue. Et la plupart des choses ont échoué.

"Pour voir si les courses prennent autant de temps et si le club explique les heures tardives", a cité Lady Haslemere avec une pointe de regret. "Mais, Kit, quelle bénédiction c'est de ne pas se sentir obligée de surveiller son mari ! Haslemere est tellement en sécurité, vous savez ; autant regarder la cathédrale Saint-Paul pour voir si elle flirtait avec Sainte-Marie-Madeleine. m'ennuierait à mort de le regarder. Une seule fois je l'ai vu excité.

"Qui était l'heureuse dame ?" » demanda Kit avec intérêt.

"Ce n'était pas du tout une dame, pas même moi. C'était un puzzle en fil de fer, et il a dit que c'était mathématiquement impossible, et il m'a réveillé vers trois heures du matin pour me le dire. Il était vraiment très fébrile à ce sujet. Mais en me démontrant à quel point c'était impossible, il l'a fait accidentellement, ce qui est devenu parfaitement normal, et nous avons vécu heureux pour toujours. »

Ils prirent la route au nord de la Serpentine, près de la statue d'Achille, et accélérèrent le pas.

"On vit toujours heureux par la suite", dit Kit pensivement. "La vérité est tout aussi étrange que la fiction. Il y a la vieille duchesse, quel chat ! Et il suffit de regarder sa perruque de côté ! Mais je suis aussi reconnaissante que votre mari ne soit pas un détective. Jack en ferait une si mauvaise. Je devrais avoir honte de lui. »

"Je suppose qu'il le ferait. Il est intelligent", dit Alice, "et les criminels sont si myopes. Ils commettent des erreurs évidentes. Mais Jack ferait un criminel dévastateur."

"C'est exactement ça. En tant que détective, Jack négligerait les choses évidentes parce qu'elles sont si évidentes. Par conséquent, il ne découvrirait jamais rien, car les criminels font toujours des erreurs stupides, pas des erreurs intelligentes. Jack n'a jamais découvert que l'homme de la mine avait triché. au baccara, par exemple. Oh, j'oubliais, vous l'avez deviné. Regardez, voilà Ted. Comme il monte mal !"

"Et il ne découvre jamais Ted", remarqua Lady Haslemere avec une extrême sécheresse.

"Jamais. Vous voyez, il n'y a rien à découvrir. Je lui dis toujours à quel point Ted est un chéri, et donc il ne pense jamais qu'il est un chéri. J'aime beaucoup Ted, mais... mais... Après tout, la franchise paie mieux que toute autre chose, surtout quand on n'a rien à cacher."

Lady Haslemere réfléchit un instant à la proposition, mais ne trouva rien à dire.

"Comment va l'homme des mines ?" » demanda-t-elle brusquement.

"Des lauriers verts. Il doit donc être méchant. Il y a quelques soirs, quand il dînait avec nous, je lui ai demandé de chanter après le dîner, et il a chanté une sorte d'hymne du soir en quatre dièses. Vous ne connaissez pas le genre " Il a une très belle voix, et ça m'a presque fait pleurer, j'avais tellement de regrets pour quelque chose que j'avais oublié. Maintenant, ça montre qu'il doit être méchant. Les bonnes personnes ne font que me faire bâiller, parce qu'elles essaient de s'adapter à moi et parler des choses du monde. Et ce ne sont que les méchants qui chantent des hymnes avec une vraie émotion, qui me donnent envie de pleurer. Heureusement, ils sont rares.

"Et les mines ?" demanda Alice.

"Eh bien, Jack est enthousiasmé par les mines, comme Haslemere avec le puzzle en fil de fer, et quand Jack est enthousiasmé, cela signifie beaucoup. Il m'a dit que si les choses se déroulaient décemment, nous devrions être à nouveau solvables - cela ressemble à un produit chimique - en fait. , les mines jouent un rôle. Car rendre Jack et moi solvables, Alice, signifie beaucoup.

Ils avaient atteint la Serpentine et Kit descendit de cheval et se reposa sur les rails. C'était une belle journée typique de juin. Le ciel était sans nuages, les arbres étaient relativement verts, de grands pigeons ramiers erraient grassement et de vieux messieurs enfantins naviguaient sur des yachts miniatures sur l'eau.

"Quel dommage qu'on ne soit pas un homme de plaisirs simples !" remarqua lady Haslemere. " Il y a là un vieux monsieur qui s'amuse plus de son stupide petit bateau que de la perspective de sa solvabilité, ou de Haslemere même d'un nouveau puzzle en fil de fer. Comme il doit être heureux et comme il est ennuyeux ! Je pense que l'ennui est vraiment synonyme de " Le bonheur. Pensez aux vaches ! Vous n'avez jamais trouvé de vache absorbante, ni malheureuse. Le vieux monsieur a pris un bon petit déjeuner ; il mangera un bon déjeuner. Et il a probablement un solde à sa banque. "

"C'est tout l'estomac", dit Kit avec regret. "Tout sauf la balance, je veux dire."

"Oui, c'est de cela qu'il s'agit. Alors nous jouerons aux détectives ce soir, Kit."

Kit démarré ; elle était absorbée par le yacht jouet.

"Détectives ? Oh, certainement," répondit-elle. "Mais j'aimerais presque que nous nous trompions sur toute cette inquiétude."

"Le mineman a triché", dit Alice avec décision. "Je pensais demander à Tom s'il avait vu."

"Oh, ne fais pas ça", dit Kit. "Nous ne voulons pas de scandale. Regardez !"

Une rafale brisa les reflets dans l'eau calme, et le yacht-jouet du vieux monsieur s'inclina devant elle et s'éloigna comme une hirondelle.

"Oh que c'est sympa!" s'écria Kit, qui prenait rapidement la couleur de son environnement. "Alice, devrions-nous économiser notre argent et acheter un petit yacht jouet ? Pensez à quel point nous devrions être heureux !"

"Si tu veux jouer à la laitière, Kit," dit sévèrement Alice, "je rentrerai à la maison. Je ne jouerai le rôle de la laitière pour personne. Jouer à la groseille à Toby n'est rien."

Kit soupira.

"Cher vieux monsieur !" dit-elle. "Alice, je donnerais n'importe quoi pour être un vieux monsieur avec des moustaches blanches et un petit yacht idiot. Oui, je sais, c'est un rêve impossible. A propos du baccara, qu'est-ce que tu disais ?"

"J'ai des choses à dire, si vous avez la gentillesse d'y assister. Essayez d'oublier vos moustaches blanches, Kit."

"Oui, je le ferai. Il n'y avait pas de moustaches aussi blanches."

"Hier soir", a déclaré Lady Haslemere, "j'ai perdu deux cent quarante livres et six pence."

"Combien de six pence ? À quelles petites mises vous avez dû jouer ! Était-ce le jeu où vous essayez d'en obtenir neuf ?"

"Oui," dit Alice, "et j'ai perdu les six pence parce que je les ai laissés tomber par terre. Je ne sais pas comment je les ai obtenus, et je ne sais pas ce qui leur est arrivé."

"Comme Melchisédech", dit Kit.

"Exactement. Quoi qu'il en soit, je l'ai laissé tomber, et cela montre à quel point les gens sont extraordinaires. Nous avons tous pris des bougies et nous sommes rampés par terre à la recherche de ces six pence. Le perdre m'a ennuyé plus que je ne peux le dire. Je m'en fichais tellement pour le reste."

"J'aurais dû m'en soucier beaucoup plus", a déclaré Kit avec beaucoup de ferveur. "Mais vous avez tout à fait raison. Et cela explique dans une certaine mesure comment un homme très riche comme M. Alington peut tricher pour quelques shillings."

"J'ai aussi rêvé des six pence", dit Alice. "Je pensais que mon salut en dépendait."

Kit ne répondit pas immédiatement.

"Cela semble peu coûteux", dit-elle enfin. "J'irais aussi loin. Regarde le yacht... oh, j'oubliais, je ne dois pas regarder le yacht. Alice, je crois que ces mines sont une grande affaire. Jack s'est levé ce matin à neuf heures pour être " Il est arrivé à la City vers huit heures et demie, et il en faut beaucoup pour qu'il soit aussi ponctuel. Allez-vous y participer ? "

"Je veux, mais Tom dit non. Il dit qu'il a plus de possibilités de juger, ou quelque chose de fastidieux, et qu'il gagnera assez pour nous deux. Il est prêt à investir pour moi, mais ce n'est pas amusant."

"Cela ressemble tellement à Jack", a déclaré Kit. "Il veut que je n'aie rien à voir avec les mines. Il espère gagner assez pour deux, ce qui est absurde, étant donné que personne ne peut gagner assez pour un. Mais je m'appellerai Miss de Rougemont, vieille fille, aux soins du Quotidien. Chronique, ou quelque chose du genre, et donc investissez.

"As-tu un petit pécule, chérie ?" » demanda Alice avec sympathie. " Comme c'est gentil ! Je l'ai toujours fait, mais ces stupides cartes ont mangé un gros morceau de jaune hier soir. "

"Je sais ; ils le font. Mais, d'un autre côté, ils le remplissent à nouveau. Je suppose que la plupart des femmes ont une sorte de pécule. Cela peut être de l'argent, ou de la vertu, ou du vice, ou des secrets. Eh bien, je' Je vais lâcher ma mine dans les champs aurifères australiens.

"J'ai l'intention d'être prudent", a déclaré Lady Haslemere. "Mais juste pour contrarier Tom, je risquerai quelque chose. Tom était très ennuyeux et très gênant. Il dit que les femmes ne connaissent rien aux affaires. Il en sait beaucoup lui-même ! Si je devais choisir un homme éminemment inapte à diriger quoi que ce soit, ce serait sois Tom."

"Je ne peux pas laisser Jack laissé de côté dans le froid comme ça", a déclaré Kit.

"Ils forment un joli couple. Tom est honnête, c'est tout ce qu'on peut dire de lui."

Kit a crié de rire.

"Je te parie que Jack est aussi honnête que Tom", dit-elle. "Mais c'est exactement ainsi avec votre famille, ma chère. Ils pensent tous qu'ils ont le monopole des vertus cardinales, tout comme M. Leiter pensait qu'il pourrait avoir un coin dans le maïs. Mais, sérieusement, j'espère et j'ai confiance que Les mines d'Alington sont saines. Pensez à ce que les journaux radicaux crieraient si quelque chose – enfin, si quelque chose de fâcheux se produisait. Les salaires, vous savez ! Supposons que l'opinion publique britannique ait dépensé beaucoup d'argent et qu'il y ait une enquête ? Personnellement, je pense que Jack est téméraire de le faire. être président. Il est payé pour son nom, il le sait parfaitement ; mais les administrateurs sont censés être vaguement responsables. Et son patron triche au baccara ! Je pense aussi qu'il ne devrait pas avoir de salaire en tant que directeur ; cela ne semble pas Bien."

"Cela sera sûrement périphrasé dans les comptes, n'est-ce pas ?" demanda Alice.

"Je l'espère ; les périphrases couvrent une multitude de chèques."

Ils étaient de nouveau arrivés à Hyde Park Corner et franchissaient lentement la porte dans la rue rugissante. L'œil de Kit s'éclaira à la vue de la vie ; elle a oublié son rêve de moustaches blanches.

"Je pense que les mines d'or sont une excellente forme de jeu", remarqua Alice. "Vous pouvez jouer directement après le petit-déjeuner. Maintenant, on ne peut pas jouer aux cartes directement après le petit-déjeuner. J'ai essayé l'autre jour, mais ce fut un échec désespéré. Même les cartes naturelles semblaient horribles à la lumière du jour."

"Les mines d'or sont un tonique", dit Kit. "Vous les prenez après le petit-déjeuner comme le sirop d'Easton, et elles vous remontent à merveille. Vous devriez voir à quel point Jack est vif le matin."

"Eh bien, *au revoir*, chérie. Il est huit heures et demie, n'est-ce pas ? Tom peut-il venir aussi ?"

"Oh oui, et Haslemere si tu veux", dit Kit en arrivant dans Park Lane.

"Je n'aime pas", cria Alice d'une voix stridente, continuant tout droit.

Kit rigola à intervalles réguliers pendant tout le chemin du retour.

La coupe du bonheur de Mme Murchison était bien pleine ce soir-là. Bien que le petit dîner tranquille eût atteint environ dix-huit personnes, chacun appartenait au groupe particulier de Kit, et c'était ce que Kit appelait un «

dîner chrétien », c'est-à-dire que chacun s'appelait par son prénom. "Tellement plus agréable qu'un dîner païen", dit-elle à Mme Murchison. "Vous pourrez y rencontrer des cannibales."

Mme Murchison elle-même a été hébergée par Tom Abbotsworthy, et il est difficile de savoir lequel d'entre eux a le plus apprécié leur conversation. Elle était enchantée de se retrouver avec lui et ses propres remarques étaient vraiment mémorables.

"J'adore la société anglaise", dit-elle dès les premières bouchées de soupe. "Nos orateurs les plus brillants d'Amérique ne peuvent être comparés aux clubmen ordinaires de Londres. Et les dîners, comme c'est charmant !"

"Tu trouves les gens amusants ?" demanda Tom.

"Oui, et le caractère substantiel de tout cela. Pas seulement les plats et les boissons, mais la conversation qui s'améliore vraiment - le - le *tout à fait* ."

Tom avait le plus grand de tous les dons sociaux : la gravité.

"Vous pensez que les gens ont moins *tout à fait* en Amérique ?" Il a demandé.

"Il n'y a rien de tout cela; et maintenant j'y pense, je veux dire *tout ensemble* . Comme vous avez vite compris ce que je voulais dire! Mais c'est juste cela. Mon cœur - et je l'ai dit à M. Murchison la première fois que j'ai vu lui - est anglais. Ma tête est peut-être américaine, mais mon cœur est anglais. Ce sont mes mots, *ipse dixit* ."

"Très remarquable", a déclaré Tom.

"L'air de dignité", continua Mme Murchison (la soupe la décongelait toujours), "et la comparaison des goûts que je trouve en Angleterre ! La richesse sans ostensité, je devrais dire l'ostenosité ! Le confort solide et sans fantaisie !"

"Je crains que vous ne trouviez beaucoup de trucs si vous allez en banlieue", a déclaré Tom.

"Je n'ai pas encore prévu de déplacements en banlieue", a déclaré Mme Murchison avec une certaine dignité.

"Bien sûr que non. La bonne définition des banlieues est l'endroit où l'on ne va pas. Elles ne sont qu'une expression géographique négative."

"Eh bien, je suis anglophobe", a déclaré Mme Murchison avec conviction; " et je ne crois rien contre l'Angleterre, pas même contre ses banlieues. Mais quelle était, selon vous, Lord Abbotsworthy, la principale tendance des classes supérieures en Angleterre ? "

Tom était légèrement perplexe.

"Tendance dans quelle ligne ?" Il a demandé.

"Par tendance, j'entends la direction dans laquelle ils avancent ?"

"Nous avançons vers l'Amérique", répondit-il après un moment de réflexion. "C'est là que va notre fiction, et c'est de là que viennent nos inventions."

Mme Murchison laissa tomber une grosse truffe de sa fourchette et resta un moment avec elle en équilibre.

"Je suppose que c'est profond", a-t-elle dit. "Je vais câbler cela à M. Murchison."

Tom se demandait silencieusement si M. Murchison en serait aussi intrigué que lui-même ; mais sa femme entreprit de donner des éclaircissements.

"Les fictions sont les inventions, vous voulez dire", dit-elle. "L'un va d'où vient l'autre. L'unité des deux pays, en fait. La chose la plus brillante que j'ai entendue cet été", a-t-elle observé.

Tom était perdu dans sa contemplation à la pensée de la profonde tristesse dans laquelle tout ce que Mme Murchison avait entendu cet été devait être impliqué, et il fut reconnaissant lorsque cette dame, après une pause réfléchie sur sa remarque éblouissante, changea de sujet.

« Quel homme charmant, Lord Evelyn ! » dit-elle.

"Lord Evelyn ? Oh, Toby ! Oui, c'est un excellent garçon."

"Par charmant, je ne fais pas référence à son apparence personnelle", a déclaré Mme Murchison, "car c'est simple. Mais par charmant, je fais référence à son caractère heureux et aimable."

"Vous l'avez complètement sympathisé", dit Tom. "Heureux et aimable, c'est exactement ce qu'est Toby."

L'esprit de Mme Murchison partit un instant en excursion maternelle à la vue de Lily et Toby, qui parlaient ensemble avec impatience, mais revinrent rapidement.

"Et la vivacité actuellement représentée sur son visage est considérable", poursuivit Mme Murchison dans un élan d'intuition analytique. " J'adore la vivacité. La vivacité sans crier, Lord Abbotsworthy, est ce que j'adore. M. Murchison est très vif ; mais à l'entendre quand il est vif, eh bien, on croirait qu'il a la varicelle... Je devrais dire coqueluche."

"Cela doit être très alarmant jusqu'à ce que vous y soyez habitué", a déclaré Tom.

"C'est cela. Et la crise d'étouffement qui s'ensuit parfois lors de son hilarité... eh bien, j'ai vu maintes et maintes fois sa vie suspendue à un cheveu, comme l'épée de Démosthène au festin de Belshazzar."

Mme Murchison se livra à cette allusion surprenante avec la confiance la plus touchante. Elle aimait les phrases bien tournées et se les répétait doucement.

"De telles angoisses sont indissociables de l'union de la vie conjugale", dit Tom d'une voix légèrement tremblante.

Kit, de l'autre côté de la table, venait d'éclater d'un rire bruyant et dénué de sens, et il soupçonnait qu'elle avait entendu.

"C'est ce que je dis", répondit Mme Murchison; "et c'est ce que dit le Livre de Prières. Les joies et les peines ; les opportunités et les importunités."

C'était quelque peu énigmatique, mais il était probable que l'importunité devait être considérée comme le contraire d'une opportunité. Tom a eu le hasard, même s'il ne semblait pas se souvenir de quoi que ce soit dans le Livre de prières qui suggère le plus large parallèle avec la citation de Mme Murchison. Elle avançait d'une manière si surprenante dans la conversation qu'il était vraiment difficile de la suivre. Elle parcourut positivement les plaines de la pensée.

" Vous trouvez les opportunités, j'en suis sûr, beaucoup plus nombreuses que les importunités ", dit-il, faible, mais poursuivant. "Oui, du champagne."

"Et c'est tout simplement magnifiquement dit, Lord Abbotsworthy", a déclaré Mme Murchison.

Le cours de la conversation changea et s'orienta vers des côtés opposés. Toby et Lily seuls refusèrent d'obéir à l'action de la marée, comme s'ils étaient une lune rebelle, qui exigeait son propre système, refusant toute allégeance ailleurs, et continuait à parler, quelle que soit l'unité isolée qu'ils laissaient de chaque côté d'eux. . Mme Murchison, qui aimait l'agréable flottement de l'esprit sur un sujet puis sur un autre, qui lui rappelait, dit-elle, la façon dont les pumas des États du Sud suçaient le miel de diverses fleurs sans se poser, fut immédiatement impliquée. dans une sorte de conversation à double volet avec Lord Comber sur le système de contrôle des bagages et la position relative des femmes en Angleterre et aux États-Unis d'Amérique.

À mesure que le dîner avançait, la conversation devenait plus bruyante et plus décousue. Personne n'écoutait particulièrement ce que les autres disaient ; la tendance de tout le monde à parler en même temps (c'était peut-être la tendance des classes supérieures sur laquelle Mme Murchison s'était renseignée) devenait plus marquée, et l'atmosphère inimitable de rire se répandait. Chez Kit, tout le monde quittait toujours la salle à manger ensemble dès qu'on distribuait des cigarettes, car son excellent sens social lui disait que lorsque les gens s'entendaient bien (et chez elle, c'était toujours le cas), il était absurde qu'une fête se déroule. passer par le processus réfrigérant d'isolement des sexes et perdre du temps à décongeler à nouveau. En outre, elle considérait qu'il était obsolète que les hommes s'asseyent autour du vin ; plus personne ne buvait désormais, ce n'était qu'en Angleterre qu'on maintenait une forme aussi absurde.

Certains membres du groupe se dirigeaient vers un vague ailleurs, et le regard de Mme Murchison croisa celui de Lily peu après dix heures. Elle était très soucieuse, cette première fois, de ne pas dépasser son accueil.

"C'est tout simplement trop charmant, Lady Conybeare", dit-elle ; "Mais Lily et moi devons y aller. Nous devons aller ici et là, encore et encore jusqu'au matin."

Trousse rose. Son plan réussissait, car Lily et Toby parlaient toujours ensemble, et elle se sentait particulièrement contente d'elle-même et de tout le monde.

« C'est trop méchant de votre part pour y aller, » dit-elle ; " et si tu ne reviens pas nous voir très bientôt, maintenant que tu connais le chemin, je ne te pardonnerai pas. Envoie-moi un mot n'importe quel jour et viens déjeuner. Je suis presque toujours là pour déjeuner. Et j'ai Toby s'est rendu agréable, Miss Murchison ? Il peut quand il veut. Je l'ai vu trembler de rire à cause de quelque chose que vous lui disiez au dîner, et j'avais envie de crier à travers la table et de lui demander ce que c'était. Bonne nuit ! Trop ennuyeux que vous devez partir ! Conybeare et moi allons être très domestiques ce soir, et ne pas mettre un pied dehors, mais nous asseoir et jouer au berceau ensemble quand les autres seront partis. Attention, je vous laisse partir seulement sous l'entente distincte que vous reviendrez très bientôt, à moins que nous ne vous ayons ennuyé tous les deux au-delà du pardon.

Jack descendit avec eux jusqu'à la porte d'entrée, et Kit jusqu'au haut de l'escalier, où elle lui baisa la main et les regarda avec regret, la tête un peu de côté. Comme elle s'y attendait, Mme Murchison jeta un coup d'œil en arrière en sortant, et Kit lui baisa de nouveau la main en souriant. Puis, dès que la porte d'entrée s'est refermée, elle s'est dépêchée de revenir d'un ton vif et professionnel pour rejoindre les autres.

CHAPITRE IX

L'intrigue fait des fausses couches

Au retour de Kit, il ne restait dans le salon qu'une dizaine ou une douzaine de personnes, car plusieurs avaient pris le départ avant les Murchison, et Toby semblait être une cible sur laquelle on tirait une balle droite et dure. Comme d'habitude, il avait l'air serein et agréable, mais il semblait à Kit que son sourire en ce moment était plus le résultat d'une habitude que d'un quelconque divertissement que lui offrait la balle.

"Toby a fait forte impression", expliqua Alice, "et il est trop modeste pour le reconnaître."

"Cher Toby, vous avez fait une excellente impression", dit Kit en lui prenant le bras, alors qu'il se tenait plutôt chaud et raide sous le lustre. "Je suis très content de toi et je me souviendrai de toi dans mon testament."

"S'il promet de se souvenir de toi dans le sien !" » dit Jack, qui revenait d'avoir accéléré l'invité d'adieu. "Ça devrait valoir quelque chose."

"Réponds-leur, Toby," dit Kit. "Frappez."

"Un homme charmant", dit Tom, "mais simple. Un caractère heureux et aimable."

"On ne peut pas en dire plus sur vous, mon vieux", remarqua Toby. "Tom, comme tu deviens gris!"

"Oui, je n'ai aucune chance. Mais tu as de la chance, Toby. La fille est charmante et sa mère est unique."

"Je n'ai pas la moindre idée de ce dont vous parlez", dit Toby, au milieu de rires bruyants et d'un cri aigu d'Alice. "Eh bien, j'y vais, Kit. Bonne nuit ; et essaie d'apprendre les bonnes manières à Tom."

Et Toby, toujours souriant joyeusement, se dirigea vers la porte. Mais Kit conserva son bras.

"Ne pars pas, Toby," dit-elle. "Arrêtez-vous et jouez un peu. Vous aimez le baccara. Et ne vous souciez pas de ce que dit Tom. Vous faites honneur à la famille."

"Toby apportera plus de crédit à la famille", dit Tom d'une voix basse et audible à sa sœur.

"Tom, tais-toi", dit Alice. "Quand vous essayez de taquiner les gens, c'est comme si un éléphant dansait sur une porcelaine en forme de coquille d'œuf."

"Toby, Alice t'appelle en porcelaine coquille d'œuf. Charmante mais simple."

"Je suis vraiment désolé, Kit", dit Toby, "mais je dois y aller. J'ai promis d'aller chez les Keynes."

Or, c'était chez les Keynes que les Murchison étaient allés, et Kit le savait. Elle voyait aussi que Toby en avait assez de ce sujet, et ce, sans plus d'efforts pour le retenir, d'autant plus qu'il était plutôt ennuyeux au baccara, et qu'il gagnait toujours. "Eh bien, si vous devez y aller, vous devez le faire", dit-elle. "On se reverra bientôt, mon vieux."

Toby sourit, hocha la tête et quitta la pièce.

"Cher Toby !" dit Kit, ce n'était pas de chance pour lui. Comment as-tu pu dire de telles choses, Tom ? C'est sérieux. Le pauvre garçon est éperdument.

"Il y a un phénomène dans l'hypnose appelé suggestion, Kit", dit-il alors qu'elle s'asseyait à côté de lui. "Si une chose est suggérée au sujet, la suggestion est suivie. L'avez-vous suggérée ?"

"Oh, d'une certaine manière. Mais Toby n'est pas hypnotisé ; il est fasciné. Je suis ravie qu'il prenne cela au sérieux. C'est une fille adorable, et j'aurais plus tôt Toby pour mari que n'importe qui d'autre. Je vais l'amener à épouse-moi quand Jack mourra, comme la femme de la parabole. Oh, ils viennent d'installer une petite table verte. Comme c'est bizarre de leur part ! Et les cartes ! Eh bien, je suppose, comme c'est là... Vous jouez au baccara, je pense , M. Alington ?

M. Alington s'arrêta, comme d'habitude, avant de répondre, et regarda tour à tour Kit et Lady Haslemere avec bienveillance.

"Je serai ravi de jouer", a-t-il déclaré. "Je trouve ça très apaisant après une journée fatigante, on n'a pas besoin de réfléchir du tout. Je jouais beaucoup en Australie, et, mon cher, oui ! J'ai eu le plaisir de jouer l'autre soir chez toi, Lady Haslemere. Des jeux étranges que nous avions l'habitude de faire en Australie. Il fallait garder les deux yeux ouverts pour voir que personne ne trichait. En effet, ce n'était pas un travail très apaisant. J'ai déjà vu cinq neuf sur la table, ce qui est vraiment excessif. numéro. Presque embarrassant.

Il avait une manière de mettre tout le monde en confiance, et comme les autres étaient debout ensemble pendant qu'il parlait, et lui à quelques pas d'eux, il avait l'occasion facile de regarder plusieurs personnes en face. Kit et Alice reçurent à nouveau une part particulière de son regard aimable et intelligent, et, alors qu'il achevait de parler, il riait de sa voix agréable, comme avec un amusement intérieur considérable. Ainsi, lorsqu'ils s'assirent à la table de jeu, sur la douzaine d'entre eux, il y avait au moins deux personnes déconcertées, car il n'était pas sûr que Jack ait entendu.

"Je pense qu'il a marqué", dit Alice à voix basse à Kit; et Kit avait l'air impatient, et il le pensait aussi.

Lorsqu'ils eurent tous pris place, Alington se retrouva, comme Kit et Alice l'avaient souhaité (et lui aussi, s'ils l'avaient su), en face d'eux. Il y eut quelques instants d'attente, car la table était alignée, et, jouant paresseusement avec les jetons qu'il avait achetés, il les regarda.

"C'est si simple de tricher au baccara, sans le dispositif maladroit du cinq neuf", a-t-il déclaré. " Il suffit de poser sa mise juste sur la ligne blanche, ni au-dessus ni derrière elle. Alors, si vous gagnez, le moindre contact et les jetons passeront, et il semble que vous avez misé ; sinon, vous les laissez. " tels qu'ils sont. Une touche des cartes le fera. Alors!"

Il posa quelques cartes face visible sur la table, comme pour montrer sa main, et ce faisant, il tira sa mise sur la ligne si doucement et imperceptiblement qu'il était impossible de voir que les jetons bougeaient. Kit rit, pas très agréablement. Son rire semblait un peu brisé.

"Prenez soin de vous tous!" elle a pleuré. "Il y a un cadeau brillant et plus pointu. M. Alington, comme c'est stupide de votre part de nous le dire ! Vous auriez pu gagner tout notre argent sans qu'aucun de nous ne soit le plus sage."

Alington rit et Alice dit à Kit à voix basse de ne pas se mettre en colère. Le rire d'Alington contrastait énormément avec celui de Kit, agréable et amusé.

"Je fais cadeau à l'entreprise du seul moyen sûr de tricher au baccara", a-t-il déclaré. "La banque ? Ah, je vois que Lord Conybeare prend la banque."

La mort et le baccara sont de grands niveleurs, et Kit, dans ses moments les plus sentencieux, appelait ce dernier une évasion des entraves de la civilisation et un retour aux instincts naturels sauvages. Certes, rien de plus simple ; les hommes des cavernes, s'ils savaient compter jusqu'à neuf, auraient pu y jouer. Et en effet, le jeu pur n'est pas une mauvaise seconde, considérée comme un niveleur, à la mort elle-même. Les hommes riches gagnent, les pauvres perdent ; la comtesse côtoie (on ne veut pas dire qu'elle l'a fait chez Kit) la cocotte ; Le Juif gâte le Juif et le Gentil le Gentil. Le simple tour de cartes est une affaire aussi aléatoire que la vie. S'il y a quelqu'un, ce doit être le diable qui sait où et quand les neuf sortiront, et il est incorruptible sur ce point. La brute perd ; l'honnête homme gagne ; l'honnête homme devient pauvre ; la brute millionnaire. Il y a certainement quelque chose de fascinant dans ce que nous appelons la Chance. Aucune vertu ou aucun vice inventé par l'ascèse ou la corruption perverse de l'homme n'a encore constitué un appât auquel elle s'accrochera. Les mathématiciens nous disent qu'elle est purement mathématique ; mais avec quel déni catégorique cette description superficielle d'elle si l'on essaie de la courtiser sur un système ! Autant faire l'amour selon les prescriptions du « Lettreur complet ».

Cette nuit-là, elle s'est montrée à l'opposé de toutes les épithètes dont ses adorateurs inintelligents l'ont affublée. On la qualifie d'inconstante : elle était un modèle de dévotion ; on la dit changeante : elle montrait un visage immuable. Partout où Alington était assis, que ce soit à droite ou à gauche du croupier, ou qu'il prenne lui-même la banque, elle le gratifiait d'un sourire fixe et inaltérable, un sourire cloué sur ses traits, comme si sa photographie était prise. Comme Jannet à deux visages, comme Mme Murchison avait autrefois appelé cette divinité païenne, elle lui gardait l'aspect bienveillant.

Or, c'est l'une des règles sans exception dans ce monde : personne n'aime perdre aux cartes. On a entendu des gens dire qu'ils n'aimaient pas gagner. Cette affirmation est certainement incorrecte. Il est possible de jouer un set intéressant au tennis, une partie de golf agréable, un match de football envoûtant, une partie d'échecs vraiment mémorable et de perdre, mais il n'est humainement pas possible de prendre plaisir à perdre au baccara. Le but du jeu est de gagner l'argent de vos amis d'une manière passionnante et divertissante, mais le détournement a tendance à devenir quelque chose de pire que l'ennui s'ils gagnent régulièrement le vôtre. Des excuses et des justifications peuvent être trouvées pour la plupart des activités peu rentables, et peut-être la seule chose à dire en faveur du jeu est qu'il n'y a aucune absurdité à ce sujet et, en règle générale, aucune absurdité à l'égard de ceux qui s'y adonnent. Personne n'a encore dit que cela améliorait la race des cartes ou qu'il avait à cœur la prospérité des fabricants de cartes. La table de jeu est encore un lieu où les hypocrites ne gagnent la crédibilité de personne.

La grande déesse Chance a ignoré Lady Haslemere cette nuit-là (car elle ne respecte personne et coupe les gens quand elle le souhaite), lui laissant simplement perdre quelques souverains sans gloire et a consacré son attention à Alington et Kit. Elle visita cette dernière avec toutes les marques de sa défaveur particulière, et le pécule dans son écrin à l'étage dut être lourdement détaché. Kit s'amusait rarement moins que ce soir-là ; en règle générale, elle avait nettement de la chance aux cartes, et c'était presque exaspérant de rester assise là des heures après des heures, rien que pour voir sa mise être fermement et régulièrement retirée. Comme la plupart des gens qui ont généralement de la chance aux cartes, elle était considérée comme admirablement en forme au jeu ; mais lorsqu'elle perdait d'une manière aussi inouïe, elle avait du mal à rester cordiale, et plus d'une fois elle dut s'efforcer de se rappeler qu'une hôtesse avait des devoirs. Le visage doux et intelligent d'Alington en face d'elle éveillait en elle une sorte de frénésie, et son calme sans prétention et son absence totale de tout signe de satisfaction face à ses énormes gains lui semblaient du pire goût. Elle et Lady Haslemere avaient constaté à quel point leur projet de le surveiller pour voir s'il trichait avait échoué ; en effet, à partir du moment où il avait fait sa petite démonstration de la facilité avec laquelle il était possible de frauder la table, ils avaient compris qu'ils pouvaient jouer au détective jusqu'à ce que leurs yeux sortent de la tête de lassitude sans l'attraper. Lady Haslemere y avait renoncé immédiatement, concluant que Kit et elle avaient dû se tromper auparavant ; Kit continuait de l'observer furtivement et avec colère, mais le petit jeu de détective n'était pas aussi amusant qu'elle l'avait prévu.

Pendant ce temps, alors que ses enjeux disparaissaient et disparaissaient, Kit se retrouvait à penser distraitement à ce qu'Alington leur avait montré. C'était si simple, et elle aurait presque souhaité faire partie de ceux qui trichaient aux cartes. Mais elle ne l'était pas. Puis s'est produit un incident.

Alington prenait la banque. Presque en face de lui, et appartenant au groupe à la droite du marchand, se trouvait Kit. Elle venait de monter à l'étage pour récupérer tout ce qui lui restait de son pécule, et devant elle se trouvaient plusieurs petits comptoirs, deux de cinquante livres et deux de cent. Elle venait de perdre une fois, et comptant ce qui lui restait, elle mit tous ses pions en tas près de la ligne. De nouveau, elle misa cinquante livres et, après avoir reçu ses cartes, les prit et les regarda. Elle était plutôt excitée ; sa main trembla un peu et le bord inférieur de ses cartes se releva. Puis elle les posa sur la table.

"Naturel", dit-elle, et tandis qu'elle le disait, elle vit qu'elle avait fait passer un de ses compteurs de cent livres par-dessus la ligne, et qu'il était jalonné. Presque simultanément, elle croisa le regard d'Alington ; presque simultanément, la voix de Tom dit :

"Une heure cinquante. Bravo, Kit ! Tu as eu la pire des malchances toute la soirée."

"Un trait fin et audacieux", dit Alington de son ton précis, toujours en la regardant. "La chance doit tourner, Lady Conybeare."

Pendant un instant, Kit fit une pause, et pendant cette pause, elle fut perdue. Alington compta sa mise, la lui poussa et se leva.

"Une fin passionnante pour ma banque", a-t-il déclaré. "Le premier gros enjeu ce soir. Merci, Lady Conybeare, d'avoir introduit les gros enjeux. Le jeu devenait un peu lent."

Et il alla à la table d'appoint pour fumer une cigarette.

Kit avait triché, et elle le savait, et elle soupçonnait qu'Alington le savait. Elle n'avait ni pensé, ni prévu, ni envisagé, ni conçu une telle chose possible, et pourtant la chose était faite. En fait, elle l'avait fait sans le savoir. Elle n'avait jamais eu l'intention de faire franchir la ligne à ses pions avec le bord de ses cartes. Mais alors avait suivi – et elle le savait aussi – un moment appréciable où elle s'aperçut de ce qui s'était passé avant que la voix de Tom n'intervienne. Mais elle n'avait pas pu dire tout de suite : « Je me suis trompée ; je n'ai misé que cinquante *dollars* . ". Dès lors, chaque division possible d'une seule seconde rendait la parole infiniment plus impossible. Hésiter, c'était alors être perdu. Trente secondes plus tard, sa mise était payée, et dire alors ce qui s'était passé était non seulement impossible, mais inconcevable. En plus, pensa-t-elle avec un soudain soulagement, c'était totalement inutile. Elle en parlerait franchement à Alington et lui rendrait l'argent. Mais ce fut une bien mauvaise fin pour la soirée où elle et Alice allaient le surveiller pour voir s'il trichait.

Ce moment où elle ne parlait pas était psychologiquement plus important que Kit ne le pensait. Elle vivait dans le monde depuis vingt-cinq ans environ, et depuis vingt-cinq ans ses instincts se formaient. Mais durant ces années, elle n'avait pas développé un instinct d'honnêteté absolue, inébranlable et instantanée. Auparavant, elle avait été dans des positions où il y avait le choix entre une trajectoire parfaitement verticale et une trajectoire légèrement courbe, et si elle avait connu l'histoire de son âme, elle aurait été consciente que lorsqu'elle s'en était tenue à la ligne absolument verticale, elle l'avait fait après réflexion. Puis vint ce moment où il n'y avait plus de temps pour réfléchir et où l'habitude de considérer ses décisions comme si légèrement discutables s'était imposée. Elle avait fait une pause pour réfléchir à ce qu'elle devait faire. Cela, dans de telles circonstances, était tout à fait suffisant.

Qu'elle ait honte était naturel ; qu'elle soit en colère lui paraissait encore plus naturel. Elle sentait que la chose lui était imposée, et donc d'une certaine manière, si l'on prend en considération tous les instincts qui étaient sans doute les siens à ce moment-là, ça l'était ; La question de savoir dans quelle mesure elle devait être tenue pour responsable de ces instincts est une question qui concerne les psychologues et ceux qui ont approfondi le problème du péché originel, mais non celle des conteurs.

Elle avait une grande maîtrise d'elle-même et elle rassemblait ses enjeux en riant. Il n'y avait eu aucune pause perceptible d'aucune sorte.

« J'allais justement commander à la voiture de m'emmener à l'atelier, » dit-elle, « mais je peux toujours me permettre de déjeuner sans l'aide des lois sur les pauvres. Devez-vous y aller, M. Alington ? Deux heures et demie ; " Vraiment ? Je n'en avais aucune idée. Bonne nuit. J'espère que Jack se comporte bien sur votre tableau. Attention, gardez-le en ordre ; c'est plus que je ne peux faire. "

Elle regardait M. Alington en face pendant qu'elle parlait, essayant, mais sans succès, de déceler la moindre ombre de changement dans ses traits impassibles et bourgeois. Mais quand il la regardait avec bienveillance à travers ses lunettes et s'inclinait avec sa gaucherie habituelle, elle éprouva une soudaine légèreté de cœur à la pensée qu'il n'avait pas vu. Elle n'examina pas de trop près ce qu'impliquait exactement cette légèreté d'âme.

Les autres suivirent bientôt l'exemple de M. Alington et s'en allèrent. Jack s'était dirigé vers la porte d'entrée avec Lady Haslemere, et Kit attendit un moment dans le salon, après avoir envoyé Lord Comber, qui s'attarda à l'écart, pour qu'il remonte. Si elle avait l'intention de lui raconter ce qui s'était passé, elle le savait à peine ; ça doit dépendre. Mais il ne revint pas, et bientôt des domestiques entrèrent pour éteindre les lumières. Ils se seraient retirés en la voyant, mais elle s'est relevée.

"Oui, éteignez les lumières", dit-elle. « Sa Seigneurie est-elle sortie ? »

"Non, ma dame; Sa Seigneurie est montée dans sa chambre il y a dix minutes."

Kit abandonna l'idée de lui dire ce soir-là. Si elle allait dans sa chambre, cela impliquerait qu'elle avait quelque chose à dire et qu'elle ne souhaitait pas encore s'engager. Elle se rendit donc dans sa propre chambre et sonna sa femme de chambre.

Les opérations de coiffure et de délaçage paraissaient interminables ce soir, et étaient intolérables même en accompagnement d'une excellente cigarette russe. Le jour de son anniversaire, quelques semaines auparavant, Lord Comber lui avait offert un magnifique miroir antique au cadre argenté, avec la vieille devise vénitienne dessus, "Sono felice, te videndo", et cela avait rendu s'habiller et se déshabiller très facilement. plaisir positif. Jack aussi s'était amusé à ce sujet ; il était venu dans sa chambre le lendemain de son arrivée, et, voyant la devise dessus, il avait dit en riant :
"Dieu t'a donné une bonne estime de toi-même, Kit. Où l'as-tu acheté ?"
"Je ne l'ai pas acheté", répondit-elle, n'ayant jamais eu l'intention d'en faire un mystère. "Ted me l'a donné."
"Ted Comber ? Quelle foutue impertinence !"
Kit éclata de rire.
"Jack, tu es inimitable en tant que mari jaloux", avait-elle dit. "C'est un nouveau *rôle*. Pauvre Ted ! ça a dû coûter une fortune."
Et Jack s'était permis de quitter la pièce en claquant la porte derrière lui.
Ted et elle avaient ri ensemble pendant cet épisode.
"Donc, comme un homme, poser des questions absurdes, puis se mettre en colère parce qu'on lui dit la vérité", avait déclaré Kit. "Il m'aurait été tout aussi facile de mentir."
Mais ce soir, ni le miroir avec ses associations amusantes, ni le reflet d'elle-même, ni la cigarette russe n'ont pu tromper l'ennui de la toilette. Le peigne s'est coincé dans ses cheveux ; les mains de sa servante étaient froides, elle était maladroite ; le courrier du soir était stupide ; il était tard; Kit était endormi et mécontent. En fait, elle était d'un caractère abominable.
Finalement, ce fut fini, et sa servante la quitta. Elle se leva de la chaise devant son verre, où elle était assise dans sa magnifique robe de chambre en dentelle,

et fit un tour dans la pièce. Elle se sentait comme une enfant agitée, de mauvaise humeur, de mauvaise humeur, de mauvaise humeur. Puis, tout à coup, elle s'arrêta, se jeta la face contre terre sur le lit et se mit à pleurer de pure rébellion et d'impatience face à ce monde stupide.

CHAPITRE X

MME. LA DIPLOMATIE DE MURCHISON

Mme Murchison était assise sur une pile de coussins sous son parasol cramoisi. Les coussins étaient dans un punt, et le punt était sur la Tamise, et c'était dimanche après-midi, et elle et sa fille passaient un samedi jusqu'à lundi, le dernier de la saison, avec les Conybeares. Toby, en flanelle, les manches de chemise retroussées jusqu'aux coudes, se reposait de son travail avec le bâton de barque et était assis en face de cette dame. C'était une journée extrêmement chaude, mais, malgré l'éclat de l'eau, plus fraîche, comme l'a affirmé Mme Murchison, sur la rivière qu'ailleurs. En fait, elle se sentait carrément crépue par la chaleur ; mais elle avait sevré Toby de sa chaise-panier sous un arbre sur la pelouse pour avoir une conversation privée avec lui, s'assurer de la situation du terrain et, en général, l'encourager. Cette envie de lui parler en privé était née de deux mots qu'elle avait eus avec Kit la veille. Ces deux mots, encore une fois, étaient le résultat d'une conversation que Toby avait eue avec Kit dans le train qui descendait, et donc le fait que Toby était condamné à s'étouffer sous un soleil brûlant au lieu de s'asseoir fraîchement à l'ombre était indirectement son faute d'avoir dit ce qu'il avait dit à Kit.

Depuis quinze jours, Kit était dans un état d'exaspération chronique envers son ennuyeux beau-frère. Toby évaluait sa propre démarche, et les efforts de Kit pour le faire marcher au rythme d'elle n'avaient apporté aucun résultat. On le trouvait toujours dans les maisons où Lily se rendait, et dans ces maisons il lui parlait toujours. Mais Kit ne parvenait pas à le mettre au point. Ailleurs, son attitude était absente et légèrement idiote ; il semblait avoir quelque chose en tête et s'habillait avec un soin inhabituel. Ainsi, alors qu'ils descendaient de Londres le samedi, Kit se sentit appelée à essayer de mettre la touche finale à l'ouvrage qu'elle se flattait d'avoir si bien commencé. Elle ne lui avait pas encore dit que les Murchison arrivaient. En fait, elle ne leur avait posé la question que la veille.

"Qui doit être là ?" » demanda Toby alors qu'ils quittaient Paddington.

"Oh, le groupe habituel : Ted et les autres, et... oh oui, Mme Murchison et sa fille."

Toby regardait fixement par la fenêtre avec une expression idiote sur le visage et l'apparition d'une rougeur très honorable. Il y eut un moment de silence et Kit l'observa derrière son journal. Toby se tourna et croisa son regard.

"Oh, ça ne te dérange pas, Kit !" il s'est excalmé.

Kit déposa le papier et se mit à rire.

« Et ne riez pas, » dit grossièrement Toby ; "tout est de ta faute."

"Je devrais dire que c'était celui de Lily Murchison", remarqua Kit.

"Kit, tu veux être sérieux une minute ?" a-t-il dit. "Je veux dire des choses, je ne peux pas les dire, tu sais, mais tu es intelligent, tu comprendras."

Kit posa sa main sur son bras avec une pression sympathique de ses doigts.

"Cher Toby," dit-elle, "je comprends parfaitement, et je suis ravie, ravie ! C'est charmant."

Toby avait l'air très sérieux.

"Kit, j'aurais aimé que tu ne me dises jamais de tomber amoureux d'elle", dit-il ; " Cela a tout gâché. Bien sûr, ce n'est pas à cause de ce que vous avez dit que je l'ai fait, mais j'aurais aimé que vous ne l'ayez pas suggéré ce soir-là au bal hongrois. Qu'elle est riche et que le monde le sache. , se tient devant moi. C'est un monde ignoble ; il dira que je suis tombé amoureux d'elle uniquement à cause de ça. Oh, putain !"

Kit était partagé entre l'amusement et l'impatience.

« Il vous a été réservé, Toby, de découvrir que la richesse est un obstacle au mariage », observa-t-elle ; "on pense généralement que c'est l'inverse qui est le cas."

Toby secoua la tête. Kit lui paraissait aussi ennuyeux que lui à elle.

"Vous ne comprenez pas", dit-il.

Kit a eu une idée géniale. Elle voyait que Toby voulait en parler, alors elle décida de ne pas parler, mais de laisser en lui une petite tige barbelée qui pourrait faire un travail utile.

« Nous n'en parlerons pas, Toby, » dit-elle ; "Je vois que tu ne veux pas. Tu n'es probablement pas amoureux du tout, juste un peu attiré. Surmonte-toi aussi vite que tu peux, c'est un bon garçon; ça te rend asocial et distrait. D'ailleurs, combien *de* fois Vous a-t-elle vu ? Avec toutes vos excellentes qualités, cher Toby, vous n'êtes pas exactement… enfin, rien de plus qu'un jeune homme pauvre, agréable et simple. Alors laissez tomber tout cela ; vous ne briserez ni votre cœur ni le sien. J'en ai trop fait, sans doute. J'avais tort, je suis sûr que j'avais tort, et je vous demande pardon. Oh, il y a eu un ouragan en Floride ! Comme c'est trop terrible ! Et elle s'enfouit de nouveau derrière son journal.

Toby poussa un bref grognement préoccupé et s'enfonça dans son coin, fronçant les sourcils avec colère devant les éléments innocents du paysage. Malgré toute sa modestie et sa franchise natives, il ne partageait pas tout à fait la façon de penser de Kit. Le dévouement de l'amant, qui jure en toute honnêteté qu'il n'est pas fait pour être le paillasson des bottes de l'aimé, voit tout le temps qu'il existe une autre possibilité, et même dans l'extase de l'humiliation aspire à des fonctions plus dignes. Même s'il se jure d'être un paillasson, pourtant avec une magnifique incohérence il lève les yeux plus haut que ses bottes. Même si Toby était tout ce que ces reptiles apprivoisés, qui pensent que toutes les femmes qu'ils rencontrent sont amoureuses d'eux, ne le sont pas, il n'acceptait pourtant pas du tout la suggestion de Kit selon laquelle Lily ne pouvait en aucun cas avoir quoi que ce soit à lui dire. Avec une parfaite sincérité, il disait qu'il n'en était pas digne, mais il n'était pas du tout content qu'on le dise à sa place. Encore plus absurde était sa suggestion selon laquelle il n'était pas amoureux lui-même. *Détournement !* il devrait juste penser qu'il l'était. Et il lança un regard furieux à la page extérieure de Kit's Pall Mall.

Juste au moment où ils hurlaient et se balançaient dans Slough, Kit posa son papier et bâilla minutieusement. À travers ses yeux mi-clos, elle vit Toby lui lancer un regard sombre depuis le siège d'en face et attendait avec une satisfaction amusée le jeu de ses fléchettes.

"Rien dans le journal", dit-elle.

"Je pensais qu'il y avait une famine en Floride", observa-t-il sèchement.

Kit le regarda un instant dans un silence irritant.

« La Floride est loin, dit-elle enfin. "Il ne s'agit probablement que d'une expression géographique. Il existe de nombreux endroits et de nombreuses personnes, Toby, bien plus proches que la Floride."

Le deuxième maillon de la chaîne de circonstances qui a conduit Toby à partir en barque dans la chaleur était plus court. Cela s'est produit le soir même, après le dîner. Kit était assis avec Mme Murchison à la fenêtre du couloir, tandis que les autres étaient dehors sur la pelouse, lorsque Lily entra, suivie de Toby.

"Je vais me coucher, maman", dit-elle. "Bonne nuit, Lady Conybeare ; bonne nuit, Lord Evelyn."

« Laissez-moi vous donner une bougie », dit Toby ; et ils quittèrent la pièce.

Kit dit alors très doucement, comme pour elle-même : « Pauvre Toby ! pauvre cher Toby.

Mme Murchison a entendu (elle était censée entendre). C'est pourquoi, le lendemain après-midi, elle souhaita avoir une conversation privée avec Toby, et à ce moment ils étaient ensemble dans le bateau. Mme Murchison était, considérée comme une causeuse, un peu encline au discours, et la chaleur et un déjeuner copieux se combinaient pour souligner cette tendance ; ils lui ont fait fondre la cervelle, et un flux parfait d'informations concernant toutes les parties du globe a jailli. Outre ce penchant naturel, elle jugeait préférable d'aborder le sujet, dont elle souhaitait particulièrement parler à Toby, par degrés imperceptibles, et non de lui courir dessus comme si elle était un Derviche chargeant combattant pour Allah. Cela explique pourquoi elle dit que la Tamise lui rappelle tellement le Nil.

Maintenant, Toby, comme beaucoup d'autres, tirait une joie effrayante de la conversation de Mme Murchison. Il vit que les vannes s'ouvraient et, avec un soupir d'anticipation ravie, il dit qu'il supposait que c'était effectivement très semblable.

" C'est tout à fait remarquable, tout à fait ", a déclaré Mme Murchison, " et plus vous regardez de près, plus la comparaison grandit sur vous. Cher moi, comme j'ai apprécié cet hiver que nous avons passé en Egypte ! Combien de fois j'ai pensé au psaume : " Quand Israël est sorti d'Egypte ! Nous avons d'abord passé quinze jours au Caire, et entre les danses et les bazars et les tombeaux des Marmadukes, et les excursions, nous avions beaucoup à faire. Je me souviens si bien d'une balade aux Pyramides du Sahara, où nous avons rencontré un archéologue très célèbre dont j'ai oublié le nom, mais il avait des moustaches rouges et un comportement très nerveux, et il nous les a montrés."

"Cela a dû être très agréable", a déclaré Toby.

"Très délicieux. Puis un autre jour, nous sommes allés voir l'arbre sous lequel la Vierge Marie était assise lorsqu'elle *allait* en Egypte, ce qui était vraiment une coïncidence remarquable, car je m'appelle aussi Marie et le guide nous en a donné une feuille comme un Memento Mary. Ah, mon cher moi, comme tout cela était charmant et pittoresque ! Ensuite, nous avons remonté la rivière dans notre propre diabète privé et sommes restés coincés sur un banc de sable pendant des semaines.

Le souffle de Toby se bloqua dans sa gorge pendant un moment, mais il raidit ses muscles risibles comme un homme.

"Tu n'as pas trouvé ça plutôt fastidieux ?" Il a demandé.

"Non, pas du tout; j'étais bien désolé quand nous sommes descendus, parce que l'air était si frais, comme du champagne, et les couchers de soleil si beaux, et chaque soir de grands troupeaux de bouquetins et de pélicans descendaient vers la rivière pour boire." Mais maintenant j'y pense, nous n'y sommes pas restés pendant des semaines, mais seulement pendant une heure ou deux, et c'était très ennuyeux, car nous voulions continuer, et le langage de M. Murchison... Puis à Louxor, tel des monuments, le grand colosse de Mammon, les temples et les jardins de l'hôtel. Et pendant que nous étions là, un professeur ou un autre – pas celui aux favoris rouges, vous devez le comprendre – a découvert un cylindre couvert d'écritures cruciformes, mais il semblait que moi, c'est assez commun. Et les ânes étaient si amusants ; nous avions l'habitude de leur lancer des places et de les voir se bousculer pour les récupérer.

"Je leur ai jeté quoi ?" » demanda poliment Toby.

"Places et demi-places. La petite pièce d'argent du pays."

"Oh oui. Tu as dû beaucoup voyager."

"En effet, nous l'avons fait : M. Murchison y était si dévoué ; je l'appelais le Juif errant. Puis, d'Egypte, nous sommes allés en Terre Sainte, *La Sainte Terre*, vous savez que les Français l'appellent, si poétique. Et nous J'ai vu Tyr et Sodome et tous ces endroits, et où Cicéron fut tué au ruisseau Jabbok, et où Élie monta au ciel, et Damas – tout à fait beau ! – et les temples de Baalzac – ou était-ce le temple de Baal ?

« Avez-vous participé à l'une des tournées de Cook ? »

"En effet, nous ne l'avons pas fait ; cela m'aurait gâché toute la poésie et la romance si nous avions fait cela. Non, M. Murchison a pris son yacht, afin que nous puissions aller où nous voulions, quand nous voulions et comme nous le voulions. Puis de là, nous sommes allés à Athènes, puis avons traversé le détroit de Messine, et avons vu ce volcan – Hécla, n'est-ce pas ? – et sommes arrivés à Rome pour Pâques.

"Rome est charmante, n'est-ce pas ?" » dit Toby, jouant toujours le rôle du chœur grec. "Je n'ai presque pas voyagé."

"Le plus intéressant : j'avais très envie d'être l'un de ces petits professeurs grincheux qui passent toute leur vie à chasser des graffitis dans les catafalques chrétiens. Je vous assure que nous avons eu tout un pèlerinage de Childe Harold-al-Raschid, avec l'Egypte et tout, tout à fait comme le chevalier arabe. C'était merveilleux. Voyager est tellement ouvert à l'esprit ; je suis sûr que je n'ai jamais vraiment compris ce que signifiait « de Dan jusqu'à Beer Sheva », jusqu'à ce que j'y aille et le fasse aussi.

"Es-tu allé à Naples?" » demanda Toby, qui en voulait toujours plus.

"En effet, nous l'avons vu, et avons vu le Vésuve en érection. Vésuve, comme vous l'appelez, mais, d'une manière ou d'une autre, quand on a été en Italie, le *point de vue italien* semble vous frapper de plus. Mon Dieu, oui ! Vésuve, Naples... tous ces noms sont tellement plus vivants que Livourne et Florence. Et ces drôles de petites rues pittoresques et sales de Naples, où vivent les Gomorrhe ! Je me suis souvent livré pour assassiné.

Un spasme de rire intérieur secoua Toby comme une feuille de tremble alors que cette dame incomparable lui donnait ce merveilleux exemple des effets élargis des voyages à l'étranger. Mais c'est passé en un instant.

« Tellement comme le Nil, tellement comme le Nil », murmura-t-elle tandis qu'ils avançaient lentement à travers des lits de nénuphars. « Si vous pouvez imaginer que la plupart des arbres ont été enlevés, Lord Evelyn, et que le reste a été transformé en palmiers et en sable au lieu de prairies, vous avez littéralement le Nil. En fait, la seule autre différence serait que l'eau du Nil est assez claire. épais et boueux, pas clair comme ça, et, bien sûr, le ciel est beaucoup plus bleu. Chère Lily, comme elle a apprécié ça !

« Miss Murchison était-elle avec vous ? » demanda Toby.

Sa mère s'installa confortablement dans ses coussins. Il s'agissait plutôt d'affaires, et elle se félicitait de la diplomatie dont elle avait fait preuve en menant la conversation si naturellement, via l'Egypte, la Palestine, la Grèce et l'Italie, jusqu'à présent.

"Oui, en effet, elle l'était ; je ne bouge jamais nulle part sans ma douce Lily. Muguet, je l'appelle parfois. Ma précieuse enfant ! Vous voyez, Lord Evelyn, elle a été élevée en Angleterre, et pendant des années je ne l'ai jamais vue. une fois. Et je devrai bientôt me séparer d'elle à nouveau !

Toby, qui s'était penché sur le côté du bateau, tamponnant ses doigts arrondis dans l'eau fraîche, se redressa brusquement.

"Comment c'est?" Il a demandé.

"Oh, Lord Evelyn, vous avez failli renverser le bateau ! Ces bateaux sont si peu sûrs ! Seulement une planche entre nous et la mort. Vous voyez, je ne peux pas m'attendre à ce qu'elle vive toujours avec moi. Elle se mariera. C'est pourquoi un homme doit partir. son père et sa mère, et il en va de même pour une femme. Je ne voudrais pas qu'elle reste célibataire toute sa vie pour être près de moi", a déclaré Mme Murchison avec un profond soupir altruiste.

Toby eut un petit rire de soulagement.

"Oh, je vois. Pour le moment, j'ai cru que tu voulais dire que quelque chose était déjà réglé."

"Non", a déclaré Mme Murchison; "La chère enfant n'est pas si facile à plaire. La moitié de Londres est à ses pieds. Mais la chère Lily n'a rien à leur dire. Elle les renvoie vides, comme le Magnificat . "

Mme Murchison soupira.

" Vous n'êtes pas une mère, Lord Evelyn, " poursuivit-elle, " et vous ne pouvez pas savoir tout ce qu'il y a dans le cœur d'une mère, même si je suis sûre que vous êtes délicieusement sympathique et compréhensif. Je vous dis que je ne dors presque pas la nuit pendant Je rêve de l'avenir de Lily. Je veux qu'elle épouse un Anglais, bien sûr. Un homme agréable et agréable issu des classes titrées. Elle est née pour avoir un titre. Je ferme souvent les yeux quand je la regarde et je me dis : " Un jour, ma chérie ira dîner devant sa propre mère. Elle en a eu l'occasion à plusieurs reprises, et je me demande ces derniers temps si ma bien-aimée n'a pas quelqu'un dans les yeux, je devrais dire son cœur.

"Je me le demande", dit Toby avec une indifférence marquée.

"Donc comme le Nil", dit diplomatiquement Mme Murchison, laissant entendre que la conversation était encore assez générale. "Mais les mystères du cœur d'une jeune fille, Lord Evelyn !" elle soupira. "Lily tient de moi ; quand j'étais enfant, j'étais si mystérieuse que personne ne pensait que je devrais vivre."

« Miss Murchison n'est pas délicate ? » demanda Toby.

"Cher moi, non ! très indélicate. Sa santé ne m'a jamais donné un instant d'inquiétude depuis qu'elle a quitté son berceau. Mais elle est très réticente sur certaines choses et très réfléchie. Quand j'étais enfant, je tombais cent fois amoureux. par jour ; c'était peut-être Vanderbilt ou un facteur, et j'avais l'habitude de noter leurs initiales dans un petit carnet de maroquin vert ; mais je n'en parlais jamais à personne, tout comme Lily. Mais ça se voit à son front. comme elle est attentionnée, comme Marie-Antoinette. Tennyson ne parle-t-il pas du « bar de Marie-Antoinette » ? Elle l'a plus marqué au-dessus des yeux.

L'ignorance de Toby concernant "In Memoriam" était encore moins profonde que la connaissance qu'en avait Mme Murchison, et il murmura seulement qu'il semblait s'en souvenir, ce qui n'était pas vrai.

"Pensive et pensive", a déclaré Mme Murchison. "Chère enfant ! comme elle avait hâte de venir ici ! Et si gaie par moments. Et jamais, Lord Evelyn," dit Mme Muchison avec beaucoup de sérieux, "elle ne m'a dit un mot méchant."

À ce moment-là, Toby avait déjà fait demi-tour et le propulsait adroitement vers la pelouse.

"Oui, si je pouvais la voir bien mariée à un tel homme", dit Mme Murchison, devenant plus audacieuse. "Je me contenterais de m'allonger comme un glorieux Milton dans un cimetière de campagne. Mon Dieu, comme le fleuve est beau, et tellement semblable au Nil ! Eh bien, je suppose que nous devons y retourner ; il devrait être proche de l'heure du thé. Je J'ai tellement apprécié ma petite excursion avec vous, Lord Toby... Je vous demande pardon, Lord Evelyn ; et quelle conversation agréable nous avons eue, bien sûr !"

Et la femme bonne, gentille, excellente et mondaine rayonnait devant le visage brun de Toby.

Toby n'a jamais perdu de temps à prendre des résolutions. Au lieu de cela, il est allé et a fait la chose ; Et maintenant, il s'avança joyeusement vers le groupe sur la pelouse, son manteau sur le bras, et demanda si quelqu'un avait vu Miss Murchison.

"Parce qu'elle aimerait peut-être se lancer un peu dans le botté de dégagement", a-t-il expliqué.

Elle n'était pas là ; des gens vagues l'avaient vue vaguement, « il y a quelque temps » ; et l'avènement du thé l'a fait attendre, non pas parce qu'il avait envie de thé, mais parce que ses chances de la retrouver étaient meilleures dans un centre bien défini.

Le reste de la fête se déroulait le dimanche après-midi de diverses manières orthodoxes : Lord Comber s'abstenait de manger une pile de romans français jaunes qu'il avait sortis, Kit dormait paisiblement, la bouche ouverte dans un long transat, Jack jetait des bâtons dans l'eau pour les épagneuls, et Lady Haslemere était dans sa chambre (un lieu de villégiature dominical reconnu, comme un jardin public). Mais le thé rassembla tout le monde, comme des aigles vers une carcasse, et parmi eux vint Lily.

Toby ne l'avait pas vue sortir par la fenêtre du salon ; son pas sur le velours de l'herbe était silencieux, et ce ne fut que lorsqu'elle fut près de la table qu'il leva les yeux. Puis leurs regards se rencontrèrent, des yeux noirs et bleus ; aussi une rencontre fortuite, chose qui s'était produite une douzaine de fois auparavant au cours d'un repas, semblait étrangement déconcerter chacun. Le plus simple de tous les changements était survenu chez Toby ; Les paroles de Mme Murchison avaient enflammé son matériau inflammable : tout était en feu. Et ce phare a dû briller dans ses yeux honnêtes et ouverts, car Lily a vu le changement que personne d'autre n'a vu, le signal privé volant pour elle ; et quand, peu après, il s'approcha d'elle et lui demanda si elle accepterait de sortir en barque, car il faisait plus frais maintenant, elle savait, et elle pensa ensuite, ce qui allait arriver.

Elle acquiesça et tous deux descendirent sur la pelouse rasée jusqu'à l'endroit où il était amarré.

CHAPITRE XI

M. ALINGTON OUVRE UN CHÈQUE

Kit, comme la plupart des gens qui possèdent ce passe-partout pour une immense jouissance de la vie, à savoir un appétit vorace et insatiable du plaisir, a toujours eu un instinct vital pour retarder le plus possible tout ce qui était désagréable. Elle trouvait généralement plein de choses agréables à faire chaque jour de sa vie ; en effet, avec son immense *joie de vivre* , presque tout ce qu'elle faisait était délicieux, et s'il y avait quelque chose de pas agréable à faire, en règle générale, elle ne le faisait pas. Dans ce tourbillon compliqué de la vie, c'est une grande chose de pouvoir simplifier, comme au temps des tuteurs, on simplifiait les énormes fractions vulgaires qui couvraient la page et qui se révélaient finalement équivalentes à zéro. Les méthodes de simplification de Kit étaient vraiment remarquables ; elle découpait tout ce qui semblait causer des ennuis, et ne se souciait pas le moins du monde du résultat. Et si vous ne vous souciez pas du résultat, la vie, comme les fractions vulgaires et les méchants, cesse de troubler.

Mais parfois, le monde étant si cruellement conduit, elle était poussée à prendre des mesures odieuses et désagréables, par crainte du désastre prochain et inévitable qui accompagnerait leur omission. Il y avait aussi certaines mesures prophylactiques qu'elle prenait habituellement, tout comme on va chez le dentiste pour éviter d'éventuels maux de dents à l'avenir. Sous ce dernier chapitre se trouvaient de petites affaires telles que les ouvertures de bazars et les fastidieux dîners « Grundy » ; aussi la visite annuelle à l'oncle de Jack, qui était évêque : une épreuve sinistre, mais efficace. Ils ont pris une position plus ferme, pour ainsi dire. Négliger des petites choses aussi simples aurait fait preuve d'un manque choquant de sagesse mondaine, et ce qui manquait à Kit, elle en possédait une quantité admirable. Mais l'évitement des désagréments dans l'avidité des plaisirs du moment l'a conduite à constamment remettre à plus tard les choses de mauvais goût, de la même manière qu'on remet à plus tard l'écriture des lettres, en espérant aveuglément que si elles restent assez longtemps sans réponse, elles le seront, en quelque sorte, se répondent. Ce résultat charmant est souvent atteint, mais parfois il ne l'est pas, ce qui déconcerte les enfants d'Ève.

L'incident fastidieux du baccara était maintenant resté sans réponse depuis plus de quinze jours, pendant lesquels Kit n'avait pas vu M. Alington. Elle dit à Jack que l'homme aux mines était un peu trop pour elle. D'ailleurs, elle lui avait fait découvrir cent maisons ; S'il ne pouvait pas nager tout seul maintenant, il ne le ferait jamais. Mais lorsque le matin suivant ce dimanche, alors que Kit, au sens figuré, examinait ses anciennes lettres pour voir ce qui avait dû être fait au cours de la dernière semaine à Londres, elle tomba sur la lettre du baccara et la relut, espérant qu'elle elle aurait l'impression qu'elle avait désormais répondu à elle-même, car elle lui avait laissé le temps. Mais bien qu'elle ait pris soin d'adopter une opinion favorable sur cette question et sur toutes les autres questions la concernant, elle est arrivée à la décourageante conclusion que ce n'était pas le cas. Il n'y avait clairement qu'une des deux choses à faire : soit lui donner plus de temps et une autre chance de répondre par elle-même, soit y répondre elle-même immédiatement. Et, comme le devrait une épouse sage et peut-être bonne, elle résolut de consulter son mari à ce sujet, regrettant de ne pas l'avoir fait auparavant.

La confiance entre les deux était, dans un certain domaine bien défini, d'ordre intime. Il y avait sans aucun doute certaines choses que Kit ne disait pas à Jack, et elle, de son côté, pensait qu'il pourrait y avoir des développements dans le projet Alington, par exemple, dans lesquels elle ne serait pas autorisée à participer. Cela ne lui plaisait pas ; chacun peut avoir son salon particulier, où, si l'on frappe, l'entrée peut nous être refusée. Il était alors plus sage de ne pas frapper, et il y avait certainement des choses dans la sienne qu'elle n'avait pas l'intention de montrer à Jack. Mais à part ces quelques exceptions, Kit racontait toujours tout à Jack, surtout si elle était en difficulté.

"Cela procure une telle tranquillité d'esprit", avait-elle dit un jour à Alice, "de savoir que personne ne peut dire à votre mari des choses pires que ce qu'il sait déjà sur vous. Comment certaines femmes peuvent continuer à laisser leur mari ignorer leurs factures. " Et d'autres indiscrétions, je ne peux pas concevoir. Eh bien, je devrais demander à Jack tous les soirs ce qu'il a appris sur moi pendant la journée. Et ce genre de révélations vient bien mieux de soi-même. C'est usant, " dit Kit pensivement, " l'apparence de la franchise, et peut-être aussi du regret.

Les deux femmes pratiquaient une grande liberté d'expression l'une envers l'autre, et Alice répondit franchement :

"Parfois, je pense que tu es une femme intelligente, Kit ; à d'autres moments, je suis sûr que j'ai tort et que tu es le plus abject des imbéciles."

"Je suppose que vous voulez dire que je vous semble maintenant un imbécile abject", a déclaré Kit. "Pourquoi s'il vous plaît?"

"Parce que tu ne dis à Jack que les choses qui n'ont pas vraiment d'importance. Les choses qui s'il les entendait d'ailleurs feraient vraiment du bruit, tu ne lui dis pas."

"Ah, mais ce sont des choses que personne ne peut lui dire", dit Kit avec sa rapidité habituelle et plus que sa pénétration habituelle.

Cette conversation lui revint à l'esprit aujourd'hui, lorsqu'elle résolut de lui demander conseil sur le baccara. La seule question était de savoir si cela aussi relevait de ce que personne d'autre ne pouvait lui dire. Si c'était quelqu'un de son entourage qui avait vu, ou qu'elle soupçonnait d'avoir vu, le petit *faux-pas* du compteur de cent livres, cela serait sans doute tombé sous le coup des choses incommunicables. Pour Tom, Toby, Jack, Lord Comber, il aurait été impossible de répéter une telle chose. Mais on ne pouvait pas deviner quelles idées d'honneur pouvait avoir un mineur du Far West Australien. Répéter une telle chose à propos d'une femme était contraire au code en usage parmi ses associés, et c'était aussi une bonne chose, pensa Kit, limitant strictement la question à un cas particulier et ne confondant pas les choses par une considération d'honneur en général.

Même au bout de quinze jours, la pensée de cette soirée était à la fois une joie et une mortification. Jack allait confier le navire de sa fortune à l'homme sauvage qui chantait des hymnes et jouait de l'harmonium, pour ce qu'elle savait, et son désir vraiment louable d'avoir une certaine emprise, une certaine prise sur lui, s'était soldé par cette *débâcle* . Il n'était en effet pas sûr qu'il l'ait vu, mais Kit ne pouvait s'empêcher d'admettre que c'était hautement probable. Après tout, l'honnêteté était la meilleure politique, et elle était déterminée à le dire à Jack.

Il était monté en ville par un train de bonne heure, et Kit, qui détestait presque autant se lever tôt qu'elle détestait se coucher tôt, le suivit plus tard. Il était sorti lorsqu'elle atteignit Park Lane, et il était presque l'heure du déjeuner lorsqu'elle entendit un taxi arriver. L'instant d'après, le majordome avait annoncé M. Alington. Les deux ressemblaient à des frères.

"Bonjour, Lady Conybeare," dit-il très doucement. "Votre mari m'a demandé de déjeuner ici, car nous avons des affaires à discuter. Je devais vous donner un message, s'il n'était pas encore là, vous demandant de ne pas l'attendre pour le déjeuner. Il pourrait le faire" - M. Alington parut réfléchir profondément pendant un moment : « il pourrait être arrêté ».

Cette réunion était extrêmement ennuyeuse pour Kit. Elle avait dit à Jack qu'elle en avait assez du mineman, et c'était très ennuyeux d'avoir ce *tête-à-tête* , et tout particulièrement désagréable après leur dernière rencontre pour le voir seul. Cependant, elle affichait le meilleur visage possible et parlait avec une cordialité familière.

"Oh, Jack est toujours en retard", dit-elle. "Mais pourquoi il devrait juger nécessaire de me demander de ne pas l'attendre, c'est plus que je ne peux dire. Je suppose que vous lui avez inculqué des habitudes d'affaires. Jack est un homme d'affaires ! Vous n'imaginez pas à quel point cela semble drôle à sa femme. , M. Alington. Déjeunons tout de suite ; j'ai tellement faim. Veuillez sonner cette cloche juste derrière vous, s'il vous plaît.

M. Alington resta assis un moment, puis se leva avec délibération, mais ne sonna pas.

"J'ai de la chance de vous trouver seule, Lady Conybeare", dit-il, "car en vérité, il y avait une petite question dont je voulais parler avec vous."

Kit se leva rapidement de son siège avant d'avoir fini sa phrase et sonna elle-même. On lui répondit immédiatement, et lorsque l'homme entra dans la pièce : « En effet, et qu'est-ce que c'est ? dit-elle. "Le déjeuner est-il prêt, Poole ? Entrons, M. Alington. J'ai toujours tellement faim à Londres et ailleurs."

Kit pouvait à peine s'empêcher de sourire pendant qu'elle parlait. Elle n'avait aucune intention de discuter d'une petite affaire avec M. Alington, surtout si c'était celle qu'elle avait en tête ; et elle ne pouvait s'empêcher d'être amusée par la simplicité du moyen par lequel elle avait mis un terme à la possibilité d'une conversation privée. Elle ne souhaitait avoir aucune communication privée avec l'homme. Elle avait fait sa part en le lançant, pour le confort de Jack ; elle lui avait fait entendre, ou plutôt fait entendre à d'autres, qu'il était un *ami de la maison* , et elle s'en lava les mains. Il allait très gentiment faire la fortune de Jack en échange des bénéfices reçus, mais il avait clairement déclaré que cet arrangement était mutuellement avantageux. C'était du donnant-donnant ; il était au même niveau que votre épicier ou votre bottier, sauf que ces commerçants cédaient dans l'espoir de prendre un jour, tandis que M. Alington prenait au fur et à mesure. Au mieux, c'était une sorte de magasin de dépôt de fonds, et Kit n'avait pas l'habitude de s'occuper de ce genre de magasin. Elle ne le considérait pas comme dangereux, et elle était si contente de sa propre habileté qu'elle résolut très imprudemment de faire valoir son avantage.

Alors, tandis qu'il la suivait à travers les portes pliantes de la salle à manger : « De quelle petite affaire parlez-vous ? » demanda-t-elle encore, se sentant parfaitement en sécurité en présence de domestiques dans la pièce.

M. Alington ferma les yeux un moment avant de s'asseoir et se murmura une brève grâce. Il les ouvrit un instant après avec un bref soupir, et *la riposte* de Kit à son coup ne parut pas l'avoir ébranlé ou déconcerté le moins du monde.

Son large visage de majordome était toujours aussi serein.

« C'est une question dont j'ai pensé que vous auriez préféré discuter seul, » dit-il ; " mais comme vous semblez le souhaiter, je vais vous le dire ici. L'autre soir, quand j'ai eu le plaisir de jouer au baccara avec vous, vous avez gagné sur un naturel... "

Une rougeur de colère monta au visage de Kit. L'homme était intolérable, insolent, même devant les domestiques ; mais tandis qu'il parlait, elle ressentit soudain une peur de lui. Il la regarda en face avec une douce fermeté, cassant son toast d'une main, tandis que de l'autre il manipulait ses macaronis au bout de sa fourchette.

"Arrêt!" » dit Kit, rapide comme un coup de fouet.

Mais M. Alington n'a pas grimacé.

"Vous aurez donc la gentillesse de me donner l'occasion de vous en parler en privé", dit-il. "Je partage tout à fait votre façon de penser. C'est bien mieux d'en discuter ainsi. Je vois tout à fait."

Kit se sentit trembler. Elle n'était pas habituée à une telle brutalité de la part de qui que ce soit. Elle n'aurait guère été plus surprise si son papetier ou son boucher était apparu soudainement dans la pièce et avait insisté sur l'opportunité d'une conversation privée. Alington, il est vrai, était allé chez elle et avait le droit de se considérer comme un invité ; mais cela rendait la situation encore plus intolérable. Apparemment, il n'avait aucune idée de la distinction entre invités et invités, et ce serait choquant si cela était négligé. Pendant ce temps, il continuait à manger des macaronis avec une maîtrise superbe sur cette nourriture insaisissable, en silence, puisque Kit ne répondait pas.

La salle à manger était l'une des pièces les plus charmantes de Londres, plutôt sombre, comme devraient l'être les salles à manger, les murs d'un vert sobre, teinté dedans, et nus, à l'exception d'une demi-douzaine de petites photos de l'école de Barbizon, qui, s'ils étaient aliénables, auraient été aliénés depuis longtemps pour combler la pénurie chronique d'argent dans l'établissement de Conybeare. C'étaient de merveilleux exemples, mais Kit les détestait, car ils ne pouvaient pas être vendus. "Ils me donnent l'impression d'être un homme sur une île déserte avec des millions de souverains en or et pas de nourriture", avait-elle dit un jour. Les chaises étaient toutes armées et tapissées de brocart vert, et l'épais tapis d'Ispahan rendait silencieux les pieds de ceux « qui restent debout et attendent ». En partie à cause de cela, en partie à cause de la distraction de ses pensées, les rougets restèrent près de Kit pendant dix bonnes secondes, inaperçus. Elle n'arrivait pas à décider quoi faire. Elle se repentait amèrement d'avoir dit « Stop ! » tout à l'heure à Alington, car la véhémence de son interjection s'est trahie. Elle avait pratiquement admis que quelque chose s'était produit le soir où ils jouaient au baccara et dont elle souhaitait sincèrement ne pas discuter en public. Un imbécile aurait pu s'en rendre compte, et malgré tout son dégoût pour cet homme, elle ne lui a pas attribué cette étiquette. Et avec une déférence odieuse et familière, il avait été d'accord avec elle ; il s'était arrogé le droit de discuter avec elle en privé.

Encore une fois, elle ne pouvait pas se disputer avec lui. L'application de Conybeare aux affaires, ses premières visites à la City, ses fréquentes conférences avec Alington, sa préoccupation sans exemple, tout démontrait avec certitude que de grands enjeux étaient en jeu, car il ne se donnerait pas autant de peine pour quelques billets de cinq livres. Tout cela lui traversa l'esprit très rapidement, et au bout de dix secondes elle se renversa dans son fauteuil, aperçut les rougets et en prit deux.

« Oui, vous avez bien raison, dit-elle ; "Nous en reparlerons plus tard. Ah, voici Jack ! Bonjour, Jack !"

Jack fit un signe de tête à elle et à Alington et prit place.

"Tu as entendu la nouvelle, Kit ?" Il a demandé.

« Beaucoup ; mais lesquels ? »

"Toby est fiancé à Miss Murchison. Le Croesum me l'a dit dans le train ce matin. Elle vient vous voir cet après-midi."

Kit oublia pour le moment ses autres soucis.

"Oh, comme c'est délicieux !" elle a pleuré. "Cher Toby ! Et Lily est très charmante et si jolie ! La connaissez-vous, M. Alington ?"

"Je l'ai rencontrée chez vous, je pense. Et une héritière, n'est-ce pas ?"

"Je crois qu'elle a un peu d'argent", a déclaré Kit. "On a entendu des gens le dire. Mais de simples ragots, peut-être."

Jack rit doucement et sans bruit.

"Ce serait tellement agréable pour Toby", observa-t-il, "si c'est vrai."

Kit soupira.

"Quel dommage que ce ne soit pas l'habitude pour une mariée de régler de l'argent sur le frère de son mari, Jack !" dit-elle.

"Oui, ou donnez-le pour échapper aux droits de succession. Quelles opportunités de gentillesse inhabituelle ont certaines personnes!"

"Eh bien, c'est charmant, de toute façon", dit Kit. "J'ai remarqué qu'ils étaient allés se promener dans le punt hier après-midi, ce qui m'a semblé prometteur. Un punt est si souvent une agence matrimoniale. Vous n'avez pas peur de le renverser comme un bateau ordinaire. Vous m'avez proposé en couple de course. , ou quelque chose de capricieux - vous vous en souvenez, Jack ? - et j'ai dit que je ferais n'importe quoi au monde si seulement vous vouliez ramer directement jusqu'au rivage. Et vous m'avez obligé à le faire. Ce n'est pas juste, n'est-ce pas, M. Alington ?

M. Alington souriait comme un ecclésiastique âgé lors d'une fête scolaire, et son sourire suggérait son goût de voir les jeunes heureux.

"Je m'étonne que le Matrimonial News ne réserve pas quelques punts à l'usage des clients", poursuivit Kit, nerveux à l'idée de terminer le déjeuner le plus rapidement possible. Elle avait pris sa décision au sujet d'Alington au cours de la dernière demi-minute environ et elle avait hâte de lui parler, son intention étant de nier catégoriquement son accusation et de l'accuser à son tour. "Les punts et les hymnes du soir font des merveilles avec les gens qui n'arrivent pas à se décider à proposer."

M. Alington parut légèrement intéressé par cette information surprenante, et il parut la peser soigneusement tout en mangeant ses cailles avant d'y apporter son soutien.

"Ils pourraient garder une petite chorale et un harmonium aussi", poursuivit Kit. "Je crois que tous les membres respectables de la classe moyenne vont à l'église du soir le dimanche et chantent des hymnes très fort dans un livre, et se proposent ensuite. Cher Toby, comme il sera heureux ! Comme c'est gentil, comme c'est extrêmement gentil !" » murmura-t-elle avec sympathie.

Alington et Kit avaient à ce moment-là fini de déjeuner et elle se leva.

"Je ne peux pas m'arrêter et te voir manger, Jack," dit-elle. "Venez, M. Alington, nous irons prendre un café et Jack nous rejoindra."

Par ces chaudes journées de juillet, Kit s'asseyait souvent dans le hall intérieur, qui était plus frais que le salon. C'était un endroit charmant, fait de palmiers et de parquet, avec des meubles d'angle, et une atmosphère générale de fraîcheur et de coins retirés. Le café arriva immédiatement avec les cigarettes et Kit en prit une. M. Alington a cependant expliqué que, sauf le dimanche, il ne s'autorisait à fumer qu'après le dîner.

"Je trouve qu'un peu d'abstinence est très utile", a-t-il donné comme modeste excuse.

Les domestiques se retirèrent et Kit commença à jouer avec son sujet.

« Je crains que vous ne m'ayez trouvé très brusque au déjeuner, » dit-elle, « mais j'ai une grande objection à discuter de sujets qui, il est concevable, pourraient être mieux gardés privés, devant les domestiques, et quand vous avez parlé de baccara, j'ai pensé qu'il valait mieux " Arrêtez-vous, même au risque de paraître très brusque. Vous aurez du mal à le croire, M. Alington " - ici sa voix se transforma en un murmure bas et confidentiel - " vous le croirez à peine, mais il y a seulement quelques semaines, j'ai vu un homme tricher au baccara chez un ami. Très pénible, n'est-ce pas ? J'en ai parlé avec un ami, et nous avons eu beaucoup de mal à décider quoi faire. Ce genre de chose peut si facilement se produire ; c'est si dangereux de parle devant les serviteurs. »

"Je pense que vous en avez parlé avec Lady Haslemere ?" fit remarquer M. Alington.

Kit remuait son café et souriait gentiment. Elle s'entendait à merveille. Mais à ces mots et à leur expression particulièrement calme, sa main cessa de remuer et son sourire s'effaça.

"Je pense aussi que vous avez accepté de demander au suspect de rejouer, afin de le surveiller", poursuivit le majordome impassible. "N'est-ce pas vrai, Lady Conybeare ? Et je pense que le suspect n'était autre que moi."

Kit posa sa tasse de café et se laissa tomber dans son fauteuil. Les choses avaient mal tourné ; elle avait eu l'intention d'avoir les premières manches en matière de tricherie au baccara, et elle avait plutôt peur d'avoir joué sans faute. Aussi rapide qu'elle soit, elle ne pouvait pas voir sa réponse. M. Alington ne la regarda cependant pas et ne s'arrêta pas plus longtemps que nécessaire pour siroter son café.

"Votre tactique était un peu ouverte, un peu évidente, Lady Conybeare, si vous me permettez de le dire", poursuivit-il. "Délicieux café ! Vous avez échangé tant de regards avec Lady Haslemere, puis vous m'avez regardé, que je n'ai pas pu ne pas voir que vous attendiez quelque chose. Aucun homme, je suppose, n'aime être soupçonné d'un crime aussi dérisoire que celui-ci. tricher au baccara – un crime si désespérément dénué de toute grandeur – et aucun homme, j'en suis sûr, n'aime se laisser piéger par ceux qu'il a le droit de considérer comme ses amis. mon esprit, je voudrais dire un mot à ce sujet.

Il s'éclaircit la gorge et sirota à nouveau son café.

« Ce que vous et Lady Haslemere avez vu, poursuivit-il, est-ce que votre mari m'a soupçonné aussi ? " Un compteur de livres au-dessus de la ligne. N'était-ce pas vrai ?"

« Il n'est pas question de « pensée », dit Kit, que le sentiment du danger rendait encore plus imprudente ; "nous vous avons vu le faire."

"C'est tout à fait vrai. Si vous aviez observé d'un peu plus près, vous auriez vu autre chose. Maintenant, je vous le demande, les quelques fois où nous avons joué au baccara ensemble, m'avez-vous déjà vu échouer à miser ?"

"Pas à ma connaissance."

" Tout à fait. Si vous aviez regardé la table un instant auparavant, vous auriez vu que je n'avais rien misé. Voici ce qui s'est passé : j'avais misé quatre jetons de dix livres et deux jetons de cinq ; puis, voyant que je n'avais plus de jetons plus petits. "Je les ai retirés pour leur substituer un cinquante. A ce moment-là, j'ai reçu mes cartes, et, les reprenant, j'ai oublié pour un moment de substituer mes cinquante. J'ai regardé les cartes, j'ai déclaré le naturel, et vous m'avez vu pousser " J'ai avancé le compteur de cinquante livres tout à fait ouvertement et, comme vous le pensiez, maladroitement. Il ne m'est jamais venu à l'esprit qu'il y avait besoin d'explication. "

La colère et l'inquiétude de Kit grandissaient sur elle.

"Très maladroitement", dit-elle; "nous l'avons tous vu."

"C'était sans doute stupide de ma part de ne pas l'avoir expliqué à ce moment-là", a-t-il déclaré, "mais en réalité, je ne savais pas que l'entreprise était aussi suspecte".

Il s'arrêta un moment et son caractère doux fut réveillé à la pensée du comportement de Kit.

"Mais peut-être que les gens ont raison de se méfier", a-t-il ajouté avec une intonation élevée.

Le coup de feu est revenu et le visage de Kit est devenu plus pâle. Mais elle ne pouvait pas montrer qu'elle savait ce qu'il voulait dire, car ce serait s'accuser. Au lieu de cela, elle mit toute l'insolence que sa voix pouvait contenir dans sa réponse.

"Et quelle preuve ai-je de la véracité de ce que vous dites ?" » demanda-t-elle, combattant désespérément sur ce champ de bataille choisi par son adversaire.

"Le fait que je le dise", a déclaré M. Alington. "En outre, il existe des preuves corroborantes si je choisis de les présenter. Je vous ai montré l'autre soir, simplement pour vous donner un indice, que si je l'avais voulu, j'aurais pu tricher très habilement. Est-ce donc crédible, même en supposant que que je fais partie de ceux qui trichent, que j'aurais dû le faire si maladroitement ?

Kit croyait en cet homme dans son cœur, mais sa ruse superficielle de femme refusait d'abandonner l'emprise qu'elle espérait encore avoir sur lui, sa seule réponse à l'emprise qu'elle craignait qu'il ait sur elle.

"Nous faisons tous parfois des gaffes", dit-elle de sa manière la plus diabolique. "Malheureusement, je ne crois pas ce que tu dis."

M. Alington sirota à nouveau son café. Son irritation momentanée était complètement apaisée ; vous n'auriez pas pu trouver un chrétien plus gentil dans toute l'Angleterre.

"Heureusement, cela importe peu", a-t-il répondu.

" Cela ne rend pas un homme populaire parmi nous, " observa Kit, " s'il est connu pour tricher au baccara. Je vous ai entendu dire l'autre soir que ce genre de chose était courant en Australie. Je vous conseille de vous rappeler que nous pensons différemment ici.

Kit s'était complètement mis en colère et ne s'arrêtait pas pour peser ses mots. Pire encore, elle a perdu la tête et a lancé des insultes avec un défi insensé.

M. Alington croisa une jambe sur l'autre, sa bouche devint plus comprimée et plus précise, et ses grands yeux pâles devinrent soudainement ternes et fades comme ceux d'un serpent. Kit a de nouveau eu peur, et lorsqu'une femme est à la fois effrayée et en colère, il est peu probable qu'elle s'en prenne à un homme parfaitement cool. Il y eut une pause d'un moment.

« Lady Conybeare, » dit-il enfin, « vous avez choisi de me traiter comme un fripon et comme un imbécile. Et je n'aime pas beaucoup être traité comme un fripon ou un imbécile par vous. Vous m'accusez de tricher : que j'ai raison de croire ne vous semble pas très choquante. »

"Puis-je demander pourquoi?" interrompit Kit.

M. Alington leva la main, comme pour désapprouver toute réponse à l'instant.

"Et vous m'accusez de tricher maladroitement, bêtement", a-t-il poursuivi. "Mais pouvez-vous vraiment penser que je devrais être un connard assez tragique pour venir vous voir avec ma simple affirmation que je n'ai pas triché ? Je vous ai donné votre chance de me croire de votre plein gré ; vous l'avez fait, j'ai le regret de le dire. , l'a refusé. Je vais maintenant vous forcer à me croire, vous forcer", répéta-t-il pensivement. "J'ai un témoin, une personne alors présente, qui m'a vu retirer ces petits compteurs et remplacer les plus gros."

Kit rit, mais avec inquiétude.

"Comme c'est très pratique !" dit-elle. "Quel est son nom?"

"Lord Abbotsworthy", remarqua Alington. "J'ai même pris la précaution d'attirer son attention sur ce que j'avais fait. C'était une chance de l'avoir fait. Demandez à Lord Abbotsworthy."

"Un de vos directeurs", dit Kit, presque hors d'elle de colère, et se levant de sa chaise.

"Un de mes directeurs, comme vous dites," répondit-il, "et votre ami. Je n'ai pas besoin de vous rappeler que votre mari est un autre de mes directeurs."

Au moment où Jack sortit de la salle à manger. Il jeta un coup d'œil au visage de Kit, prit une cigarette et monta discrètement à l'étage. Lorsque sa femme était sur le chemin de la guerre et n'avait pas demandé son alliance, il ne l'a pas accordée.

"Je serai à l'étage lorsque vous et ma femme aurez terminé votre conversation", dit-il par-dessus son épaule à Alington. "Viens me voir avant de partir."

Cette pause rendit Kit dégrisé.

"Oui," continua Alington, "il m'a demandé un instant auparavant de lui changer de l'argent contre de petits jetons, et cela ne m'a laissé que quelques petits jetons. Heureusement, il se souviendra de m'avoir vu me retirer et remplacer ma mise. Vous et Lady Haslemere aurait été sage de le consulter avant de prendre cette mesure quelque peu discutable de me surveiller. Une faute de jugement, une simple faute de jugement.

Kit, au sens figuré, leva la main. L'espoir désespéré qu'Alington mentait n'était plus tenable.

"Et j'attends vos excuses", a-t-il ajouté.

Il y a eu un long silence. Kit n'avait pas l'habitude de s'excuser auprès de qui que ce soit. Son indifférence à l'égard de cet homme, sauf dans la mesure où il pouvait les servir financièrement, avait subi une transformation surprenante au cours de la dernière heure. L'indifférence avait fait place d'abord à la colère contre son insolence, puis à la peur. Son visage placide et serein était devenu pour elle l'image d'un Juggernaut infernal, dont la voiture roulait sur des corps d'hommes, mais dont les cils ne frémissaient jamais. La fierté luttait contre la peur dans son esprit, la fureur contre la prudence. Et Juggernaut (plus majordome), contrairement à son habitude ascétique, alluma une cigarette.

"Bien?" dit-il lorsqu'il jugea que la pause était suffisamment prolongée.

Kit s'était rassis sur sa chaise et n'avait conscience que de deux choses : cette lutte intérieure et une haine absorbante envers l'homme assis en face d'elle.

« Et si je refuse de m'excuser ? » demanda-t-elle longuement.

«Je le regretterai beaucoup», dit-il; "Vous le regretterez probablement davantage. Allons, Lady Conybeare, de quel droit faites-vous de moi un ennemi ?"

De nouveau, ce fut le silence. Kit savait très bien comment tout le monde parlerait si cette détestable affaire devenait publique, ce qu'elle comprenait comme la menace contenue dans les paroles d'Alington, et savait aussi qu'une rupture entre Jack et lui, qui devait inévitablement s'ensuivre, ne serait pas susceptible de conduire à leur réussite financière dans ce business des mines.

"Je vous demanderai également de dire à Lady Haslemere et à votre mari, s'il m'a également soupçonné à un moment quelconque, dans quelle erreur déplorable vous êtes tombé", a poursuivi Alington, laissant tomber ses mots pendant que vous déversiez une drogue forte dans un gradué. verre, en prenant soin de n'en donner ni trop ni pas assez.

Soudain, Kit se décida, et après avoir fait cela, elle résolut d'agir avec la meilleure grâce possible.

« Je m'excuse, M. Alington, » dit-elle ; "Je m'excuse sincèrement. Je vous ai fait un tort abominable. Je ferai sur tous les points ce que vous suggérez."

M. Alington n'a pas bougé d'un muscle.

"J'accepte vos excuses", a-t-il déclaré. "Et s'il vous plaît, faites-moi la faveur de ne plus me traiter comme un imbécile, car je suis loin d'être un imbécile."

Ce discours n'a pas été facile à avaler pour Kit, mais elle a dû accepter ce qu'il lui avait lancé. Alington se leva.

« Je dois monter voir votre mari, dit-il, car nous avons beaucoup d'affaires : les actions du nouveau groupe seront sur le marché dans quelques jours.

Il s'arrêta un moment.

"Ne réfléchissez plus à cette question, Lady Conybeare", dit-il. " Il vaudrait bien mieux que nous soyons amis. Ah, à propos, sur cette affaire dont je voulais vous parler, cette malheureuse affaire du compteur de cent livres, vous voyez ce que je veux dire. N'y pensez plus. Cela non plus. Je vous assure que ce ne sera pas par moi que cela ira plus loin. Je crois bien que vous ne l'avez jamais pensé. Seulement vous n'avez pas corrigé votre erreur instantanément, et ainsi la correction est devenue impossible. N'est-ce pas ?

Son large visage s'éclaira et rayonna, comme le visage d'un père parlant avec amour et consolation à son fils d'une petite faute, et il lui tendit la main.

Kit hésita. Elle aurait donné n'importe quoi pour dire : « Quelle affaire de compteur de cent livres ? Je ne vois pas ce que tu veux dire. Mais elle ne le pouvait pas. Elle était physiquement, peut-être moralement, incapable de prononcer ces mots. Alington lui avait fait peur ; elle a été battue, intimidée. Et l'exactitude de son intuition l'étonna. Puis elle lui tendit la main ; elle n'avait pas de mot pour lui à ce sujet.

" Au revoir," dit-elle, " *au revoir* plutôt. Vous ferez de nombreuses allées et venues, je suppose, pendant que nous serons à Londres. Il y a toujours un déjeuner à deux heures. Mon mari est dans sa chambre à l'étage. Vous je connais le chemin, je pense."

De nombreuses personnes ont leur propre plan pour s'endormir, comme compter des moutons imaginaires traversant une haie visionnaire ou délimiter un terrain de tennis sur gazon, en soulevant la machine aussi rarement que possible. La méthode de Kit, même si elle s'endormait généralement immédiatement, consistait à énumérer ses aversions. C'était une liste longue et remarquablement variée, commençant par « Marie Corelli, panais », et elle arrivait rarement au bout. Ce soir, elle a admis M. Alington dans le charmant catalogue, et, arrivant à son nom, elle n'a pas continué la liste et ne s'est pas endormie immédiatement.

CHAPITRE XII

LE CHALET EN BORD DE MER

Toby était assis au bord d'un vieux brise-lames battu par les intempéries, qui s'écoulait maintenant de travers et enfouissait son nez dans le sable, à environ cinq kilomètres au nord de Stanborough-on-Sea, créant des toilettes extrêmement publiques après sa baignade.

Sa mère, la vieille lady Conybeare, possédait ici une charmante maison qui était, pour ainsi dire, sortie du rang ; en d'autres termes, il s'agissait à l'origine de deux chaumières et c'était maintenant une sorte de palais rustique. Son mari avait été un homme d'un bon goût extraordinaire, et son idée et l'exécution de cette transformation étaient à la limite de la félicité. La brique et le crépi en étaient une manière délicieuse, et les anciennes chambres des cottages avaient été reliées les unes aux autres comme l'amalgame de gouttes séparées de vif-argent, pour produire des pièces de forme irrégulière avec des cheminées dans des coins impairs. Il avait bâti une aile d'un côté, un bloc de l'autre, une salle à manger du troisième ; on accédait à la porte d'entrée par un cloître ouvert sur la mer et soutenu par des piliers de brique ; et de grandes jarres à huile vertes espagnoles et des puits vénitiens bordaient la promenade en terrasses. En face de la porte d'entrée, de l'autre côté du chemin de fer, se trouvait une cour monastique à trois côtés, délimitée par des cloîtres à voûtes basses, et une tour italienne, carrée et effilée vers le haut, coupait le côté médian en deux. Tout près, se trouvait un charmant groupe de toits rouges, avec des ferronneries battues aux fenêtres, évoquant le réfectoire de ce monastère de bord de mer. En réalité, il comprenait une buanderie, un fournil et les dynamos qui alimentaient l'éclairage électrique. Car il n'y avait en réalité rien de désagréablement monastique dans cet endroit ; les cloîtres constituaient d'admirables abris contre le soleil et le vent, et étaient fortement rembourrés ; la cloche de la tour sonnait les gens non pour se lever, mais pour dîner ; et les pois n'étaient pas mis dans les bottes des visiteurs, mais bouillis et mis dans des plats. La maison, en effet, était aussi habitable que pittoresque, un haut degré de mérite ; ce n'était pas du tout une pénitence que de rester là ; la lumière électrique semblait s'éclairer automatiquement à mesure que le crépuscule tombait, alors même que la lune et les étoiles commençaient à briller sans allumeur visible dans la salle du ciel au toit élevé ; et il y avait à peu près autant de salles de bains, avec eau chaude et froide, que de chambres.

Toby enfilait ses chaussettes très tranquillement ; il était allé se baigner dans la mer avant le déjeuner, et après avoir allumé la cigarette post-ablutive, la plus douce de toutes ces brûlures, il jeta sa serviette autour de son cou, prit son manteau sur son bras et gravit lentement la pente abrupte et sablonneuse. chemin menant au sommet de la falaise de cinquante pieds sur laquelle se dressaient la maison et le jardin. Plusieurs vieux pêcheurs se tenaient au sommet dans des attitudes nautiques, remontant leurs pantalons, croisant les bras et scrutant l'horizon comme le chœur d'un opéra léger. L'un d'eux avait récemment fait une récolte et Toby inspecta ses marchandises avec beaucoup d'intérêt. Il y avait des homards en cotte de mailles bleues – en colère et irritables, qui vous regardaient de côté comme des chevaux vicieux cherchant une bonne ouverture pour donner un coup de pied – des semelles faiblement battantes, du merlan anémique, quelques maquereaux arc-en-ciel et, oh, mon Dieu ! Crabes.

Or, la tentation et le crabe étaient les deux choses au monde auxquelles Toby trouvait inutile de tenter de résister, et il ordonna que les plus gros et les meilleurs soient envoyés immédiatement à la maison. Peut-être serait-il plus prudent s'il le prenait lui-même, car la simple possibilité d'une fausse couche n'était pas à supporter, et le saisissant avec précaution par la quatrième jambe, il le porta, non sans nervosité, de larges pinces en colère toutes ouvertes, à travers le corps. pelouse.

Il traversa le cloître et entra par la porte menant aux quartiers des domestiques, où il rencontra un majordome sévère et austère.

"Oh, Lowndes", dit-il, "pour le déjeuner, si possible. Par la patte arrière. Pour le cuisinier, avec mes compliments et habillé."

Le transfert fut effectué, au grand soulagement de Toby, et il posa sa serviette et enfila son manteau. Il restait encore une demi-heure à attendre pour le déjeuner, mais ce nuage avait désormais son côté positif. Une demi-heure semblait un temps impossible, mais le côté positif était la possibilité que le crabe soit prêt à ce moment-là. Combien de temps mettait un crabe à s'habiller, Toby ne le savait pas, mais si cela ne prenait pas plus de temps que lui-même – et il y avait plus de lui à habiller – une demi-heure devrait suffire pour deux.

Lily, qui, comme lui, tenait fermement au credo sain selon lequel il est impie de s'arrêter à l'intérieur alors qu'il est possible de sortir, était sûre d'être quelque part dans le jardin, et Toby sortit de nouveau dans son tennis blanc taché par la mer. des chaussures pour la retrouver.

La chaumière était sortie du rang, mais la promotion du jardin n'avait pas été moins remarquable. Ce qui, il y a quelques années, n'était qu'une superficie non rentable de maïs balayée par le vent et qui, en raison de ses belles qualités de pavot, évoquait davantage un opium qu'un champ de blé, était devenu un désert fleuri de délices. Le nerprun, gris et vert comme les olives du Sud, et portant des baies comme celles d'un houx jauni, avait été planté dans des arbustes au centre des parterres de jardin comme écran contre le vent, privant les rafales de leur sel amer auparavant. ils passèrent sur les fleurs et laissèrent seules les qualités tonifiantes atteindre les plantes. Au nerprun se mêlaient les flammes jaunes du sureau doré, le plus noble des arbustes anglais, et des rangées de trembles, toutes frémissantes d'énergie féminine et nerveuse. Ainsi abritée, il y avait de chaque côté d'un large espace d'herbe éloigné de la maison une allée de bordure herbacée. Des roses trémières et des tournesols se dressaient derrière, comme des hommes de grande taille regardant par-dessus les têtes d'une foule moyenne ; à leur hauteur d'épaule se trouvaient des dahlias simples et des salvias écarlates ; en dessous d'eux encore une rangée de coquelicots Shirley, aux teintes et textures délicates comme des tissus Liberty, et dans une foule plébéienne joyeuse au bord de la réséda, de l'amour qui saigne, de la fierté londonienne et des doubles marguerites.

Toby marchait d'un pas silencieux sur le tapis de velours d'herbe jusqu'au pavillon d'été, face à des planches fendues d'orme étêté, qui se dressaient au bout, mais formaient une couverture inutile. De là, traversant la large allée de gravier, il essaya le court de tennis et descendit les marches devant des arbres fuchsia en fleurs, où deux grandes cigognes en bronze de travail japonais tournèrent vers le ciel un œil las du monde et explorèrent la roseraie. Celle-ci se trouvait dans un creux naturel du terrain, soigneusement abritée, et la pergola grillagée qui la traversait n'était, en ces jours d'août, qu'une écume de pétales de sorbet rose. De chaque côté se trouvaient des rocailles couvertes d'orpins rampants, de bruyères de montagne et de gentianes des Alpes, ces sentinelles lointaines du monde végétal. Et étrange à leurs yeux bleus, habitués à voir le matin se lever sur des sentiers inexplorés et des champs de neige étincelante, devait être le doux soupçon de l'aube dans ce pays au vert soigné. Mais Toby ne les vit pas, car là, dans un coin au fond, sous une branche d'arbre couverte de lierre, était assise la reine du jardin de boutons de roses.

Lily ne lisait pas, malgré l'apparente évidence d'un livre ouvert sur ses genoux, car la brise tournait ses feuilles d'avant en arrière comme un étudiant cherchant distraitement une référence. Pendant un instant, la page restait ouverte et non tournée ; puis un nuage de feuilles volantes se terminait par une longue pause à la p. 423 ; puis une feuille était tournée très lentement, comme si le lecteur invisible parcourait très attentivement les derniers mots, tandis que ses doigts poussaient la page pour être prêts pour la suivante. Puis, avec agitation et précipitation, il se dépêchait d'étudier les annonces à la fin et revenait tout d'un coup à la page de titre.

Lily avait pensé agréablement et paresseusement à Toby et aux nombreuses choses charmantes de ce monde délicieux, lorsqu'il était apparu. Elle l'accueillit avec un sourire dans ses adorables yeux sombres.

"Vous avez fait un bon plongeon ?" » demanda-t-elle alors qu'il s'asseyait à côté d'elle. "Oh, Toby, quand nous serons mariés, je consacrerai toute ma vie à te coiffer pour une fois. Ensuite, je tournerai mon visage vers le mur et j'expirerai doucement."

"Si tel est votre objectif, vous viserez l'impossible", remarqua Toby, "comme cet idiot de maître d'école dont vous m'avez parlé dans Browning qui visait un million."

"Grammairien," corrigea Lily, "et je ne te lirai plus Browning."

"Eh bien, cela semble être un peu au-dessus de ma tête", dit Toby sans regret. "Et j'ai acheté un crabe en montant, et, oh, je t'aime !"

Lily rit.

"Je pensais que tu allais dire : 'Oh, j'adore le crabe !'", a-t-elle dit.

"Et ce serait vrai aussi", dit Toby. "Qu'il y a de choses vraies, si seulement on les cherche !" il a observé.

"C'est ce que disent les scientifiques chrétiens", remarqua Lily. "Ils disent que le mensonge, le mal et la douleur n'existent pas."

"Qui sont les scientifiques chrétiens ?" » demanda Toby. "Et que pensent-ils du mal de dents ?"

Lily médita un moment.

"Les scientifiques chrétiens sont des praticiennes qui n'ont pas réussi", a-t-elle longuement observé. "Et il n'y a pas de mal de dents ; il n'y a que toi qui le pense."

"Il me semble que c'est à peu près la même chose", dit Toby. "Et que dirais-tu des mensonges ? Et si je disais que je ne t'aime pas ?"

"Ou du crabe ?"

"Ou du crabe, même. Est-ce que ce serait vrai, alors ?"

Lily se pencha en avant et déposa la cravate de Toby qui dépassait son col.

"Eh bien, je pense que nous nous en sommes débarrassés", a-t-elle déclaré. "Oh mon Dieu, j'aurais aimé être un homme !"

"Je ne le fais pas", a déclaré Toby.

"Pourquoi pas ? Oh, je vois. Merci. Mais j'aimerais pouvoir me baigner sur un brise-lames, acheter des crabes aux pêcheurs, avoir les cheveux raides très courts et en désordre, et avoir un métier, Toby."

"Oui", dit Toby en grimaçant, car il savait ou soupçonnait ce qui allait arriver.

"Ne dis pas 'oui' comme ça. Dis-le comme si tu le pensais."

Toby inspira longuement et ferma les yeux.

"Oui, alors aide-moi, Dieu!" dit-il très fort.

"C'est mieux. Eh bien, Toby, je veux que tu, je veux vraiment que tu aies un vrai métier. A quoi ça sert d'être secrétaire de ton cousin ? Je ne crois pas que tu puisses dire les noms des hommes dans la Cabinet, et, comme vous me l'avez dit un jour vous-même, tout ce que vous faites là-bas, c'est jouer au cricket dans la salle du secrétaire.

"Vous auriez dû me prévenir que tout ce que je dirais serait utilisé contre moi", a déclaré Toby, blessé. "Mais j'ai vu les fleurs à Hyde Park l'année dernière."

"Le travail d'une vie", a déclaré Lily. "Je me demande qu'ils ne t'offrent pas de pairie."

"Vous voyez, je ne suis pas brasseur", a déclaré Toby.

"Bière, bière, une très mauvaise blague, Toby."

"Très pauvre, et qui l'a fait ? En plus, je pense que tu es sarcastique à propos des fleurs de Hyde Park. S'il y a une chose que je déteste," dit violemment Toby, "c'est le sarcasme bon marché."

"Qui ne serait pas sarcastique lorsqu'un grand descendant de l'aristocratie, ébouriffé, valide et au visage tacheté de rousseur, dit à quelqu'un qu'il est employé - employé, remarquez-vous - à s'occuper des fleurs à Hyde Park ?" » demanda Lily avec un peu de chaleur. "Eh bien, tu ne les as même pas arrosés !"

"J'ai assuré l'organisation, le travail de direction", a déclaré Toby. "C'est là le problème."

"Étalages!"

"Lily, tu es vraiment très vulgaire et commune dans ta langue parfois", dit Toby. " J'ai souvent eu envie de vous en parler ; cela me rend très malheureux. "

"En effet ! Essayez de vous remonter le moral. Mais vraiment, Toby, et très sérieusement, j'aimerais que vous vous décidiez à faire quelque chose ; je m'en fiche de quoi. Allez au ministère des Affaires étrangères."

« Les langues », dit Toby ; "Je n'en connais pas."

"Ou un autre bureau, ou achetez une ferme, exploitez-la correctement et essayez de la rentabiliser. Pensez sérieusement à quelque chose. Je déteste les fainéants. D'ailleurs, un métier me semble le plus grand luxe du monde."

"Les gens simples comme moi n'aiment pas le luxe", a déclaré Toby. "Je ne suis pas comme Kit. Kit est parfaitement heureuse sans le nécessaire de la vie, à condition qu'elle ait le luxe."

Cette diversion eut plus de succès. Lily resta silencieuse un moment.

"Toby, j'ai bien peur de ne pas aimer ta belle-sœur", dit-elle enfin.

Toby se plongea avec ferveur dans ce nouveau sujet.

"Oh, là, vous faites une grave erreur", dit-il. "J'admets que Kit n'est pas vraiment une personne vertueuse, mais... eh bien, elle est intelligente et amusante, et elle n'est jamais ennuyeuse."

"Je ne lui fais pas confiance."

"Là encore, tu fais une erreur. Je ne dis pas que tout le monde devrait lui faire confiance, mais je suis sûr qu'elle ne ferait jamais une mauvaise chose à toi ou à moi, ou———"

"Ou?" » dit Lily, avec la franchise que Kit qualifiait de « inconfortable ».

"Ou quelqu'un qu'elle aimait vraiment", dit Toby. « D'ailleurs, Lily, je lui dois quelque chose : c'est elle qui nous a réunis. Comme je te l'ai dit, elle a simplement insisté pour me présenter, alors que je ne voulais pas du tout être présentée.

Lily émit le son qui s'écrit habituellement « pshaw ! »

"Comme si nous n'aurions pas dû nous rencontrer !" dit-elle. "Toby, notre rencontre était entre de meilleures mains que la sienne."

"Eh bien, elle s'est dépêchée de lever la main," dit Toby, "et je lui en suis reconnaissant. Sans elle, nous n'aurions pas été présentés à ce bal chez les Hongrois, et je n'aurais probablement pas dû le faire." J'ai dîné à Park Lane la nuit suivante ; j'aurais dû aller au Palace à la place, donc j'aurais perdu une, peut-être deux, soirées. "

"Eh bien, je ferai un effort pour l'aimer davantage," dit Lily.

"Oh, mais ce n'est pas une manière d'utiliser", dit Toby. "Vous pouvez retenir votre souffle, fermer les yeux et essayer avec vos deux mains, sans jamais vous rapprocher d'un mètre d'aimer quelqu'un malgré tous vos efforts. Et c'est la même chose avec le fait de ne pas aimer."

"Est-ce que tu n'aimes personne, Toby ?" » demanda Lily avec une pointe de nostalgie, car l'habitude de Toby de gentillesse universelle lui paraissait toujours extrêmement enviable.

Toby réfléchit un moment.

"Oui," dit-il.

"Qui est-ce?"

"Ted Comber", dit Toby.

Lily fronça les sourcils. La promptitude de Toby à cibler cette seule personne semblait difficile à concilier avec sa grande indulgence.

"Maintenant pourquoi?" elle a demandé. "Dis-moi exactement pourquoi."

"Ce n'est pas un homme", dit Toby d'un ton bourru. "Bien sûr, Lily, nous pouvons parler de quelque chose de plus agréable."

"Oui, je suis sûre que nous pouvons le faire", répondit-elle avec ferveur. "Je partage tout à fait ton point de vue. Oh, Toby, promets-moi quelque chose !"

"Très bien", dit Toby, pris au dépourvu.

"Hourra ! que tu obtiendras instantanément un métier quelconque. Cher Toby, comme tu es gentil ! Voilà le gong, et je suis tout simplement affamé."

Toby se releva plutôt avec raideur.

"Si vous considérez cela comme juste", remarqua-t-il, "je m'interroge sur vous. Du moins, je ne m'étonne pas, car c'est extraordinaire à quel point les femmes ont peu de sens de l'honneur."

"Je sais. N'est-ce pas terrible ?" » dit Lily. "Toby, c'était gentil de ta part de commander ce crabe. J'adore le crabe. Oh, voilà maman ! Je suppose qu'elle a dû traverser la nuit dernière. Je ne l'attendais que ce soir."

Mme Murchison avait assisté au Festival Wagner à Bayreuth et en avait été très communicative et étonnante. Elle commença par dire combien cela avait été délicieux à Beyrout, et Lily, dont la tendre et réelle affection pour sa mère n'émousseait pas son sens de l'humour, se mit à rire, impuissante.

"Bayreuth, devrais-je dire", continua Mme Murchison sans pause. " Lily, ma chérie, si tu ris comme ça, tu auras un morceau de crabe dans ton fiel. Eh bien, comme je le disais, Lady Conybeare, c'était tout simplement trop beau. Vous pouvez être sûre que j'ai beaucoup étudié la musique avant. Chaque opéra ; il est impossible de le saisir autrement, le motif de la vie et tout ça.

Siegfried Wagner a dirigé, ils lui ont donné tout un ovaire. Mais certains y vont juste pour dire qu'ils ont été, sans penser à la musique. Garibaldi au général, je l'appelle.

Lady Conybeare, une femme d'à peine cinquante ans, au visage frais, aux yeux noirs, en bonne santé comme le vent marin et à sa manière saine de tyrannique, jeta un regard attrayant à Toby. Toby était l'une des rares personnes à ne pas la craindre du tout, et elle lui en était proportionnellement reconnaissante. Elle avait essayé de le gâter lorsqu'elle était enfant et dépendait désormais de lui. Il l'avait prévenue des critiques qui seraient faites concernant sa gravité lors de la visite de Mme Murchison, et elle avait promis de faire de son mieux.

"Tant peu de gens apprécient Garibaldi", a-t-elle déclaré avec une sympathie emphatique.

"Oui, c'est vrai", dit Mme Murchison, s'envolant sur une tangente. "Quand j'étais petite, je l'adorais et je portais une photo de lui dans un médaillon. Mais tout cela a disparu; cela a disparu avec une vie simple et une pensée élevée;" et elle se servit une seconde fois du crabe de Toby et but un peu d'excellente Moselle.

« Mais Bayreuth était très fatigant, reprit-elle ; " ou est-ce Beyrout ? Jusqu'à ce qu'on ait entendu une fois les opéras, c'est un effort d'attention terrible. *C'est le premier fois qui coûte.* Vraiment, je me sentais tout à fait épuisé à la fin du cercle, et j'étais si heureux de "Retournez à nouveau dans ce cher, charmant et brumeux vieux Londres, où l'on n'a jamais à s'occuper de rien. Et c'était si beau ce matin alors que je descendais l'Embankment. Je vois qu'ils ont érigé une nouvelle statue au coin du pont de Westminster. — Reine Casabianca, ou quelqu'un de ce genre. »

Toby s'étouffa soudainement et violemment.

"J'ai dit quelque chose de mal, j'imagine", remarqua chaleureusement Mme Murchison. "Dites-moi ce que c'est, Lord Evelyn, ou je devrais dire Lord Toby."

"Toby, s'il te plaît."

"Eh bien, Toby... Cher moi ! comme cela semble drôle, sachant que je ne t'ai vu pour la première fois qu'en juin ! Ah, mon cher, depuis que j'ai vu ton visage pour la première fois, que de choses s'est passé ! Mais si ce n'est pas Casabianca, qui est-ce ? " ?"

"Boadicea, je pense", dit Toby.

"Cher moi, c'est vrai. Quelle stupidité de ma part ! Elle entre dans l'histoire anglo-saxonne, n'est-ce pas ? et elle saignait sous les verges romaines dans le livre de poésie bleu - ou était-ce rose ? Je ne m'en souviens jamais. ... Mais comme tout revient à un seul ! Caractacus aussi, et Alfred et les gâteaux, et les sept collines.

Mme Murchison rayonnait de bonheur. Elle connaissait très bien la différence entre être une unité au sein d'une grande maison et rester en hôte unique, et cette chaumière au bord de la mer lui semblait être l'incarnation même du goût et de la culture de l'élevage. Elle savait aussi que plusieurs de ses connaissances riches et aspirantes passaient une semaine à Stanborough, et elle proposa après le déjeuner de se promener le long de la plage en direction de là-bas, et peut-être de faire escale à l'hôtel sur les liaisons. Ses amis ne manqueraient pas de lui demander où elle logeait, et ce serait charmant de dire :

"Oh, au cottage avec Lady Conybeare. Si délicieux et rustique ; il n'y a personne là-bas à part Lily et ce cher Toby. Bien sûr, nous en sommes très heureux. Et ne trouvez-vous pas un hôtel tout à fait intolérable ?"

Dans la pause qui suivit, Mme Murchison passa en revue ses projets.

« Quel endroit charmant c'est », continua-t-elle ; " et comme c'est délicieux d'être près de Stanborough ! Lord Comber est là ; il m'a dit qu'il y allait depuis Beyrout. Au Links Hotel, je pense qu'il a dit. "

Toby leva les yeux.

« Est-ce que Comber est là ? Il a demandé. "Es-tu sûr?"

Son visage joyeux s'était assombri et son ton était péremptoire.

"Bien sûr, j'en suis sûre", a déclaré Mme Murchison. "Cher moi, comme tu as l'air ennuyé, Seigneur - je veux dire Toby. Et je pensais qu'il était un tel ami de ta belle-sœur et tout. Qu'est-ce qu'il y a ?"

"Rien, rien du tout", dit-il rapidement.

Mais il regarda sa mère et croisa son regard.

"Quel endroit très étrange pour Lord Comber !" » dit Lily, qui avait saisi « point d'eau » avec plus de précision que Mme Murchison.

"Je suis sûre que je ne vois pas pourquoi", dit-elle. "Stanborough est extrêmement tonique et à la mode. J'ai vu qu'ils avaient toute une liste de nouveautés à la mode hier dans le monde. N'est-ce pas vrai, Toby ?"

"Peut-être qu'il est venu jouer au golf", dit Toby d'un ton de crédulité résolue.

"Le golf?" » demanda vaguement Mme Murchison. "Oh, c'est le jeu, n'est-ce pas, où tu creuses un bac à sable, puis tu y envoies la balle et tu jures ? Alors quelqu'un me l'a dit. Cela semble assez facile."

Toby rit.

"Une description très précise", a-t-il déclaré. "Je vais jouer cet après-midi. Écoutez-moi jurer !"

Lady Conybeare se leva alors qu'ils avaient fini de déjeuner.

"Viens me voir avant de sortir, Toby," dit-elle.

Lily se regarda tour à tour et vit le désir d'un mot privé entre eux.

"Oh, maman, laisse-moi t'emmener à la roseraie !" dit-elle. « Allons-nous prendre un café là-bas comme d'habitude, Lady Conybeare ?

"Oui, chérie. Sortez ta mère."

Les deux quittèrent la pièce et Lady Conybeare se tourna vers Toby.

"Eh bien, Toby," dit-elle.

"Je ne veux être ni indiscret ni absurde, mère", répondit-il.

"Moi non plus", dit-elle. "Kit m'a dit qu'elle venait à Stanborough pour une semaine et je lui ai demandé, bien sûr, de rester ici. Elle a dit qu'elle avait pris des dispositions pour rester au Links Hotel. Jack ne viendra pas."

Toby prépara deux boulettes de pain et les lança par la fenêtre avec une précision de visée extraordinaire.

"Merde Kit !" il a dit. "Elle vient demain, et cette bête, je suppose, est arrivée il y a un jour ou deux. J'ai vu au loin avant-hier quelqu'un qui me faisait penser à lui, mais je n'y ai pas réfléchi. Sans doute c'était lui."

Il y eut une pause.

"Mais Jack…" dit Lady Conybeare, et cela lui coûta quelque chose de le dire.

"Oh, Jack est un imbécile !" » dit rapidement Toby. "Tu le sais aussi bien que moi, mère. Bien sûr, il est terriblement intelligent, et tout ça; mais je serai époustouflé si jamais ma femme s'arrête dans un hôtel de bord de mer avec un Comber-man."

Lady Conybeare lui tendit la main.

"Dieu merci, je t'ai, Toby !" dit-elle.

"Quel imbécile Kit!" » dit Toby pensivement. "Il y a des centaines de personnes là-bas, comme le dit Mme Murchison. Télégraphe pour Jack, mère", dit-il soudain.

Lady Conybeare secoua la tête.

"Nous n'avons ni le droit ni la raison de faire cela", a-t-elle déclaré. "Toby, prends les choses en main. Fais de ton mieux."

Toby a regardé par la fenêtre et a frappé un adversaire imaginaire avec son poing fermé.

"Peut-être pourrions-nous gérer quelque chose", a-t-il déclaré. "Ne dis pas un mot à Lily, maman, ou à Mme Murchison."

Lady Conybeare sourit plutôt amèrement.

« Ni laver mon linge sale en public », dit-elle. "Est-ce mon habitude, chérie ?"

Toby se leva et embrassa légèrement sa mère sur le front.

"Je ferai de mon mieux", a-t-il déclaré.

"Je sais que tu le feras."

Et ils allèrent prendre un café dans la roseraie.

CHAPITRE XIII

TOBY À LA SAUVEGARDE

Une demi-heure plus tard, Toby était en route pour Stanborough, où il devait retrouver un ami au club-house et jouer une partie de golf avec lui. Dès que cela fut terminé, il proposa d'appeler le Links Hotel et de demander un entretien avec Ted Comber. Lily, dans ce domaine comme dans tout ce qui était au-dessus du niveau commun d'une femme, ne suggéra pas qu'elle devrait se joindre à eux. En fait, elle a volontairement renoncé à une telle possibilité.

"Aucun homme convenable ne veut qu'une fille traîne quand il joue à un jeu", avait-elle déclaré. "Donc, si vous me demandez de venir avec vous – si, en fait, vous ne me l'interdisez pas – vous ne serez pas un homme convenable. Maintenant, dois-je venir avec vous ? J'en ai terriblement envie."

"Oui, je veux dire, non", dit Toby, hésitant, mais décidant bien.

Toby jouait avec un ami selon son cœur, qui venait de quitter Oxford, plus au regret des étudiants que des tuteurs, et on peut donc supposer que son départ était vraiment regrettable. Il haïssait les villes et les thés de cinq heures, capable de monter tout ce qui avait été mis bas sur cette terre indisciplinée, mais parfaitement incapable de ce qu'il appelait « la minauderie et la finesse », entendant par là les jolis petits dons sociaux. De plus, il possédait tellement de bon sens qu'on aurait pu parfois le soupçonner injustement d'être intelligent. Pendant qu'ils jouaient, Toby décida de se consulter en secret sur ce qu'il fallait faire de l'ineffable Comber, et « Si Buck et moi, pensa-t-il, ne sommes pas à la hauteur de cet homme parfumé, je me brosserai les dents. dents avec mon niblick. Seigneur, quelle alouette !

Toby, il faut l'avouer, appréciait plutôt la mission que sa mère lui avait confiée. Il n'était pas naturellement d'un tempérament punitif ou vengeur, et, en effet, Lord Comber ne lui avait jamais fait quoi que ce soit, sauf si cela appelait à la vengeance. Mais la pensée de sa déconfiture était douce dans sa bouche et, bien qu'il n'ait pas encore formé la plus vague idée de la manière dont cela allait se réaliser, il ressentait une sereine confiance que lui et Buck seraient capables d'éclore quelque chose d'immensément désagréable entre eux. eux.

Il n'y avait aucun cas, pensa-t-il joyeusement, qui exigeait du tact ou de la diplomatie, ou des petites armes dignes d'une dame, que Comber possédait probablement. Des moyens brutaux doivent être utilisés, et il doit les utiliser. Il regrettait intensément que lui et Comber aient dépassé l'âge où leur différend pouvait être réglé avec la simple simplicité qui dit : « Allez-vous y aller de votre propre gré, ou préférez-vous être expulsé ? Il aurait vraiment aimé cela, car, en effet, ses poings le démangeaient après cet homme.

En tout cas, la cause était bonne. Comber devait être assis sur, et Kit a évité de se ridiculiser. Les femmes mariées de son âge et de son apparence, raisonnait Toby, ne restent pas seules avec des gens comme Comber dans des points d'eau comme Stanborough, et le beau-frère de Kit n'avait pas l'intention qu'elle fasse des choses aussi risquées s'il pouvait l'empêcher. . La louable détermination de Toby sur ce point n'était pas due, il faut l'avouer, à des scrupules moraux. Il ne savait pas, et il ne se souciait pas de savoir si le flirt de Kit avec cet homme était sérieux ou non. Mais les gens, il le savait, en parlaient, et certainement, si elle et lui restaient ensemble dans un hôtel de Stanborough pendant une semaine en août, les gens auraient une excellente raison de parler. Il avait encore moins envie, en supposant que le pire arrive au pire, de voir, comme le disait sa mère, du linge Conybeare, marqué très clairement, dans la lavoir publique.

Aussi il détestait Comber avec toute la belle intensité avec laquelle un jeune homme normal et en bonne santé déteste, et a raison de détester, ceux souriants, bancals, frisés et parfumés de son sexe, qui se poudrent, prennent des pilules et lisent les journaux des dames, et sont à leur meilleur (ou pire) dans un boudoir – les chiens de compagnie de Londres. Certaines femmes, et peut-être que leur Créateur sait pourquoi, semblaient, pensait Toby, les apprécier. Kit aimait Comber – en voici un exemple qui lui faisait mal. Or, Jack n'était pas un saint (là encore, Toby ne jugeait pas sur des bases morales), mais c'était un homme. Il tirait droit ou chevauchait droit toute la journée, et le soir il se rendait, peut-être, scandaleusement agréable aux femmes des autres. Ce n'était pas bien et Toby ne l'a pas défendu, mais de toute façon, il s'est comporté comme un mâle. C'était là que résidait la différence.

Il se rappelait comment ils avaient tous hurlé après Kit lorsqu'un soir, elle avait annoncé qu'elle partait à Stanborough pour une semaine en août pour se préparer. Non, elle n'emmènerait aucun de ses amis avec elle, et très probablement elle n'emmènerait même pas de femme de chambre. Elle se proposait de vivre dans un hôtel austère, balayé par tous les vents qui soufflent, dans une chambre avec seulement un petit carré de tapis, une serviette de sable humide, des fenêtres orientées plein nord et toujours grandes ouvertes. Elle avait l'intention de se baigner tous les jours avant le petit-déjeuner dans le terrible océan allemand, froid et salé, de s'asseoir et de marcher sur le sable toute la journée, et de se coucher directement après un goûter aux œufs, vers sept heures. Elle mangerait des œufs avec son thé, et des œufs au petit-déjeuner, et du rosbif froid pour le déjeuner, et éventuellement de la bière. Elle n'irait pas rester avec la mère de Jack, ce qui était la chose évidente à faire, parce que la maison était si confortable, et elle savait qu'elle ne resterait assise qu'à l'intérieur, et se lèverait tard et se coucherait tard si elle le faisait. Elle voulait être froide, inconfortable et lève-tôt, et revenir renforcée avec un teint bronzé comme celui d'un marin et des cheveux ébouriffés. Ce serait extrêmement sain et extrêmement désagréable.

Toby se souvenait très précisément de ces plans étonnants de Kit. Ted Comber, se souvient-il également, était là lorsqu'elle les avait exposés, et lorsqu'il lui avait demandé s'il pouvait venir aussi, il avait reçu un refus catégorique. Ainsi, que Kit ait ou non conclu cet arrangement ultérieur avec lui n'avait aucune importance. Si c'était le cas, le Persée-Toby viendrait à toute allure dans les collines pour la délivrer des chaînes qu'il avait lui-même forgées ; et si Comber était venu sans qu'on l'ait invité, son renvoi serait encore plus péremptoire. Ce qu'il fallait faire était évident à démontrer ; la manière dont cela devait être fait était une question du conseil.

Toby a trouvé plusieurs amis au club-house - il était courant qu'il trouve des amis dans des endroits décontractés et improbables - et se faisait généralement taquiner et gifler et lui offrait diverses boissons mélangées et stimulantes garanties pour améliorer son putting et fermer les mâchoires des bunkers. . Mais au fil du temps, ils se sont dégagés et ont gravi la pente raide menant au premier trou. Une fois commencé, Toby exposa les grandes lignes du problème à Buck, qui était profondément et à juste titre indigné contre lui.

" C'est une mauvaise astuce, Toby, " dit-il, " de m'amener sur ce beau terrain sous prétexte de jouer au golf, si vous voulez parler de morale. Bon Dieu ! Imaginez-vous parler de problèmes moraux sur un parcours de golf ! Si cela C'était un terrain de tennis sur gazon, et tu étais pasteur, je pouvais le comprendre.

"Oh, ne sois pas idiot, Buck !" dit Toby ; « Tout est exposé — je vous l'ai tout dit — en dix mots, et vous n'aurez plus besoin d'y faire allusion jusqu'à ce que nous soyons entrés. Ensuite, vous direz ce que vous me conseillez de faire. Mais il faut que cela soit réglé aujourd'hui. " Ma belle-sœur vient demain. Laisse mijoter. "

Buck grogna, remua, fronça lourdement les sourcils devant sa balle et posa le fer d'un coup de feu.

"Là, c'est de la pourriture de dire que penser à quelque chose te rebute", dit Toby. « Explosez tout ! » et sa balle à moitié coiffée courut très rapidement dans le bunker.

"Bien sûr, parler est pire", dit Buck, un peu apaisé.

Cinquante mètres séparaient le premier green du deuxième tee, et Toby récapitula les points saillants du problème. L'homme qui parlait peu ne répondit rien et, immédiatement après, il poussa un cri.

Ces grandes dunes soufflées par la mer, sur lesquelles le vent glisse aussi aigu et salé que dans les agrès d'un navire, prédisposent admirablement à la lucidité de la pensée. Les airs du nord purifient et vivifient le cerveau ; ils font circuler le sang de manière égale dans les artères, ils atténuent les nerfs surchargés et élèvent le relâchement jusqu'à la moyenne harmonieuse, et dans un esprit naturellement sain logé dans un corps extrêmement sain, ils produisent des résultats extraordinairement bien équilibrés. Et le golf, avant toutes les activités humaines, donne libre cours à ce que l'on appelle le soi subliminal, une belle expression désignant ce facteur occulte et dominant dans le cerveau de l'homme : la pensée inconsciente. Le corps est pleinement et harmonieusement occupé ; il en va de même pour l'esprit conscient. L'œil mesure une distance ; la main et les muscles prennent l'ordre et dirigent le balancement du club. Pendant ce temps, ce jumeau mystérieux de l'entité, le cerveau intérieur, parcourt ses sentiers privés, sans la permission ni l'entrave du moi conscient occupé. Chacun suit son propre chemin, sur des routes peut-être aussi diverses que celles de Jekyll et Hyde, sans se laisser harceler par l'autre. Une seule fois au cours de la ronde, Buck a ri d'une manière forte et reconnaissante sans raison claire. Son cerveau intérieur avait attrapé un lièvre et avait envoyé le message au golfeur.

Il n'était encore qu'un peu plus de cinq heures lorsqu'ils retournèrent au club-house, et Toby commanda du thé dans un coin isolé.

"Bien sûr, vous allez faire appel à ce ver maintenant", remarqua Buck.

"Oui, c'est ce que je voulais faire. Tu as quelque chose à dire ?"

"Toby, peux-tu mentir ?"

"Comme le diable, pour la bonne cause."

"Eh bien, dites à l'homme Comber que vous venez séjourner au Links Hotel avec votre belle-sœur sur son invitation. Faites les choses correctement et soyez prodigue de détails. C'est dommage que vous ayez une imagination aussi méprisable. Dis qu'elle vous a écrit désespérée parce qu'elle s'ennuierait à mourir sans personne à qui parler, mais que Conybeare a insisté pour qu'elle parte. Méchant pour le ver ça ? Hein ?

Toby réfléchit un instant.

"Ce n'est pas grand-chose, Buck", dit-il. "Cela ne ferait pas fuir l'homme à moins qu'il ne parte simplement par colère. Et s'il me dit que Kit ne m'a pas écrit ? Peut-être a-t-il reçu une lettre d'elle disant à quel point ils s'amuseront."

"Oh, bien sûr, s'il dit que tu mens", dit Buck d'un ton suggestif.

"Connaissez-vous l'homme?" » demanda Toby avec ravissement. "Il est plutôt beau, avec des cheveux bouclés, des bagues et un parfum, et j'espère, si nous savions tout, qu'il restera."

Buck, c'est inutile de cligner des yeux, cracha par terre.

"Oui, je le connais", dit-il. "L'enfer en est plein. Au fait, je ne t'ai pas vu depuis que tu es fiancé. Quelle chose idiote à faire!"

« Il se trouve que c'est votre opinion, n'est-ce pas ? » demanda doucement Toby.

"Oui. Je suis vraiment ravi. Félicitations. Mais le plan ne semble pas vous convenir."

"Non, c'est pourri", dit Toby. "Je veux quelque chose de certain. Cela pourrait ne pas se produire facilement."

"C'est un vrai ver, n'est-ce pas ?" » demanda Buck. "Je ne le connais que de vue."

"Authentique, poinçonné", dit Toby.

"Eh bien, alors donnez-lui une chance. Oh, pas une chance de s'en tirer. Je veux dire, donnez-lui une chance de vous mentir. Dites-lui pour la nouvelle que Lady Conybeare viendra ici demain, et peut-être qu'il aura l'air surpris. pour l'entendre. Cela vous donnera l'occasion. Vous pourrez alors lui dire des choses.

"Oui, cela a plus de sens", a déclaré Toby. "Oh ! viens dîner ce soir."

"Très bien. Est-ce qu'elle est là ?"

"Oui, tu l'aimeras."

Buck le regarda avec envie.

"Quelle chance infernale tu as, Toby !" il a dit.

"Oh, je sais que oui," dit Toby. "Lis--"

"Je ne la connais pas encore. Mais à propos du ver. Il y aura probablement une dispute. Il faut l'effrayer, souviens-toi de ça. Les vers sont toujours nerveux."

"Il y aura une dispute ensuite avec Kit, j'en ai peur", a déclaré Toby.

"Oh, certainement. Mais c'est pour son bien. Présentez-moi quand elle viendra, et je dirai que j'ai été son ange gardien."

Toby regarda le visage brun et fort de Buck pendant un moment en silence.

"Tu aurais l'air bien avec des ailes et une chemise de nuit", remarqua-t-il. " Dommage que Raphael ou l'un de ces Johnnies ne soit pas en vie. "

"Si par Johnnies vous faites référence à l'école italienne des peintres", dit Buck, "cela ne vaut pas la peine de le dire."

"Je sais ; c'est pourquoi je ne l'ai pas dit. Au revoir ; je pars au Links Hotel. Dîner à huit heures."

Lord Comber était là, et Toby allait-il monter dans son salon ? Il le rencontra en haut de l'escalier, en parfaite hôtesse, et l'emmena dans le large couloir, s'arrêtant une fois devant un grand verre pour lisser ses cheveux soigneusement frisés. Puis il prit le bras de Toby, et Toby se hérissa, car il n'enfonça pas sa main dans la courbe de son coude et ne la laissa pas là, mais l'inséra très délicatement et doucement, comme s'il enfilait une aiguille, avec une légère pression de ses longs doigts.

« C'est vraiment trop agréable de vous voir, Toby, » dit-il ; " et comme tu es splendide ! J'aimerais pouvoir devenir aussi brune que ça. Tu dois me laisser faire un croquis de toi. Oui, je suis ici toute seule, et je me suis terriblement ennuyée. Je me demande si ta mère me permettrait de venir la voir. Miss Murchison est-elle là aussi ?

"Oui ; elle est venue il y a quelques jours."

" Comme c'est gentil ! Je veux la voir davantage. Tout le monde est terriblement jaloux de toi. Et j'ai entendu dire que la maison de ta mère est plutôt belle. Tour à droite. "

Ted Comber tenait fermement au credo selon lequel si vous flattez les gens et vous rendez agréable, vous pouvez tout faire avec eux. Il contient une quantité de vérité assez étonnante, mais, comme beaucoup d'autres croyances, il ne contient pas toute la vérité. Cela ne permet pas que deux personnalités soient si antagonistes que tout effort, même agréable, de la part de l'une, le rend simplement plus odieux à l'autre. Il s'agit d'une sorte d'exception très déconcertante, et le fait qu'elle puisse confirmer la règle est une très légère compensation, considérée en pratique.

"Vous avez de merveilleux dessins de Burne-Jones, quelqu'un m'a dit", a poursuivi Ted, enfonçant innocemment l'exception jusqu'à la garde, pour ainsi dire, dans son propre sang. "Ton père devait avoir un tel goût ! C'est si intelligent de la part des gens de voir vingt ans à l'avance ce qui va avoir de la valeur. J'aurais aimé le connaître. Voici ma tanière."

Toby regarda autour de lui avec une horreur à peine voilée. La tanière de Daniel avec tous ses lions, pensait-il, serait préférable à celle-ci. Il y avait un bureau français sur lequel étaient signées des photographies de deux ou trois femmes dans des cadres en argent, un encrier vide, un flacon de parfum à couvercle doré (non vide) et un petit volume de vers français délicatement relié. Contre le mur se trouvait un canapé recouvert de coussins et dessus une mandoline avec un ruban bleu. Un très grand fauteuil bas se tenait près du canapé, sur l'accoudoir duquel était jeté un morceau de broderie de soie, l'aiguille encore plantée dedans, preuve accablante de son ouvrier. Il y avait un grand miroir au-dessus de la cheminée, et sur la cheminée se trouvaient deux ou trois personnages Saxe. Une copie de la Gentlewoman et de la Reine gisait sur le sol.

"Je ne peux pas me passer de quelques-unes de mes propres choses sur moi", a déclaré Lord Comber, s'affairant doucement dans la pièce. "J'emporte toujours certaines de mes affaires avec moi si je vais séjourner à l'hôtel. Cet endroit est plutôt sympa, ils sont très courtois et la cuisine n'est pas mauvaise. Mais ça fait une telle différence d'avoir quelques-unes de ses affaires. choses à propos ; cela rend vos chambres beaucoup plus chaleureuses. "

Et il tira le rideau un peu plus au-dessus de la fenêtre pour empêcher le soleil d'entrer.

"Combien de temps vas-tu t'arrêter ici ?" » demanda Toby.

"Oh, encore une semaine, j'espère", dit Comber en enlevant la broderie et en montrant le fauteuil à Toby. "Bien sûr, c'est plutôt solitaire, et je ne connais personne ici ; mais je passe beaucoup de temps sur ces sables délicieux, et encore une semaine seule sera tout à fait supportable."

"Je me demande que tu n'aies pas prévu de venir avec quelqu'un," dit doucement Toby.

Lord Comber prit le flacon de parfum au bouchon doré et se rafraîchit le front. C'était un peu gênant, mais Kit lui avait dit de dire à aucun des participants à la fête qu'elle serait là. Il se souvenait vaguement que Kit avait, un soir de juillet, annoncé son intention de venir à Stanborough, mais il ne se souvenait pas si Toby était là, et d'ailleurs, à ce moment-là, elle n'avait pas vraiment l'intention de faire quelque chose de pareil. Ce n'est qu'après qu'ils eurent pris leurs dispositions définitives. Le pire, c'est qu'il y avait une lettre de Kit posée sur la table, et que Toby l'avait peut-être vue ou non.

"Tout le monde est engagé maintenant", a-t-il déclaré. "Il est inutile d'essayer d'attirer des gens en août. Oh, j'ai eu des nouvelles de Kit ce matin", a-t-il ajouté, après coup, plutôt ingénieux. "Elle m'a demandé de venir à Goring en septembre."

"C'est tout ce qu'elle a dit ?" » demanda Toby.

"Oh, tu sais à quoi ressemblent les lettres de Kit", dit-il. "Une sorte de délicieux hachis de tout ce qui est arrivé à tout le monde."

Toby fit une pause un moment. Dieu était bon.

— Elle n'a pas dit par quel train elle arriverait demain ? Il a demandé.

Lord Comber fit un petit geste d'impatience, admirablement spontané. Il l'avait souvent utilisé auparavant.

"Oh, comme Kit sera en colère !" il a dit. « Elle m'a dit en particulier de n'en parler à personne. Comment le sais-tu, Toby ?

"Elle a écrit à ma mère il y a quelques jours pour décliner son invitation à venir au chalet", a-t-il déclaré. "En outre, cette affaire a été longuement discutée en ma présence. Il n'a pas été question de dissimulation. Je me souviens que vous aviez demandé si vous pouviez venir aussi, et elle a dit non."

Lord Comber rit, comme s'il n'était pas ennuyé.

"Oui, je m'en souviens", dit-il. « Comme Kit était amusant ce soir-là ! C'était chez les Haslemere, n'est-ce pas ? Je ne l'ai jamais vue dans une telle forme.

Toby était assis, raide comme un tisonnier, dans le fauteuil.

"Je n'arrive pas à concilier votre déclaration selon laquelle vous alliez être tout seul avec le fait que vous saviez que Kit viendrait demain", dit-il. "Pas spontanément, du moins."

Ted Comber a commencé à se rendre compte que le poste était sensuel. Kit lui avait clairement dit de ne prévenir personne de son arrivée dans la maison, et il avait dit que ce n'était pas une bonne précaution à prendre. Ils seraient sûrs de le savoir, et un échec dans le secret est un échec épouvantable, et si difficile à expliquer par la suite, car les gens pensent toujours que si l'on garde une chose secrète, il y a quelque chose qui doit rester secret. Sans doute s'était-elle ralliée à sa façon de penser, et l'avait-elle dit elle-même, oubliant l'interdit qu'elle lui avait imposé. Dans l'ensemble, c'était une affaire ennuyeuse. Mais il fallait vivre immédiatement cette scène avec le beau-frère barbare. Il haussa les épaules.

"Kit m'a dit de ne pas en parler", a-t-il déclaré. "Nous allions passer un petit moment rustique dans nos pires vêtements et sans femme de chambre. C'est tout."

"Vous m'avez menti, c'est tout", dit Toby avec une impolitesse incroyable.

"Ce n'est pas ainsi qu'un homme parle à un autre, Toby", dit Lord Comber, se sentant soudain froid et humide. "J'ai suivi les instructions de Kit."

"Bien sûr, c'est la mode de dire que c'est la faute de la femme", observa diaboliquement Toby.

Lord Comber ne savait vraiment pas comment réagir face à un comportement aussi scandaleux. Les gens ne faisaient pas de telles choses.

"Es-tu venu ici pour te disputer avec moi ?" Il a demandé.

"Non, je ne veux pas me disputer", dit Toby, "mais j'ai l'intention que tu partes."

"C'est très gentil de votre part", a déclaré Comber.

Il s'agitait un peu et recourut de nouveau au flacon. Il n'aimait pas l'escrime sans boutons.

Toby ne répondit pas immédiatement ; il pensait à la suggestion qu'il avait faite à sa mère. Il était déterminé à l'utiliser comme une menace, en tout cas.

« Regardez ici, » dit-il ; "Kit peut choisir ses propres amis autant qu'elle le souhaite, mais elle ne peut pas rester seule avec toi dans un endroit comme celui-ci. Soit tu y vas, soit je télégraphie à Jack."

Lord Comber rit.

« Pensez-vous vraiment que cela dérangerait vraiment Jack ? il a dit.

"Et sais-tu que tu parles de mon frère ?" » demanda Toby.

"Je suis sûr que ce n'est pas la faute de Jack", a fait remarquer Comber.

"Non. Alors, comme vous le dites, si Jack n'y voit pas d'inconvénient, je lui télégraphierai immédiatement. Avez-vous un formulaire ici ? Oh, cela n'a pas d'importance ; je peux en obtenir un au bureau."

"Le fait que vous télégraphiiez à Jack implique qu'il y a quelque chose à télégraphier", a déclaré Comber. "Il n'y a rien."

Toby n'a pas choisi de reconnaître qu'il pouvait y avoir du vrai là-dedans.

"Je m'en fiche", observa-t-il. " Soit tu pars, soit je télégraphie. Prends ton temps, mais s'il te plaît, installe-toi le plus tôt possible. Je ne veux pas rendre les choses désagréables, et si tu dis que ta tante unique est très malade et qu'on t'appelle , je ne le contredirai pas - en fait, je vous confirmerai si Kit fait des histoires. "

"C'est extraordinairement gentil de votre part", dit Lord Comber. "Et depuis quand es-tu devenue la gardienne de ta belle-sœur d'une manière aussi étonnante ?"

Toby se leva rapidement de sa chaise et resta debout, très raide, chaud et intransigeant.

« Maintenant, écoutez, » dit-il : « Je m'appelle Massingbird, tout comme celui de Jack, et je ne souhaite pas que cela soit dans toutes les bouches à propos du vôtre. Les gens parleront ; vous le savez aussi bien que moi. faites-le, et il n'y aura pas de scandale Comber-Conybeare, merci beaucoup."

"Vous semblez faire de votre mieux pour en créer un", a déclaré Lord Comber.

"Oh, un scandale Ted-Toby ne me dérange pas", dit sereinement Toby. "Je peux prendre soin de moi."

"Et de Kit, semble-t-il."

"Et de Kit... du moins, il semble que ce soit le cas, comme vous le dites."

Il y eut un long silence, et Toby sortit de sa poche une ignoble pipe en bruyère. Il remarqua que Lord Comber, même dans son agitation croissante, jetait vers elle un regard angoissé, et, la remettant dans sa poche, il alluma une cigarette.

"Tu n'aimes pas les pipes, je pense ?" il a dit. "J'ai oublié pour le moment."

Toby se rassit dans le grand fauteuil et fuma tranquillement. Il avait l'intention d'obtenir une réponse, et si elle n'était pas satisfaisante (si le ver se retournait et refusait de partir), il devrait se demander s'il devait ou non télégraphier à Jack. Il estime que ce serait une mesure extrême et espère qu'il ne sera pas obligé de la prendre.

Les réflexions de Lord Comber n'étaient pas enviables. Pour commencer, Toby avait un esprit anguleux et très inconfortable et une attitude envers la vie qui ne consentait pas à s'encastrer dans des trous ronds ni à s'adapter à de jolis compromis faciles et à des aplanissements délicats des endroits difficiles. Il n'était que des coudes, mentalement considérés – des coudes et des articulations inflexibles. S'il avait l'intention de faire valoir son point de vue, il ne parviendrait pas à mi-chemin ; il brandissait au-dessus de la tête d'horribles menaces, que, si on les défiait, il pouvait facilement les mettre à exécution. Il considérait son propre argument comme excellent. Télégraphier à Jack impliquait qu'il y avait quelque chose à télégraphier, mais cette brute carrée et tachetée de rousseur ne pouvait pas ou ne voulait pas le voir. C'était vraiment trop exaspérant. Lui-même menait sa propre vie en faisant si largement appel au tact, à la finesse et à la diplomatie (Toby aurait qualifié ces propos de mensonges) qu'il était des plus déconcertants de se trouver en conflit avec quelqu'un qui non seulement ne les employait pas, mais refusait de reconnaître comme des armes légitimes. En effet, il se trouvait face à un dilemme. Il était impossible d'imaginer qu'un télégramme soit envoyé à Jack ; il était également impossible d'imaginer ce qui se passerait si Kit venait et le trouvait parti. Et la contrariété de partir, de manquer cette semaine avec elle, était immense. Cela lui donnait une sorte de *cachet* d'être vu seul avec Kit dans une station d'eau. Elle était plus incontestablement que jamais sur une sorte de sommet dans son monde cette année, et tout le monde trouverait cela très audacieux. C'était le genre de gloire qu'il convoitait vraiment : être aux yeux du monde entier en train de faire des choses plutôt risquées avec une femme extrêmement intelligente.

De plus, à sa manière égoïste et superficielle, il l'aimait beaucoup. Elle était toujours amusante et toujours prête à s'amuser ; ils riaient et bavardaient continuellement lorsqu'ils étaient seuls, et une semaine avec elle était sûrement une semaine excessivement divertissante. Elle leur avait proposé de le faire elle-même et avait écrit un charmant mot qu'il gardait. « Nous serons tout à fait seuls et nous ne parlerons à personne », avait-elle dit. Et cela de la part de Kit, qui, en règle générale, exigeait cent mille personnes partout, était un immense compliment.

Mais parce que toutes ses pensées, pendant qu'il débattait de ces choses, pendant que Toby fumait, étaient tout à fait méprisables, la lutte n'en était pas moins difficile. Un homme méprisable confronté à un dilemme, bien que les motivations et les considérations qui composent ce dilemme soient sordides et ignobles, ne souffre pas moins qu'un bel esprit, mais, au contraire, plus, car il n'a aucun sens du devoir pour le guider et le récompenser. . Le bonheur et le plaisir de vivre de Ted Comber, dont il avait beaucoup, étaient principalement composés d' ingrédients insignifiants et peu édifiants, et être intime, non seulement en privé, mais aussi publiquement, avec Kit en faisait partie. Et son indicible beau-frère fumait assis dans son meilleur fauteuil, après avoir présenté son ultimatum. Si un mot de sa part avait envoyé Toby en Sibérie, il y serait allé. Ce serait une bonne action de débarrasser la société d'un tel outrage.

Encore une fois, céder de mauvaise grâce avait ses inconvénients, car s'il n'avait aucune sympathie personnelle pour Toby, un grand nombre de personnes avec lesquelles il désirait être dans les meilleurs termes en avaient. Il y avait certaines maisons dans lesquelles il aimait aller, où Toby était éminemment chez lui, et bien qu'il ait beaucoup d'ennemis et qu'il ne se soucie guère d'eux, Toby serait pour eux un ajout des plus indésirables. Il était parfaitement capable de tourner le dos à quelqu'un, de donner des raisons, et de se comporter avec une brusquerie qui devrait, selon Lord Comber, être suffisante pour garantir que n'importe qui se fasse tourner le cou et sortir de ces chars de société bien rembourrés dans lesquels il allongé. Mais il savait très bien, et il maudissait l'injustice du sort, que la position sociale de Toby était bien plus solide que la sienne, alors que, alors qu'il y tenait beaucoup, Toby ne s'en souciait pas du tout. Ted était le bienvenu parce qu'il prenait grand soin d'être agréable et d'amuser les gens, et qu'il avait toujours une quantité de petites histoires coquines, qu'il fallait murmurer très doucement, puis rire très fort, mais toute cette affaire était un effort. même si sa récompense en valait la peine. Les hommes, il le savait, ne l'aimaient pas pour la plupart, et les hommes sont terriblement déraisonnables. Une fois l'année dernière seulement, son nom avait été rayé d'une fête à la maison par le mari absurde de son hôtesse, et il n'était pas bien de multiplier les occasions pour des éventualités aussi fâcheuses.

Il reprit pour la troisième fois son flacon à parfum au couvercle doré et, par un effort presque héroïque, quoique peu héroïque dans sa cause, il reprit une attitude franche et sans ressentiment.

« Je ne suis absolument pas d'accord avec vous, Toby, » dit-il, « mais je ferai ce que vous suggérez. Cela ne vous dérange pas que je dise franchement ce que je pense ? mais comme vous l'avez fait, j'ose dire, pour d'excellentes raisons, même si vos motivations ne m'importent pas du tout, je dois en tirer le meilleur parti. J'irai demain matin et je télégraphierai maintenant. à Kit, pour dire que je ne peux pas m'arrêter là. Maintenant, tu as dit que tu ne souhaitais pas te disputer avec moi. C'est ce que je te tiens. Restons amis, Toby, car si quelqu'un a un grief, c'est moi. Je dirai à Kit, Dieu sait ; elle sera furieuse, et si la chose se révèle, je lui dirai toute la vérité et je rejetterai tout le blâme sur vous.

Toby se leva.

"C'est juste", a-t-il déclaré. "Au revoir."

Lord Comber lissait ses cheveux devant le verre, quand soudain une idée lui vint, si brillante et si simple qu'il ne put s'empêcher de sourire. Il ouvrit la porte.

"Je vais juste t'accompagner jusqu'en haut des escaliers," dit-il en prenant à nouveau le bras de Toby. " Vraiment, je suis bien désolé de partir ; je me suis tout à fait attaché à ma chère petite chambre, et tu ne la trouves pas plutôt jolie ? Tellement désolé de ne pas pouvoir venir voir ta mère à la chaumière, et c'est tout est de ta faute. Au revoir, Toby.

Toby descendit et Lord Comber retourna précipitamment dans sa chambre. Il n'avait plus le moindre ressentiment contre Toby, et un sourire de satisfaction amusée témoignait de son changement de sentiments. Il sonna son homme et s'assit pour écrire un télégramme. Il était adressé à Kit et se lisait comme suit :

> "Impossible de rester ici. Excellentes raisons. Venez plutôt à Aldeburgh. J'y arrive demain après-midi et je vais à l'hôtel."

Il l'a relu.

"Pauvre Toby", pensa-t-il. "Quelle leçon de ne pas intervenir !"

CHAPITRE XIV

LE PRÉSIDENT ET LE DIRECTEUR

Par ce beau temps d'août, M. Alington était très occupé à Londres. À aucun moment il ne fut un amoureux notable du pays, le prenant uniquement à doses homéopathiques et appréciant bien plus une copie de Nature de Turner que l'original. Il était, en effet, quelque peu enclin à l'hérésie caractéristique et superficielle du Dr Johnson selon laquelle un champ vert est comme un autre champ vert, et bien qu'il ne se promenait pas pour le plaisir dans Fleet Street, il emmenait de nombreux fiacres chez ses courtiers pour affaires. Car le plan financier qui avait traversé comme un météore son cerveau d'augure la nuit où il avait reçu le rapport de son directeur avait, tel un météore, laissé un sillon brillant et doré. Le sillon brillant, en effet, était devenu de plus en plus brillant et doré ; elle illuminait tout son ciel spéculatif. Et à la fin du mois, la lecture de l'augure était prête à s'accomplir pratiquement.

Or, la Bourse est, à juste titre ou injustement, censée être un lieu où se font des actes épineux et louches, mais M. Alington, déjà un prince dans le monde financier, ne craignait pas beaucoup les ours, les taureaux, les raids ou les trucages, et le marché croyait fermement en sa solidité.

Son conseil d'administration était composé de Jack Conybeare, de Tom Abbotsworthy, de son manager australien, M. Linkwood, un homme aussi têtu que le teck, et de lui-même. A cette époque, un conseil d'administration ainsi constitué était une chose nouvelle, et lorsque le prospectus fut publié, de nombreux hommes d'affaires haussèrent plutôt les sourcils. Mais l'effet, dans l'ensemble, était précisément ce que M. Alington avait désiré et même prévu. Les noms de deux nobles, dont l'un était un éminent partisan des évêques à la Chambre des Lords et dont la femme était en réalité synonyme du mot ouvreur de bazar, l'autre un futur duc, étaient sûrement une garantie du bon succès. foi de la procédure. Le public britannique ne sait peut-être pas que Lord Conybeare en savait beaucoup sur les mines, mais ce département était bien entretenu par M. Alington et son directeur, deux hommes aussi astucieux qu'on puisse trouver entre les pôles. Certes, aussi innovant soit-il, ce type de planche, selon le raisonnement de son inventeur, avait l'air bien.

Le public britannique suivit ces pronostics d'Alington avec une fidélité touchante, bien qu'il ne reconnaisse pas à Jack le mérite de son ignorance en matière d'exploitation minière. Une telle autorité en matière de guano doit certainement être un homme bien informé, et si ceux de l'aristocratie qui se trouvent dans des circonstances indigentes étaient assez sensés pour s'efforcer de gagner un peu d'argent, qui se querellerait avec eux ? Trois acres et une mine d'or, c'était à peu près ce que valait Jack. Une fois de plus, les ennemis de l'augmentation non méritée étaient ravis. En voici un bel exemple, un marquis aux mains cornées. Une troisième partie du public, si restreinte cependant qu'elle n'avait pas vraiment voix au chapitre, et composée principalement de connaissances de Conybeare, émit une note discordante. « Que Dieu vienne en aide aux actionnaires », disaient-ils.

Le prospectus donnait un compte rendu élogieux mais parfaitement honnête de la propriété appelée groupe Carmel, car personne ne savait mieux qu'Alington combien une honnêteté politique est excellente, avec modération et au bon endroit. Le Mont Carmel se trouvait au centre, sur une diagonale du Carmel Nord et Sud, sur l'autre Carmel Est et Ouest. Une veine de minerai très riche traversait Carmel Nord, le Mont Carmel et Carmel Sud, s'étendant, d'après les preuves de forages, sur toute la longueur des trois. Carmel Est et Ouest étaient tous deux des exceptions par rapport à ce récif principal, mais dans les deux cas, il y avait beaucoup d'or en surface, très facile à obtenir, et ils devraient bientôt devenir des payeurs de dividendes. Le minerai de ces deux récifs était cependant beaucoup plus réfractaire que celui du récif principal, et dans deux ou trois expériences qui avaient été faites, il avait été constaté qu'il n'était possible d'en extraire que 20 pour cent. de celui-ci. Dans les trois autres, le minerai était de qualité très différente et très riche. Les expériences avaient donné cinq onces à la tonne, mais ces mines ne pouvaient pas rapporter des dividendes dans un avenir immédiat, car il fallait d'abord entreprendre de nombreux travaux de développement. A un moment donné, par une curieuse faille dans les strates, le récif remonta à la surface, et c'est de là que les spécimens avaient été prélevés. Il n'y avait désormais plus de difficulté concernant l'eau, car un arrangement très satisfaisant avait été conclu avec une propriété voisine. Un moulin d'une centaine de timbres, qui serait bientôt agrandi si la mine se développait aussi bien que les directeurs avaient toutes les raisons de le croire, était en cours de construction sur Carmel Est. Enfin, ils voulaient attirer spécialement l'attention sur le rendement remarquable de cinq onces à la tonne de la veine qui traverse Carmel Nord et les deux autres. Un tel résultat parlait de lui-même.

Les administrateurs proposèrent de mettre cette propriété sur le marché de la manière suivante : Deux sociétés furent proposées à la souscription, l'une possédant Carmel Est et Ouest, l'autre les mines Nord, Sud et Centrale. Les deux groupes s'appelleraient respectivement Carmel Est et Ouest, et Carmel. Le vendeur, M. Alington, reçut cinquante mille livres d'acompte et cinquante mille livres d'actions, et le reste des actions, après certaines attributions faites aux administrateurs, fut ouvert aux souscriptions publiques, et le capital à souscrire car il y avait trois cent mille livres au Carmel Est et Ouest, cinq cent mille livres au Carmel. Une demi-couronne devait être payée sur demande, une demi-couronne lors de l'attribution et les quinze shillings restants pour un règlement spécial dans un délai d'au moins deux mois. Chèques à verser à la Carmel Company, Limited, sur leur compte auprès du Lloyd's.

Ce prospectus fut reçu discrètement mais favorablement ; le public, comme M. Alington l'avait vu, était presque prêt à devenir fou de l'or d'Australie occidentale, mais il n'était pas mécontent que la folie n'atteigne pas immédiatement le point de délirer. Il croyait pleinement que son nouveau groupe était une véritable entreprise payante ; c'est-à-dire, en supposant qu'il ait lancé une société englobant toutes les mines, et que cette société soit gérée judicieusement et honnêtement, les actionnaires seraient assurés de gros dividendes pendant un nombre considérable d'années. Mais le projet qu'il avait formé n'avait pas pour but et pour objet de gros dividendes pendant un nombre considérable d'années, bien qu'il ne s'y opposât pas en tant que tels, et cet accueil calme et favorable du prospectus lui plut beaucoup. Il appréciait beaucoup la réputation d'un homme stable et astucieux, et cela n'aurait pas si bien convenu à ses plans si l'un ou l'autre groupe s'était immédiatement développé.

La totalité du capital fut très vite souscrite, et un ou deux achats importants avaient été effectués en Australie. Cela s'annonçait bien pour l'entreprise ; cela montrait que sur place les groupes du Carmel étaient bien considérés. Un ami de M. Alington, dont il parlait souvent comme l'un des hommes les plus perspicaces qu'il ait connu, un certain M. Richard Chavasse, était l'un de ces grands détenteurs, et cela lui procurait une grande satisfaction, ainsi qu'il le dit à Jack. Lui-même se trouvait au cottage de Kit, dans le Buckinghamshire, le premier dimanche de septembre, seul avec Lord Conybeare, et ils eurent une bonne conversation sur les perspectives des mines et sur des sujets collatéraux. Lui et Jack s'entendaient très bien seuls et étaient déjà dans la scène "mon cher Conybeare et Alington".

"Je ne pourrais pas être plus satisfait de l'accueil que le marché a réservé au groupe Carmel", a déclaré Alington. "Je vois que vous avez suivi mes conseils, mon cher Conybeare, et que vous avez largement investi dans la Compagnie de l'Est et de l'Ouest."

Jack était allongé sur une chaise longue dans le fumoir. La matinée était désespérément humide, et de violentes pluies torrentielles frappaient les tatouages sur les fenêtres et flétrissaient sa gloire du jardin.

"Oui, j'ai payé deux fois dix mille demi-couronnes", dit-il. "Même les demi-couronnes s'accumulent, et je n'y pensais pas. J'ai suivi vos conseils à la lettre, et je ne peux pas plus payer le règlement spécial que je ne peux voler."

"Vous aviez tout à fait raison", a déclaré Alington. " Je vous assure que cela ne sera pas le moindre besoin. À propos, la Bourse nous a donné le règlement spécial sur le compte de la mi-octobre. Cher moi ! quelle opportunité le pauvre Lord Abbotsworthy a manqué ! Il n'a pas voulu saisir " Mon conseil. Même maintenant, les actions ont une légère prime. Vous avez en fait investi la plus grande moitié de votre salaire de la première année. "

" Exactement. À propos, je ne veux pas que mon salaire soit imprimé en très grande taille dans le bilan. Mettez-le dans un coin séquestré et périphrasez-le, voulez-vous ? Les gens n'aimeront pas ça, vous savez, et le toute l'entreprise sera discréditée ; ils ont tellement de préjugés. »

"Cela ne doit pas non plus vous déranger", a déclaré Alington. — En fait, j'ai payé moi-même votre salaire. Il n'apparaît pas du tout au bilan.

Lord Conybeare fronça les sourcils.

"Voulez-vous dire que vous me payez cinq mille livres par an avec votre propre bourse ?"

"Certainement. Vos services en valent la peine, et je les paie très volontiers, ce que les actionnaires ne feraient sans doute pas. En effet, mon cher Conybeare, le bénéfice que votre nom et celui de Lord Abbotsworthy, le vôtre en particulier, m'ont apporté est immense. Le public britannique est si aristocratique de cœur et de bourse ; et à moins que je ne sois un jour en faillite, ce qui, je vous l'assure, n'est pas du tout probable, personne ne saura jamais à propos de votre—votre rémunération. »

"Je ne sais pas si j'aime vraiment ça", dit Jack de ce que Kit appelait sa "voix de scrupule", qui l'irritait toujours extrêmement.

"Un enfant", a-t-elle dit un jour, "pourrait donner des points à Jack en dissimulation."

Pour Alington également, la voix scrupuleuse ne semblait pas être une chose à prendre très au sérieux.

"Je ne vois vraiment pas que cela vous préoccupe", dit-il après sa pause habituelle. "En fait, je pensais que nous avions décidé de laisser de côté ces questions pour que je puisse les gérer comme je l'entends. Vous avez consenti à faire partie de mon conseil d'administration. D'un point de vue commercial, je suis tout à fait disposé à vous donner cette somme en échange de vos services. Maintenant , les actionnaires ne vous évalueraient pas, je pense, à ce chiffre. Les actionnaires ne connaissent rien aux affaires; moi si.

Jack rit.

"Comme j'ai été méconnu toutes ces années !" il a dit. "Je pense que je vais mettre une annonce dans le Times : 'Un marquis irréprochable est prêt à diriger n'importe quoi pour une rémunération convenable.'"

M. Alington leva la main, un geste fréquent chez lui.

" Ah ! à cela je devrais m'opposer très fortement ", dit-il. "Considérez votre rémunération comme une commission, si vous le souhaitez, mais nous devons garder nos administrateurs exclusifs. Je ne peux pas vous permettre de vous joindre à une entreprise à trois sous qui pourrait exister, ou, en fait, à n'importe quelle entreprise du tout. Carmel - vous appartenez au Carmel, " dit-il pensivement.

Jack prit sur la table un exemplaire du Mining Weekly.

"Avez-vous vu cette?" Il a demandé. "Il existe une chronique sur les mines du Carmel, toutes très favorables et écrites, devrais-je dire, par quelqu'un qui s'y connaît."

M. Alington ne semblait pas particulièrement intéressé.

"Je suis content qu'ils l'aient mis en place cette semaine", a-t-il déclaré. "Ils ont promis de faire un effort."

"Tu l'as vu ? Tu ne trouves pas que c'est bien ?"

"Je l'ai écrit - en pratique, du moins, je l'ai écrit. Le rédacteur en chef de City, en tout cas, a eu la gentillesse de l'écrire selon mes suggestions - je pourrais dire sous ma dictée."

"On ne peut pas avoir trop d'amis", observa Conybeare.

"Eh bien, je peux difficilement le qualifier d'ami. Je ne l'ai jamais vu il y a deux jours, et puis il était plutôt un ennemi. Il m'a appelé et a essayé de me faire chanter."

"Mon cher Alington, qu'as-tu fait ?" demanda Jack.

M. Alington fit une pause et rit doucement.

"Il a essayé de me faire chanter non pas parce que j'avais fait quelque chose, mais parce que je n'avais rien fait — parce que je ne lui avais pas proposé d'actions, en fait; mais j'ai réglé cela très facilement."

"Tu l'as payé ?" demanda Jack.

"Bien sûr. Il était relativement bon marché, et il est devenu comme Balaam. Il est venu maudire, et il est parti en nous bénissant moi et la mine, et l'Australie et vous, avec un petit chèque dans sa poche et de copieuses notes pour cet article auquel vous avez fait référence. "

"Voulez-vous dire que vous risquez d'être appelé par n'importe quel rédacteur en chef de la ville et obligé de lui donner de l'argent pour ne pas détruire la mine ?" » demanda Jack incrédule.

"Eh bien, pas par n'importe quel rédacteur en chef de la ville", a déclaré M. Alington, "même si j'aurais aimé l'être, mais certainement par un bon pourcentage. C'est une coutume très pratique. Quand on fait des choses, comme je le fais, sur un assez grand "Cet article vaut bien plus pour moi que cela, tout comme vous, mon cher Conybeare, valez bien plus pour moi que la somme dérisoire que je je vous donne comme directeur et président."

M. Alington parlait avec une douceur soyeuse, mais avec un courant sous-jacent de propriété, comme s'il était un élève-enseignant prononçant un discours devant des écoliers et leur racontant de belles petites histoires pleines de morale.

"Je vois que vous êtes surpris", poursuivit-il. " Mais en réalité, cela n'a rien d'étonnant. Un journal donne une opinion ; qu'importe de qui – la mienne ou celle du rédacteur ? Le rédacteur n'en sait probablement rien, donc c'est le mien. Et si un petit chèque donne l'opinion, cela " C'est mon affaire et celle de mon solde. Cela vaut la peine de le payer, et cela vaut la peine pour le rédacteur en chef de l'accepter. Je souhaite seulement que la coutume aille plus loin - qu'on puisse s'adresser directement au Times, disons : " et demandez quel est leur prix pour une chronique. Parfois, on peut faire cela - je ne parle pas du Times - mais c'est toujours un peu risqué. J'avais très hâte, par exemple, la semaine dernière, d'être bien informé de cette affaire. prospectus de notre part dans le City Journal, et j'ai fait ce qui était peut-être plutôt téméraire, même si cela s'est avéré excellent. M. Metcalfe, leur deuxième rédacteur, m'est un peu connu, et je sais qu'il est pauvre et béni d'une famille nombreuse. " Les hommes pauvres le sont si souvent. Il a un fils qu'il veut envoyer à Oxford. "

M. Alington fit une nouvelle pause, avec un air sur son visage semblable à celui que l'esprit incarné d'une organisation caritative peut être censé porter lorsqu'il entend parler d'un cas vraiment méritant. Jack écoutait très attentivement, même si les longs discours avaient tendance à l'ennuyer. Il avait l'impression d'apprendre son métier.

« Ce garçon est un charmant jeune homme », a poursuivi l'organisation caritative ; "intelligent aussi, et susceptible d'obtenir une exposition ou une bourse. Eh bien, j'ai demandé à son père de me rendre visite et je lui ai offert deux cents livres pour un article tel que celui qui paraît dans le Mining Weekly que vous avez entre les mains. Il était indigné ", très indigné, et se demandant comment j'avais eu le visage pour faire une telle offre. Il a dit qu'il ne ferait pas ce que je lui avais suggéré pour deux fois l'argent. J'ai cru que cela voulait dire, à juste titre, qu'il le ferait, et je le lui ai donné. Quatre cents livres l'aideront très considérablement, comme je lui ai fait remarquer, dans les dépenses de son fils à Oxford. Et il s'en alla, après un peu plus de conversation, avec des larmes de gratitude dans les yeux - des larmes de gratitude, mon cher Conybeare. Deux Quelques jours plus tard, parut dans le City Journal un très bel article, si je puis dire, étant donné que j'en ai écrit la plus grande partie moi-même, vraiment un très bel article sur le Carmel. Et j'étais heureux d'aider le jeune homme, de lui donner une chance, très heureux. Je l'ai dit à son père, en le présentant exactement de cette façon.

M. Alington soupira doucement et modestement à ce souvenir, comme un homme à la retraite humblement reconnaissant de l'opportunité de contribuer à une bonne œuvre, et Jack resta un instant perplexe. Puis, se rappelant qu'il avait affaire à un homme d'affaires, il rit. La chose fut admirablement récitée avec une gravité louable.

"La scène a perdu un acteur", observa-t-il, "même si le monde a gagné un metteur en scène. Admirable, mon cher Alington. Mais pourquoi, pourquoi continuer avec moi ? Je vous assure que je ne suis pas choqué."

M. Alington leva les yeux avec surprise.

"Un acteur ? Pas choqué ? Continuez comme ça ?" » il a demandé. "Je ne comprends pas."

"Vous êtes inimitable", dit Jack.

M. Alington se leva.

« Vous ne me comprenez pas, dit-il avec une certaine chaleur, et vous me faites du tort. Je déduis de vos paroles que vous doutez de ma sincérité. De quel droit, s'il vous plaît ?

Jack devint grave en un instant.

"Je vous demande pardon", dit-il. "Je vois que j'avais tort."

La chaleur disparut du visage de M. Alington ; il n'y avait aucun reproche dans son œil doux et bienveillant. Un gentleman chrétien et gentil regarda Jack avec douceur.

"Cela est accordé volontairement", a-t-il déclaré. "Mais s'il vous plaît, mon cher Conybeare, ne commettez pas de telles erreurs à l'avenir. Laissez-moi vous demander de supposer que je suis sincère jusqu'à ce que vous ayez la moindre raison de supposer que je ne le suis pas. La loi anglaise suppose l'innocence d'un homme jusqu'à ce qu'il soit prouvé. coupable. C'est tout ce que je demande. Traitez-moi comme vous traiteriez un suspect. Mais quand vous avez un tel motif, s'il vous plaît, venez me voir et exposez-le. Beaucoup de mal peut être fait en nourrissant un soupçon, en n'essayant pas de l'éclaircir. Le mal, vous vous en souviendrez, m'a presque été fait de cette manière auparavant. Heureusement, j'ai eu l'occasion d'expliquer son erreur à Lady Conybeare.

Jack avait le sentiment inconfortable que cet homme, malgré toute la fadeur de sa respectabilité, pouvait montrer des griffes. Il soupçonnait que des griffes avaient été montrées sans aucun doute à Kit à l'occasion à laquelle M. Alington faisait si délicatement allusion, car elle était montée à l'étage, après sa conversation avec lui dans le couloir, avec l'air distinct d'avoir été gravement griffée. Mais M. Alington ne s'est arrêté que suffisamment longtemps pour laisser pénétrer la simple justice de sa demande.

"Laissez-moi vous expliquer", a-t-il poursuivi. "Vous m'avez soupçonné de manque de sincérité et, heureusement, vous avez exprimé vos soupçons avec une grande franchise, hors de portée de l'erreur. C'est mon cas : je voulais vraiment un article de Metcalfe dans le City Journal, et quand il a appelé cela matin, j'étais prêt à payer jusqu'à deux cents livres pour cela, mais pas plus. Finalement, je lui ai payé quatre cents livres, le double de cette somme, en partie sans doute parce qu'il fallait qu'il ne puisse pas dire que J'avais tenté de le soudoyer ; mais je dois vous demander de croire que le fait d'avoir ainsi donné une bonne chance au jeune homme m'a fait payer cette somme volontairement. Je n'ai pas marchandé pour cela, bien que je sois parfaitement sûr que j'aurais pu l'obtenir. ce que je voulais pour moins cher. Tu crois ça ?

Jack se surprit à dire qu'il le croyait, et M. Alington devint encore plus soyeux et séraphique.

"J'ai été ravi de le faire", a-t-il déclaré, "et dans mes comptes privés, j'ai inscrit deux cent cinquante livres comme chèque à l'ordre de Metcalfe senior à des fins commerciales, cent cinquante livres comme charité. C'était une charité. J'ai inscrit comme tel."

"Vous auriez certainement dû vous faire un ami avec Metcalfe senior et junior s'il le savait", a déclaré Jack.

"Oui, je suis ravi de l'avoir fait. J'ai aussi fait de Metcalfe senior un... un complice. D'un point de vue commercial, cela me plaît aussi. Comme toutes choses concourent merveilleusement au bien ! Il vient dans la leçon du matin de l'avoir fait. -jour."

Jack avait du mal à savoir ce que le décorum exigeait de lui. La corruption et la leçon du matin d'un seul coup étaient un peu difficiles à concilier. Mais si vous avez supposé et déclaré que vous croyez qu'un homme est un acteur, et s'il vous assure qu'il ne l'est pas, et que vous lui demandez pardon, il faut comprendre que vous acceptez sa bonne *foi*. En tout cas, il faut avoir l'air de le faire, et Jack, qui ne se considérait pas comme un simple amateur, trouva la tâche difficile, sous les yeux de quelqu'un qui était capable de prouesses histrioniques aussi étonnantes, qui pouvait agir avec autant de retenue avant pas de décor et un public sceptique. Cette voix onctueuse citant la leçon du jour était un miracle, et le miracle, comme celui du figuier stérile, semblait si inutile. Cependant, chacun a un droit inaliénable à poser, et c'est le sens des bonnes manières de supposer que personne ne l'exerce.

M. Alington se leva avec une sorte d'empressement doux et se dirigea vers la fenêtre. Des nappes de pluie étaient encore projetées contre les vitres ruisselantes, et la gloire du jardin était battue et battue. Une épaisse vapeur, moitié vapeur, moitié brume, s'élevait de l'eau du fleuve, réchauffée par son parcours estival, mais son œil attentif détecta une cassure à l'horizon.

"Nous passerons un bel après-midi", dit-il à Jack. "Avec votre permission, je vais donc récupérer le prospectus, car je serai heureux d'aborder quelques points avec vous."

Jack regarda le paysage détrempé.

"Je vous parie qu'un souverain ne s'éclaircit pas", a-t-il déclaré.

M. Alington sortit de sa poche un petit carnet en maroquin vert.

"C'est fait, mon cher", dit-il. "Je vais juste l'enregistrer. Vous perdrez certainement. Je vous aurais donné deux contre un, si vous l'aviez demandé."

Il quitta la pièce et revint quelques minutes plus tard avec une liasse de papiers.

"Maintenant, si vous me prêtez votre attention pendant environ une demi-heure", dit-il, "je vais vous dire tout ce que vous, en tant que réalisateur, avez besoin de savoir."

"Et en tant qu'actionnaire ?" demanda Jack.

M. Alington fit trembler son étui à crayons en or entre ses dents. Il se sentait disposé à faire une grande confiance à son président et, ignorant la voix scrupuleuse : « Oui, je vous le dirai aussi », dit-il. "Mais gardez les deux bien séparés, mon cher Conybeare."

CHAPITRE XV

LA SEMAINE AU BORD DE LA MER

Toby jugea sage de se rendre au Links Hotel le matin suivant son entretien avec Lord Comber, pour s'assurer du résultat de son intervention, pendant que Buck attendait et souriait dans le jardin. Ils voulaient tous les deux parier que le ver avait tenu parole et était parti, et tous deux étaient prêts à parier dessus, et donc aucun pari n'était possible. Le visage de Toby était plein de sourires quand il revint, et ils rirent tous les deux pendant une bonne minute derrière un buisson de laurier.

C'était satisfaisant, tout le monde était content, et il n'était pas du tout improbable que Lord Comber lui-même riait aussi à ce moment-là. Il avait entendu Kit le soir même, en réponse à son télégramme, lui dire qu'elle partirait pour Aldeburgh (et non Stanborough) le lendemain matin. Toutes ses petites broderies soignées et méchantes et sa porcelaine de Dresde, sa poudre de violette, ses flacons de parfum, ses pinceaux à manucure et ses petites indécences de vers français reliées en vélin, avaient été emballés le soir même par son homme, et il quitta Stanborough et le propriétaire en s'inclinant. du Links Hotel dans une excellente humeur, avec un nouveau numéro de la Reine. Kit (elle était vraiment si intelligente dans ce genre de choses) était apparue dans une robe exactement semblable à celle qui était aujourd'hui présentée comme une nouveauté dans le journal trois mois auparavant, et elle avait une remarquable apparence. Il était en satin lilas pâle – Ted a toujours su comment on confectionnait les robes – garni de dentelle en pointe et de fines bretelles en velours noir. Le bas de la jupe était souligné d'une insertion de dentelle à motif de volutes et découpé en pétoncles pour s'adapter à la dentelle. Il était assorti d'un manteau – peut-être que la reine s'en procurerait dans un mois ou deux – qui convenait admirablement à Kit : tout ce que Kit portait lui allait bien. Il se sentait assez fier de connaître une femme qui antiçait ainsi les nouveautés. L'art tel qu'il est reflété dans les journaux de mode peut être long ; l'art sur la même autorité était toujours en retard si vous preniez votre temps avec Kit.

Faire ses valises et voyager à bord de trains lents à travers le pays était naturellement une nuisance, mais, après tout, comme Toby avait raison, pensa Ted, bien que pour de mauvaises raisons. Stanborough était trop peuplé et peuplé de gens de mauvaise qualité, ceux en fait qui remplissent leur esprit de banlieue des mouvements de l'aristocratie, et il ne se souciait pas du tout d'être réputé dans les cercles de banlieue pour ses activités risquées. avec des femmes intelligentes. Oui, comme Toby avait raison et comme son plan avait merveilleusement échoué. En réalité, ce genre d'ingérence devrait être punissable ; c'était une agression morale brutale, et les gens devraient être pris pour de telles choses, tout comme s'ils avaient donné un coup de pied à leur femme. C'était un crime avec violence, et le chat, croyait-il, avait été utilisé avec succès sur des voyous de manière plus ignoble. Toby méritait pleinement le chat, et Lord Comber aurait ri de le voir l'avoir. Pourtant, il y avait un côté nettement amusant à cette affaire, et il n'était vraiment pas possible d'être en colère longtemps contre des tentatives aussi faibles et futiles d'interférer avec sa liberté et celle de Kit. Ce beau-frère roux au visage tacheté de rousseur, avec ses grandes mains et son sourire idiot, frapperait violemment de petites balles de golf sur le duvet ce matin, se disant à quel point il avait été extrêmement intelligent et quel beau il était un homme viril. Lord Comber détestait les braves gens virils, et ils lui rendirent le compliment. Ce serait très amusant de tout raconter à Kit. Comme elle crierait ! Peut-être pourraient-ils organiser ensemble une vengeance délicate et diabolique contre Toby, quelque chose de vraiment méchant et qui les dérangerait. Et le plus amusant, c'est que Kit et lui avaient gagné leur point, à savoir une semaine à la mer ensemble, semblant tout le temps avoir cédé. Il avait évité de se quereller avec Toby et l'avait laissé, lui-même victorieux, penser que tous les honneurs du champ de bataille lui appartenaient.

Dans son joli salon, Toby Comber était très artistique, et là où beaucoup de gens ne voyaient qu'un champ vert plat ou un paysage plat, il aperçut délicieusement une photo de l'école hollandaise. Il regardait par la fenêtre de son wagon les vaches placides qui se tenaient jusqu'aux genoux dans les pâturages, ou ruminaient paresseusement sous l'ombre étroite des ormes somnolents en plein midi, avec beaucoup d'appréciation. Il ne se souciait guère ni des vaches ni des ormes, sauf dans la mesure où ils lui rappelaient des tableaux qu'il admirait et dont il savait la valeur, et dans la beauté d'un paysage il cherchait principalement une illustration d'un tableau. Comme un grand nombre d'artistes de son monde, il avait un véritable respect pour toute œuvre d'art qui avait de la valeur, surtout si elle avait plus de valeur qu'elle n'apparaîtrait naturellement à quelqu'un qui ne le savait pas. Il avait un réel respect pour les éditions originales rares, même s'il ne se souciait pas du tout du sujet du livre, et bien que toutes les éditions ultérieures étaient mieux imprimées et que les manières noires auxquelles il n'aurait pas réfléchi il y a quelques années étaient devenues admirables à ses yeux simplement parce que les gens avaient commencé à les collectionner et à les payer des prix élevés.

La hâte, facteur si important et si pénible dans notre monde moderne, si subversif du véritable progrès, est encore inconnue des lignes transversales, et elles restent invinciblement tranquilles. D'après la carte, il n'avait pas beaucoup de kilomètres à parcourir, mais avant la moitié de son voyage, il avait pleinement goûté aux douceurs de son triomphe sur Toby et aux paisibles images du bord de la route, et ses pensées retournèrent à leur lieu de résidence habituel, lui-même. Il était un grand admirateur de la beauté personnelle des hommes et des femmes ; la beauté l'a toujours attiré et il était lui-même un fervent admirateur. Il était, à son avis, extrêmement joliment et convenablement habillé pour une chaude journée d'août. Il portait un costume de flanelle d'une teinte brun jaunâtre, qui s'accordait divinement avec le châtain riche de ses bottes et le châtain plus foncé de ses cheveux, et sa cravate était un bandana, dont le ton dominant était un roux foncé. Il avait été un peu pressé de s'habiller ce matin et n'avait pas vraiment eu le temps d'y mettre une épingle ; mais maintenant il avait tout son loisir, et, ouvrant sa trousse de toilette, il en sortit un miroir qu'il posa sur le siège d'en face, et une petite boîte en cuir dans laquelle il gardait ses épingles et ses clous. Il ôta son chapeau de paille et lissa ses cheveux une ou deux fois avec sa main, mais, toujours insatisfait, il sortit une brosse à manche en argent et la passa plusieurs fois vers le haut sur ses cheveux de devant, en soulignant ce balayage vers le haut qui il admirait tellement. S'il avait eu le choix de ses cheveux, il n'aurait pas commandé une teinte différente, et c'est pour cette raison qu'il ne les a pas teints, bien que les gens lui aient fait du tort. Même les avantages naturels, s'ils sont trop marqués, comme les dents de Kit, ont leurs inconvénients. Ses sourcils étaient beaucoup plus foncés, presque noirs, et ses yeux marrons étaient vraiment fins, grands et liquides. Il ne portait pas de moustache, même si jusqu'à récemment il n'en avait pas porté ; mais les jeunes gens de l'âge qu'il désirait avoir avaient cessé d'en porter, et maintenant une moustache signifiait qu'on était né dans les années soixante.

Puis il se sourit, non pas parce que cela l'amusait, mais pour des raisons professionnelles, notant deux choses, la première (avec une grande satisfaction) étant la blancheur et la régularité de ses dents, la seconde (avec méfiance) les régions du contour de l'œil. À la lumière du jour, il était impossible de ne pas remarquer que les coins extérieurs étaient marqués, presque défigurés, par deux lignes, horriblement décorées de pattes d'oie, et il y en avait certainement d'autres sous l'œil. Cependant, Kit lui avait dit que le massage avait été essayé avec succès et qu'il avait l'intention de s'en occuper à son retour en ville.

Après un autre regard prolongé, il posa le verre et déverrouilla son écrin en cuir. Il y avait des épingles de toutes sortes, faites avec des têtes de vis, pour qu'elles puissent servir indistinctement de tenons, et il les retourna. Il y avait un beau rubis serti de minuscules brillants, dont il vit immédiatement que c'était la couleur qui convenait au ton de sa robe. Il l'avait porté la veille en solitaire, il l'avait dévissé et remplacé l'arrière du clou par une épingle. Mais ensuite il s'est arrêté. Kit lui avait offert, il n'y a pas longtemps, une charmante turquoise de la *vieille roche* , un morceau de ciel de midi, et incapable de virer au vert. Ce serait approprié de le porter lorsqu'il la rencontrerait, mais malheureusement cela n'allait pas du tout bien avec ses vêtements. Cependant, les considérations sentimentales prédominaient, et il remit le rubis, épingla la turquoise dans sa cravate et se regarda de nouveau.

"C'est plutôt une expérience", dit-il à voix basse.

Il avait télégraphié à l'Aldeburgh Arms pour trois pièces, deux chambres et un salon, et, en arrivant là-bas, il découvrit qu'on lui avait donné une salle de bains *privative* , le salon au milieu. Il se sentait obligé de demander si c'étaient les seules chambres disponibles, et voyant qu'il n'y en avait pas d'autres, il était impuissant à modifier la disposition.

Kit n'arriverait pas avant deux heures, et il fit immédiatement travailler son valet de chambre pour rendre le salon habitable. Il sortit lui-même les figures de Saxe et donna la main au drapé des broderies ; mais l'homme avait beaucoup de goût, et il ne tarda pas à s'en remettre à ses idées. Après avoir donné l'ordre d'envoyer des masses de fleurs et quelques plantes pour la cheminée, il sortit se promener sur la plage jusqu'à l'arrivée du train de Kit. Il y avait une brise fraîche de la mer, et il mit une légère cape anti-poussière sur son bras, au cas où il aurait froid.

Le train de Kit est arrivé à l'heure et elle était de très bonne humeur. Elle a ri jusqu'à pleurer sur l'immaculé Toby devenu missionnaire, et ce fut avec difficulté que Ted la persuada de ne pas lui écrire une ligne.

« Pensez à son visage, s'écria-t-elle, si je vous envoie juste un mot ! — » CHER TOBY : Comment Stanborough vous va-t-il, à vous et à votre *fiancée* ? J'avais l'intention de venir là-bas, comme vous le savez, mais hier soir seulement, j'ai décidé de venir. à Aldeburgh à la place. Curieusement, Ted Comber est arrivé ici aujourd'hui. C'était si agréable (et tout à fait inattendu) de le rencontrer, et nous nous amuserons beaucoup. Il a été à Stanborough, me dit-il, et a eu une longue conversation avec toi hier seulement. Il t'aime tellement.'—Oh, Ted, pense à son visage!"

Il y avait très peu de choses authentiques chez Ted à part ses dents et la couleur de ses cheveux, mais sa voix avait un vrai son de sincérité lorsqu'il pensait au visage de Toby.

"Oh, ça gâcherait tout !" il pleure. "Toby ne doit jamais le savoir, du moins, pas avant longtemps. Il viendrait certainement ici aussi. Comme ce serait ennuyeux ! Et je devrais vraiment m'emporter contre lui."

Kit rit.

"Je sais, c'est juste ça", dit-elle. " Ce serait tellement amusant. J'adore voir des scènes et j'aimerais te voir vraiment en colère, Ted. Que fais-tu ? "

"Eh bien, vous le saurez bientôt si vous écrivez à Toby", dit-il. "Kit, tu ne dois tout simplement pas le faire. Non, je ne dirai pas ça, sinon tu le feras. Mais s'il te plaît, ne le fais pas."

Kit rit encore.

"Eh bien, je ne le ferai pas ce soir, en tout cas", dit-elle. "Mais je vais le garder comme emprise sur toi, alors tu dois te comporter gentiment. Oh, Ted, comme tu as rendu ta chambre jolie ! Et le thé est prêt ; j'ai tellement faim. Vraiment, c'est bien trop drôle à propos de Toby. "

Elle s'assit et versa du thé ; puis, levant les yeux alors qu'elle lui tendait sa tasse, elle vit qu'il la regardait.

"Bien?" elle a demandé.

« Quand est-ce que je ne me suis pas bien comporté avec toi ? il a dit.

"Oh, mille fois, hier, aujourd'hui, maintenant, même", dit-elle, "en espérant que je sois sentimentale. Comment une femme qui meurt d'envie de son thé peut-elle être sentimentale ?"

Elle le regarda un instant, la tête penchée sur le côté.

"Oui, tu es plutôt jolie aujourd'hui," dit-elle, "et, vraiment, je suis terriblement heureuse d'être avec toi. Mais quel mauvais génie t'a poussé à mettre une turquoise dans une cravate rousse ?"

Ted leva les mains dans un demi-désespoir moqueur.

"Je savais que c'était mal", a-t-il déclaré. "Mais tu ne vois pas ?"

Kit l'examina un instant.

"Je m'en souviens maintenant, je te l'ai donné", dit-elle. "Vraiment, je pense que c'est le plus grand compliment que tu m'as jamais fait, gâcher ton plan vestimentaire. Du sucre ? Oui, tu prends deux morceaux, je sais."

Ted rit.

"C'était une expérience, je le pensais", a-t-il déclaré. "Mais j'ai bien fait."

Kit resta silencieuse un moment, car elle venait de prendre une grosse bouchée d'un petit pain fraîchement préparé.

" *Je* pense que ce sera le plus amusant ici", a-t-elle déclaré. "Le pauvre cher Toby n'aurait pas pu faire plus joliment notre jeu. Le pauvre enfant avait tout à fait raison et il était très attentionné. Stanborough est certainement trop *du monde* - du mauvais genre, c'est-à-dire - en août. Il nous a conduits à Aldeburgh. C'est sur sa tête. Et il a en fait menacé de télégraphier à Jack. Je me demande s'il l'aurait exécuté. Personnellement, je ne pense pas qu'il l'aurait fait ; mais, de toute façon, c'est pour le mieux. Il pourrait " Cela ne nous convenait pas mieux. Cher garçon, comme c'est agréable d'avoir un petit beau-frère si prudent ! "

"Il m'a menacé", a déclaré Ted d'un ton plaintif, "d'une voix forte et colérique, avec 'Je m'appelle Massingbird' et tout le reste. Je lui ai dit que télégraphier signifiait qu'il y avait une raison de télégraphier, et il avait aucun. De plus, nous ne voulions pas de Jack. Il ne faisait pas partie du plan.

"Le nez de Jack a grandi depuis qu'il est devenu financier", a fait remarquer Kit. "C'est le pire de devenir quoi que ce soit. Si vous devenez pianiste, vos cheveux poussent. Si vous devenez philanthrope, vos dents de devant poussent. Je n'ai jamais l'intention de devenir quoi que ce soit, pas même une bonne femme", a-t-elle déclaré avec emphase.

"J'espère que non", remarqua Ted.

"Oh, comme je déteste les gens qui sont sérieux à propos de certaines choses !" dit Kit avec une sorte de frénésie. "Je veux dire, je déteste les gens qui parlent sérieusement de choses pour lesquelles ils devraient être sérieux. On ne devrait prendre au sérieux que des choses comme ses cheveux, ses jeux et sa tenue vestimentaire. Pour un pur désespoir social, donnez-moi un politicien ou un divin. Ted, promets-moi tu ne deviendras jamais un divin.

"Pas aujourd'hui, en tout cas", a déclaré Ted; "mais je le garderai comme emprise sur toi."

Kit éclata de rire et se leva.

"J'ai fini ce que j'ai reçu", dit-elle, "et nous allons donc sortir. Avez-vous une pelle avec laquelle je peux creuser dans le sable pendant que je patauge ? Oh, voilà la boîte à bezique. Je Je pense que nous jouerons du bézique à la place. Y a-t-il un *café* ou quelque chose du genre, où il y aura un groupe. Bézique va si bien avec une valse de Strauss.

"Il y a une boutique de drapiers et une église", a déclaré Ted. "C'est tout."

Mais après quelques parties, la splendeur de la soirée les fit perdre leurs cartes. La journée avait été très chaude, mais peu de temps avant le coucher du soleil, un vent frais soufflait de la mer et ils sortirent. Le coucher du soleil était imminent à l'ouest et la terre était enchevêtrée dans une toile d'or. Au zénith flottaient quelques plumes de nuages rouges, et la mer était plate et sans vagues – une surface polie d'éclat réfléchi. La marée était au reflux, et le sable lisse, mouillé de son retrait, était un miroir du ciel, une bande encadrée dans la mer et la laisse des hautes eaux. Vers le sud, la terre s'éloignait, promontoire derrière promontoire plissé, jusqu'à une distance infinie de distances brumeuses et conjecturées. L'air non respiré, voyageant à travers cent horizons marins, était frais et tonique, et le murmure des ondulations était croustillant à l'oreille. Et Kit, avec son impressionnabilité enfantine, qui était à la fois son danger et son charme, était sûrement captivé par l'esprit des grands espaces libres. Elle avait ôté son chapeau et marchait avec fermeté et souplesse le long des plages brillantes bordées d'ondulations, chaque pas écrasant un instant l'humidité du sable formant un cercle autour de ses pas, et respirant profondément, la bouche ouverte, de l'air vivifiant. air. Comme un caméléon, elle prenait instinctivement la couleur de son environnement, et à l'instant elle était plongée dans le plein air, la liberté et les grandes plaines de la mer et du ciel. Elle engloutissait toujours des choses, des chameaux comme des aiguilles, assoiffée de sensations pleines.

" En réalité, toute la vie d'une personne est une série d'erreurs, Ted, " dit-elle, " sauf dans quelques courts instants comme ceux-ci. Pourquoi allons-nous dans ce labyrinthe de lapins de Londres et vivons-nous dans de petites boîtes enfumées, alors qu'il y a-t-il une plage déserte et un grand vent marin à quelques heures de nous ? Oh ! J'aimerais être un pêcheur, ou un journalier, ou un gallon d'eau de mer, pour m'arrêter toujours à découvert.

Ted rit.

"Et si demain il fait humide ou froid, vous direz : 'Pourquoi sommes-nous venus dans cet océan allemand abandonné par Dieu, alors que nous aurions pu nous arrêter dans nos belles maisons confortables ?'"

"Je sais que je le ferai, et le pire de moi est que je ressentirai cela aussi vivement que je le ressens maintenant. Jack m'a traité de parasite une fois; il a dit que je trouvais toujours de la nourriture dans tout ce que je mangeais. J'ose dire qu'il " C'est vrai. Oh, regarde ce morceau d'algue rouge sur le sable ! On dirait qu'il a été fixé, comme on le faisait pour fixer des papillons ; chaque petite fibre est étalée séparément. Mais si je le ramasse, ce sera juste une pulpe filandreuse. Il y a beaucoup de morales à en tirer, et l'une d'elles est : « Ne vous mêlez pas. »

"Quelle leçon pour Tobys !" rit Ted.

Le soleil se coucha et, à mesure que la lumière diminuait, ils se tournèrent. Instantanément, les couleurs pâlissaient et les irisations du soir devenaient grises et froides. Kit mit son chapeau ; il faisait froid dans l'air et ils marchaient plus vite. Au moment où ils atteignirent l'hôtel, il faisait presque nuit et les fenêtres brillantes semblaient accueillantes et confortables, et Kit révoqua mentalement son désir d'être un gallon d'eau de mer. Il était déjà l'heure de s'habiller pour le dîner, et ils montèrent ensemble au salon. Leurs chambres se trouvaient de part et d'autre de celle-ci, communiquant toutes deux avec elle et avec le passage extérieur, et, tout en s'habillant, ils se parlaient haut et gaiement à travers les portes entrouvertes, leur conversation étant rythmée par les bruits de l'éponge. Ted était prêt le premier, mais quelques instants après, Kit sortit de sa chambre et descendit avec lui, toujours dans une fièvre de bonne humeur, mais avec toute la fraîcheur mentale des grandes étendues chassées de sa petite âme sans valeur, et vêtu de rouge.

Ils avaient une table pour eux seuls dans un coin de la salle à manger cossue, où ils pouvaient parler sans être entendus et observer sans être observés. Lord Comber, qui prenait toujours la précaution d'emporter du vin avec lui lorsqu'il était dans les hôtels, buvait un excellent champagne, dont Kit buvait sa part, et leur conversation montait crescendo avec des éclats de rire de plus en plus fréquents à mesure que le dîner avançait. Toby exigea à nouveau leurs commentaires amusés.

"Oh, s'il pouvait nous voir ainsi !" dit Kit ; et l'idée était extrêmement amusante, considérée à la lumière du dîner et du vin.

Puis suivit un *résumé* de tout ce qui ne s'était pas produit depuis leur rencontre et qui, même si cela s'était produit, n'aurait jamais dû se répéter. Le monde dans lequel ils vivaient n'est pas connu pour ses élans charitables ni ses moments de compassion, et ce qui aurait dû susciter la pitié, ou sinon la pitié, du moins, être gardé sous silence, a été l'occasion de grands rires. Kit, parmi ses nombreux dons, était un excellent imitateur ; et le haussement d'épaules de Jack, alors qu'elle avait vraiment fait ses cartons pour aller à Aldeburgh plutôt qu'à Stanborough, était inimitable. Mais, comme elle l'a dit, elle n'était plus mariée à un homme, mais à une entreprise. Jack n'était plus Jack, mais un mélange d'Alington, de niveaux profonds et de procédé au cyanure. Ensuite, Mme Murchison a été examinée et Kit a improvisé un soliloque vraiment de premier ordre.

Mais finalement le silence qui accompagne la glace les a rattrapés, et c'est pour briser un silence appréciable que Ted a parlé.

"Comme ils en regardent un !" il a dit. "Les gens qui séjournent dans cet hôtel n'ont-ils jamais vu des gens auparavant ? On pourrait penser que nous étions des premiers Britanniques harassés. En réalité, c'est bien mieux que Stanborough ; il y avait toutes sortes de gens là-bas qu'on connaissait. Je suis content que nous soyons venus... et toi, Kit ?"

Il leva les yeux et croisa son regard pendant un instant.

"Moi aussi", dit-elle. "Mais, Ted, j'ai failli ne pas venir. Je ne pouvais pas concevoir ce que signifiait votre télégramme; mais je vous ai fait confiance, voyez-vous; j'ai supposé que vos excellentes raisons étaient excellentes. Et quand j'ai su ce qu'elles étaient, j'ai été justifié, et vous aussi. Ils étaient plus qu'excellents, ils étaient drôles.

Ted rit.

"Ils l'étaient vraiment", a-t-il déclaré. "Mais je ne sais pas ce que j'aurais fait si j'avais trouvé ici un télégramme de ta part disant que tu ne viendrais pas."

« Tu pensais que je devrais te jeter ? elle a demandé.

Il fit une pause avant de répondre et leva les yeux vers la longue table où étaient assis la plupart des gens de l'hôtel.

"Il y a un homme avec un visage comme celui que l'on voit dans une cuillère, assis là", a-t-il déclaré. "Non je ne l'ai pas fait."

Kit suivit son regard.

"Oui, je le vois," dit-elle, "et sa bouche s'ouvre de côté. Mais quelle modestie de votre part ! Pour quelle raison avez-vous pensé cela ?"

Ted sentit son cœur battre avec un mouvement soudain et tumultueux. Il prit son verre pour finir son champagne, et remarqua que sa main tremblait un peu. Il but le vin d'une gorgée.

"Parce que je pense que tu m'aimes un peu, Kit," répondit-il.

Il ne lui avait jamais parlé de la sorte auparavant, même si, d'ailleurs, il aurait pu lui utiliser les mêmes mots une vingtaine de fois ; jamais auparavant elle ne lui avait donné exactement ce genre d'opportunité. Mais la présence à proximité de tant de gens appartenant à une société si complètement différente de la leur qu'ils auraient pu être des Peaux-Rouges, leur donnait, à lui et à elle, un étrange sentiment d'isolement, comme s'ils avaient été seuls sur une île déserte. Tous deux savaient aussi que lui en proposant, elle en accédant à cette visite à Aldeburgh, avait fait un pas de plus dans l'intimité l'un envers l'autre.

Mais sans hésitation, Kit répondit : et malgré sa réponse, loin de la désavouer, elle ressentit un soudain sursaut intérieur d'exultation, et lui, malgré la légèreté de sa réponse, fut confirmé.

"Oh, Ted, ne sois pas sérieux !" dit-elle. « Ce sont de si mauvaises manières. Pensez à Toby ; pensez à l'homme au visage de cuillère.

Ted leva ses yeux marron vers les siens, mais elle resta assise, les yeux baissés, jouant avec son couteau à dessert.

"Tu n'es jamais sérieux ?" Il a demandé.

"Pas au dîner. Une voix sérieuse le porte. Elle est audible jusqu'au chapeau d'un évêque, si vous voyez ce que je veux dire. Avez-vous fini ? On y va ?"

Et elle releva un instant ses longs cils frangés et lui rendit son regard.

LIVRE II

CHAPITRE I

MÉDITATIONS DU KIT

Kit était assise dans sa propre chambre dans le cottage du Buckinghamshire un jour de décembre suivant, regardant attentivement le feu. Le feu, il est vrai, valait la peine d'être regardé, car il était fait de cette adorable combinaison de bûches de cèdre et de tourbe, et il avait atteint cette fine fleur de l'existence, un noyau de chaleur odorant et fondu, bordé de petits lilas. des bouquets de flammes colorés, sans fumée et incandescents, l'apothéose même d'un feu. Dehors, le monde était enveloppé et étourdi par un tourbillon de neige, et tandis que les grandes explosions sonores claironnaient et s'endormiraient à nouveau, les rouges du feu s'éclairaient et s'éteignaient dans une sorte de sympathie mystérieuse avec l'émeute des clairons au-dessus. Mais que Kit ne fasse rien d'autre que regarder le feu était une chose inhabituelle ; il était étrange qu'elle soit seule, et encore plus étrange que, si elle était seule, elle ne soit pas occupée. Les bouts de ses chaussures couleur bronze reposaient sur le garde-boue, et elle se penchait en avant dans le fauteuil bas où elle était assise, tendant les mains vers la chaleur, et le feu qui brillait dans la chair de ses doigts leur donnait l'air d'être étaient éclairées de l'intérieur – choses rouges et lumineuses en elles-mêmes. Le crépuscule commençait déjà à tomber, mais elle avait suffisamment de lumière pour réfléchir et suffisamment de choses à penser.

La pièce était meublée avec une grande simplicité, mais l'œil averti pouvait voir à quel point une telle simplicité devait coûter extrêmement cher. Il y avait un ou deux tapis sur le sol, quelques tables et chaises de l'Empire sur les tapis, et quelques tableaux sur les murs de satin cramoisi. Kit elle-même était peut-être l'objet le plus cher présent, car elle portait ses perles, et elles brillaient comme des lunes enveloppées de brume à la lueur du feu. Mais elle n'avait pas l'air aussi heureuse que le propriétaire de ses perles ou son excellente digestion devraient le paraître. Il y avait sur son visage quelque chose de l'air dur et fatigué de la souffrance, mentale et physique, et, bien qu'elle fût seule, elle faisait, de temps en temps, de petits mouvements nerveux et inquiets.

Tout allait de travers, de l'argent vers le haut comme vers le bas ; car, pour le moment, Kit savait à peine comment organiser la priorité de ses divers embarras. Les problèmes financiers étaient en tout cas les plus tangibles, bien que peut-être les moins redoutés, et pour la cinquantième fois cet après-midi, elle les parcourut.

Au début, c'était entièrement la faute de Jack, mais Kit n'y trouvait ni consolation ni ennui supplémentaire. Elle avait une grande confiance dans le pouvoir d'Alington de faire fortune, même si personnellement il lui était détestable, pour diverses excellentes raisons, et elle avait voulu investir le fameux pécule, qui, d'une cause à une autre, s'était élevé à plus de trois mille dollars. livres, dans ces mines sous les conseils d'Alington. Après leur dernière entrevue privée, elle n'aimait pas s'adresser directement à lui et demanda donc à Jack de lui dire dans quelles mines placer le peu d'argent qu'elle avait économisé. Le mot « sauvé », lorsqu'il était utilisé par Kit, faisait toujours sourire Jack.

Mais il était absurde et fermement opposé à ce qu'elle risque ses « économies ». Il lui avait dit de se rendre très heureuse ; si elle lui laissait les choses faire et continuait à « épargner » tranquillement, il y en aurait assez pour eux deux, une déclaration en soi répugnante et presque blasphématoire pour Kit, qui tenait fermement à la doctrine selon laquelle il ne peut jamais y avoir assez d'argent pour un seul. , encore moins à deux.

"Tu ne sais pas ce que tout cela signifie, Kit", avait-il dit, "et d'ailleurs moi non plus. Un jour peut-être que tes actions baisseront, et tu les vendras dans la panique et tu perdras beaucoup. , ou vous ne vendrez pas et vous perdrez davantage. Il m'est impossible de toujours vous instruire; je n'ai pas les données moi-même. Je laisse tout à Alington. De plus, je ne savais pas que vous aviez de l'argent investir."

« C'est mon affaire, » dit Kit ; "J'ai eu de la chance ces derniers temps."

"Alors mets-le dans des consoles et ne joue plus", dit Jack, avec la belle incohérence de la fièvre du jeu sur lui, "ou viens en parler une autre fois; j'ai vingt cents choses à faire. maintenant."

Puis, dans un élan de fierté et de colère, Kit avait décidé de se débrouiller seule et avait investi quelques milliers de livres dans Carmel East. C'était en novembre, à une époque où, pour une raison connue peut-être d'Alington, mais certainement de personne d'autre sur le marché, Carmel se comportait d'une manière particulièrement changeante. Une semaine après qu'elle eut effectué son investissement, les actions en livres sterling, qui s'élevaient un peu au-dessus du pair, avaient rapidement chuté à quatorze shillings. Il ne s'agissait peut-être que d'un raid baissier, mais elle était trop fière pour demander conseil à nouveau à Jack, et se souvenant de sa remarque de mauvais augure selon laquelle il ne vendrait pas et perdrait ainsi davantage, elle télégraphia à son courtier pour qu'il vende immédiatement. Ceci fait, les actions recommencèrent à monter, et en moins de quinze jours, grâce aux télégrammes et aux rapports de la mine, elles s'élevaient à près de deux livres. Elle comptait, presque en larmes, ce qu'elle avait perdu, qui, ajouté à ce qu'elle aurait pu gagner, formait un total affolant. Ses dix-huit cents actions, si seulement elle avait tenu bon, auraient valu près de trois mille six cents livres ; au lieu de cela, elle les avait vendus alors qu'ils s'élevaient à quatorze shillings pour treize cents livres. Et lorsque Jack, quelques matins plus tard, entra dans sa chambre avec un chèque de cinq cents livres qu'il lui remit, elle sentit que cela ne faisait qu'en accentuer l'amertume.

" Un petit cadeau, Kit, " dit-il, " juste pour que tu puisses jouer avec. Quelle bonne chose tu as été sage et tu ne t'es pas préoccupé de choses que tu ne comprenais pas ! Oh, je bénis le jour où nous sommes descendus. au dîner de la ville et j'ai rencontré Alington. Vous portiez une robe orange, je m'en souviens : ce serait plutôt gracieux si vous la payiez maintenant.

"Combien as-tu gagné, Jack ?" elle a demandé.

"Huit mille, et j'aimerais que ce soit quatre-vingts. Mais c'est le résultat de l'absence de capital. Je vais payer quelques factures, peut-être ; mais tout cela est très épuisant."

Kit n'avait pas l'habitude de pleurer à cause du lait renversé, et le cadeau de Jack représentait la plus grande partie de ce qu'elle avait réellement perdu, même si ce n'était qu'une petite proportion de ce qu'elle aurait pu gagner. On apprend par expérience, pensait-elle ; car l'expérience est synonyme d'erreurs, et elle avait été parfaitement idiote d'avoir peur. La mine était encore assez jeune, et si d'ici quelques mois les actions valaient le double de leur valeur initiale, cela constituerait probablement un bon investissement, même au prix actuel, et elle y investit encore une fois deux mille livres. Depuis lors, le prix n'a cessé de baisser et les actions étaient cotées il y a une semaine à dix-neuf shillings. Mais cette fois, même si cela mettait à rude épreuve son admirable courage, elle n'allait pas avoir peur, et dans le but d'établir une moyenne, elle avait dépensé les cuillerées restantes de son pécule pour en acheter davantage, réduisant ainsi le prix total à trente-deux shillings. par action. Ainsi, quand ils remonteraient, comme elle croyait toujours qu'ils le feraient, elle vendrait dès qu'ils toucheraient deux livres, comme Jack l'avait vendu, et clairement, quoique pas autant qu'il l'avait fait, néanmoins, quelque chose qui valait la peine d'être possédé. Mais le calcul de la moyenne avait été singulièrement inefficace, et ce matin les choses abominables s'étaient encore établies à quatorze shillings.

Cela avait été trop pour les nerfs de Kit, et elle alla voir Jack avec toute l'histoire. Il avait simplement haussé les épaules ; il était odieusement antipathique. La réplique « je vous l'avais bien dit » est toujours irritante, et l'irritation qu'elle provoque varie directement en fonction de l'ampleur des dommages en cause. Il s'ensuit que l'irritation de Kit était considérable.

"Oh, Jack, à quoi ça sert de dire ça ?" avait-elle pleuré avec colère. "Je viens pour être aidé, pas pour être moralisé. Je vous demande maintenant, en guise de faveur, de télégraphier à M. Alington. Vous dites que vous ne savez rien de ces choses, bien que vous soyez directeur. Eh bien, peut-être qu'il le sait. Et moi je veux de l'argent."

Il n'était pas sage, et Kit le savait dès qu'elle parlait, d'adopter un ton agité et discourtois. Elle avait depuis longtemps pour maxime que la courtoisie était le devoir, le plus grand peut-être, qu'on ait envers ceux avec qui on était intime, et qu'il était des plus insensés de laisser la familiarité engendrer la brusquerie. D'ailleurs, cela ne payait jamais, sauf chez les commerçants et autres, de mettre le nez en l'air, et, en règle générale, elle n'était pas coupable de ce manquement à la prudence. Mais aujourd'hui, elle était horriblement inquiète et anxieuse pour beaucoup de choses, et que Jack dise « Je vous l'avais bien dit » lui semblait insupportable.

Il ne répondit pas immédiatement, puis, prenant une cigarette sur une table près de lui : « D'habitude, tu veux de l'argent », remarqua-t-il.

Kit fit un grand effort, retrouva son sang-froid et son sang-froid.

"Cher Jack," dit-elle, "j'ai été impolie et je m'excuse. Mais je suis très rarement impolie; rendez-moi justice de l'admettre. J'ai également été stupide et insensée. Je suis dans un trou horrible. Télégraphiez à Alington, comme un bon garçon, et demandez-lui ce que je dois faire. Et je serais vraiment très heureux d'avoir un peu d'argent si vous pouvez l'épargner.

Jack la regarda avec curiosité. Ce comportement ne ressemblait absolument pas à Kit. Jusqu'ici, ses dettes lui avaient été légères ; elle avait souvent dit que rien n'était plus agréable que d'avoir de l'argent, et rien de plus facile que de s'en passer. Encore une fois, le pécule de trois mille livres de Kit lui parut une somme surprenante. À sa connaissance, elle n'avait pas beaucoup joué cet été, et tout l'automne, à l'exception des quinze jours qu'elle avait passés à Aldeburgh, ils avaient été ensemble, et ses gains ne pouvaient certainement pas représenter un cinquième de ce montant. Il ne pouvait pas concevoir comment elle l'avait obtenu.

"Ecoute, Kit," dit-il, "tu auras un peu d'argent s'il le faut, même si pour l'instant je veux littéralement chaque centime que je peux mettre la main sur cette affaire de mine. Je joue gros. Si ça se passe bien, comme je l'espère - et, ce qui est bien plus satisfaisant, comme l'espère Alington - nous serons riches, et quand je dis riche, cela signifie beaucoup. Mais je pense que nous ferions mieux d'avoir une conversation. Oh, je télégraphierai à Alington au sujet de votre affaire à la fois.

Kit se sentit terriblement nerveuse et bouleversée ce matin-là, et tandis que Jack écrivait le télégramme, elle se jeta sur une chaise devant le feu et alluma une cigarette, dans l'espoir d'apaiser ses nerfs à vif. La neige avait déjà commencé à tomber, l'air était mordant ; elle frissonna. Mais après quelques bouffées, elle jeta la cigarette. Cela avait un mauvais goût dans sa bouche, et elle ressentait une peur indéfinie de ce qui allait arriver, et elle n'était pas du tout encline à parler. Heureusement, Jack allait en ville dans une demi-heure ; la conversation ne pouvait pas durer longtemps.

Il attendit que le domestique ait pris le télégramme, puis vint se placer devant le feu.

« Comment avez-vous obtenu ces trois mille livres ? » demanda-t-il brusquement.

"Je l'ai gagné. Je vous l'ai dit", a déclaré Kit.

"Où ? Quand ? C'est une grosse somme. Tu sais, Kit, je ne me mêle pas souvent de tes affaires. Ne sois pas en colère contre moi."

"Mon cher Jack, je ne tiens pas de livre avec les noms et adresses de toutes les personnes auprès desquelles j'ai gagné six pence. Aucun de nous, si l'on en arrive à cela, n'est réputé pour ses livres de comptes bien tenus. Où ? Dans une centaine d'endroits. Quand ? L'été et l'automne derniers," et sa voix s'éteignit un peu sur les mots.

Jack se tourna et enleva les cendres de sa cigarette. Il savait que Kit n'aurait pas pu gagner une telle somme, et il détestait penser qu'elle lui mentait. Il était vrai qu'il posait le genre de questions qu'ils ne se posaient pas, mais il ne pouvait s'en empêcher : l'air était menaçant. Il fallait qu'elle l'ait emprunté ou qu'on lui l'ait donné, et un tel soupçon le frappa au vif, car même si lui, comme elle, ne songeait pas à accumuler d'énormes factures aux risques des commerçants, c'était pourtant une toute autre chose d'emprunter. de sa propre classe (car il savait avec raison que Kit ne serait jamais assez stupide pour s'adresser à un prêteur sur gages), ou pour recevoir de l'argent de ses amis. Et ses manières étaient si étranges. Il ne pouvait s'empêcher de penser qu'il y avait quelque chose derrière.

"Est-ce qu'Alice Haslemere vous en a prêté ?" » demanda-t-il soudain.

Kit, prise au dépourvu, vit une lueur d'espoir.

"Oui," dit-elle rapidement, sans vouloir mentir. Puis, se souvenant qu'elle lui avait dit qu'elle avait gagné, "Non", ajouta-t-elle dans le même souffle.

Jack recula rapidement vers la table sur laquelle il écrivait.

"Cela ne sert à rien de parler si vous ne pouvez pas me dire la vérité", a-t-il déclaré. "Combien d'argent veux-tu, Kit ?"

Kit essaya de lui répondre, mais n'y parvint pas. Elle n'avait conscience que d'une grande impuissance désolante, et peu à peu les sanglots s'accumulaient dans sa gorge. Jack, attendant sa réponse, entendit une respiration rapide, et en un instant il fut à côté d'elle, le meilleur de lui prêt à l'aider, si possible, oubliant tout sauf que Kit avait des ennuis.

"Ma pauvre vieille fille !" il a dit. "Qu'est-ce qu'il y a ? Y a-t-il quelque chose qui ne va pas, Kit ? Tu ne veux pas me le dire ? En effet, je suis ton ami. Ne pleure pas ainsi. Peu importe ; dis-le-moi une autre fois si tu veux. Là, dois-je te laisser « Serez-vous mieux seul ? »

Kit hocha la tête, et il lui toucha légèrement et gentiment l'épaule, et se tourna pour partir. Mais avant qu'il n'arrive à la porte, elle parla.

"Non, ce n'est rien, Jack," dit-elle en contrôlant sa voix avec effort. "Je ne suis pas en forme, je pense. Peu importe l'argent. Je peux avancer."

Elle se leva de sa chaise et se dirigea vers la porte.

"Ne t'inquiète pas, Jack," dit-elle.

Elle se rendit dans sa propre chambre, où elle savait que personne ne la dérangerait, et s'enferma. Jack serait absent toute la journée et elle serait seule jusqu'au soir. Quelques personnes l'accompagnaient alors de la ville, parmi lesquels Toby et sa femme, Ted Comber, et plusieurs autres de leur groupe. Dans l'ensemble, elle était heureuse qu'ils viennent ; il valait mieux être distrait que de ruminer des choses qu'aucune rumeur ne peut réparer. Par-dessus tout, elle souhaitait un intervalle pendant lequel Jack et elle ne seraient pas seuls. Peut-être qu'au bout de quelques jours il oublierait ou ne se rappellerait plus que vaguement l'affaire de ce matin.

Elle avait déjeuné seule dans son salon sur un plateau, car il y faisait plus chaud que dans la salle à manger, et avait essayé une douzaine de façons de faire passer les heures. Il était impossible de sortir ; la neige, qui avait commencé avant le départ de Jack, devenait momentanément plus épaisse et tombait en couronnes vertigineuses et frénétiques. L'air était extrêmement froid et elle ne pouvait distinguer que vaguement, à travers l'atmosphère tourbillonnante, les lignes d'arbustes du jardin, recouvertes d'épais manteaux blancs. Deux moineaux aux plumes gonflées étaient accroupis sur le rebord de sa fenêtre et Kit, dans l'amertume de son cœur, les détestait et, s'approchant de la fenêtre, les faisait fuir. Ils se laissèrent tomber avec raideur sur la pelouse en contrebas et mi-marchèrent, mi-agitèrent jusqu'à l'abri d'un buisson voisin. Puis un soudain remords l'envahit et, ouvrant la fenêtre, elle jeta les miettes de son plateau à lunch, mais ce mouvement brusque ne fit que les effrayer complètement. Elle resta longtemps à la fenêtre, regardant la désolation aveuglante, puis, par un violent effort, se détacha un instant de tout ce qui la troublait. Il faudrait tous les prendre et s'en occuper, mais elle ne pouvait rien faire seule. Il fallait dire quelque chose à Jack — Jack et un autre.

La lumière électrique était en panne, et vers trois heures et quart de cet après-midi d'hiver hurlant, elle quitta sa place près du feu et de son livre non lu et sonna pour appeler des lampes. Puis il y avait aussi des ordres à envoyer aux écuries, et elle retint l'homme une minute pour les donner, sachant que quand il serait parti, elle se retrouverait seule. L'omnibus et le coupé devaient tous deux rejoindre le train, et les chevaux devaient être malmenés, et y avait-il un télégramme pour Sa Seigneurie. Il y en avait un et, devinant qu'il venait d'Alington, elle l'ouvrit.

« Mauvaise crise à Carmel East », lit-elle. "Je ne peux pas vous conseiller."

Kit froissa le télégramme et le jeta impatiemment dans la grille. Voilà une autre chose à bannir de son esprit ; en réalité, ce fut un exil assez prolongé. Elle décida de ne pas vendre ; À moins que quelque chose n'arrive qui fasse monter les prix, ce ne serait qu'un simple rappel de ses pertes de sauver une si petite pièce de l'épave. Elle ne voulait pas un peu d'argent, elle en voulait beaucoup, et préférerait n'en avoir pas plutôt qu'un peu. Ainsi, ayant décidé d'écarter tout le sujet, elle ne pensa à rien d'autre pendant la demi-heure suivante.

Dehors, la soirée devenait plus sombre et plus sauvage, et les fenêtres du nord-est de sa chambre, du côté d'où soufflait le vent, étaient déjà à moitié aveuglées par la neige, et de temps en temps une main furieuse et invisible faisait trembler leurs battants. comme pour exiger une admission instantanée. Le vent, qui avait monté et baissé tout au long de la journée en rafales intermittentes, soufflait maintenant avec une véhémence étonnante et toujours croissante. La ligne serait profondément enneigée, peut-être presque infranchissable ; de toute façon le train qui doit amener Jack et les autres doit être en retard. Kit sentait que les éléments, la neige et la tempête, étaient des êtres malins luttant contre elle ; la solitude des heures suivantes devint insupportable, et qui sait combien d'heures elle pourrait encore rester seule ? Rapidement soulagée, il lui sembla qu'avoir du monde autour, avoir à accomplir les innombrables tâches ordinaires d'une hôtesse, serait la solution à ses problèmes, et l'omnibus rempli de gens qui avaient déjà quitté Londres était si nombreux. s'ancre à elle. Elle devrait parler, rire, divertir les gens, être elle-même normale, et des heures et des jours passeraient sans lui laisser le temps ni l'occasion de réfléchir ou de regretter. Elle essayait de se dire que ses difficultés actuelles, comme les lettres restées sans réponse, se régleraient et se répondraient d'elles-mêmes. Les nuits, elle ne les craignait pas : jusqu'alors, elle savait à peine ce que c'était que d'être éveillée, et même si l'on le savait, il y avait ces choses commodes comme la morphine qu'on pouvait toujours prendre.

L'heure du thé arriva ; sa chambre lui était devenue insupportable, et elle se rendit dans le hall, où ils prenaient toujours le thé s'il y avait du monde avec eux, attendant les bruits étouffés par la neige des roues du chariot. Le train devait arriver une demi-heure plus tôt, et ils pourraient être là à tout moment s'il avait été ponctuel. Ponctuelle, elle savait qu'elle ne pouvait pas être contre ce brouhaha ; mais pourtant, chaque minute qui s'écoulait maintenant était une minute pendant laquelle ils auraient pu atteindre la gare, moins désespérés que celles qu'elle avait passées depuis le déjeuner. On apporta les choses à thé et elle mangea un morceau de pain et de beurre, pensant qu'elle ne ferait pas de thé avant leur arrivée, mais les minutes continuèrent à presser les aiguilles de l'horloge, et finalement elle en prépara assez pour elle-même et but une tasse. Mais cela ne semblait ni la réchauffer ni la revigorer ; le goût de la crème lui donnait la nausée, et en versant la moitié, elle quitta la table et vint s'asseoir plus près du feu, un livre à la main.

Dehors, la tempête continuait comme une symphonie folle et insensée. Maintenant, la longue note régulière d'un cor sonnait bizarrement dans la cheminée, et un chœur de rafales hurlantes comme celles des violons se déchaînait dessus, montant et montant de plus en plus haut comme pour conduire à un point culminant prodigieux. Mais aucun point culminant n'est venu ; ils mouraient à nouveau sans rien gagner, et les lents sanglots des violoncelles leur répondaient. Puis, pendant un moment, il y eut de la grêle mêlée à la neige, et le tatouage soudain des timbales sur la fenêtre semblait annoncer quelque chose, mais rien ne sortit qu'un long passage chromatique des cordes, qui ne menait nulle part, ne présageait rien. Alors le cor dans la cheminée avait une mesure ou deux, répétant son *motif* , comme pour le souligner, et les cordes et les cors entraient simultanément dans une musique folle. Puis, pendant un instant, il y avait une pause morte et tendue ; le chef d'orchestre semblait se tenir debout, la baguette levée, rassemblant l'orchestre pour le *finale* , mais, au lieu d'une immense émeute de sons, seule une flûte gémissait une note cassée, et tout le mouvement recommençait.

Le bruit rendait Kit affolé ; il lui semblait que ses propres pensées devenaient audibles. Comme les explosions aveugles et insensées, elle s'emparait d'un aspect dénué de sens de sa vie et essayait de l'intégrer dans une sorte de modèle. Mais avant de pouvoir trouver une idée, elle l'abandonnerait à nouveau, et son esprit s'envolerait tantôt vers cette soirée où elle avait trompé Alington au baccara, tantôt vers la semaine à Aldeburgh, tantôt vers les affaires de Carmel East, et encore une fois. , et encore une fois, à la semaine à Aldeburgh. Tout cela était fragmenté, bruyant, cliquetant, terrifiant, avec des accès hystériques de faux sentiments.

Alors, pour la première fois de sa vie, l'horreur des jours passés, l'horreur du moment, l'horreur de l'avenir saisirent Kit dans leur triple emprise et la secouaient. Elle repensait aux années pendant lesquelles, jour après jour, elle s'était agrippée avidement, avec voracité, au plaisir du moment ; des deux mains, elle avait arraché les fleurs de la vie, se faisant de grands bouquets comme un enfant dans un champ de foin, et maintenant, quand elle les regardait, il n'y avait pas une fleur qui ne soit fanée et fanée. À travers le passé, elle était arrivée à cet horrible présent. Elle attendait avec impatience ; l'avenir était vide, à l'exception d'une tache rouge d'horreur qui se rapprochait de plus en plus chaque jour jusqu'à ce qu'elle tombe sur elle. Il n'y avait aucune échappatoire pour elle.

À ce moment-là, il y eut une accalmie dans la symphonie folle à l'extérieur, et dans le silence, elle entendit le doux bruit des roues encombrées de neige passer devant les fenêtres. Avec un sentiment de soulagement, presque douloureux dans son intensité, elle courut vers la porte et l'ouvrit brusquement, laissant entrer un grand souffle de vent étouffé par la neige qui éteignit les lampes, et ne laissa que les ombres déformées du feu bondissant monstrueusement sur la porte. des murs. Mais au lieu de l'omnibus auquel elle s'attendait, il n'y avait qu'une charrette de facteur, d'où l'homme était déjà descendu, recouvert de neige, un télégramme à la main. Il venait de sonner.

Kit courut avec l'ouvrage jusqu'au feu et le lut près du feu. Il venait de Conybeare, envoyé depuis deux gares en amont de la ligne.

> "Bloqué par la neige", dit-il. "La ligne ne sera dégagée que demain matin."

Un valet de pied était venu répondre à la cloche. Il trouva la porte grande ouverte, la neige soufflait vertigineusement à l'intérieur, et sur le tapis de foyer, Kit, évanoui.

CHAPITRE II

LA PREMIÈRE AFFAIRE

M. Alington était un lève-tôt, et il était à peine huit heures et demie lorsqu'il termina son petit-déjeuner simple mais excellent le matin après avoir reçu le télégramme de Jack concernant l'aventure de Kit à Carmel East. Un certain instinct de perfection le caractérisait ; toutes ses habitudes de vie étaient d'un caractère achevé. Il vivait simplement, et il préférait manger ses simples œufs et son bacon en porcelaine fine, avec des bouchées alternées de pain grillé admirablement croustillant et du beurre le plus frais, plutôt que de se déchaîner dans les festins de Caligula avec une serviette si légèrement tachée. Les mêmes chutes de neige qui avaient bloqué la ligne entre Tilehurst et Goring n'avaient pas épargné Londres, et les rues de ce dimanche matin étaient muettes et lourdes de neige. Des bandes d'hommes travaillaient à le nettoyer, et des traînées et des carrés de trottoirs bruns et boueux et de chaussées d'une sordidité contrastée se découvraient dans la blancheur solide de la rue. M. Alington, regardant par sa fenêtre, craignait que ces efforts ne se révèlent inutiles, car le ciel était encore épais et recouvert de cet aspect doux et gras qui laisse présager davantage de neige, et malgré l'heure, il faisait bon. mais une excuse pour le crépuscule sur lequel il regardait. Cette pensée lui causa une douleur appréciable. La rue était vide, sauf pour les éboueurs, et avait atteint ce degré d'inconfort qu'on ne peut atteindre à Londres qu'après une chute de neige. Les maisons décharnées et grises d'en face avaient des lumières scintillantes à leurs fenêtres, et l'atmosphère jaune et sans lumière ressemblait à un rêve jaunâtre. L'horloge du palais au bas de la rue était toujours éclairée à l'intérieur, mais ce n'était rien de plus qu'une lune floue dans l'air obstrué.

Mais M. Alington, après son premier regard exhaustif, n'a accordé que peu d'attention à ces atrocités climatiques. Sa lampe de lecture brillait joyeusement sur son bureau et sur les papiers très satisfaisants qui s'y trouvaient, et Carmel profitait d'un soleil tempéré. Car jusqu'à présent, les méthodes du nouveau groupe avaient entièrement répondu à ses attentes, qui étaient optimistes depuis le début, et le meilleur, espérait-il, n'était pas encore arrivé. Le plan qu'il avait élaboré au cours de l'été et dont il avait discuté avec Jack en septembre avait été simple, ingénieux et plutôt sûr d'une acuité excessive. Le cher et délicieux public, comme il l'avait prévu, était tout à fait disposé à se rallier à son projet et avait secondé ses projets d'enrichissement général, particulièrement le sien, par un patronage ouvert. Le projet en bref était le suivant, si seulement le public le savait :

On se souvient qu'il avait formé deux sociétés, Carmel, et Carmel Est et Ouest, au capital respectivement de trois cent mille et cinq cent mille livres. Carmel Est et Ouest avaient montré des fluctuations remarquables, comme Kit le savait à sa perte, Alington et Jack suivant ses conseils, à leur profit, et la manière dont cela avait été fonctionné était la simplicité même. Les actions avaient été émises au pair et s'étaient élevées presque immédiatement à vingt-cinq shillings. Cet Alington était disposé à l'attribuer en partie à sa propre réputation et aux rapports de la mine, mais surtout - car il était modeste même lorsqu'il était seul - aux effets de son noble corps de directeurs. En tant que vendeur, il avait cinquante mille actions entièrement libérées, et à ce moment-là, il les vendit, les déchargeant très soigneusement sous plusieurs noms et réalisant un petit bénéfice très décent pour un homme aux goûts simples et à l'apparence d'un majordome. L'effet naturel de cette vente importante fut de faire chuter les actions, et la tendance à la baisse fut accélérée par des nouvelles peu prometteuses en provenance de la mine, qui suivirent immédiatement sa vente. Le minerai, comme indiqué dans le prospectus, était réfractaire et son extraction était à la fois coûteuse et ne rapportait qu'un très faible pourcentage d'or. M. Alington, que plusieurs grands détenteurs et hommes importants de la ville ont consulté à cette époque, n'était pas optimiste. Les résultats étaient mauvais, on ne pouvait le nier. Trois semaines de baisse du marché ont amené les actions à l'état dans lequel elles se trouvaient ce jour de novembre où Kit a vendu pour la première fois, et elles ont clôturé à treize et neuf pence pour les vendeurs, quatorze et trois pence pour les acheteurs. Alington a estimé que ce chiffre était suffisamment bas pour sa deuxième étape, car il ne voulait pas que le marché perde complètement confiance. Il envoya un télégramme à son manager en Australie, M. Linkwood, laconique, mais parfaitement compréhensible pour cet homme intelligent :

"Nouveau processus. — ALINGTON ", disait-il.

Il en a également envoyé une à M. Richard Chavasse :

"Investir."

Le lendemain matin, il reçut de M. Linkwood la réponse suivante :

"Carmel East. Quatre-vingt-dix pour cent de l'or extrait par
le procédé Bülow. Fort soutien des marchés australiens. —
LINKWOOD ."

Or, la veille au soir, certains gros achats à Carmel East avaient été effectués en Angleterre, non sous les noms sous lesquels M. Alington avait débarqué auparavant, car la faiblesse d'une telle démarche était évidente, et il les suivit le lendemain matin par un très gros achat en son propre nom, et par la publication de son télégramme de M. Linkwood. Il a également rencontré plusieurs hommes d'affaires à qui il a donné des explications détaillées. Il avait télégraphié, disait-il en toute vérité, à son directeur pour qu'il essaie le procédé Bülow et, comme ils l'ont constaté, cela avait donné des résultats admirables. Au lieu de vingt, ils en ont obtenu quatre-vingt-dix pour cent. de l'or. Concernant le fort soutien des marchés australiens, ils recevraient sans doute de nouvelles informations par câble. Il n'avait aucune information postérieure à ce télégramme qu'il avait publié.

L'effet de cette situation sur un marché déjà prédisposé à exploser après les Occidentaux était naturel et inévitable. Les actions montèrent de près de moitié au cours de la journée, et le lendemain matin, lorsqu'un autre câble privé, immédiatement rendu public, rapporta que le plus astucieux des financiers, M. Richard Chavasse, avait acheté pour quarante mille livres, elles dépassèrent les trente mille livres. shillings.

Une semaine plus tard, ils s'élevaient à deux livres, grâce au soutien constant des investisseurs privés. Il y avait une fausse nouvelle selon laquelle on pouvait s'attendre à un dividende, tant l'écrasement du mois s'était avéré extraordinairement réussi, et ce fut le moment malheureux choisi par Kit pour faire son deuxième achat. Simultanément, Alington, qui depuis une semaine avait soigneusement déchargé, télégraphia à Jack de faire de même et vendit en grande partie sous son propre nom. Une semaine s'écoula et les actions reculèrent lentement, déprimées par ces ventes importantes, bien qu'il y ait encore une demande considérable en Angleterre. Puis est arrivé un autre télégramme d'Australie, disant que la mine semblait beaucoup moins prometteuse. La veine sur laquelle ils travaillaient avec tant de succès depuis deux ou trois mois s'arrêta brusquement, à cause d'un pendage dans les couches, et si on la frappait de nouveau, elle ne pourrait probablement l'être qu'à un niveau beaucoup plus profond. Cela impliquerait un développement considérable. S'en suivirent de grandes ventes en Australie, parmi lesquelles M. Richard Chavasse (à la suite d'un télégramme en provenance d'Angleterre), et les actions tombèrent à dix-neuf shillings. Puis la possibilité d'une guerre entre l'Angleterre et la France les déprima encore davantage, et ils tombèrent tranquillement à quatorze shillings, où, malgré tout ce que M. Alington s'en souciait actuellement, ils étaient libres de rester. Ainsi s'est clôturé le premier acte de la grande affaire, laissant un marché suspect.

Telle était la situation ce dimanche matin en ce qui concerne Carmel Est et Ouest lorsque M. Alington regardait la rue enneigée. Il avait assisté l'après-midi précédent à un concert où l'on avait interprété la Messe en si bémol de Palestrina et des fragments de ces mélodies douces et austères hantaient encore sa tête. Comme beaucoup d'hommes qui ont une grande aptitude pour les figures, il avait une merveilleuse mémoire musicale, et s'asseyant devant son piano, il se rappelait avec douceur plusieurs airs. C'était la musique qui l'attirait vraiment, une mélodie pure, simple, sacrée. Personne plus que lui ne regrettait la décadence totale de la musique anglaise, sa chute de son génie naturel, parvenu, selon lui, à la perfection sous le divin Purcell. C'était devenu *déclassé*, dans le sens le plus affreux de ce mot affreux. Une végétation exotique allemande s'y était répandue comme une plante parasite ; le goût indigène était toujours là, et de temps en temps Parry, ou quelqu'un de son école immédiate, donnait à quelqu'un un air digne des meilleurs anglais, mais sinon tout le monde semblait avoir envie de multiplier indéfiniment le plus chaotique de Wagner, ou le plus chaotique de Wagner . musique de ces personnes dont les noms se terminaient par « owski ». Puis, et toujours de mémoire, par un acte de réflexion inconsciente, il joua le dernier refrain de "Blest Pair of Syrens", et, fermant le piano, se leva et se dirigea vers son bureau, les yeux embués de larmes, en harmonie avec lui-même.

Il avait anticipé les événements avec la précision d'un grand général. Le marché s'était précipité, comme des gens affamés lorsqu'un grenier est ouvert, au Carmel Est et Ouest, et après avoir atteint son point culminant et que les grandes ventes aient commencé, il s'en est suivi quelque chose comme une panique. Les mines d'Australie occidentale étaient encore nouvelles pour le public et les grands financiers les considéraient avec méfiance. Cette frayeur soudaine concernant le Carmel Est et l'Ouest convenait parfaitement à M. Alington, car elle ferait certainement baisser le prix du deuxième groupe du Carmel, à savoir les mines du Nord, du Sud et du Centre. Il l'avait constaté il y a six mois et avait travaillé dans ce but précis. À l'heure actuelle, il n'avait aucune participation dans Mount Carmel, à l'exception des actions qu'il détenait pour se qualifier en tant qu'administrateur, et il avait retardé tout achat de ces actions jusqu'à ce que la panique créée par le comportement changeant du groupe sœur ait fait baisser le prix. Plus il descendait bas, mieux il serait content, car il avait l'intention de faire un coup d'État à ce sujet, à côté duquel ce qu'il avait empoché sur le Carmel Est et Ouest ne devrait être qu'une simple bagatelle. Mais pour Carmel, il n'avait besoin d'aucune aide fortuite des marquis, et par conséquent la démission soudaine de Tom Abbotsworthy de son conseil d'administration, événement qui avait eu lieu la veille, ne le troublait pas du tout, et il ne se souciait pas non plus de savoir quelle était la cause de « ses regrets ». pour constater que la pression du travail l'en empêchait", a couvert. La mine qu'il connaissait était une propriété magnifique, tout à fait autonome, et dans le prospectus il avait volontairement sous-estimé sa valeur probable. Ce faisant, il était totalement à l'abri d'une éventuelle censure ; la mine lui avait semblé prometteuse, et il l'avait dit, et lorsque les actions seraient suffisamment basses, il avait l'intention d'acheter tout ce qui lui tomberait sous la main. C'est également à dessein qu'il l'avait sous-capitalisé ; il avait finalement l'intention d'émettre de nouvelles actions. Les cinq cent mille livres déjà souscrites n'étaient pas plus que suffisantes pour faire fonctionner le Carmel Nord, et il croyait que le

Mont Carmel et le Carmel Sud du même groupe étaient aussi rémunérateurs que les autres. La panique autour du Carmel Est et Ouest avait déjà touché l'autre groupe, et hier soir, les actions d'une livre, après une semaine de baisse, s'élevaient à quinze shillings. Il proposa de les laisser descendre, s'ils le voulaient bien, jusqu'à ce qu'ils soient tombés à dix shillings ou environ, puis d'acheter pour tout ce qu'il valait et d'envoyer un télégramme à M. Richard Chavasse pour qu'il fasse de même. Et en pensant à M. Richard Chavasse, il passa ses pouces dans les emmanchures de son gilet, se renversa sur sa chaise et rit tout haut avec une grande douceur.

À certains égards, M. Alington, malgré sa conversation posée et son apparence de majordome, était un véritable humoriste ; en tout cas, dans ce cas, il suffisait que lui seul apprécie sa propre plaisanterie, et il n'avait besoin d'aucun sympathisant. En effet, cela aurait tout gâché si d'autres personnes avaient pu l'apprécier. Bien que modeste, il considérait la plaisanterie de Chavasse comme très amusante, et la plaisanterie de Chavasse était la sienne, et le sens en était le suivant :

Il y a quelques années, en Australie, il avait un valet de chambre suisse, un coquin intelligent et soigné dans son genre, qui, une nuit, fut suffisamment mal avisé pour ouvrir la maison aux cambrioleurs. Mais l'alarme a été donnée. M. Alington, armé d'un revolver et d'un pyjama, descendit doucement mais fermement les escaliers et, bien que les cambrioleurs se soient échappés, il tenait son valet de chambre dans le creux de sa main. L'homme fut repéré et, espérant tirer le meilleur parti de son travail avorté, avoua sa complicité à son maître. M. Alington lui a fait donner ses aveux par écrit et les a envoyés à sa banque pour qu'ils les conservent en lieu sûr, mais pour le moment il n'a pris aucune autre mesure.

Mais peu de temps avant la formation de cette nouvelle compagnie, quatre ou cinq mois seulement avant son propre départ pour l'Angleterre, il se sépara de son domestique, qui quitta aussitôt Melbourne. Trois mois plus tard, apparut un gentleman avec une belle moustache et une barbe courte, un ami personnel, semble-t-il, de M. Alington, et un homme riche, intéressé par les mines australiennes. Quelques semaines seulement après son arrivée, M. Alington partit pour l'Angleterre. M. Richard Chavasse, cependant, resta cultivé et linguistique, et vivait dans la maison d'Alington à un loyer, supposait-on, convenable. Dans l'ensemble, il peut être mieux décrit comme une création.

Ici encore, comme dans tant d'autres relations de la Providence avec l'homme, M. Alington s'étonnait souvent de voir toutes choses concourir au bien. Dans un premier temps, il n'avait pas manqué à sa patience pour livrer M. Richard Chavasse à la police un vague sentiment de compassion à la pensée de ces mains adroites, cloutées de chemise, adonnées au sang, au ramassage de l'étoupe et à la couture du courrier. -Sacs; et comme cette douce pitié fut largement récompensée ! Un homme lié à lui par la peur était un dépositaire bien plus sûr pour les grosses sommes d'argent, s'élevant parfois à quarante ou cinquante mille livres, sur lesquelles M. Chavasse avait le contrôle, que quelqu'un sur lequel il n'avait aucun contrôle. Si M. Chavasse tentait de s'en tirer avec l'argent, ou même - tant les règles d'Alington étaient strictes pour une conduite stricte et sobre de sa vie - quittait la colonie, un message télégraphié de sa part à la banque ferait passer les aveux de l'ex-valet de complicité de cambriolage entre les mains de la police. Alington, en effet, avait beaucoup spéculé sur Chavasses, et il eut l'esprit de voir dès le début que plus il lui donnerait une position confortable, plus il ferait de lui un homme riche et de marque, plus il serait lui-même en sécurité. Un mendiant muni d'une procuration peut facilement décamper avec le butin, et éventuellement déjouer les poursuites, mais pour l'homme solide intéressé par les mines, bien que légèrement reclus et exclusif, il est difficilement possible d'échapper à la capture. D'ailleurs, qui, sensé, ne préférerait pas vivre délicatement plutôt que d'esquiver les détectives ? Certes, M. Chavasse était complètement raisonnable et n'a pas tenté de s'enfuir. Ce qu'Alington comptait faire de lui après le grand coup d'État des Carmels, il n'avait pas encore été déterminé avec certitude.

Dans l'intervalle, M. Chavasse, ancien valet de chambre, vivait dans sa maison de Melbourne sans loyer et coûtait peut-être quatre-vingts livres par mois à M. Alington. Mais quel investissement admirable était-ce ; et combien ces quatre-vingts livres sterling par mois ne représentaient qu'un faible pourcentage de ses revenus pour son maître ! Il était déjà arrivé souvent, comme dans le cas de Carmel East, qu'Alington en Angleterre voulait faire monter le prix d'une mine, et un soutien fort en Australie était exactement ce qu'il fallait pour donner une confiance hésitante au marché. Il exerçait ainsi un double contrôle : ici en Angleterre, sans aucun doute, de nombreux investisseurs suivirent son exemple, car il était connu pour être un homme extrêmement avisé, doté d'un instinct de connaissance sans égal, et invariablement ses achats semblaient annoncer une décision générale. avance. Car aussi sûrement que M. Alington a acheté à Londres, un câble a sûrement été envoyé à M. Chavasse, "Investissez le solde" ou "Investissez la moitié du solde", et en temps voulu la réponse est venue, pas nécessairement à Alington - en effet, rarement pour lui : « Un fort soutien en Australie ». Le plan était simple — tous les plans pratiques le sont : le valet de chambre avait le choix entre deux modes de vie — celui de vivre extrêmement confortablement dans la charmante maison d'Alington à Melbourne, en passant des journées agréables et indépendantes, et de temps en temps, comme le télégramme venait d'Angleterre, faire de gros achats pour telle ou telle mine, ou vendre encore par obéissance ; l'autre, de quitter sa confortable maison et de partir pour tenter de distancer les détectives : car aussi sûrement qu'il tenterait de s'échapper, aussi sûrement ses aveux déposés à la banque passeraient entre les mains de la police. Une fois par mois, en effet, il devait envoyer en Angleterre le relevé de ses comptes, et de temps en temps on lui disait que sa facture de cigares était trop grosse, ou que du whisky et du soda pour le déjeuner constitueraient un agréable changement de une Moselle chère. En quittant l'Australie, M. Alington lui avait transféré absolument certaines actions, certificats et solde à la banque de Melbourne en paiement, croyait-on, d'un achat important ; et il n'était pas rare qu'il puisse, s'il le voulait, tirer un chèque d'un montant allant jusqu'à cinquante mille livres pour lui-même. Ainsi, pendant quelques semaines peut-être, il pourrait faire carrière à travers le monde ; mais à partir de ce moment, il ne serait plus M. Richard Chavasse, ce monsieur solide et linguistique, mais l'homme Chavasse, vivement recherché par la police pour cambriolage.

Il y avait un risque des deux côtés. Alington savait que condamner cet homme, s'il était assez fou pour tenter de s'échapper, signifiait exposer sa propre part du marché et dire au revoir au double contrôle. En son for intérieur, il avait à peine décidé que faire si Chavasse commettait une erreur aussi déplorable. Sans doute pourrait-il être arrêté, sans doute son identité pourrait-elle être prouvée, et il pourrait être atterri à la place des tapis roulants et des cueilleurs d'étoupes, mais il y aurait aussi d'autres révélations, qui ne concerneraient pas toutes Chavasse. Cependant, il n'a jamais sérieusement envisagé de telles possibilités, car il ne croyait pas que l'homme tenterait un jour de s'échapper. Il se sentait à l'aise là où il se trouvait, et les gens à l'aise y réfléchiraient à deux fois avant de risquer des poursuites pour cambriolage. Alington était bien trop perspicace pour songer à l'effrayer ou à le faire continuellement trembler ; l'exaspération pourrait le conduire à cette ruine indésirable. Au lieu de cela, il lui accorda une allocation très équitable, et les plaintes concernant la longueur de son bec de cigare furent rares. En effet, il avait très bien mesuré les intentions immédiates de son ex-valet. M. Richard Chavasse ne songeait pas actuellement à tenter de se libérer de sa servitude extrêmement tolérable, et probablement à obtenir en échange quelque chose de beaucoup moins doux, tandis que ses aveux étaient à la banque. Il avait l'aversion pour les risques communs aux hommes détectés une fois. Si toutefois il parvenait, grâce à un plan non encore formulé, à éliminer ces risques, sa conscience, pensait-il, ne lui dirait pas qu'il était tenu, par gratitude envers M. Alington, de ne jamais rien faire pour lui-même.

Ce matin, alors qu'Alington travaillait dans sa chambre bien éclairée, ou regardait avec un regard bienveillant et distrait la rue enneigée et sordide, ou riait de plaisir en pensant à M. Richard Chavasse, il se sentait extrêmement en sécurité et humblement reconnaissant. à la Providence qui avait ainsi guidé ses pas vers la respectabilité et la richesse. Sans être un avare au sens ordinaire du mot, il avait cette passion démesurée (dans son cas pour l'argent) qui caractérise le monomane. Pourtant, il restait extrêmement sain d'esprit ; sa volonté de se procurer non seulement le nécessaire, mais aussi le luxe que l'argent permet d'acheter, est restée intacte, malgré sa passion pour l'argent. Il n'était pas extravagant, car l'extravagance, comme tout autre excès, était étrangère à sa nature douce et bien réglée, et n'avait pas été induite par la possession de richesses, mais par un rare tirage qu'il laissait rarement sans acheter. Il donnait d'ailleurs largement à des institutions charitables, et donner de l'argent à des objets méritants était pour lui un véritable plaisir, sans parler de la satisfaction qu'il éprouvait sans doute à voir son nom figurer en tête d'une liste de souscription. En plus de sa grande passion, il avait mille goûts et intérêts, un don qui manque souvent même au génie lui-même, et c'est peut-être ceux-ci, d'un côté, s'opposant à la soif d'argent, de l'autre, qui le maintenaient si bien. - équilibré, tout comme le poste télégraphique est maintenu droit par la tension des deux côtés. En plus de cette grande chose, le monde lui offrait des centaines d'objets désirables, et les heures pendant lesquelles il ne se consacrait pas à ses affaires n'étaient pas, comme elles le sont pour tant d'autres, un vide et une pause. Il ferma son grand livre et ouvrit la passion musique ; il fermait son piano et détachait son portefeuille de gravures, et son visage élégant et respectable brillait de plaisir intérieur à chaque fois. Une certaine bonté de caractère, qui faisait partie de sa nature, il faut l'avouer, qu'il gardait à l'écart lorsqu'il faisait des affaires. Celui-ci vivait dans un grenier et ne descendait jamais les escaliers s'il était à son bureau. Par exemple, il n'avait pas la moindre envie d'aider Kit dans ses difficultés, même si un mot de sa part lui aurait montré comment, dans les mois suivants, rattraper ses pertes . Elle avait choisi de se mêler des affaires, et il devint un homme d'affaires de la tête aux talons. Cela lui faisait même un peu plaisir de la voir patauger ainsi, car il n'avait pas effacé et ne voulait pas effacer de son esprit la chose très mesquine qu'elle avait choisi de lui faire le soir du baccara. affaire. Étant très riche, il ne lui importait pas vraiment qu'elle lui vole cent livres ou un centime, mais il s'opposait clairement à ce qu'on lui vole l'un ou l'autre. Si le dernier atout l'avait convoqué sur-le-champ devant les livres de jugement ouverts, il aurait juré en toute honnêteté qu'il lui avait pardonné, car il n'avait jamais eu l'intention de la faire souffrir pour cela, même s'il en avait l'occasion. . Certes, il lui a pardonné ; il n'essaierait jamais de se venger d'elle, et il n'en avait parlé à personne.

Mais ses difficultés n'éveillaient aucune compassion chez lui, et elles ne l'auraient pas fait même si elle ne l'avait jamais trompé au baccara. Les affaires sont les affaires, et aucune statue de sentiment n'a de niche taillée sur le marché minier. On peut faire ses gentillesses après, se disait-il, et, pour lui rendre justice, il le faisait souvent.

Pour le moment, il y eut une accalmie dans la transaction du Carmel, et après une très courte période de consultation des registres, M. Alington les clôtura avec un soupir. Il y avait plusieurs reçus sur sa table, il les prit, les lut chacun et les nota. L'une concernait une somme d'argent considérable versée à une agence politique. Il hésita un moment avant d'y inscrire le dossier et écrivit finalement en haut à gauche :

"Baronnet".

CHAPITRE III

LILY TIRE UN CHÈQUE

Toby était assis après le petit-déjeuner dans la salle à manger de sa maison en ville, en train de lire le Times. Lily avait décidé avant leur mariage qu'il exercerait une sorte de profession et, le choix lui étant laissé, il avait choisi la politique. Il se proposait de se présenter dans un mois environ pour un bourg parfaitement sûr, et bien qu'il n'ait jusqu'alors rien connu de la gestion publique des affaires de son pays, puisqu'il allait s'en mêler lui-même, il se décida maintenant : ou s'était fixé pour lui, jour après jour, la lecture des journaux. Il venait juste de parcourir les dirigeants politiques du Times avec un travail infini et s'était tourné avec un soupir de soulagement pendant un court intervalle vers les rapports de police bien plus humains, lorsque Lily entra avec une note à la main.

"Bon garçon," dit-elle avec approbation, et Toby retourna rapidement vers les leaders.

"Un discours des plus importants du Screamer", a-t-il annoncé, honorant de ce nom un membre éminent du Cabinet. "Il semble suggérer une alliance anglo-russo-germanique-française-italo-américaine, et dit avec une certaine justesse qu'elle devrait être une combinaison très puissante. Elle est dirigée, autant que je sache, contre M. et Mme Kruger."

Lily regarda par-dessus son épaule pendant un moment et vit la justesse de son *CV*.

"Oui, lis tout cela très attentivement, très attentivement, Toby," dit-elle. "Mais occupe-toi d'abord de moi un instant ; je ne te garderai pas."

Toby reposa le papier avec empressement. Le sportif tomba de dessous, mais il dissimula sa chute avec la dextérité que l'on retrouve dans l'exercice.

"Qu'est-ce que c'est?" » demanda-t-il, vexé de l'interruption, auriez-vous dit, mais patient.

"Toby, parlant purement abstraitement, que fais-tu si un homme veut t'emprunter de l'argent ?" elle a demandé.

"En résumé, je suis ravi de le lui prêter", a-t-il déclaré. "Dans le concret, je lui dis que je n'ai pas un sou, en règle générale."

"Je vois", dit Lily; "Mais si tu l'avais, tu le lui prêterais ?"

— Oui, car, à supposer que ce soit une bonne personne qui vous demande de l'argent, c'est plutôt un compliment. Ce doit être une chose difficile à faire, et cela implique une sorte d'intimité.

"Et si ce n'est pas le bon genre de personne ?" » demanda Lily.

"Le mauvais genre de personne a généralement juste ce lambeau de respect de soi qui l'empêche de vous poser la question."

Lily soupira et lui tira doucement les cheveux, plutôt frappée par sa pénétration, mais ne voulant pas le reconnaître.

"Paillassons... paillassons !" elle a observé.

"Très bien, mais pourquoi être personnel ? Qui veut t'emprunter de l'argent, Lily ?"

"Je n'ai pas dit que personne le savait", répondit-elle en jetant le message de son enveloppe dans la grille. "Ne soyez pas curieux. Je poserai des questions abstraites si je veux, quand je veux et comme je veux. Lisez le discours du Hurleur avec beaucoup d'attention et soyez prêt à midi. Vous allez m'emmener chez les Maîtres Anciens. ".

Elle quitta la pièce, laissant Toby à sa politique. Mais il ne reprit pas immédiatement le papier, mais regarda distraitement le feu. Il n'aimait pas du tout l'idée que quelqu'un empruntait de l'argent à sa femme, car son cerveau lui suggérait involontairement le nom d'un emprunteur potentiel. Lily avait tenu un mot à la main, se rappelait-il, lorsqu'elle était entrée dans la pièce, et c'était sans doute l'enveloppe qu'elle avait jetée dans la cheminée. Un instant, il fut tenté de le ramasser et de voir si l'écriture confirmait ses soupçons, l'instant d'après il rougit vivement à cette pensée et, ramassant le fragment froissé sur la grille avec la pince, l'enfonça dans le noyau le plus chaud de la pièce. le feu.

Mais l'interruption avait effectivement détruit sa capacité de s'intéresser à cette combinaison mondiale contre M. et Mme Kruger. Il y avait du trouble dans l'air ; quel problème il ne savait pas, mais il en était conscient depuis qu'il était descendu un jour à la fin du mois de décembre dernier pour rester avec Kit et Jack à Goring, et ils avaient été bloqués par la neige à quelques stations plus haut de la ligne. . Il avait alors remarqué, et depuis lors, qu'il y avait quelque chose qui n'allait pas entre Kit et son frère. Kit avait été malade pendant leur séjour : elle n'était pratiquement pas apparue pendant ces quelques jours, sauf le soir. Ensuite, il est vrai, elle avait l'habitude de manger et de boire librement, de crier de rire et de jouer au baccara jusqu'à ce que les petites heures deviennent sensiblement plus longues. Mais derrière tout cela se cachait un sentiment évident d'effort et un sentiment de trouble orageux et oppressant – quelque chose d'impossible à définir, mais impossible à ne pas percevoir. D'une certaine manière, à supposer que ce soit Kit qui veuille emprunter de l'argent à sa femme, cela aurait été un soulagement pour Toby ; il aurait été heureux de savoir que l'argent seul était à la base de tout cela. Il craignait — il savait à peine ce qu'il craignait — mais quelque chose de pire que le manque d'argent.

Il resta assis à regarder le feu pendant quelques minutes encore, puis, se levant, se dirigea vers la chambre de sa femme. Elle était assise à table, en train d'écrire un mot, et Toby remarqua que son chéquier reposait près de sa main. Il s'abstenait soigneusement de regarder même dans la direction du message qu'elle était en train d'écrire et se tenait près de la fenêtre, le dos tourné vers la pièce.

« Lily, » dit-il, « ne veux-tu pas me dire qui veut t'emprunter de l'argent ? Car je pense que je sais.

Lily posa son stylo.

"Toby, tu es tout simplement odieux", dit-elle. "Ce n'est pas juste de votre part de dire ça."

Toby se retourna rapidement.

"Je ne suis pas du tout odieux", a-t-il déclaré. " Si j'avais voulu ne pas jouer honnêtement, j'aurais pu regarder l'enveloppe que tu as laissée dans la grille de la salle à manger. Bien sûr, je l'ai brûlée sans la regarder. Mais j'ai pensé à la regarder. Je ne l'ai pas fait ; c'est tout."

Lily reçut cela en silence. Malgré toutes ses taches de rousseur, elle admirait trop Toby pour le lui dire. Et cet acte simple, nécessité par le code d'honneur le plus grossier, l'impressionna.

"C'est vrai", dit-elle. "Tout de même, je ne pense pas que ce soit très juste de votre part de me demander de qui il s'agissait."

Toby traversa la pièce et s'assit près du feu. Le soupçon était devenu une certitude.

" Lily, si c'est de la personne dont je parle, " dit-il, " ce sera pour moi un soulagement positif de le savoir. Eh bien, je ne peux pas vous le dire. Je ne vous ai jamais parlé de tout cela auparavant ; mais depuis que nous sommes descendus à Goring en ce jour de neige, j'ai eu l'horrible impression que quelque chose ne va pas. Ne me demandez pas quoi : je ne sais pas, honnêtement, je ne sais pas. Mais si ce n'est que de l'argent, je le ferai. soit heureux."

Lily dirigea une enveloppe et la ferma.

"Oui, c'est Kit", dit-elle enfin.

"Ah, qu'as-tu fait ?"

"J'ai fait ce qu'elle m'a demandé."

"Combien?" L'instant d'après, il eut honte de la question ; c'était sans importance.

"C'est ma propre affaire, Toby", dit-elle.

Toby alluma le feu sans but, et une colère lugubre et impuissante contre Kit brûlait dans son cœur.

"Emprunt ! Emprunt de kit !" dit-il longuement.

"Bien sûr, je ne l'ai pas laissée emprunter," dit doucement Lily en scellant le billet.

— Vous lui en avez fait cadeau ?

"Oh, Toby, comme tu mets des points sur tes i ce matin !" dit-elle. " Dois-je desceller ce que j'ai écrit et mettre un post-scriptum disant que vous souhaitez qu'il soit entendu qu'il y a tant d'intérêts à payer sur un prêt ? Non, je dis des bêtises. Allons, il est temps de sortir. Kit arrive. on me voit cet après-midi, peu après le déjeuner, nous devons donc être de retour avant deux heures.

"Kit vient te voir ? Pour quoi faire ?"

"Elle m'a demandé si je serais là à trois heures. Je n'en sais pas plus. Oh, mon bon enfant, pourquoi ressembler à un hibou bouilli ?"

La chouette bouillie se leva.

« C'est une honte, dit-il ; "J'ai bien envie de le dire à Jack."

"Si vous le faites", remarqua Lily, "je divorcerai, c'est tout !"

"Je ne suis pas sûr de la loi en Angleterre", dit Toby avec emphase, "mais je ne crois pas un seul instant qu'ils vous le donneraient pour une telle raison. Mais essayez. Essayez, essayez ".

"Certainement je devrais le faire", dit-elle. "Mais, sérieusement, Toby, tu ne devrais pas penser à le dire à Jack. Lui et Kit se sont disputés, du moins je crois, et elle n'aime pas lui demander de l'argent. J'arrive ensuite : vraiment, parce que tu Je n'en ai pas. D'ailleurs, tu as dit que c'était plutôt un compliment qu'on me demandait ; je suis d'accord avec toi. Mais le dire à Jack, c'est absurde !

Elle se tenait devant lui, enfilant ses longs gants, les yeux fixés sur ses mains. Puis elle leva les yeux.

"Absurde!" dit-elle encore.

Toby prit une des mains gantées dans la sienne.

"Je t'aime et je t'honore", dit-il simplement.

" Merci, Toby. Et comme cela me fait plaisir de t'entendre dire ça, tu sais. Alors tu seras gentil et tu me laisseras gérer mes propres affaires à ma manière ? "

"Pour cette fois. Plus jamais."

"Aussi souvent que je le souhaite, chérie. Oh, suis-je un imbécile ? Tu sembles le penser."

"Ce n'est pas ça... oh, ce n'est pas ça", dit Toby. "L'argent, peu importe ? Je m'en fous, désolé, de ce que vous en faites. Cela ne m'intéresse pas. Mais ce Kit devrait vous demander de l'argent, oh, ça me bat !"

"Je pense que tu es dur avec elle, Toby."

"Tu ne comprends pas Kit", dit-il. "Elle est aussi irréfléchie qu'une enfant dans beaucoup de choses - je le sais - mais être irréfléchie n'est pas la même chose qu'être sans scrupules. Et en matière d'argent, elle est sans scrupules. Je prie Dieu, ce n'est que..." et il fit une pause, " eh bien, cela Il est temps pour nous de sortir si nous voulons voir les Maîtres anciens. Personnellement, je ne le fais pas, mais vous êtes une femme volontaire. Et je ne vous ai même pas remercié.

"Je ne devrais pas vous le conseiller", remarqua Lily.

"Pourquoi ? Que ferais-tu ?" » dit le pratique Toby.

"Je devrais t'appeler Evelyn pendant un mois."

Toby fut envoyé à une réunion politique juste après le déjeuner, et Lily était seule lorsque Kit arriva. Fraîche comme une enfant et habillée avec une simplicité exquise, elle traversait la pièce en bruissant, comme elle bruissait à l'église, et il y avait dans ses yeux un certain pathétique doux qui était une merveille d'art. Un sourire triste lui tenait la bouche et, poussant un long soupir, elle embrassa Lily et s'assit près d'elle, lui gardant la main. Il est bien plus difficile d'être un bénéficiaire gracieux qu'un donateur gracieux en matière d'argent sonnant et trébuchant, et il faut reconnaître que Kit a fait preuve de maîtrise dans cet exploit précaire. Avec une admirable compréhension du caractère dramatique de la situation, elle ne dit rien pendant un long moment et se contenta de regarder Lily, et même l'Apôtre sceptique aurait pu se plaindre que ses sentiments étouffaient la parole.

Qu'elle soit très reconnaissante pour ce que Lily avait fait est vrai, si la gratitude peut être ressenti sans générosité ; mais ce n'étaient pas ses sentiments qui l'étouffaient, mais plutôt son désir de se comporter vraiment magnifiquement et d'exprimer ses sentiments avec le plus grand charme possible. Enfin, elle parla.

"Que puis-je te dire ?" dit-elle. "Oh, Lily, si tu savais ! Qu'as-tu pu penser de moi ? Mais tu dois croire que je me déteste de demander. Et toi—et toi——"

Une véritable humidité se tenait dans les yeux de Kit, prête à tomber. Lily était très émue et plutôt embarrassée. Un soulagement passionné était dans la voix de Kit, magnifiquement modulée.

"S'il vous plaît, ne dites rien de plus", dit-elle. "Cela m'a fait un réel plaisir, je parle très sérieusement, de faire ce que j'ai fait. Tout est donc dit."

Kit avait baissé les yeux pendant que Lily parlait, mais ici elle les releva à nouveau, et l'authenticité des yeux qui rencontrèrent les siens la conduisit plus près à un sentiment de honte personnelle que tout ce qui l'avait fait depuis des années ; car même le *poseur* le plus ondulant ressent la force de l'authenticité lorsqu'il est réellement mis en contact avec elle, car ses propres armes se froissent devant elle comme les lances en papier et les casques avec lesquels jouent les enfants. La vie de Kit, ses paroles, ses œuvres étaient et avaient toujours été creuses. Mais la sincérité de Lily était dominante, convaincante, et les manières soigneusement calculées de Kit, un sujet de si grande préoccupation il y a encore deux secondes, lui échappèrent soudainement.

"Laissez-moi parler", dit-elle. " Je veux parler. Vous ne pouvez pas deviner dans quelle perplexité je me trouve. De cent mille manières, j'ai été un méchant petit imbécile ; et, oh ! comme on paie cher la folie dans ce monde ! — plus cher que pour toute autre chose, Je pense. J'ai traversé l'enfer, l'enfer, je vous le dis !

Il y avait enfin de la vérité dans la voix de Kit, une authenticité incontestable. Son discours et ses silences soigneusement étudiés furent balayés, comme par une éponge mouillée d'ardoise, et son âme parla. Un besoin soudain, inattendu mais impérieux, de parler à quelqu'un s'imposait en elle, à quelqu'un de bon, et ces dernières semaines de silence étaient un poids intolérable. La bonté, en règle générale, était synonyme dans l'esprit de Kit d'ennui, mais à l'heure actuelle, elle avait quelque chose d'infiniment reposant et invitant. Sa vie avec Jack était devenue de jour en jour plus impossible ; Lui aussi, pensait Kit, savait qu'il y avait toujours avec eux quelque Autre chose voilée sur laquelle chacun gardait le silence. Savait-il ce que c'était, elle n'essayait même pas de le deviner ; mais les petites choses de la vie, manger et boire, parler de sujets indifférents quand les deux étaient seuls, devenaient un procédé horrible en présence invariable de l'Autre Chose. Pour Lily également, cette présence était instantanément manifeste, le problème dont Toby avait parlé ce matin-là. Il était là, indubitablement, et elle se prépara à entendre Kit lui donner une forme corporelle, car elle savait que cela allait arriver.

Kit baissa les yeux et continua précipitamment.

«Je suis dans une détresse et une perplexité indicibles», dit-elle; " et je crains... oh, je crains ce qui m'attend ! Pendant des jours et des nuits, depuis cette tempête de neige à Goring, je n'ai pensé qu'à ce que je dois endurer - ce qui est inévitable dans quelques mois. Je "

Lily leva les yeux avec un regard d'horreur étonné.

« Arrêtez, arrêtez », dit-elle ; "tu dis des choses horribles !"

— Oui, je dis des choses horribles, reprit Kit avec un calme étrange dans la voix ; "Mais je vous dis la vérité, et la vérité est horrible. La vérité sur une personne méchante comme moi ne peut pas être gentille. Vous m'avez interrompu. J'y suis allé, comme je vous l'ai dit, mais quand je suis arrivé, je suis reparti. Je n'étais pas aussi méchant que je le pensais.

Lily poussa un grand soupir de soulagement. Mais elle n'avait pas encore vu l'Autre Chose.

« Oh, mon pauvre Kit, » dit-elle ; " Je suis vraiment désolé pour vous ; mais... mais vous voyez que la même chose est devant moi. Mais le craignez-vous ? J'en remercie Dieu à chaque instant de ma vie. Ne pouvez-vous pas oublier la douleur, le risque, le danger de mort, même dans cela ? Rien dans ce monde ne me semble avoir d'importance quand peut-être bientôt on sera mère. Une mère... oh, Kit ! Je ne changerais de place avec personne sur terre ou au ciel.

Kit ne leva pas les yeux.

"C'est différent pour toi", dit-elle.

"Différent ? À quel point c'est différent ?" elle a demandé; mais une soudaine inquiétude secoua sa voix. Les contours de l'Autre Chose étaient perceptibles.

Un soudain spasme d'impatience saisit Kit.

"Ah, tu es stupide !" elle a pleuré. "Vous, les braves gens, êtes toujours stupides."

Il y eut un long silence, et pendant ce silence, Lily connaissait le secret de Kit, et comme tout le monde, le monde des choses insignifiantes envahit son esprit. Elle entendit le tic-tac de l'horloge, le grondement sourd de la vie dehors, le bruissement de la robe de Kit alors qu'elle bougeait légèrement. Il fallait que l'un ou l'autre dise quelque chose de parfaitement direct ; toute autre chose serait aussi déplacée qu'une remarque sur le temps qu'il fait à un mourant.

"Que dois-je faire?" » demanda longuement Kit simplement.

Et la réponse était aussi simple :

"Dites-le à votre mari."

"Je pense que Jack me tuerait si je le lui disais", a déclaré Kit.

"Je suis sûr qu'il ne le ferait pas. D'ailleurs, qu'importe ? Oh, qu'est-ce que ça compte ?"

Kit la regarda en silence, mais après un moment, Lily continua.

"Tu ne vois pas ce que je veux dire ?" dit-elle. "Il y a certaines situations dans la vie, Kit, et celle-ci en est une, où aucun problème secondaire, comme celui d'être tué, n'intervient. Il n'y a, comme Dieu est au-dessus de nous, absolument qu'une seule chose à faire, bien qu'il y en ait cent. Des arguments contre cela. À quoi ça sert de lui dire ? pourriez-vous demander. Utiliser ? Bien sûr, cela ne sert à rien. Pourquoi raconter cette honte ? pourquoi le rendre malheureux ? pourquoi le faire vous haïr, peut-être ? Simplement parce que vous devez – vous devez ! Oh, mon pauvre, pauvre Kit, je suis si heureuse que tu me l'aies dit ! Ce doit être quelque chose à dire à n'importe qui, même à un petit imbécile faible comme moi. Comment aurais-tu pu le supporter seul ? Oh, Kit, Kit !

De nouveau, ce fut le silence. Lily était assise penchée en avant sur sa chaise, penchée vers l'autre, avec toute la pure et douce féminité de sa nature aspirant dans ses yeux. Peut-être aurait-elle dû être choquée. Elle ne l'était pas, car la pitié engloutissait le terrain même sur lequel la censure aurait dû s'appuyer. Les deux femmes, aussi éloignées que les pôles, étaient pour le moment rapprochées par l'expérience divine identique de leur sexe ; pourtant ce qui devait être pour l'une la fleur de sa vie et la couronne de sa féminité était pour l'autre une amertume ineffaçable, une agonie frémissante.

"Oh, c'est difficile, c'est difficile !" continua Lily ; "Mais quand est-ce que quelque chose qui vaut la peine d'être fait est facile ? Tout ce que vous savez être le meilleur en vous ne vous indique-t-il pas une direction ? Vous ne pouvez pas imaginer continuer à vivre avec Jack, jour après jour, semaine après semaine, sans lui dire. Et quand ça arrive... —"

Lily s'interrompit brusquement. Ici, il n'était pas question de mots. Que pourrait faire l'argumentation dans un cas qui n'en admettait aucune ? Il n'y avait qu'une chose – une seule chose – à faire ; tout le reste était impossible. Si Kit ne ressentait pas cela dans son sang et dans ses os, aucun mot ne pourrait l'exprimer. Elle était restée assise immobile et silencieuse, apparemment apathique, pendant le discours de Lily. Après son éclatement au début, un tel calme n'était pas naturel. Les deux hommes auraient pu parler de politique danoise, malgré tout l'intérêt que Kit semblait porter au sujet. Intérieurement, tempête et tempête faisaient rage ; des vieilles voix, des souvenirs, tout ce qui était innocent, l'appelaient ; les vents de son âme hurlaient et ébranlaient les fondations de son édifice, mais le moment n'était pas encore venu. Puis soudain, le moindre tremblement parut la secouer, et Lily vit qu'elle commençait à ressentir, et qu'une fibre longtemps endormie ou engourdie était encore vitale.

"Tout ce que je vous dis ne semble peut-être qu'une platitude, peut-être ?" elle a continué; "Mais les platitudes valent la peine d'être prises en considération quand on touche aux grandes choses de la vie - quand l'intérêt, le tact, l'inclination, l'intelligence sont tous perdus et que nous nous retrouvons avec les vraies choses, les grandes choses - la bonté, la méchanceté, ce qui est juste, ce qu'il faut faire." est faux."

Son ton avait une nostalgie suppliante, ses yeux étaient doux de tendresse et les mots simples et chaleureux avaient la force de leur simplicité. Kit enfilait ses gants très lentement, sans toujours lever les yeux.

"Dites-moi encore deux choses", dit-elle avec un tremblement dans la voix. « Est-ce que vous reculez devant moi ? Et le mal que j'ai fait à… à votre enfant à naître, qu'en est-il ?

Lily se leva et l'embrassa sur le front.

"Je vous ai répondu", dit-elle.

Kit se releva, les mains tremblantes et la bouche tremblante.

"Laisse-moi partir", dit-elle. "Laisse-moi partir tout de suite. Viens si je te fais appeler."

Elle quitta précipitamment la pièce sans lui dire au revoir, et Lily était trop sage pour essayer de la retenir. Sa voiture attendait toujours et elle y monta rapidement.

"À la maison", dit-elle.

Dehors, l'air était frais et printanier, les rues propres et sèches et peuplées de visages alertes. Les vitrines des magasins clignotaient et scintillaient sous le soleil couleur citron ; dans un coin, il y avait un tumulus plein de primevères de la campagne, et les nouvelles du jour s'étalaient sur les pavés du passage, avec des pierres pour l'empêcher de voler, en publicité écarlate. Un vent hurlant balayait Piccadilly, les chapeaux claquaient et se débattaient, les garçons de courses sifflaient et plaisantaient, les bus se dressaient et hochaient la tête, les cabines tintaient et passaient, mais pour une fois, Kit était aveugle à ce splendide spectacle de la vie. Son propre coupé se déplaçait rapidement et sans bruit sur ses pneus en caoutchouc indien, et elle savait seulement, et cela avec une lourdeur d'esprit vide, que chaque battement de sabots des chevaux la rapprochait d'un pas de sa maison, de son mari - un pas plus près de sa maison, de son mari. se rapprocher de ce qu'elle allait faire.

Elle sortit à sa propre porte et, lorsqu'on lui demanda si son mari était là, on lui répondit qu'il était dans sa chambre. Il avait cependant ordonné à la voiture qui la ramenait d'attendre pendant qu'il sortait.

Kit monta rapidement l'escalier et longea le parquet du couloir, sans s'attarder de peur de ne pas y aller du tout. Jack se tenait devant sa cheminée, une lettre ouverte à la main. Lorsqu'elle entra, il leva les yeux.

Kit avait avancé de quelques pas dans la pièce, mais s'était arrêté là, le regardant avec des yeux muets et suppliants. Elle n'avait pas pris le temps de réfléchir à ce qu'elle devait dire, et même si ses lèvres remuaient, elle ne pouvait pas parler.

"Qu'est-ce que c'est?" il a dit.

Kit ne répondit pas, mais ses yeux tombèrent devant les siens.

"Quel est le problème?" il a demandé à nouveau. "Es-tu malade, Kit ?"

Puis la tempête intérieure éclata. Elle traversa la pièce en courant et lui jeta les bras autour du cou.

"J'aurais aimé être mort !" elle a pleuré. "Jack, Jack... oh, Jack !"

CHAPITRE IV

LA MAISON OBSCURÉE

Toby se dirigeait vers le Bachelors' Club le lendemain matin après une autre terrible lutte avec le Screamer, lorsqu'il tomba sur Ted Comber. Ils s'étaient rencontrés une douzaine de fois depuis leur entretien au Links Hotel de Stanborough en août dernier ; en fait, ils faisaient tous deux partie du groupe enneigé qui se rendait au chalet du Buckinghamshire en hiver. Toby, ignorant toujours que son intervention n'avait fait que changer le décor de la semaine au bord de la mer, ne lui en voulait pas du tout ; en fait, après avoir été extrêmement grossier et dictatorial avec lui, il s'est senti beaucoup plus bien disposé à son égard par la suite, et, comme d'habitude, en le rencontrant aujourd'hui, il lui a dit : « Salut ! d'une manière géniale et dénuée de sens à leur passage.

Mais ce matin, il y avait quelque chose de relativement échevelé chez Ted ; le nouage de sa cravate était l'œuvre d'un simple amateur et il n'avait pas de boutonnière. Dès qu'il aperçut Toby, il s'arrêta net.

"Comment est-elle?" Il a demandé.

Toby le regarda fixement.

"Comment va qui ?"

"Kit. Tu n'as pas entendu?"

Toby secoua la tête.

"J'y ai appelé ce matin", dit-il, "car Kit et moi allions à une exposition, et ils m'ont dit qu'elle était malade au lit. Et Jack ne voulait pas me voir."

"Non, je n'ai rien entendu", dit Toby. "Kit a rendu visite à ma femme hier, mais je ne l'ai pas vue. Lily n'a rien dit sur sa maladie."

Lord Comber parut très soulagé.

« Je suppose que ce n'est donc rien, » dit-il ; "Je l'espère. Ce serait terrible pour Kit d'être malade, juste au début de la saison."

Toby resta un moment à réfléchir.

« As-tu dit que Jack refusait de te voir ? Il a demandé.

"Oui, j'ose dire qu'il était très occupé. Personne ne le regarde maintenant qu'il est devenu chercheur d'or. On me dit qu'il vit à la City et qu'il joue aux dominos pendant ses heures de loisir avec des agents de change. Probablement il était seulement occupé."

Toby mordit son gant.

« Sinon, pourquoi refuserait-il de te voir ? Il a demandé.

"Je n'arrive pas à réfléchir, parce que je suis vraiment dévoué à Jack. Eh bien, au revoir, Toby. Je suis si heureux de t'avoir vu. S'il y avait quelque chose de grave, je suis sûr qu'ils te l'auraient dit. La matinée n'est-elle pas trop paradisiaque ?"

Lord Comber agita délicatement la main et se tourna vivement vers Piccadilly. Il avait vraiment passé un mauvais moment avant de rencontrer Toby, et ce fut un grand soulagement que ce barbare roux ne sache rien de la maladie de Kit. Cela ne pouvait guère être grave. D'une manière ou d'une autre, il n'avait presque rien vu d'elle depuis qu'il était au cottage en décembre, car lui-même avait été hors d'Angleterre et à la campagne jusqu'à cette semaine, alors que les Conybeare étaient presque entièrement à Londres.

C'était un délicieux matin de printemps, et son moral remonta rapidement alors qu'il se dirigeait vers l'est. Il se proposait de faire un peu de shopping à Bond Street, puisque Kit ne pouvait pas venir à l'exposition, rendre visite à son coiffeur et à son tailleur. Une pièce de théâtre venait de sortir au Haymarket, dans laquelle les hommes portaient des manteaux très élégants avec beaucoup de galons épais, et il avait l'intention de commander immédiatement un manteau avec des galons épais. Il se souvenait d'avoir vu dans un vieux livre de mode de 1850 des photos d'hommes aux manteaux lourdement tressés, et avait souvent pensé à quel point ils avaient l'air élégants. Mais ils appartenaient à l'ère de la crinoline, et jusqu'à présent il n'avait jamais sérieusement pensé à en fabriquer une. Mais cette nouvelle pièce l'avait tout à fait convaincu ; Même si elles étaient à la mode à l'époque des crinolines, elles n'avaient pas le même cachet éphémère que leurs homologues féminines, et la fin des années 90 devrait les revoir.

Juste au coin de Half-Moon Street se trouvait un marchand de fleurs, avec des bouquets et des boutonnières de fleurs printanières. La fille qui les vendait était jolie, et il la regarda un moment entortillant adroitement le fil autour des tiges, se demandant d'où les classes inférieures tenaient leur beauté. Il y avait des jonquilles jaunes qui exhalaient un lourd encens ; narcisses crémeux au centre orange flamboyant; des jonquilles simples exquises, la plus classique de toutes les fleurs, pures et d'apparence féminine ; des jonquilles doubles, qui lui rappelaient les mêmes filles devenues plus âgées et un peu grosses, trop habillées, avec des franges ; et de petites grappes de violettes parfumées. Pour les violettes, sauf dans la mesure où elles étaient d'une belle couleur, il s'en fichait ; ils étaient aussi informes que du coton lorsqu'ils étaient assemblés pour une boutonnière (objet de fleurs), et leur parfum ressemblait si précisément à l'essence de violette qu'il en était *banal* . Mais comme il était vêtu de serge bleu foncé, avec une cravate en satin violet et une épingle saphir, il en acheta un bouquet et le passa à sa boutonnière, complétant ainsi son agencement de couleurs. Il donna un shilling à la jeune fille, et comme elle lui aurait offert une grosse monnaie en cuivre, il lui dit de le garder, et il continua son chemin avec un petit sentiment de charité et de chaleur, sans être gêné par le poids mort de tant de sous.

Après chez son tailleur, une visite chez Perrin s'imposait. Il y avait un coiffeur très particulier, qu'il devait vraiment consulter sérieusement au sujet de certains cheveux gris. Il y en avait au moins une douzaine au-dessus de chacune de ses oreilles, et elles étaient apparues là au cours des deux ou trois derniers mois. Toute sa famille est devenue grise très tôt, et il valait mieux y faire face. Il ne servait à rien de se procurer des teintures capillaires, qui risquaient soit d'abîmer les cheveux, soit d'être de mauvaise couleur ; il était sage de consulter les meilleures autorités, et si une teinture capillaire était nécessaire, elle devait être appliquée, du moins sous la direction d'un professionnel.

C'étaient de sombres réflexions ; l'ombre de la vieillesse commençait à poindre par-dessus son épaule, et cela ne lui plaisait pas du tout. Il n'avait encore que trente ans, mais déjà dix ans de jeunesse, la seule chose au monde qui valait la peine d'être, lui étaient écoulés. Il y a cinq ans, les hommes de quarante ans, jeunes pour leur âge, lui faisaient une horreur amusante ; toute leur vie, pensait-il, devait être un effort pour conserver l'apparence de la jeunesse, et leurs pitreries étaient grotesques pour la *vraie jeunesse* . Mais maintenant, l'amusement et l'horreur avaient disparu ; cela vaudrait bientôt la peine d'essayer d'en tirer une ou deux leçons. À vingt-cinq heures quarante, cela semblait au-delà des horizons gris ; à trente ans, on en était si près que déjà, et sans lunettes (dont il n'avait pas encore besoin), on pouvait voir les détails de ce terrain plat et sans intérêt. Ce qu'il ferait de lui-même à quarante ans, il ne pouvait l'imaginer. Se marier très probablement.

Mais quarante ans, c'était encore dix ans, des milliers de jours, et ce matin était un joyau du printemps, et il était si heureux de penser que Kit n'avait probablement rien de grave. Vraiment, il avait eu quelques mauvais moments, mais Toby devait savoir s'il y avait eu quelque chose qui n'allait pas. Son moral revint donc, et il reprit ses réflexions sur l'âge avec une forte disposition à la gaieté quant aux perspectives. Lorsqu'il examinait ses contemporains dans son esprit, il se trouvait franchement plus jeune qu'eux. Il y avait Tom Abbotsworthy, par exemple, dont le front faisait déjà presque un avec le sommet de sa tête, séparé seulement par l'isthme de cheveux le plus crinel, et ondulé avec des rides sur ses parties inférieures, lisses et brillantes au-dessus. Il y avait Jack Conybeare, avec une teinte visible de gris dans ses cheveux et des rides autour de ses yeux qui étaient visibles même à la lueur d'une bougie. Ted se félicitait, en pensant à Jack, de s'être si promptement rendu chez le *masseur du visage* à son retour d'Aldeburgh en septembre. Depuis, cela signifiait une semaine de matinées fastidieuses et une sorte de masque inconfortable le soir sur la partie supérieure du visage deux ou trois fois par semaine, mais le traitement avait été assez efficace. « Non seulement, comme lui avait dit le professeur de massage un peu sentencieux, la croissance et l'extension des rides avaient été arrêtées, mais certaines avaient même été oblitérées. Il a félicité Ted pour sa peau élastique. Encore une fois, ses dents étaient bonnes, et les seules reconnaissances d'âge actuellement en vue étaient cette question de cheveux gris et une tendance à l'embonpoint. Pour les premiers, il allait agir promptement ce matin, et il avait déjà commencé une cure de biscuits granuleux, très nourrissants, mais entièrement sans amidon, qui promettaient du succès pour les seconds.

Mais pendant qu'il descendait Piccadilly, en sirotant de temps en temps chez un bijoutier ou en survolant légèrement une imprimerie, Toby, après une longue méditation sur la plus haute marche du club, pendant laquelle le portier avait tenu le la porte lui fut ouverte, se détourna au lieu d'entrer et remonta Park Lane jusqu'à la maison de son frère. La chambre de Kit se trouvait juste au-dessus de la porte d'entrée et, levant les yeux, il vit que les stores étaient toujours baissés. Jack sortait de sa chambre dans le couloir lorsque Toby entra et, le voyant, s'arrêta.

"Je venais juste te voir, Toby," dit-il. "Je suis content que tu sois venu."

Le visage de Jack avait l'air curieusement vieilli et tiré, comme s'il avait passé une semaine de nuits blanches, et Toby le suivit en silence, le cœur soudainement enfoncé dans ses bottes. Il y avait un présage mortel dans l'air. Jack le précéda dans le fumoir et se jeta sur une chaise.

"Oh, Jack, qu'est-ce qu'il y a ?" » demanda Toby.

Les deux sont restés ensemble pendant près d'une heure, et à la fin de ce temps, ils sont ressortis ensemble. Toby prit son chapeau et ses gants sur la table du hall et était en train de mettre son manteau, quand l'autre parla.

"Tu n'iras pas la voir ?" » demanda-t-il, et sa voix était un peu tremblante.

"Je pense que je ne peux pas", a déclaré Toby.

"Pourquoi pas?"

Toby avait passé une main dans le bras de son manteau, et il restait un moment à réfléchir pendant un moment.

"Pour deux raisons : elle est ta femme, la tienne," dit-il, "et je suis ton frère ; tu étais aussi une brute, Jack."

« Pour les deux raisons, voyez-la », dit-il ; et sa voix était désolée et honteuse.

"Et cela ne servira à rien", dit Toby, toujours indécis.

"Mais ce sera un plaisir pour Kit", a déclaré Jack. "Pour l'amour de Dieu, ne pense pas toujours à faire le bien, Toby ! Oh, ça m'exaspère !"

Toby dégagea le bras enduit et s'appuya contre la table du hall.

"Je ne devrais pas savoir quoi dire", répondit-il.

"Tu n'as pas besoin de le savoir ; va juste la voir." Jack parlait avec un certain sérieux. "Va la voir", poursuivit-il. "Je ne peux pas, et je dois savoir comment elle va. Toby, je crois que tu es désolé pour nous deux. Eh bien, si c'est le cas, je suis sûr que Kit aimerait te voir, et je veux certainement que tu partes. ... Elle vous demandait, m'a dit sa servante, il y a une heure.

"Je suis un type sacrément maladroit", a déclaré Toby. "Supposons qu'elle commence à parler, Dieu sait ce que je dirai."

"Elle ne le fera pas ; je la connais mieux que toi."

Toby posa son chapeau et ôta un gant.

"Très bien", dit-il. "Envoyez chercher sa servante."

Jack posa sa main sur le bras de Toby.

« Tu es un brave garçon, Toby, dit-il, et que Dieu te préserve du sort de ton frère !

Jack sonna et fit appeler la femme de chambre de Kit. Les deux frères restèrent ensemble dans le hall sans se parler jusqu'à ce qu'elle redescende.

"Sa Seigneurie va voir Lord Evelyn maintenant", dit-elle.

Toby monta l'escalier derrière la femme. Ils arrivèrent à la porte de Kit, et après avoir frappé et reçu une réponse, il entra.

Les stores, comme il l'avait vu de la rue, étaient baissés et la pièce était plongée dans une pénombre. La coiffeuse était proche de la fenêtre, et dans la faible lumière rose qui filtrait à travers l'étoffe rouge, il ne pouvait d'abord voir qu'un léger éclat de pinceaux et de bouteilles à dos argenté. Puis, à droite de la fenêtre, le lit se dessina à son regard plus habitué, et de là sortit la voix de Kit, un peu plus douce et plus grave que d'habitude.

"Toby, c'est cher à toi de venir me voir", dit-elle. "Mais n'est-ce pas stupide de ma part ? Juste après avoir vu Lily hier, je suis revenu ici et j'ai trébuché sur les marches menant à la chambre de Jack. J'ai eu un bruit terrible. J'ai dû être abasourdi, car je ne me souviens de rien jusqu'à ce que je me retrouve allongé sur le canapé ici. Oh mon Dieu, j'ai tellement mal à la tête !

Toby se sentit soudain encouragé. De toutes les qualités morales, il était disposé à donner la première place à la loyauté, et Kit se montrait certainement magnifiquement loyal. Sa voix était parfaitement la sienne ; elle ne dit pas qu'elle était tombée sur quelque chose appartenant à Jack, et encore moins que lui, comme Toby le savait, l'avait renversée. Il approcha une chaise du chevet.

« Ce n'est pas de chance, Kit, dit-il ; "Et vraiment, je suis terriblement désolé pour toi. Est-ce que ta tête est très mauvaise ?"

"Oh, ça fait mal !" dit Kit ; "Mais c'était entièrement de ma faute. Maintenant, si quelqu'un d'autre avait été responsable de cela, j'aurais été furieux, et cela aurait aggravé ma douleur." Elle rit plutôt faiblement. " Ainsi, on a sauvé quelque chose, " continua-t-elle, " et même avec cette tête, je suis dûment reconnaissante. C'est une journée perdue, ce qui est toujours ennuyeux, mais sinon... "

Et elle s'arrêta brusquement, car la légèreté de sa loyauté fut brusquement interrompue par une douleur presque intolérable, qui la transperça comme une épée. Elle mordit les draps, décidée à ne pas crier à haute voix, et vingt secondes d'angoisse la laissèrent faible et tremblante.

"Je voulais te voir, Toby," dit-elle. « Juste pour te dire comment, comment... » Et elle s'arrêta un instant, pensant que son insistance sur le fait que son accident n'était la faute de personne d'autre que la sienne pouvait paraître suspecte – « comme j'étais contente de voir Lily hier ! continua-t-elle. "Je me demande si elle viendrait me voir ; demande-lui. Mais tu dois y aller maintenant ; je ne peux pas parler. Sonne juste en sortant. Je veux ma femme de chambre."

Elle lui tendit une main sous les draps, et il la prit avec une soudaine frayeur, sentant sa froide faiblesse.

"Au revoir, Kit," dit-il. "Ira bientôt mieux."

Elle ne put répondre, car une autre épée de douleur la transperça, et il sortit précipitamment, sonnant la cloche en passant devant la cheminée.

Jack était toujours dans le couloir lorsqu'il redescendit, et il leva les yeux avec surprise devant la rapidité du retour de Toby.

"Elle est tombée, m'a-t-elle dit", a-t-il déclaré. "Tu avais tout à fait raison, Jack, pas un mot."

Jack n'eut pas le temps de répondre lorsque la femme de chambre de Kit descendit précipitamment dans le couloir.

"Qu'est-ce que c'est?" demanda Jack.

« Sa Seigneurie souffre énormément, monseigneur », dit-elle. "Elle m'a dit d'appeler immédiatement le médecin."

Jack sonna et regarda Toby d'un air vide et suppliant.

"Va dans ta chambre, Jack," dit-il. "Je vais appeler le médecin et je ferai tout ça."

Un valet de pied fut immédiatement envoyé chercher le médecin de Kit, et Toby s'assit à un bureau dans le couloir et griffonna un mot à l'intention de sa femme, pour qu'un messager l'emmène immédiatement chez lui . Si Lily n'était pas chez elle, il devait découvrir où elle était allée et la suivre. La note ne contenait que quelques mots :

> " MA TRÈS CHÈRE : Kit a des ennuis, pires que je ne peux
> vous le dire. Venez immédiatement la voir. Elle vous veut.

" TOBY ."

Après avoir écrit et envoyé ceci, il retourna vers Jack. Ce dernier était assis à sa table, le visage dans les mains, sans rien faire. Toby s'approcha de lui.

"Viens, Jack," dit-il, parlant avec autorité, "faites un effort et ressaisissez-vous. Mettez-vous au travail, ou essayez. Il y a là une pile de lettres que vous n'avez pas regardées. Lisez-les. Certains voudront peut-être des réponses. Si oui, répondez-leur. J'ai fait venir le médecin de Kit et Lily.

Jack leva les yeux.

"Il n'est pas convenable que Lily vienne ici", dit-il.

Toby pensa à la visite de Kit l'après-midi précédent et au refus de Lily de lui dire quoi que ce soit de ce dont il s'agissait. Que cela avait été privé, c'était tout ce qu'elle lui disait, et pas une question d'argent. Et comme ils étaient assis seuls le soir, il crut l'avoir vue pleurer une fois.

"Je pense qu'il est très possible qu'elle le sache", a-t-il déclaré. "Kit a eu une conversation privée avec elle hier. Attends qu'elle vienne."

Jack se leva de son siège.

"Oh, Toby, si seulement tu m'avais télégraphié de Stanborough, au lieu de l'emmener !"

"J'aimerais que Dieu l'ait!" » dit tristement Toby.

Jack prit ses lettres, comme Toby le lui avait dit, et commença à les ouvrir. Il y en avait un de M. Alington, qui joignait un chèque. Il l'a à peine regardé. L'argent, le désir de son cœur, lui avait été donné, et sa maigreur était entrée dans son âme. Mais voyant le sens du conseil de Toby de faire quelque chose, il répondit à certaines de ces lettres, machinalement et correctement.

Peu de temps après, Lily fut annoncée, et Toby se leva rapidement et sortit dans le hall pour la rencontrer.

"Ah, Toby," dit-elle, "tu as bien fait de m'envoyer chercher. Ils m'ont juste attrapé avant que je sorte. Tu n'as rien besoin de me dire. Kit m'a tout dit."

Toby hocha la tête.

"Verras-tu Jack ?" Il a demandé.

"Oui, s'il veut bien me voir. Demandez-lui s'il le veut ou non."

Mais Jack avait suivi Toby et, avant qu'il puisse répondre, il était sorti de sa chambre.

"C'est vraiment gentil de ta part de venir, Lily !" il a dit. "Mais partez encore. Ce n'est pas convenable que vous soyez ici."

"Si Kit veut de moi, je la verrai", dit-elle. "S'il te plaît, fais-lui savoir que je suis là, Jack."

"Ce n'est pas convenable", répéta Jack.

"Je pense différemment," dit doucement Lily. "S'il te plaît, dis-lui tout de suite, Jack."

Jack la regarda un moment en silence, se mordant nerveusement la lèvre.

"Ah mon Dieu !" s'écria-t-il, soudain piqué par des remords et des regrets impuissants, et sans plus de mots, il monta à l'étage pour voir si Kit la verrait. Il ne put se résoudre à entrer dans la chambre, mais demanda par l'intermédiaire de la femme de chambre. Bientôt, il réapparut en haut des escaliers, faisant signe à Lily, qui attendait dans le couloir en contrebas, et elle monta. Il lui tint la porte de la chambre de Kit ouverte et elle entra.

La pièce était très sombre et, comme Toby, il lui fallut quelques secondes avant de pouvoir distinguer les objets. Du coin à droite de la rosace de la fenêtre retentit un léger gémissement. Lily se dirigea vers le chevet.

« Kit, dit-elle, mon pauvre Kit ! Je suis venue.

Il y eut un silence et les gémissements cessèrent. Puis vint la voix de Kit dans un murmure :

« Lily, » dit-elle, « je lui ai dit. Je lui ai tout dit. Puis... alors... je suis tombée d'une manière ou d'une autre dans les escaliers menant à sa chambre et je me suis terriblement blessée. C'était entièrement ma faute... Je ne regardais pas où je me trouvais. je me sens si terriblement malade depuis ce matin, et ce n'est encore que le matin, n'est-ce pas ? Ont-ils fait venir le médecin ?

"Oui, ils l'attendent immédiatement. Oh, Kit, n'es-tu pas content de lui avoir dit ? C'était le seul moyen. Maintenant tu as fait tout ce que tu pouvais. Ce serait pire à supporter si tu ne le lui avais pas dit. Oh, je J'aimerais... j'aimerais pouvoir supporter la douleur à ta place ! Tiens ma main. Saisissez-la de toutes vos forces ; cela rendra la douleur plus facile. Et oh, Kit, priez Dieu sans cesse.

"Je ne peux pas, je ne peux pas", gémit Kit ; "Je ne prie jamais. Je n'ai pas prié depuis des années."

" Priez maintenant, alors. Si vous lui avez tourné le dos, il ne vous a jamais tourné le dos. L'homme de douleur, familier avec la douleur, né d'une femme ! Soyez seulement prêt à le laisser vous aider, cela suffit. ... Pensez à la grâce de cela ! Et c'est la semaine même de sa Passion.

"Je ne peux pas prier", gémit encore Kit; "mais priez pour moi."

La prise de la main de Kit se resserra dans celle de Lily, et elle pouvait sentir les pierres de ses bagues mordre sa chair. Pourtant, elle le sentait à peine ; elle en était seulement consciente. Et toute son âme montait en supplication.

"Ô très pitoyable, aie pitié", dit-elle. "Aidez Kit à l'heure où elle en a besoin ; délivrez son corps de la douleur et de la mort, et son âme, par-dessus tout, du péché. Donnez-lui un amendement de vie, et du temps pour s'amender, et la volonté de s'amender. Faites-lui regretter. Oh , Tout-Puissant, tiens-toi près d'un de Tes enfants dans sa douleur et son besoin. Aide-la, aide-la !

La porte de la pièce s'ouvrit doucement et le Dr Ferguson entra. Il tenait à la main un petit sac. Il s'approcha de la fenêtre et ouvrit les stores, laissant entrer un rayon de soleil couleur primevère ; puis il serra la main de Lily, qui se leva à son entrée, en silence.

"Vous feriez mieux de nous quitter, Lady Evelyn", dit-il. "S'il vous plaît, envoyez l'infirmière dès qu'elle arrive."

Lily se tourna de nouveau vers le chevet avant de quitter la pièce, et Kit lui sourit en réponse. Son visage était terriblement tiré et blanc, et la rosée de la douleur était sur son front. Lily se pencha, l'embrassa et quitta la pièce.

Elle rejoignit Toby et Jack dans le fumoir. Jack se leva quand elle entra avec des yeux interrogateurs.

"Le médecin est avec elle", dit Lily. "Il ne manquera pas de nous le dire dès qu'il le pourra."

"Tu penses qu'elle va très mal ?"

"Je ne sais pas. Elle souffre terriblement. Comment diable a-t-elle fait pour tomber si gravement dans ces marches ?"

"Est-ce qu'elle te l'a dit?"

"Oui ; elle a dit que c'était entièrement de sa faute."

Jack se détourna un instant.

"Je l'ai renversée", dit-il enfin.

Les yeux de Lily brillèrent, mais redevinrent doux.

"Ne lui dis pas que tu me l'as dit", dit-elle. "Oh, pauvre Jack !"

Jack se tourna à nouveau vers elle rapidement.

"Lily, tu penses qu'elle va mourir ?" Il a demandé. "Et est-ce que ce sera ça qui l'a tuée ?"

"Ne dis pas de telles choses, Jack," dit fermement Lily. "Vous n'avez pas encore le droit de les dire ou de les penser. Nous devons espérer que tout ira pour le mieux. Le Dr Ferguson nous le dira certainement dès qu'il le saura."

Pendant encore une demi-heure, ils restèrent assis là, la plupart du temps en silence. Lily prit un livre, mais ne le lisait pas ; Jack était assis à une table, commençant lettre après lettre, et les déchirant à nouveau, et tous attendaient, en proie à un suspense écoeurant et tremblant, le rapport du médecin. Des pas, qui tombent alors avec un bruit sourd, se déplaçaient dans la maison, et parfois le plafond était secoué par la réverbération d'un pas dans la chambre de Kit, qui était au-dessus. Le déjeuner fut annoncé, mais aucun d'eux ne bougea toujours. Enfin, un pas lourd descendit l'escalier, la porte du fumoir s'ouvrit et le Dr Ferguson entra.

"C'est une affaire très grave", dit-il doucement. "J'aimerais avoir une autre opinion, Lord Conybeare."

Jack s'était retourné sur sa chaise et était resté assis un moment en silence, mordant le bout de son stylo. Ses mains étaient parfaitement stables, mais l'un de ses sourcils ne cessait de se contracter et la couleur de son visage disparut.

"S'il vous plaît, télégraphiez ou envoyez une voiture à qui vous voulez", dit-il.

"Un fiacre sera le plus rapide", a déclaré le Dr Ferguson, "à moins que vous n'ayez déjà des chevaux. Excusez-moi, je vais vous écrire un mot."

Toby s'est levé.

"Je vais le prendre, Jack," dit-il. "La voiture de Lily attend toujours."

"Merci, Lord Evelyn", dit le médecin. "Sir John Fox vous verra certainement si vous envoyez votre carte. Il sera chez lui maintenant. En fait, je n'ai pas besoin de vous écrire. Ramenez-le avec vous, s'il vous plaît."

Toby a quitté la pièce et le Dr Ferguson s'est levé.

« Elle est très malade ? dit Jack.

"Oui, la situation pourrait devenir critique dans une heure ou deux. Je le ferai alors" - et il regarda Jack - "Je devrai alors essayer de sauver Lady Conybeare à tout prix."

Jack eut un bref éclat de rire, mais se reprit.

"En attendant, Lord Conybeare", continua le médecin, "vous devez vous considérer également comme un patient. J'insiste pour que vous déjeuniez."

"Je ne peux pas manger", a déclaré Jack.

"Excusez-moi, mais vous devez le faire. Et vous aussi, Lady Evelyn. Au fait, Lady Conybeare me dit qu'elle est tombée. Cela, bien sûr, a provoqué cet événement prématuré. Quand est-ce arrivé ?"

Pendant un instant, Jack oscilla sur place et se rassit lourdement. Il semblait sur le point de parler ; mais Lily l'interrompit rapidement :

"Hier après-midi, vers quatre heures. Lady Conybeare m'en a parlé. S'il vous plaît, venez déjeuner, docteur Ferguson, à moins que vous ne remontiez immédiatement, auquel cas je vous en enverrai. Venez, Jack. "

Toby revint peu de temps après, emmenant Sir John avec lui. Les deux médecins eurent une brève consultation ensemble, puis remontèrent à l'étage.

Hors de la maison feutrée, la journée de printemps courait son cours d'heures exquises. Les arbres du parc d'en face étaient déjà couverts de petits boutons verts, pas encore noircis par la suie de la ville, et les parterres de fleurs étaient clairs et fortement parfumés de grosses jacinthes succulentes. De haut en bas de Park Lane, la circulation intense augmentait ; tantôt une cabine tintante coupait devant un grand autobus qui hochait la tête, tantôt un camion franchissait lentement la porte du parc, barrant un instant les deux marées de voitures qui entraient et sortaient. Le grand bourdon de Londres bourdonnait comme une abeille surchargée, toujours résolue à rassembler davantage de richesses, et le renouvellement annuel du bail de vie accordé chaque printemps rendait gais les locataires de ce bel héritage de la terre. À l'intérieur de la maison, Jack et Lily étaient assis seuls, car elle avait renvoyé Toby pendant une heure ou deux pour prendre l'air. Ils ne se parlaient presque pas ; chacun écoutait attentivement un pied dans l'escalier.

Vers quatre heures, juste au moment où le soleil, encore haut, commençait à couper le bord des plus grands arbres du parc, le Dr Ferguson entra. Il fit signe à Jack, qui quitta la pièce. Dehors, dans le couloir, il s'arrêta.

"Vous devez décider", dit-il. "Nous ne pouvons pas sauver la mère et l'enfant."

"Sauvez la mère !" s'écria Jack. "Oh, sauve-la !"

Sa voix s'éleva soudain presque jusqu'à un cri, et à travers la porte fermée, Lily, l'entendant, démarra. Un instant plus tard, il revint dans la pièce, tremblant terriblement, avec un air effrayé et effrayé.

"Jack ! Jack !" dit-elle. " Mon pauvre garçon ! sois courageux. Qu'est-ce qu'il y a ? "

"Ils doivent essayer d'en sauver un", a déclaré Jack. "Oh, Lily !" Et avec un bouleversement soudain de sa nature et un soulèvement de tout ce qui était tendre et plein de remords, longtemps recouvert par sa vie égoïste et sans scrupules, il céda complètement et abandonné. "Oh, Kit ! Kit !" il gémit. " Si elle meurt, ce sera ma faute. Je l'aurai assassinée. Et nous sommes mariés depuis six ans ! Elle n'avait pas vingt ans quand nous nous sommes mariés, elle était presque une enfant. Et qu'ai-je fait pour elle ? Ai-je déjà fait ce méchant , les affaires difficiles de la vie sont-elles plus faciles pour elle ? Moi aussi, j'ai été faux et infidèle, et quand le pauvre et courageux Kit est venu me dire – ce qu'elle m'a dit – j'ai fait ce qui aurait pu la tuer. " Je suis tombé comme une bûche et je n'étais pas désolé, seulement effrayé. Et elle vous a dit, elle a dit à Toby, elle a dit au médecin, qu'elle était tombée elle-même. . Pauvre et loyal Kit ! Et je suis un brave garçon à qui il faut être fidèle ! Ô Dieu ! Dieu ! Dieu !

Il se tordait sur le canapé, où il s'était jeté dans une agonie muette et tordue. Les douleurs de l'enfer, une âme sciemment perdue, étaient les siennes. Tout l'amour qu'il avait porté autrefois à Kit, toutes les années de leur excellente camaraderie ensemble, montèrent et remplirent la coupe d'indicibles remords.

Lily, femme dans l'âme, éprouvait un sentiment de pitié pour eux deux et trouvait à peine les mots.

"Oh, Jack !" dit-elle; "Il y a de l'espoir. Ce n'est pas désespéré. Ils n'ont pas dit cela. C'est terrible, mais soyez forts. Nous devons attendre."

Il ne lui répondit pas, mais resta étendu comme un mort, le visage caché dans le coude de son bras. Lily comprit qu'il était inutile d'essayer de l'atteindre avec des mots. Pour le moment, il restait hors de portée de la sympathie humaine, inaccessible. Les ténèbres extérieures du remords et du regret l'entouraient, non pas pour être éclairées, mais imperçables et par nécessité. Ce n'était pas un homme bon, mais un homme tout à fait mauvais n'aurait pas autant souffert.

Ils restèrent donc silencieux, et le soleil descendit plus bas derrière les arbres, jusqu'à ce qu'enfin quelques rayons à travers les branches encore à peine vêtues arrivent au niveau de la fenêtre. Soudain, Jack se redressa.

"J'entends un pas," dit-il, et l'instant d'après Lily le perçut aussi.

"Va vers eux dans le couloir, Jack," dit-elle, pensant qu'il préférait affronter seul l'inévitable moment de l'actualité.

"Je ne peux pas", dit-il.

La marche descendit les escaliers, traversa le hall dallé, et le Dr Ferguson entra.

"Elle s'en sortira", a-t-il déclaré. "À moins que quelque chose d'imprévu n'arrive, Lady Conybeare s'en sortira bien."

CHAPITRE V

TOBY AGIT SANS PARLER

Ted Comber avait passé une matinée ardue mais très satisfaisante. Son propre coiffeur avait été gentil, sympathique et consolateur. Les cheveux gris étaient là, et il ne servait à rien de le nier ; mais il existait une nouvelle préparation merveilleuse, non pas vraiment une teinture pour les cheveux, mais un produit naturel qui, comme tout ce qui touche aux cheveux, coûtait dix et six pence la bouteille, et devait être recommandé en toute confiance. Il l'enverrait à South Audley Street. Un peu à appliquer au pinceau tous les jours sur les parties concernées, et l'odeur n'était pas désagréable.

De là, il était allé chez son tailleur et avait eu une longue conversation avec M. Barrett, qui appréciait pleinement la solennité de l'idée de la tresse et disait que cela pourrait être une époque. Le long du bord de l'habit, exactement ainsi, et du gilet de la même manière, très large. Et que pensait Sa Seigneurie du traitement réservé au pantalon ? Tresse sur l'extérieur de la jambe, ou pas ? Et Sa Seigneurie pensa tresser. Le costume pourrait être prêt samedi soir, et ainsi Ted pourrait le porter pour la première fois le dimanche de Pâques, a déclaré le gentil M. Barrett.

Il est sorti du magasin en fredonnant un air, très content de lui, de sa tresse et de M. Barrett. M. Barrett le consultait toujours comme si ses conseils valaient la peine, le dos courbé. Être une sorte d' *arbitre élégant* en ville était l'un des vilains petits idéaux de Ted, et il contrastait avec un de ses amis qu'on mesurait à sa sortie et qui, faisant une suggestion, non pas à M. Barrett, mais seulement à un assistant, reçut la réponse brève : « Pas porté comme ça maintenant, monsieur. » Comme la réception de n'importe quelle suggestion de sa part serait différente ! M. Barrett avait l'air respectueusement pensif pendant un moment ou deux, puis disait : « Très convenable, très convenable en effet. Il est fort probable qu'il recommanderait la même innovation au prochain client, en l'approuvant par : "Lord Comber vient de commander un manteau de cette coupe, monsieur."

Il était déjà plus d'une heure lorsqu'il quitta Bond Street et se dirigea d'un pas vif vers sa maison. La matinée était si belle qu'il décida de marcher et il rentra chez lui juste avant le déjeuner. La préparation inimitable était déjà arrivée de chez Perrin, et il monta dans sa chambre pour en essayer les propriétés. Il était de couleur marron foncé, avec une curieuse odeur âcre, et il l'appliqua soigneusement, comme indiqué, sur les régions affectées. Les régions touchées étaient un peu douloureuses à l'application, mais la douleur ne pouvait pas être qualifiée de vraiment grave.

Bien que Ted ait passé des heures si assidues depuis le petit-déjeuner, l'après-midi était si agréable qu'il décida de faire une autre promenade avant le thé. Il n'avait vu personne de sa connaissance ce jour-là à part Toby, et il avait envie d'une petite conversation légère. Ainsi, après avoir changé son costume bleu pour un costume plus rigoureux, peu après quatre heures, il se dirigeait vers le Bachelors' Club. Le thé et les toasts étaient toujours aussi bons au Bachelors' Club, et il aimait penser qu'il était célibataire. Il était agréable aussi, tandis qu'il montait les marches, de contraster le contenu ensoleillé de son humeur de cinq heures avec son moment de véritable anxiété de ce matin.

La salle de lecture était presque vide, et il se laissa paisiblement dans son fauteuil préféré près de la fenêtre et se dirigea vers le Pall Mall. Il s'abstint de l'article principal et, dans « Silk and Stuff », ou quelque chose du genre, au bas de la première page, jeta un vague regard sur « Les marchandises d'Autolycus », sans aucune idée précise de ce qu'elles pourraient être. être, et se tourna vers les petits paragraphes avec lesquels il avait une plus grande affinité. Les Altesses Royales faisaient diverses choses fastidieuses, notamment des réunions de course ; l'empereur allemand avait écrit un hymne, grimpé à un arbre ou monté une locomotive ; et à peu près au milieu de la page, il vit ce qui suit :

"La marquise de Conybeare repose dans un état très critique dans sa résidence de Park Lane."

Ted l'a lu une fois, sans y parvenir, et une fois de plus, pensant qu'il devait être la victime d'une gigantesque farce. L'instant d'après, il se leva précipitamment de sa chaise et, à la porte, il rencontra un serveur désolé, qui lui apportait son délicieux thé et ses toasts. Mais il ne s'arrêta pas pour cela, et sortant dans la rue, il héla un fiacre, ordonnant à l'homme de le conduire chez Toby. Ils le sauraient certainement là-bas, et, pour des raisons personnelles qui lui sont propres, il ne souhaitait pas, après son échec de ce matin, devenir une nouvelle cible à Park Lane.

Or, à peine une demi-minute avant que son fiacre n'arrive là, Toby, que sa femme avait envoyé prendre l'air, était entré. Il avait l'intention de voir s'il y avait des lettres pour l'un ou l'autre, puis repartirait. à Park Lane. Son âme droite et saine était pleine à craquer, et les ingrédients de cette tasse étaient de la sympathie pour Jack, de l'anxiété pour Kit, et une colère et une haine aveugles pour Ted. Il n'était pas un analyste penché, il ne pouvait pas dire quel ingrédient usurpait la proportion, il ne cultivait pas non plus des émotions mixtes, et les trois existaient tout à fait séparément et individuellement, le rendant aussi misérable que sa nature le lui permettait. Entre eux, il se sentait mis en pièces ; toute conclusion à l'un ou à l'autre rendrait les deux autres plus supportables.

Il trouva sur la table du hall quelques lettres destinées à sa femme et, les mettant dans sa poche pour les lui rapporter, il se retournait pour quitter de nouveau la maison, lorsque la sonnette de la porte d'entrée sonna. L'homme qui l'avait laissé entrer était toujours là, et Toby, à mi-chemin entre un espoir déraisonnable et une appréhension nauséabonde, pensant qu'il s'agissait peut-être de quelques nouvelles de Park Lane, s'avança également vers la porte, de sorte que lorsqu'elle fut ouverte, il fut tout près . à cela. Dehors, sur la plus haute des quatre marches qui partaient du trottoir, dans les vêtements les plus bien coupés, les chaussures en cuir verni les plus brillantes et les chapeaux les plus impeccables, se tenait Ted Comber.

Toby poussa un bref soupir, se lécha les lèvres du bout de la langue, fit un pas vers lui et le fit tomber en arrière sur les quatre marches. Un cri de consternation passionnée s'échappa du corps qui tombait ; le chapeau impeccable roula sous le fiacre, le bâton aux béquilles d'or vola en une large parabole dans la zone, et Toby, souriant pour la première fois depuis ce matin, et ne se souciant pas d'améliorer ou de gâcher la situation avec des mots, s'éloigna. Le seul regret qui lui restait à l'esprit était qu'il n'y ait pas eu de rassemblement plus nombreux pour observer la scène ; cependant, le cocher et son propre valet de pied avaient une vue ininterrompue de ce qui s'était passé.

Alors les pas de Toby s'éloignèrent vivement sur le trottoir mouillé – il y avait eu une averse fraîche de printemps il y a environ une demi-heure – et le valet de pied à la porte d'entrée et le cocher sur son perchoir exalté restèrent bouche bée. Le cheval avait hésité et fait un écart face à cette agitation considérable sur le trottoir, et avant que le conducteur ait pu s'arrêter, il avait fait quelques pas cabrés en avant, faisant sortir la roue avec une précision diabolique sur le chapeau de Ted, l'écrasant dans le sens de la longueur. Son propriétaire peu enviable gisait tombé sur le trottoir, ses boucles châtains à quelques centimètres du trottoir, pour le moment abasourdi. La reprise de conscience lui rappela une douleur intense sur le côté de la tête, une angoisse très aiguë au coude droit, une autre à peine moins pénible à l'épaule et deux autres à la jambe. Puis il se releva, et un être plus englouti dans les zones de pitié, le prenant corps et esprit ensemble, aurait difficilement pu être trouvé dans tout le grand Londres. Sa redingote était une fricassée de terre, son visage disparaissait dans une éclaboussure de boue, le coude de sa manche droite, d'où lui venait une des douleurs les plus atroces, était déchiré à travers sa chemise, et en se levant il sentait le grillage. de son verre de montre brisé. Un valet de pied, souriant discrètement mais non dissimulé, l'observait depuis la porte de la maison de Toby, un cocher depuis son perchoir. La dignité n'est guère compatible avec la saleté, et Ted le savait. Il ramassa son chapeau, qui ressemblait à un homme ivre qui aurait essayé de plier un chapeau d'opéra dans le mauvais sens, et les restes meurtris de ce qui avait été si beau si récemment remontèrent dans la cabine et demandèrent à être reconduits chez eux. Cette visite n'a pas été très réussie.

Ses réflexions n'étaient pas des plus enviables. Cet acte de Toby, pour lequel il n'était plus qu'un triste lot de souffrances, signifiait le pire. Et à cette pensée, tout ce qu'il y avait de convenable chez cet homme refit surface. Il n'y en avait pas assez pour couvrir une grande surface, mais il y en avait un peu. Il poussa le piège au sommet du fiacre et changea de destination pour Park Lane. Malgré sa douleur et son sang, il n'attendrait pas, n'attendrait pas, n'attendrait pas des nouvelles tardives. Son anxiété n'était pas non plus totalement égoïste ; il avait, Dieu sait quelle proportion cela avait par rapport à l'ensemble, une peur fondée sur l'affection. Puis, après avoir donné l'ordre, il s'adonna à rafistoler un bien triste objet.

Son visage saignait sous l'œil droit et sa joue était écorchée et à vif ; il semblait que tous les petits objets égarés dans une rue de Londres avaient été incrustés en couches par une main inexpérimentée. Son coude et son genou étaient coupés, et tous deux lui faisaient mal comme une rage de dents. Mais il essuya, brossa et tamponna jusqu'à ce que la saleté se retrouve sur son mouchoir, et quand cela fut clair, réalisant que toucher encore les brèches signifiait le transfert de la saleté, il s'appuya nonchalamment contre les coussins de la cabine. dans un état d'esprit composé d'anxiété et de dépression indicible. Il ne pensait pas que les miroirs dans les coins, qu'il utilisait souvent avec tant de satisfaction et de légèreté, auraient un jour reflété une personnalité aussi meurtrie.

Il y avait une voiture devant la porte quand il arriva, mais elle lui donna accès, et après avoir sonné, il se blottit de nouveau dans son taxi. Même maintenant, alors que, pour lui rendre justice, il était en proie aux émotions les plus poignantes qui aient jamais touché son âme de mastic, l'instinct du respect de sa propre apparence, le désir de protéger l'éclatement qu'elle avait subi, s'affirmaient. Il se pencha en avant dans la cabine lorsque la porte d'entrée s'ouvrit, ne montrant au valet de pied que sa gauche intacte.

"Comment va Lady Conybeare ?" Il a demandé.

"Une grande amélioration, monseigneur", dit l'homme.

"Merci. S'il vous plaît, dites au cocher de se rendre au 12, South Audley Street."

Kit était vivant – en mieux. Son esprit, élastique comme sa peau complimentée, commença instantanément à se rétablir, et ses pensées, égarées par égoïsme, absorbées une heure dans une autre, retournèrent chez elles comme des moutons vers leur bergerie. Il avait eu peur d'avoir laissé tomber cette jolie boîte de jouets, le monde, et qu'ils se soient brisés. Mais il semblait que ce n'était pas le cas. Il les avait laissés tomber, il est vrai, et quelques-uns, lui particulièrement, étaient un peu rayés et boueux, mais ils n'étaient pas cassés. Il pourrait encore jouer longtemps avec eux.

Instinctivement, il se tourna de nouveau vers le miroir placé dans le coin de son fiacre. Son visage écorché avait arrêté de saigner, et cela n'avait pas l'air aussi grave qu'il l'avait craint. Son chapeau, il est vrai, était triste à voir, mais il est facile de s'en procurer de nouveaux, et l'idée que la vengeance barbare de Toby s'était principalement consacrée à une Lincoln et à une Bennett était même un peu amusante. Bien plus importante était la touffe de poils blanchissant au-dessus de son oreille, et il tourna son visage de côté pour l'examiner. Même cette seule application du fluide sombre qu'il avait fait juste avant le déjeuner l'avait déjà changé ; les cheveux blancs semblaient avoir été tachés de couleur. Comme c'est délicieux !

Il paya le cocher, entra dans la maison et monta en boitant légèrement jusqu'à sa chambre, où il appela son valet de chambre. Il avait fait une chute, expliqua-t-il, et devait se changer et prendre un bain. Aussi, il dînerait seul chez lui, et un télégramme devait être envoyé immédiatement aux Haslemere pour dire qu'il s'était blessé et qu'il ne pouvait pas venir. Dans l'ensemble, il n'était pas fâché de s'absenter. Lady Haslemere était vraiment devenue plutôt ennuyeuse ces derniers temps. Elle parlait toujours de taureaux et d'ours, et Ted ne se souciait pas du tout de la ménagerie de la Ville. Son bain chaud au pin fut bientôt prêt, et il alla réparer les dégâts de la journée.

Tout en s'habillant, il passa en revue les agitations de l'heure qui s'était écoulée. Toby lui avait confié un rôle indigne, car les plus complaisants ne peuvent se flatter de faire preuve de courage lorsqu'ils sont forcés de s'allonger sur les trottoirs. Mais c'était dans la nature même de l'affaire que la raison du coup empêchait que l'histoire ne parvienne à l'étranger. Il était impossible que Toby fasse savoir qu'il l'avait renversé, car les gens se demanderaient pourquoi. Le secret, en tout cas, était souhaité des deux côtés. En ce qui concerne donc ce moment le plus désagréable, il lui suffisait d'appliquer de la vaseline sur ses coupures, de commander de nouveaux vêtements et d'apaiser l'événement ; pas publiquement – cela aurait été difficile – mais en privé. Il n'avait qu'à s'en remettre lui-même. Quoi qu'il en soit, Toby savait à ce moment-là à quel point sa diplomatie de bourdon à Stanborough avait échoué, et à cette pensée, la brûlure de ses propres blessures s'est considérablement atténuée. Décidément, le moment où il volait à reculons sur le trottoir n'avait pas été agréable, mais c'était fini. Il avait bien plus mal sous l'effet de l'insulte que sous l'insulte elle-même. C'était très bien à Toby, pensa-t-il, de le traiter de cette manière. Quoi qu'il en soit, il y avait dans l'âme de Toby une intelligence qu'aucune vaseline ne pouvait atteindre.

À la violence qui lui avait été infligée, il pouvait opposer la nouvelle de l'amélioration de l'état de Kit. Il se disait avec *une naïveté sublime* que ça valait la peine d'être renversé pour apprendre ça. Son anxiété avait été terrible, vraiment terrible, et il ne pouvait s'empêcher d'équilibrer ce poids enlevé avec d'autres désagréments. Les choses n'étaient pas si mauvaises qu'elles auraient pu l'être. Mais cela avait été terrible, et il se persuadait facilement qu'il souffrait horriblement. Ce qui s'était passé, il ne le savait pas encore exactement ; en tout cas, c'était horrible, et il serait sage de ne pas s'y attarder. Il le saurait demain, et tandis qu'il se brossait les cheveux, il revoyait avec satisfaction l'action de son fluide âcre.

Il se sentit abattu et fatigué et, enfilant une robe de chambre en soie, s'allongea sur le canapé de sa chambre et sonna pour le thé. En réalité, il avait traversé toute une vie de souffrance depuis qu'il avait sonné pour le thé une heure auparavant au Bachelors' Club, et il désirait ardemment cet agent réparateur. Surtout – et c'était tout à fait caractéristique – il désirait chasser de son esprit les expériences de la journée. Tout cela avait été extrêmement désagréable, et il y avait encore beaucoup de choses désagréables qui traînaient, comme la chaleur étouffante d'un jour orageux, faible et imminent. Mais pour le moment, il ne pouvait rien faire : aucune mesure qu'il pourrait prendre n'améliorerait les choses, aucun effort de volonté ne disperserait les nuages d'orage, et il était vain de ruminer les choses et de gâcher la gaieté naturelle par des réflexions moroses et sombres. . Sa personnalité lumineuse et superficielle reflétait comme une flaque d'eau au bord de la route tout ce qui se trouvait immédiatement au-dessus, et ne contenait aucune ombre sombre ni aucune lumière lointaine, et il faisait, à juste titre, très attention à la flottabilité de son esprit, car c'était le meilleur de lui-même, et indéniablement de la plus grande utilité.

Il avait une petite table à la main, avec le flacon de parfum au dessus doré, le journal du soir et quelques livres français à couverture jaune. Il s'aspergea le front de parfum, jeta le journal du soir, car il y avait un petit paragraphe qu'il voulait oublier, et prit Mademoiselle de la Maupin de Gautier et l'ouvrit au hasard. Il lut une page ou deux et s'intéressa, fut absorbé. La magie des mots, un sort plus puissant que n'importe quelle incantation de sorcier, s'empara de lui, et l'atmosphère de serre intérieure remplie d'intrigues infinitésimales était des plus agréables. Le rugissement sourd de la circulation londonienne à l'extérieur devenait muet, les agitations d'une dure expérience s'éloignaient, les événements de la journée devenaient pour lui comme le souvenir d'un livre qu'il avait lu, et le livre qu'il lisait s'imprégnait des réalités de la vie.

Entre temps, Toby, après son bref et décisif entretien sans paroles sur le pas de la porte, était retourné à Park Lane à pied et y était arrivé peu de minutes après que son interlocuteur ait passé son appel. Il entra directement dans la chambre de Jack et y trouva Lily seule. Les questions et les réponses étaient également inutiles ; son visage répondit à ce qu'il n'avait pas demandé de manière audible.

"Elle s'en sortira", a-t-elle déclaré. "Ils pensent qu'elle s'en sortira certainement."

Toby jeta son chapeau sur le canapé.

"Dieu merci ! oh, Dieu merci !" il pleure. "Où est Jack ?"

"En haut. Ils l'ont laissé la voir un moment. Il redescendra immédiatement. Mais ils n'ont pas pu sauver Kit et l'enfant, Toby."

Toby s'est assis à côté de sa femme.

"Oh, Lily, quelle différence cinq heures peuvent faire !" observa-t-il avec cette compréhension de l'évidence qui le distinguait. "Au fait, j'ai rencontré quelqu'un quand j'étais absent."

"Qui?"

" Lui. Je suis rentré chez moi pour voir s'il y avait des lettres pour l'un de nous – oh, il y en avait deux pour vous ; attrapez-vous – et en sortant, je l'ai trouvé sur le pas de la porte. "

"Pourquoi était-il venu ?"

"Je ne lui ai pas demandé. Mais je sais ce qu'il cherchait. Aigle en robe déployée sur le trottoir. Tous dans ses beaux vêtements. Et le hansom est passé par-dessus son chapeau; c'était sacrément chouette. Oh, Lily, ça m'a fait sentir mieux, et je sentais aussi que c'était de bon augure. J'aurais aimé que tu sois là. Tu aurais rugi.

"Toby, tu es un barbare ! A quoi ça sert ?" dit-elle avec sévérité.

"Ce genre d'homme veut, c'est de la douleur", remarqua Toby.

"A-t-il été très blessé ?" » demanda Lily avec un calme extrême.

"Je ne sais pas. Je l'espère. J'espère qu'il a été très blessé."

"Tu veux dire que tu l'as laissé allongé là ?"

"Oui. Il est peut-être là maintenant."

La sévérité de Lily s'effondra.

"Alors s'il vous plaît, faites-le emmener avant mon retour", dit-elle. "Ah, voici Jack !"

Jack ne pouvait pas parler, et ce n'était pas nécessaire, mais il serra la main, d'abord de Lily, puis de son frère, et leur fit un signe de la tête. Puis, tout à coup, sa bouche devint tremblante, il s'assit précipitamment près de la table et se couvrit le visage de ses mains.

Lily regarda Toby et, en réponse à son regard, il sortit de la pièce. En passant devant Jack, suivant son mari, elle posa un instant la main sur son épaule courbée, et sortit à son tour en fermant doucement la porte derrière elle.

CHAPITRE VI

LE DÉSIR DE LILY

Toby et sa femme quittèrent Londres la veille de Pâques pour passer quinze jours dans le cottage du Buckinghamshire que Jack leur avait prêté. Kit allait du mieux qu'il pouvait, mais on ne pouvait pas encore la déplacer ; ils espéraient cependant que tous deux descendraient à Göring avant que les autres ne partent. Mme Murchison y passait également Pâques, avant de retourner en Amérique, où elle se proposait actuellement de rester avec son mari pendant au moins quinze jours.

Elle était arrivée juste avant le thé, les autres étant descendus le matin, et c'était un torrent de conversations étonnantes.

« Et puis mardi, » disait-elle, « j'ai dîné avec cette chère Ethel Tarling au Criterion. Nous avons eu un dîner magnifique et très amusant ; et pendant tout le dîner, un glee-club a chanté dans la galerie ces délicieux anglais quoi faire ? -vous-les-appelez-les, mais je ne parle pas des meringues." »

« Des madrigaux ? » suggéra Lily, dans l'espoir fou que ce soit le cas.

" Des madrigaux, oui ! Ils ont chanté des madrigaux dans la galerie : " La tonnelle de Célia " et " Le glorieux Apollyon d'en haut nous a vus. " "

Lily eut un petit éclat de rire incontrôlable.

"Tu te moques toujours de ta pauvre vieille mère, vilain enfant !" dit Mme Murchison avec beaucoup de bonne humeur. "Toby, tu devrais lui apprendre mieux. Et puis ensuite nous sommes allés au Théâtre du Palais pour voir la Biographie. C'était très intéressant, et celle de l'avant d'un train m'a donné un sentiment de nausée et de vertige - très agréable. Oh ! et je me souviens que c'est ce soir-là que nous avons entendu parler de la pauvre Lady Conybeare. Quelle tristesse ! J'ai appelé là-bas ce matin, et ils ont dit qu'elle allait beaucoup mieux, ce qui est quelque chose."

"Oui, nous espérons que Jack et Kit viendront tous les deux ici dans une dizaine de jours", a déclaré Toby.

"Et Lord Comber aussi", poursuivit naïvement Mme Murchison. "C'est ce même jour qu'il est tombé et s'est gravement blessé. Les malheurs n'arrivent jamais seuls. Vous n'avez pas entendu ? Il est tombé sur la tête, et je pense que c'est une chance qu'il n'ait pas reçu de percussion cérébrale."

Toby ne regarda pas sa femme.

"Très chanceux", a-t-il déclaré.

" N'est-ce pas ? Ensuite, j'ai passé mercredi à Oxford, que j'étais déterminé à visiter avant de quitter l'Angleterre. C'est le plus beau et le plus intéressant. J'ai déjeuné avec le maître du Magdalen College, que j'ai rencontré plusieurs fois à Londres, et j'ai vu le statue qu'ils ont érigée à l'endroit où Shelley est morte.

"Je pensais qu'il s'était noyé", a déclaré Lily.

"Très probablement, ma chère", a déclaré Mme Murchison; "Et maintenant j'y pense, l'endroit est près de la rivière, donc j'espère qu'ils l'ont installé aussi près que possible. Vous ne pourriez pas souhaiter les voir mettre un gisant, un gisant en effet, alors c'est dans dix pieds d'eau, ma chérie, observa-t-elle avec beaucoup de justice.

Mme Murchison sirota son thé dans une extase de contentement. Cela faisait à peine un an qu'elle avait vu Toby pour la première fois et qu'elle l'avait considéré comme le mari idéal pour Lily ; et ils étaient là tous les trois, buvant du thé, comme elle se disait, dans les demeures seigneuriales d'Angleterre, comme ils sont beaux ! Son siège de Londres avait été rapide et brillamment réussi. Les fortifications étaient tombées brusquement et à plat, comme les murs de Jéricho ; et elle ne faisait pas plus de dîner au Criterion avec cette merveilleuse Lady Tarling que de se laver les mains ou d'aller en Amérique.

"Oui, le maître du Magdalen College a été très gentil", a continué Mme Murchison, "et a dit qu'il se souvenait bien de Toby. Mon cher, que de choses aurais-je à dire à votre père, Lily ! Et après le déjeuner, vraiment, excellent déjeuner, je vous l'assure, avec des cailles aux aspes, nous sommes descendus à l'Ibis.

"Vers où ?" » demanda Lily.

« Vers la rivière », dit Mme Murchison, soupçonnant une difficulté, « et j'ai vu où les bateaux du collège faisaient leurs courses – des torpilles, je pense que le Maître les appelait, et je me souviens m'être demandé pourquoi. Sa propre torpille a remporté les dernières courses.

Ici, Toby s'étouffa violemment avec son thé et quitta la pièce d'un pas rapide et irrégulier.

— Ce ne sont donc peut-être pas des torpilles, reprit sa belle-mère, supposant qu'il l'aurait corrigée s'il avait pu parler ; "Mais c'est quelque chose qui ressemble beaucoup à ça. Mon Dieu, quel bruit terrible fait ce pauvre Toby ! Est-ce qu'on ferait mieux d'aller lui tapoter le dos ? Puis hier, je suis allé au 'Messie' à l'Albert Hall, ce qui m'a fait pleurer."

Mme Murchison regarda Toby avec accueil, qui réapparut ici, plutôt rouge et faible.

"Cher Toby," dit-elle, "c'est tout simplement charmant de penser à toi et Lily si bien installés, titrés et heureux ; et quand je suis sur l'océan, j'irai souvent dans ma cabine et je compte les jours jusqu'à ce que je Je dois être en Amérique au moins quinze jours, voire dix jours, et j'essaierai de persuader M. Murchison de venir avec moi à mon retour. J'ai beaucoup de chance avec les navires : je sors dans le Lucania , et reviens dans la Campagna. Et y a-t-il quelqu'un d'autre qui viendra ici avant mon départ mercredi, ou allons-nous avoir un joli petit chez-soi tout seul ?

"Oh, nous allons être simplement domestiques," dit Lily en se levant, "et nous n'aurons pas d'âme en dehors de nous-mêmes. Vous savez que Toby et moi sommes naturellement des animaux domestiques pour la plupart. Nous n'avons ni l'un ni l'autre aucune passion pour le Nous aimons être dehors, faire les imbéciles et prendre le thé, n'est-ce pas, Toby ?

"Je n'ai aucune passion pour le thé", a fait remarquer Toby.

"Oh oui, tu l'as fait. Ne sois pas stupide ! Je ne parle pas d'un goûter littéral, mais d'un goûter figuré."

"Moins il y a de littéralité à propos du high tea, mieux je l'aime", a déclaré Toby.

Lily passa derrière sa chaise et tira doucement ses cheveux raides.

"Lord Evelyn Ronald Anstruther D'Eyncourt Massingbird, député, n'est pas aussi idiot qu'on pourrait le croire", a-t-elle fait remarquer. "Parfois, il montre des lueurs de bon sens. Son amour pour les goûters figuratifs par opposition aux grands dîners figuratifs en est un exemple. Ne rougis pas, Toby. Tu n'as pas grand-chose d'autre dont tu puisses être fier."

"J'ai de quoi être fier de toi", remarqua Toby en penchant la tête en arrière pour la regarder.

Mme Murchison bruissait avec appréciation. C'était le genre de choses que les Anglais pouvaient dire naturellement, sans enthousiasme ni affectation. Un Français se serait incliné, aurait remonté ses talons et baiser la main de sa femme. Un Italien aurait frappé la région de son cœur. Un Américain l'aurait exprimé par une périphrase de quatre syllabes. Mais Toby n'a rien fait de tout cela. Il le dit tout simplement, alluma une cigarette et grommela :

« Lâche mes cheveux, Lily !

Lily lui a "coiffé" les cheveux.

"Il essaie de faire sauter des bagues", a-t-elle expliqué, "mais il ne peut souffler que des rubans et des banderoles. De plus, il ressemble à un hibou quand il essaie. Des bagues aux doigts et des clochettes aux orteils", a-t-elle ajouté avec une immense réflexion. "Toby, je t'achèterai un carillon de clochettes si tu promets de les porter sur tes orteils."

Toby se leva de sa chaise.

"Si quelqu'un a quelque chose d'autre de particulièrement personnel à dire sur moi, c'est son moment", a-t-il fait remarquer ; "sinon, nous sortirons. Mon cher! la dernière fois que j'étais ici, nous avons été enneigés à Pangbourne et avons dormi à l'Elephant Inn, et je me souviens avoir rêvé de lapin bouilli. Je rêve rarement, mais je m'en souviens quand Je fais."

Lily soupira.

"Oui, et la pauvre Kit nous attendait tous ici. Elle était toute seule, maman, et elle a eu une terrible *crise de nerfs* à cause de ça."

"J'aurais dû penser qu'elle était la dernière personne au monde à être nerveuse", a déclaré Mme Murchison.

"Oh, *la crise des nerfs* n'est pas de la nervosité", dit Lily ; "il est suspendu, délabré et excité."

"Ma mère", remarqua Mme Murchison, "était d'un tempérament très nerveux. Je l'ai vue, les jours les plus froids, vider brusquement une carafe d'eau sur le feu, de peur que la maison ne s'encrasse. Et le soir, elle soufflait parfois." la bougie pour la même raison.

Toby eut un rire explosif.

"Et le plus cruel," continua Mme Murchison, "c'est que toute sa vie elle eut peur du noir, dans laquelle le fait de souffler les bougies la laissait naturellement. Ainsi, entre sa peur d'un incendie et sa terreur du noir , c'était hors de la cheminée dans le feu."

"Une poêle à frire, maman", dit Lily.

"Peut-être, chérie, je pensais que c'était une cheminée. Mais c'est six sur une douzaine et demi sur une autre. Pauvre Maman ! elle avait un tempérament très nerveux et excitable, avec des accès de colère soudains. Dans de tels moments, elle sortait ses faux dents - elle souffrait d'une carie précoce - et les jetait au sol, même si cela signifiait des débris jusqu'à ce qu'elles soient réparées. Elle était très excitable."

"Très éprouvant", dit Toby plutôt tremblant.

"Non, nous ne l'avons pas trouvée en train d'essayer, Toby", dit cette excellente dame. "Nous l'aimions beaucoup. Pauvre chère Maman !"

Elle soupira lourdement, les yeux perdus dans la mémoire, et le rire de Toby mourut dans sa bouche. Mme Murchison se leva.

"Eh bien, je vais mettre mon chapeau," dit-elle, "et je sors avec vous deux. J'ai apporté un journal du soir avec moi, mais il n'y a rien dedans, sinon qu'il y a eu une terrible tomate aux Antilles. , détruisant cinq villages – une tornade, devrais-je dire – et de nombreuses pertes en vies humaines.

Elle sortit de la pièce pour aller chercher son chapeau, et Lily et Toby restèrent seuls. Toby leva les yeux furtivement, se demandant ce qu'il devrait rencontrer dans les yeux de Lily. Son visage, comme le sien, luttait pour garder la gravité, et tous deux tremblaient de rire à peine réprimé. Ni l'un ni l'autre ne pouvaient parler, et ils se détournèrent faiblement l'un de l'autre, Toby s'appuyant avec une épaule tremblante sur la cheminée, et Lily se mordant la lèvre alors qu'elle regardait impuissante la pelouse et la rivière. De temps en temps, l'un ou l'autre poussait un souffle sanglotant, et ni l'un ni l'autre n'osait se retourner. Un jour, Lily se tourna à moitié vers son mari, pour le trouver à moitié tourné vers elle avec un visage cramoisi étranglant, et tous deux détournèrent à nouveau le regard à la hâte. La situation était désespérée, et après un moment, Lily dit, d'une voix de baryton étouffée :

"Toby, arrête de rire."

Il n'y eut pas de réponse et elle lui donna un autre moment de récupération. Du coin de l'œil, elle le vit essuyer l'humidité de son rire. Puis, dans un violent effort, il maîtrisa les muscles autour de sa bouche.

« C'est une vieille chérie, » dit-il ; "mais, Lily, je n'aurais pas dû aimer ta grand-mère."

Lily poussa un long soupir, elle-même à nouveau.

"Toby, tu t'es très bien comporté," dit-elle, "et maman est une vieille chérie. Viens, nous sortirons."

Mme Murchison a perdu sa joyeuse présence au bout de trois jours, alors qu'elle naviguait presque immédiatement vers l'Amérique, et les deux étaient seuls pendant la semaine suivante. Le printemps était définitivement arrivé, et jour après jour doré suivait son cours. La vie, éternellement renouvelée avec l'année, avait jailli de sa chrysalide d'hiver, et s'était un instant dressée avec des ailes frémissantes et déployées avant de se lancer dans le demi-cercle des mois d'été. Partout, sur les champs et les arbres, l'effervescence des choses vertes et en croissance mousse comme une écume exquise. Un matin, ils se levaient pour constater que les bourgeons verts des tilleuls s'étaient fendus, perdant leurs gaines rouges ; sur une autre, les ormes étaient soudainement en feuilles minuscules ; sur un autre, le réseau de feuillage nouveau autour des saules au bord de l'eau ferait pour eux une merveille ravissante. Les prairies étaient à peine étoilées de pâquerettes roses que les renoncules y semaient un soleil, et dans les endroits frais et humides les myosotis aux yeux jaunes reflétaient le bleu pâle qu'ils regardaient si fixement.

Toby et sa femme passaient de longues et paresseuses matinées en barque ou circulaient dans les ruelles profondes et bordées de primevères - il était plein de tendresse et de sollicitude pour elle, elle était plus heureuse qu'elle ne l'avait cru donné à l'humanité. Ils parlaient peu ; à tous deux, il semblait que leur joie dépassait le domaine des mots.

Le soir d'un de ces jours, ils se promenaient dans le jardin à la tombée du crépuscule. Les oiseaux criaient dans les fourrés et les buissons, de temps en temps un poisson qui se levait brisait le miroir de la rivière, et à chaque instant l'odeur de la terre, à mesure que la rosée tombait, devenait plus parfumée.

"J'aurais aimé que nous restions ici longtemps," dit Lily, son bras dans le sien ; " mais nous devons monter à Londres lorsque le Parlement se réunira après les vacances de Pâques. Le député ! Bon Dieu, Toby, de penser que le bien-être de votre pays dépend d'une poignée de personnes dont vous faites partie ! "

"Le Parlement peut être suspendu", a déclaré Toby, "et Jack sera ravi de nous laisser rester ici aussi longtemps que vous le souhaitez."

" J'en suis sûr, mais je n'aime pas. Pourquoi pensez-vous que je voulais que vous entriez au Parlement, si vous n'alliez pas près de la Chambre ? "

"Je n'ai jamais pu deviner", a déclaré Toby. "Il est bien plus important que tu t'arrêtes ici si tu le souhaites."

"Ne sois pas stupide, mais, oh, Toby, quand mon heure sera venue, laisse-moi revenir ici. C'est ici que nous étions fiancés; que ce soit ici que tu prennes ton premier-né dans tes bras. Je le veux. "

Elle se tourna vers lui avec la lumière d'une certaine maternité dans les yeux, une chose si merveilleuse que l'âme de tous les hommes est incomplète jusqu'à ce qu'ils l'aient vue, et sa beauté et son amour pour lui lui firent baisser la tête avec admiration. Son âme humble et saine se perdait dans un étonnement d'amour et d'adoration.

"Il en sera ainsi, Toby ?" » demanda-t-elle, avec la joie d'une femme d'apprendre à quel point cette question était inutile. « Monseigneur accordera-t-il la demande de sa servante ?

"Ah, ne le fais pas," dit-il soudainement. "Ne dis pas ça, même pour plaisanter."

"Alors tu le veux, Toby ?" elle a demandé.

« Si ma reine le veut », dit-il.

"Il ne faut pas non plus dire cela, même en plaisantant", dit-elle.

"Je ne le fais pas ; je le dis avec sérieux, avec un sérieux mortel. C'est la chose la plus vraie au monde."

"Dans le monde ? Oh, Toby, une grande place ! Alors c'est réglé."

Elle lui reprit le bras, et ils marchèrent lentement sur le velours ras de l'herbe.

"Toby, il y a autre chose que je veux," dit-elle après un moment.

"C'est à toi, tu le sais."

"J'en suis donc content, parce que je ne pense pas que cela vous plaira. La voici : je veux que vous voyiez Lord Comber et que vous lui serrez la main."

Toby s'arrêta.

"Je ne peux pas", dit-il, "je ne peux tout simplement pas."

"Réfléchis-y. Tu vois, Toby, c'est comme ça : tu fais partie de moi, et avant que cette chose merveilleuse qui arrive n'arrive, je veux être "tout à fait d'accord" avec tout le monde dans le monde. C'est l'une de tes idioties. expressions de golf, alors vous le comprendrez. Et je ne peux pas l'être tant que vous ne l'êtes pas. Ne vous méprenez pas, ce n'est pas que je ne ressens pas ce que vous ressentez pour lui, et si j'avais été vous et Je l'ai renversé comme vous l'avez fait, je pense que j'aurais dû lui donner un coup de pied alors qu'il gisait sur le trottoir. Mais maintenant, c'est fini.

"Lily, tu ne sais pas ce que tu demandes," dit Toby. "Si j'avais une raison de croire que cet homme était désolé, qu'il avait ne serait-ce qu'une idée à quel point il est ignoble, ce serait différent. Sans doute a-t-il passé un mauvais moment ce jour-là, car, comme je vous l'ai dit, sa cravate n'était pas mieux attaché que le mien ; mais passer un mauvais moment n'est pas la même chose que regretter, n'est-ce pas ?

"Non," dit Lily pensivement; " mais qu'il soit désolé ou non, cela ne nous regarde pas ; cela ne change rien à ce que nous devrions ressentir. Il était ignoble ; s'il ne l'avait pas été, il n'y aurait rien à pardonner. D'ailleurs, vous l'avez renversé. Les gens devraient le faire. serrez-vous la main après qu'ils se soient battus; et je veux que vous le fassiez.

"C'est le meilleur argument que vous m'avez donné jusqu'à présent", a déclaré Toby.

"Je ne veux pas du tout que ce soit un argument ; je ne veux pas du tout que mon souhait soit une raison pour laquelle vous devriez le faire. Vous devez le faire parce que vous êtes d'accord avec moi."

"Mais je ne le fais pas", dit Toby.

"Eh bien, dis-moi quand tu lui serrerais la main", dit-elle. "Voudriez-vous avoir cinquante ans aujourd'hui?"

"Non," dit Toby.

« Le feriez-vous s'il était mourant, ou si vous l'étiez ?

"Je pense que je devrais ; oui, je devrais."

"Oh, mais, Toby, il est bien plus important de vivre dans la charité avec les gens que de mourir dans la charité avec eux ! Oh, en effet, en effet !" Elle s'arrêta et se retourna vers lui, et toute son âme brillait dans ses yeux. « En effet, Toby ! dit-elle encore.

Toby la regarda un long moment, puis la rapprocha de lui.

"Oh mon amour!" dit-il, qu'ai-je fait pour mériter une part de toi ? C'est comme tu veux ; comment peux-tu en douter ? Comment puis-je faire autrement ?

Elle lui sourit.

"Mais pourquoi fais-tu ce que je veux, Toby ?" elle a demandé. "Ça ne doit pas être parce que je le veux."

Toby était très ému ; jamais auparavant l'émerveillement et la splendeur de l'amour ne l'avaient autant retenu.

"Oh, ma bien-aimée", dit-il, "c'est parce que Dieu a ordonné que tout ce que tu souhaites soit juste ; je ne peux te donner aucune autre raison."

Le crépuscule commença à tomber couche après couche sur le ciel. À l'ouest, le soleil enfoncé illuminait encore une toison de nuages cramoisis qui planait au-dessus de lui, et autour d'eux le long et gris crépuscule anglais devenait plus solennel et plus intense. Les contours des ombres se fondirent et s'estompèrent dans la teinte neutre de la nuit, et depuis la maison derrière, et depuis les chaumières regroupées de l'autre côté de la rivière, les lumières commencèrent à scintiller, et les points tournants du ciel le plus éloigné furent éclairés au-dessus. Le cramoisi à l'ouest se fondait dans le bleu velouté du ciel, et à l'est l'horizon était couleur de tourterelle avec le lever imminent de la lune. Et tout en marchant, ils parlèrent ensemble, comme ils ne l'avaient jamais fait auparavant, du cher événement que devait apporter juin.

Pour Lily, le bonheur qui, s'il plaît à Dieu, devrait être le sien se trouvait dans des profondeurs trop abyssales pour que la pensée puisse le sonder ; et Toby comprit pour la première fois pleinement à quel point la compassion, et aucun autre sentiment, possédait toute son âme, alors qu'elle avait été avec Kit et Jack toute cette terrible journée, il y a à peine plus d'une semaine. Car ce qui avait été pour Kit une chose à redouter était pour l'autre le couronnement de sa vie, et le fait que l'expérience pour elle-même, si bénie, puisse être différente pour une autre femme exigeait une pure pitié. Et d'autres sentiments – l'étonnement, l'horreur, la honte – étaient insignifiants et superficiels à côté de cela ; cela les a complètement balayés de la possibilité d'exister. La femme, la mère, avait tissé entre eux un lien insoluble.

Et Kit, pensait Toby, avait ressenti quelque chose de cela. Pendant les cinq jours qui avaient suivi, lui-même n'avait presque rien vu de sa femme ; elle avait passé toute la journée dans la maison de Park Lane et y avait dormi deux fois. Kit, dans la faiblesse et l'épuisement de ces jours-là, s'était accroché, comme à un rocher, à la douce force et à la féminité de l'autre ; c'est la force qui l'a ramenée à la vie.

Ce soir-là, lorsqu'ils entrèrent, Lily trouva qui l'attendait une lettre de Jack, disant que le médecin avait autorisé le déménagement de Kit dans une semaine, à condition qu'elle continue aussi bien qu'elle le faisait, et qu'ils proposaient de descendre à Goring. Jack se posa cependant une condition : que Lily télégraphie en toute franchise (il lui faisait confiance pour cela) si elle et Toby préféreraient qu'ils ne viennent pas. Elle rit en lisant la note et envoya sa réponse sans même consulter Toby.

CHAPITRE VII

LA DEUXIÈME AFFAIRE

C'est environ huit semaines après Pâques que M. Alington a décidé de faire le prochain pas dans le jeu du Carmel, un coup qui devrait être décisif et capital. Il aurait préféré, pour certaines raisons, retarder encore un peu l'affaire, car il avait beaucoup à faire, mais la balance dans l'ensemble penchait vers une action immédiate. Au cours des quatre ou cinq derniers mois, il avait fait beaucoup d'affaires en tant que promoteur d'entreprise et disposait à l'heure actuelle d'environ un demi-million de livres sterling engagées dans d'autres affaires que les mines. Les automobiles en particulier l'avaient beaucoup occupé, et il était l'heureux détenteur de nombreux brevets pour des pneus silencieux, des freins automatiques, des appareils de direction plus simples, etc. C'était un homme avec de très grandes idées en matière d'argent, et une parfaite aubaine pour les brevetés, car sa politique était d'acheter toute invention concernant les moteurs qui possédait même le mérite le plus modeste, dans l'espoir que, disons, dans deux ans. À l'époque, chaque automobile construite devait probablement porter un ou plusieurs des brevets dont il était propriétaire. Il n'avait en effet à l'heure actuelle en Angleterre que vingt mille livres qu'il pourrait commodément consacrer au développement du Carmel, mais une somme d'au moins cinquante mille livres était déposée chez M. Richard Chavasse à Melbourne, avec dont son objectif était de fournir un « soutien fort en Australie », afin que le Carmel s'élève aux couleurs de l'arc-en-ciel au-dessus de la mêlée de toutes les autres mines. Dans l'ensemble, sa situation était bonne, car les six dernières semaines lui avaient apporté de son directeur les comptes privés les plus excellents de la mine, qu'il avait pour la plupart conservés jusqu'au début du boom. M. Linkwood a également conseillé très fortement une nouvelle émission d'actions. Ils n'avaient par exemple actuellement qu'un moulin de quatre-vingts timbres, alors qu'au rythme auquel ils extrayaient maintenant l'or, il y avait facilement du travail pour un moulin de cent cinquante ou deux cents timbres.

C'est sur ce « fort soutien en Australie » de la part du commode M. Chavasse que M. Alington comptait principalement ; cela devrait en tout cas être la touche finale. Il avait l'intention tout d'abord de faire un gros achat en Angleterre, dix mille actions au moins, et de publier immédiatement des nouvelles encourageantes en provenance de la mine. Il préfacerait cela, comme il l'avait si souvent fait auparavant, par un télégramme à M. Richard Chavasse, qui apporterait en quelques heures la réponse habituelle : « Un fort soutien en Australie ».

Mais s'il aurait préféré disposer d'une somme un peu plus importante pour le grand *coup d'État* , il avait des raisons de vouloir déclencher le boom immédiatement. Les spéculateurs s'étaient remis de la frayeur du Carmel Est et Ouest, et déjà, avant qu'il n'intervienne lui-même, la cotation du Carmel était passée de son prix le plus bas de dix à onze shillings à seize. Cela suffisait selon lui pour montrer que le public grignotait déjà, car il savait que les opérateurs professionnels n'entraient pas sur ce marché, et c'était le bon moment pour donner un nouvel élan. Il y avait eu un compte de dix-neuf jours juste avant Pâques, ce qui avait rendu le marché ennuyeux, mais depuis lors, il avait commencé à montrer plus de vitalité.

D'autres raisons étaient également les siennes. Il commençait, par exemple, à être un peu nerveux quant au succès immédiat de ses affaires dans le commerce automobile. Ses brevets furent introduits dans des sociétés, mais dans de rares cas seulement, les actions avaient été bien soutenues et, dans plus d'un cas, il avait subi une perte – récupérable sans aucun doute à temps – qui, même pour un homme de ses moyens, était grave. Pire encore, si ce mauvais succès persistait, ce ne serait pas la meilleure chose pour son nom, et il tenait surtout à ce que le Carmel soit réellement en plein essor alors que son prestige était encore élevé. Encore une fois, de nombreuses nouvelles mines avaient été créées en Australie occidentale depuis l'introduction en bourse du groupe Carmel, et son sens financier l'a amené à se méfier de la plupart d'entre elles. Plusieurs d'entre elles avaient été gravement mal gérées dès le début, certaines avaient été grossièrement déformées. Il soupçonnait que d'autres n'existaient pas du tout, et il souhaitait atteindre le moment psychologique où les spéculateurs seraient prêts, comme l'avait montré l'amélioration des actions du Carmel, à investir, et avant d'avoir vu trop de mines d'Australie occidentale pour les rendre timides. Ce moment, selon lui, était arrivé.

En conséquence, il a demandé à son courtier de faire lui-même un achat important. C'était dix jours avant le jour de règlement, et il espérait vendre à nouveau avant que ces dix jours ne soient écoulés. Il avait d'abord eu l'intention d'acheter seulement dix mille actions, mais il révisa son projet étape par étape et ne voyait pas comment cela était possible, avec cette combinaison de nouvelles satisfaisantes de la mine, de son propre achat et de la forte confiance de M. Chavasse. soutien en Australie, que les actions ne pourraient pas augmenter, il a décidé d'acheter cinq mille actions de plus que ce qu'il pouvait payer. Il était humainement impossible que les actions ne montent pas. En conséquence, jeudi, il télégraphia à son directeur pour qu'il envoie à son courtier un long télégramme contenant toutes les nouvelles privées qu'il recevait lui-même depuis deux mois, effectua son propre achat le vendredi matin et envoya le même après-midi un télégramme chiffré à M. Chavasse, lui disant d'investir la totalité de son capital se trouvant alors à la

Melbourne Bank à Carmel, et un autre en chiffre au gérant, lui demandant par télégramme "Un fort soutien en Australie". Ainsi en vingt-quatre heures son *coup d'état* était fait, et il retourna à sa Passion Music et ses gravures, pour attendre tranquillement la nouvelle du fort soutien en Australie. Déjà quelques heures après son propre achat, appuyées par les premiers rapports favorables de la mine, les actions avaient augmenté des trois huitièmes ; L'effet sur le marché du soutien australien était donc, selon lui, en homme d'affaires raisonnable, inévitable.

Il dînait dehors ce soir-là avec Lord Haslemere et était disposé à s'amuser par anticipation. Lady Haslemere, il est vrai, avait tendance à être ennuyeuse lorsqu'elle parlait de ses propres transactions dans la ville et lui demandait si l'augmentation de quelque mine dont personne n'avait même entendu parler allait probablement se poursuivre, et n'était-ce pas intelligent de sa part ? avoir acheté les actions à un et demi, car en une semaine elles étaient montées à deux et un seizième. Elle a obtenu l'information de Truth. M. Alington, cependant, avait toute l'indifférence du professionnel en matière d'argent à l'égard des opérations de scrutation de l'amateur, et lorsqu'en réponse à une de ses questions, il apparut que Lady Haslemere n'avait que vingt actions dans cette merveilleuse mine et qu'elle avait travaillé elle-même plongée dans une fièvre d'indécision totale quant à savoir s'ils devaient lui prendre un certain bénéfice de onze livres, ou être très courageux et voler à quatorze ans, il se sentait vraiment impuissant à comprendre ses agitations.

Ce soir-là, juste après le dîner, elle l'a coincé et l'a coincé, et la finance était dans ses yeux.

"Je veux avoir une conversation financière sérieuse avec vous", dit-elle, "donc nous irons dans l'autre salon, où nous serons seuls. Venez, M. Alington."

Les bonnes manières exigeaient l'obéissance, mais ce fut un financier mécontent qui la suivit. Car Lady Devereux, qui interprétait divinement Bach, était parmi les invités de Lady Haslemere, et alors même qu'il quittait la salle pour parler des opérations microscopiques de son hôtesse à la Bourse, il la vit se diriger vers le piano. Il est vrai qu'il préférait une très grosse somme d'argent à une demi-heure de fugues et de préludes, mais il préférait infiniment une demi-heure de fugues et de préludes à environ sept pence de celle de Lady Haslemere.

Elle alluma une cigarette d'une main tremblante.

"Je veux vous demander votre avis très sérieusement", a-t-elle déclaré. " J'ai investi trois cents livres dans Carmel il y a une semaine, et depuis lors, les actions ont augmenté de moitié. Maintenant, que me conseillez-vous de faire, M. Alington ? Dois-je vendre ou non ? Je ne veux pas faire un tel gâchis comme l'a fait la pauvre chère Kit. Elle était vraiment *trop* stupide ! Elle n'a suivi les conseils de personne et a perdu de la façon la plus effroyable. La pauvre ! elle n'a pas de tête. Tout son petit pécule, m'a-t-elle dit. Mais je veux dire de me remettre complètement entre vos mains. Pensez-vous que Carmel ira plus haut ?

M. Alington lui caressa l'arrière de la tête et s'efforça de paraître à la fois sympathique et sérieux. Mais c'était difficile. Lady Haslemere avait fermé la porte entre eux et la pièce voisine, et il pouvait entendre faiblement et avec regret ces mélodies divines sur le piano à queue Steinway. Et voilà que cette dame estimée, qui était aussi riche qu'on devrait l'être – et certainement si riche qu'elle ne se rend normalement pas compte de la présence ou de l'absence d'un billet de cinquante livres – le consultait gravement (elle avait laissé s'éteindre sa cigarette dans son anxiété) à propos de ces affaires infinitésimales. Si elle avait eu une fortune en jeu, il lui aurait volontiers accordé toute son attention, regrettant seulement que Lady Devereux ait choisi ce moment pour jouer Bach ; mais être privé de ce traitement exquis pour une petite somme qui affectait une femme qui n'était pas touchée par les petites sommes était éprouvant.

« Je ne peux pas entreprendre de vous conseiller, Lady Haslemere, » dit-il ; "Mais je peux vous dire ce que j'ai fait moi-même : j'ai acheté aujourd'hui vingt-cinq mille actions du Carmel, et je n'ai pas la moindre intention de les revendre demain."

Lady Haslemere joignit les mains. C'était un éclair contre sa veilleuse.

"Bon Dieu ! tu n'es pas nerveux ?" elle a pleuré. "Je ne devrais pas pouvoir manger ni dormir. Vingt-cinq mille livres, et ils ont augmenté de trois huitièmes aujourd'hui. Eh bien, vous avez gagné plus de neuf mille livres depuis ce matin !"

— À ce sujet... si je vendais, c'est-à-dire ce que je n'ai pas l'intention de faire.

"Et donc vous allez risquer que la mine monte encore plus haut ?"

"Certainement. J'y crois. Je crois aussi que le prix va encore augmenter considérablement."

Lady Haslemere se mordit la lèvre ; elle faisait clairement appel à toutes ses forces de résolution, et M. Alington se sentit pour le moment intéressé. Il était, comme il aurait pu vous le dire, un peu un observateur. Que Lady Haslemere gagne ou non onze ou quatorze livres, il s'en fichait du tout, mais le fait qu'elle s'en soucie autant était instructif. Puis elle se frappa légèrement le genou avec son éventail.

« Je ne toucherai pas à mes trois cents », dit-elle, et elle tourna vers M. Alington un visage plein de détermination.

M. Alington resta assis tout aussi grave pendant un moment, mais les coins de sa bouche perdirent leur calme et finalement ils éclatèrent tous deux de rire.

« Oh, je sais combien cela doit vous paraître ridicule, » dit Lady Haslemere ; "Mais si vous n'avez jamais gagné un sou de toute votre vie, vous n'imaginez pas à quel point il est extraordinairement intéressant de le faire. Vous pensez peut-être que cela ne m'importe pas que je prenne dix livres ou que j'en perde vingt. Mais pour le gagner soi-même... oh, c'est ça le problème !"

M. Alington sourit avec une indulgence particulière. "Eh bien, franchement, c'est inexplicable pour moi", a-t-il déclaré. "Maintenant, si vous jouiez pour une grosse mise, je pourrais le comprendre, même si je suis rarement excité moi-même. Eh bien, c'est ce que je vais faire; je vais en effet jouer pour une très grosse mise, et j'attends avec confiance pour trouver un naturel. Avez-vous autre chose à me demander ? Car sinon, et vous me le permettez, j'irai écouter Lady Devereux. J'avais tellement hâte de l'entendre jouer de nouveau.

Lady Haslemere se leva. Elle avait également voulu avoir une discussion financière générale sur Chaffers, Brownhills et Modder B, mais l'oracle avait parlé de son grand *coup d'État*, ce qui était le point principal.

"Oui, elle joue divinement, n'est-ce pas ?" dit-elle. "Je savais que Lady Devereux serait un aimant pour vous attirer ici. Comme vous avez dû être occupé ces derniers temps, M. Alington ! On ne vous a vu nulle part."

"Très occupé en effet. Mais j'ai l'intention de prendre des vacances une fois l'accord du Carmel terminé."

"Un accord ? Appelez-vous ça un accord ?" elle a demandé. "J'ai toujours pensé qu'un accord signifiait quelque chose de plutôt discutable ?"

M. Alington fit une pause aussi longtemps que d'habitude avant de répondre.

"Oh non, on utilise le terme "accord" comme un terme assez général pour désigner une opération", a-t-il déclaré.

Ils retournèrent dans l'autre salon, et M. Alington, avec une douceur élaborée, approcha une chaise près du piano. Lady Devereux a joué avec une délicatesse et une sobriété exquises, dans le véritable esprit dans lequel interpréter cette musique douce et formelle. Elle ne tonnait pas et ne cognait pas, elle ne couvrait pas de courses rapides et entraînantes avec la pédale bruyante, mais laissait chaque note occuper sa propre place infime et inévitable. Elle n'a pas improvisé un *rallentando* où les passages étaient difficiles, et n'a pas compensé cela en se précipitant sur des minimes, ni donné une idée générale d'un bar. Elle a joué la musique exactement comme elle avait été écrite, avec une extrême simplicité. Il y avait une vingtaine de personnes dans la pièce, les uns chuchotant ensemble (car Lady Devereux jouait si bien que personne ne parlait très fort quand elle était au piano), les autres fumant, certains jouant aux cartes, certains passant sous leur souffle les scandales les plus criants ; et la musique était comme une bouffée d'air frais introduite dans une pièce étouffante. Et près du piano, avec son visage élégant, reposant, béatif et affichant une expression de piété sensuelle, était assis le seul auditeur – un homme dont l'âme était imprégnée d'argent, dont le Dieu était Mammon, qui pouvait rouler comme un Juggernaut... voiture sur les corps de ceux qu'il avait ruinés sans une pensée de pitié ni de remords. Pourtant la mélodie l'enchaînait ; pendant que cela durait, il était un enfant – un enfant, il est vrai, avec des moustaches grises respectables et une calvitie expansive sur la tête, mais heureux, insouciant de tout autre chose au monde que de la seule mélodie exquise, du seul moment délicieux.

Bientôt une table de baccara fut dressée, mais il ne bougea pas de sa place près du piano. Lady Devereux, une jolie femme de bonne humeur, qui s'entendait à merveille avec tout le monde, sauf avec son mari, qui, à son tour, s'entendait admirablement avec ou sans elle, était ravie de continuer à jouer avec lui, car elle voyait combien il était réel et combien son plaisir pour sa musique était cultivé, et même si elle perdait avec charme au baccara, elle préférait vraiment jouer, même devant un auditeur reconnaissant. Elle avait une excellente mémoire, ses goûts étaient les siens, et tous deux errèrent longtemps dans le pays enchanté des premières mélodies.

Enfin, elle se leva, et avec elle M. Alington.

« Je n'ai même pas besoin de vous remercier, » dit-il ; "car vous savez, je crois, ce que cela m'a fait. Vous allez jouer ? Baccara pour Bach ! Chère dame, comme c'est choquant ! Je pense que je rentrerai chez moi. Je ne veux pas troubler les souvenirs exquis. Je vais souviens-toi de ce soir."

Il resta un moment debout, sa main dans la sienne. Son visage ressemblait à la représentation d'un saint réaliste dans un mauvais vitrail.

"Bonne nuit", dit-il. "Et moi aussi, je vais me barbouiller d'actualités. Mais au fond, je ne suis pas réaliste."

C'était une belle soirée d'été, fraîche et caressante pour le restaurant, et il revenait lentement de Berkeley Street, le musicien ascendant sur le financier.

Ces derniers temps, il avait été très absorbé par les affaires et n'avait presque pas entendu de musique, et cette soirée avait donc été vraiment un immense régal. Après tout, il n'y avait rien d'aussi essentiellement délicieux pour les os et le sang de cet homme que ceci : il était toujours conscient que la passion de gagner de l'argent qui était la sienne était, comme il l'exprimait, avec plus de ferveur qu'elle n'était d'habitude. jeter dans sa conversation quotidienne un barbouillement d'actualités ; et ce soir, c'était avec un sentiment de dégoût, allant presque jusqu'à la répugnance, qu'il envisageait de passer une heure à son bureau. Le travail, il le savait, apporterait ses propres consolations et récompenses, mais en repartant, il ne souhaitait ni être consolé ni récompensé. Dernièrement également, son plaisir pour les artifices raffinés permettant de gagner de l'argent avait décliné ; depuis des mois, il avait envisagé, même dans ses heures de finances triomphales, l'idée de se retirer complètement des affaires, une fois qu'il aurait porté à son inévitable point culminant cette affaire des mines du Carmel.

Ce soir, ce désir de ne plus s'occuper de la bousculade du pays de Tokenhouse était plus puissant que d'habitude, prenant presque la forme d'une résolution. Si un ange ou un diable, peu importe lequel, lui avait offert le succès qu'il espérait dans ces mines en signant un engagement selon lequel il n'exploiterait plus ni ne motoriserait plus, il l'aurait signé. Quels attraits avait cette image paisible ! Il vendrait (c'est ce qu'il pensait) ses intérêts dans toutes les autres entreprises, investirait toute sa fortune dans quelque chose de sûr et de fiable, peut-être même de consolation ; il abandonnerait le Financial Times et se tournerait vers le Musical Observer, et mènerait la vie qu'il croyait sérieusement préférer à ce moment-là. Il construisait depuis longtemps une maison charmante et d'une simplicité somptueuse dans le Sussex, où, dans ses années de déclin, il envisageait de passer la plus grande partie de son temps. Là, avec ses gravures, sa musique et son jardinage, il passait des journées lentes, charmantes et sans incident. Les « longues et sombres soirées d'automne » le détourneraient de ses parterres de jardin pour se tourner vers ses portefeuilles inestimables, l'année tournante l'attirerait à nouveau vers ses parterres de jardin. Il suivrait la bousculade et la course à l'argent avec une insouciance paternelle et lucrétienne. Il était fatigué, il se sentait sûr d'être fatigué, de la lutte éternelle pour ce qu'il tenait en suffisance. Comme le présent était une grossière parodie de l'existence pour un homme aux goûts et à la sensibilité véritablement artistiques ! En dix jours, si les choses se passaient même passablement bien, il aurait gagné assez pour pouvoir satisfaire pleinement ces goûts, et, sobrement, il n'en voulait pas plus. Sa belle maison serait habitable d'ici l'année. Il aurait de quoi se marier, car il avait bien l'intention de se marier, puisque le mariage était un facteur distinct dans le monde social, et il pouvait dire : « Âme, tu as beaucoup de biens en réserve pour de nombreuses années. Il n'était pas enclin à l'excès de manger, de boire ou de s'amuser, tout cela lui était étranger, mais il aurait certainement un quatuor à cordes appartenant à son établissement très complet.

M. Alington avait tout le sang-froid dans l'action qui assure le succès dans la plupart des activités humaines, depuis l'art de la guerre jusqu'à l'art de gagner de l'argent, et dont l'absence postule une inefficacité correspondante dans toutes les entreprises pratiques. Il ne perdait jamais la tête, ni ne s'effrayait ni ne *s'exaltait* lorsqu'il était à son travail ; mais les intervalles, après qu'il s'était engagé dans une certaine ligne d'action, et avant que cette action n'ait produit ses fruits, étaient parfois pour lui des périodes de tension. Il allait sans doute à la traction forcée au moment des grands *coups* d'État, et après ses folles courses, la nature exigeait un réajustement, et ses fibres se détendaient. Ces périodes de détente, il les surmontait généralement par l'indulgence de ses goûts artistiques, qu'il utilisait comme un homme de sensibilité moins fine pourrait utiliser la morphine ou l'alcool. Mais ce soir, les fugues et les préludes si adroitement exposés par Lady Devereux ne semblaient que temporairement efficaces. Pendant un moment, ils l'ont déplacé, mais il n'était pas rentré chez lui depuis une heure lorsque l'effet s'est dissipé et l'a laissé, financièrement parlant, complètement éveillé.

Il passa sans cesse en revue l'effet naturel de ce qu'il avait fait, le comportement normal du marché face aux événements qui devraient se développer le lendemain. Déjà les prix du Carmel montaient ; demain viendrait l'annonce d'un fort soutien de l'Australie, et plus tard dans la journée la nouvelle plus précise que M. Richard Chavasse, cet opérateur à la tête dure, avait acheté pour cinquante mille livres. Logiquement, puisque le marché monétaire est aussi soumis à des conclusions logiques que n'importe quel ensemble de syllogismes, ses prix doivent bondir. Des nouvelles des plus satisfaisantes continueraient à arriver de la mine ; dans un jour ou deux, dans une semaine au plus , les actions devraient se situer à au moins quatre ou cinq – pas de prix fiévreux, mais bien justifié, ainsi pensait M. Alington, par son excellence inhérente. Il ne faisait aucun doute qu'il y aurait une légère baisse en raison des réalisations, mais ce ne serait, comme il l'imaginait, qu'une réaction temporaire. Au jour du règlement, dans dix jours, ses vingt-cinq mille actions achetées en Angleterre devraient valoir plus de quatre fois leur valeur actuelle ; ses cinquante mille livres investies par M. Richard Chavasse dépassent quelque deux cent mille. Après cela, adieu définitivement à la recherche d'or bruyante.

Il se promenait de long en large dans sa chambre, s'arrêtant tantôt pour regarder un instant l'une de ses gravures bien-aimées, tantôt allumant une cigarette ou sirotant un petit whisky-soda doux. Comme son groupe du Carmel s'était comporté admirablement jusqu'à présent, pensa-t-il ! Comme son conseil d'administration avait été séduisant, comme il avait convaincu l'esprit public de la sécurité d'un projet auquel des législateurs héréditaires prêtaient leurs noms honorés ! Déjà plus d'un nouveau conseil d'administration avait copié son exemple, mais cela avait été une grande chose d'être le premier dans le domaine ; la nouveauté de l'idée était la moitié de son succès.

Mais maintenant, ses nobles collègues pourraient être pendus, peu importe ; ils avaient fait leur tour et étaient ses indicateurs auprès du public. Jack

Conybeare, il le savait, l'avait suivi dans cette dernière spéculation sur le Carmel, investissant largement ; C'était un homme astucieux, pensait Alington, et il aurait fait un bon homme d'affaires si le fardeau des obligations héréditaires ne l'avait porté ailleurs ; et s'il avait lui-même eu l'intention de créer de nouvelles sociétés, il n'aurait pas regretté de l'avoir à nouveau dans son conseil d'administration – pas seulement un nom cette fois, mais un homme susceptible d'être d'une utilité pratique.

Oui; en effet, il avait touché une veine ! Même s'il le croyait à quatre-vingt-dix pour cent. Si le succès est dû à l'effort et à la sagesse, il avait, comme la plupart des spéculateurs, une foi secrète dans cette « marée dans les affaires des hommes ». Il était impossible de ne pas croire aux coups de chance ; si les choses montraient une tendance générale à prospérer, il était bon de mettre plusieurs choses en main à la fois. Les étoiles ou quelque influence occulte se trouvaient à ce moment-là favorables ; dans les cieux lointains et supposés, il y avait une conjonction de planètes d'une notable bienveillance pour vous ; c'était votre chance ; la ligne était claire ; dépêchez-vous, dépêchez-vous, tant que ça durait ! De la même manière, il fallait parfois travailler à pas sanglotants dans la boue de la malchance. La perversité caractérisait pour le moment l'univers ; les objets inanimés étaient malveillants ; des présences gainées et cagoulées attendaient pour vous saisir. Rien ne s'est bien passé ; les images des dieux étaient de travers ; des murmures inquiétants ont été entendus (non imaginés) depuis le sanctuaire. C'était alors le moment de s'aventurer peu, de ne pas monter des chevaux ingérables, de ne pas utiliser de nouveaux parapluies de soie, d'aller doucement, sans louer ni se plaindre, de peur de provoquer davantage les forces aveugles qui frappent ; surtout ne pas songer à réparer le malheur par des coups sauvages. Dans la nature de ce monde, les choses s'arrangeraient ; une aube calme et rosée se lèverait sur la nuit au toit bas. Attendez!

Depuis un an, sa chance avait tenu. Les gens qu'il souhaitait connaître avaient été heureux de le connaître ; il était déjà très à l'aise à Londres. Les Carmels de l'Est et de l'Ouest s'étaient comportés avec une piété filiale envers leur fondateur, et le plus grand Carmel semblait susceptible de produire un fils aussi dévoué, mais plus magnifique. Son nom serait presque certainement inscrit sur la liste des honneurs d'anniversaire, car il s'était rendu très utile au parti conservateur et briguait un siège impossible, pour lequel il avait été très difficile de trouver un candidat, et il avait cédé. manière princière avec les fonds du parti. La reconnaissance, il avait des raisons de le croire, était presque certaine, et il serait ravi d'être baronnet.

Encore une fois, ce discret coquin, M. Richard Chavasse, avait admirablement joué son rôle dans le *rôle agréable* qui lui était imparti. En homme sensé, il avait accepté la douce inévitable et avait préféré vivre très confortablement à Melbourne plutôt que de tenter de s'en tirer avec la grande balance qui portait son nom. Il n'avait probablement pas réalisé qu'il aurait été presque impossible pour M. Alington de le traduire en justice, car la révélation du « fort soutien en Australie » aurait été inévitable. Ou peut-être qu'un sentiment de gratitude envers son bienfaiteur avait touché le complice des voleurs ; la classe criminelle avait été diminuée d'un point – une pensée agréable. L'arrangement, cependant, avait été un projet d'avantage mutuel, et l'homme, en tout cas, avait été assez sensé pour le voir. Il faudrait presque immédiatement réfléchir à ce qu'il faudrait faire de ce grand opérateur, car l'achat de demain serait le dernier. M. Alington, dans un doux élan de charité, était déterminé à agir avec la plus grande bonté envers lui ; ses aveux devraient être détruits, et peut-être devrait-il avoir aussi quelques centaines de livres sterling et certainement quelques pieuses exhortations. En fait, la seule éclipse de la bonne étoile avait été le secteur automobile. Il y avait des pertes laides dans son grand livre à cause de cela – plus laides qu'il ne l'avait imaginé ; mais le Carmel devrait guérir doucement les endroits douloureux avec une lotion dorée.

Le lendemain matin arriva un rapport très favorable en provenance de la mine, et vers midi la nouvelle d'un fort soutien en Australie. Le prix avait été ouvert à un peu plus de trente shillings, la mine était très recherchée, et pendant quelques heures, elle augmenta régulièrement et, à mesure qu'elle augmentait, elle semblait devenir de plus en plus demandée. Alors une de ces étranges folies périodiques qui affectent parfois cet astucieux corps dont la Bourse s'est emparée. Tout le reste a été négligé ; il semblait que le monde entier ne contenait qu'une seule chose qui valait la peine d'être achetée, et ce sont les actions du Carmel. Les hommes achetaient et vendaient, achetaient et revendaient encore ; maintenant, pendant une demi-heure, une série de réalisations se produirait, et le prix coulerait comme une vague de recul dans une marée qui avance rapidement ; mais une heure plus tard, cela fut oublié ; la marée était de nouveau montée, recouvrant le terrain perdu, et ceux qui s'en étaient rendu compte maudissaient leur prudence prématurée et achetaient à nouveau. Des opérateurs réguliers et impassibles ont perdu la tête et se sont joints au ciel sauvage du Carmel sans la moindre justification, espérant seulement qu'ils trouveraient tous les autres un peu plus fous qu'eux et qu'ils se dégageraient au sommet. Les hommes vendaient à trois ans et demi, rachetaient à quatre, revendaient à quatre et demi, et n'étaient pas encore contents. Personne ne savait vraiment ce qui se passait, sauf qu'ils désiraient fébrilement des actions du Carmel, et que ces actions devenaient de plus en plus chères. Les baissiers qui avaient vendu dix minutes auparavant se sont précipités les uns sur les autres pour sécuriser leurs actions avant de disparaître hors de vue, et après les avoir récupérés, probablement devenus haussiers et achetés à nouveau, sur la chance que Carmel montait plus haut, bien que de moitié. il y a une heure, ils avaient vendu dans l'espoir que le cours baisse. Cela dura toute la journée, et environ une heure avant la fermeture du marché, Alington, lisant l'enregistrement vidéo dans son club, vit que les actions s'élevaient à cinq et demie – plus haut qu'il n'avait jamais espéré qu'elles monteraient en une semaine.

Il hésita un instant. S'il le voulait, il avait désormais à sa portée tout ce pour quoi il avait joué. Un fiacre à la Ville ; deux mots prudents à son courtier, car le déchargement doit se faire très rapidement ; puis à sa musique et à sa baronnie. Dans une heure, le marché fermerait jusqu'au lundi, car le samedi était un jour férié ; mais avant lundi, en revanche, de nouvelles nouvelles de la mine arriveraient. Il débattit intensément avec lui-même pendant un moment et, pendant qu'il attendait, la bande défilait sous sa main.

"Carmel", disait-il, "cinq et cinq huitièmes, cinq et trois quarts".

C'était assez. Car aujourd'hui, rien ne peut arrêter la hausse. Il serait temps de vendre lundi matin.

Il réclama un fiacre ; il allait passer du vendredi au lundi à la campagne, et n'ayant pas assez de temps pour prendre le train, il se rendit directement à Waterloo, où son valet de chambre l'attendrait avec ses bagages.

CHAPITRE VIII

M. ALINGTON QUITTE LONDRES

M. Alington ne s'est jamais senti plus en paix avec lui-même, ni en harmonie plus complète avec son environnement (une épreuve cruciale du bonheur), que lorsqu'il s'est rendu à Waterloo en voiture depuis les portes du Beaconsfield Club, dont il était récemment devenu un député, après avoir lu la dernière citation de Carmel. Toute sa vie, il avait œuvré en vue de la plénitude qui était désormais pratiquement la sienne. Son désir était satisfait, il en avait assez. Il ne restait plus que quelques formulaires à remplir, et il serait définitivement exclu de tous les marchés. Le lundi matin, son courtier lui vendrait toutes les actions qu'il détenait dans Carmel. Lundi matin aussi, cet astucieux opérateur, M. Richard Chavasse, suivrait, comme par sympathie télépathique, les rouages de l'esprit de M. Alington, arrivant aux mêmes justes conclusions, et concluant à l'offre que lui faisait le Varalet. Company à Paris pour tous les brevets qu'il possédait *en bloc dans le secteur automobile* — au prix d'un sacrifice considérable, il est vrai — acheva sa carrière financière. Si vif, actif et plein de triomphes les plus flatteurs qu'aient été ses progrès vers ce sommet de sa fortune, il n'y avait jamais pensé que comme un progrès, un chemin menant à un but. Jamais il n'avait laissé le bord de sa sensibilité artistique s'émousser ou se rouiller faute d'usage, et il découvrit, maintenant que son travail plus matériel était terminé, que lui-même, l'homme vital et essentiel, qui demeurait dans le financier, attendait avec impatience , comme un jeune avide au seuil de la virilité, vers la vie réelle et pleine dans laquelle il allait entrer.

L'humble gratitude et le contentement reconnaissant des relations de la Providence avec lui étaient également les siens. Il avait cinquante ans derrière lui ; des années agréables et saines par un travail acharné, pendant lesquelles il avait utilisé avec beaucoup d'excellents dons. Jusqu'ici, l'affaire de sa vie avait été de gagner de l'argent ; en ce sens qu'il s'était montré à grande échelle. Mais ce qui lui a été le plus essentiel tout au long de ces années, c'étaient ses perceptions artistiques croissantes, son amour croissant de la beauté ; qu'il sentait être la raison et la source de son bonheur. A cet égard, il avait toujours cultivé, avec la patience assidue qui nait de l'amour, son goût naturel. Cette profonde appréciation de Palestrina et des premiers mélodistes n'était pas son droit de naissance ; c'était un plaisir cultivé ; un plaisir, sans doute, dont le germe était inné, mais cultivé avec intensité et effort, parce que, simplement, il croyait que c'était son devoir de tirer le meilleur parti d'un don.

En matière de devoir, il avait souvent subi de nombreux torts. L'impulsion charitable qui l'avait poussé, un jour du printemps, à tirer un si gros chèque à M. Metcalfe, avait été une dérision injuste dans la bouche de Jack. Alington croyait vraiment (et l'honnêteté la plus transcendante ne peut aller au-dessous d'une véritable croyance) qu'une partie de ce chèque notable devait être inscrite comme une transaction commerciale, une partie sur la page consacrée à la charité. Il s'est peut-être trompé, mais il n'en avait pas conscience ; il a agi, autant qu'il le savait, avec la plus grande équité judiciaire dans le partage de son entrée.

Mais maintenant, depuis des semaines, il attendait avec impatience le jour où il quitterait le monde de l'argent pour un monde plus juste et plus mélodieux. Il n'avait pas l'ambition insensée de s'enrichir démesurément, ni d'ajouter un million à son million ; il avait toujours considéré sa richesse comme un moyen pour parvenir à une fin, cette fin étant le pouvoir de satisfaire pleinement ses goûts artistiques. Il n'oubliait pas de prier à son *prie-Dieu* matin et soir, ni dans les jours les plus fébriles de la finance, et il était en paix, imparfaitement sans doute, mais, dans la mesure de ses possibilités, parfaitement, en ce qui concerne la mort et ce qu'il y a au-delà. En attendant, cette vie lui réservait beaucoup de choses belles, beaucoup de choses merveilleuses. Il désirait réaliser sa merveille et sa beauté aussi complètement que possible. Toute sa vie, il avait été un chercheur d'argent, du moins c'est ce que le monde lui disait. Mais maintenant, plus rien. Lundi matin, tout lien avec le marché serait rompu, le véritable homme devrait mener sa vraie vie.

Ces pensées lui traversaient le cerveau dans une douce lueur de plaisir intime, tandis que son fiacre se dirigeait d'un pas vif vers Waterloo. Il allait passer ce vendredi jusqu'à lundi avec Mme Murchison, dans sa charmante maison des Winchester Downs, où l'air vivifiant et inutilisé rendrait plus tempéré ce temps vraiment tropical. Une terrible vague de chaleur, venue d'une mer absolument brûlante, avait noyé Londres ces derniers jours ; la ville avait été une fournaise ardente et ardente, et la consolation d'y être jeté, d'y être arrivé à contrecœur, lui était refusée, car les flammes avaient été de sa propre recherche. Il aurait pu, en effet, dès qu'il avait fait le *grand coup* , il y a trois jours, quitter Londres et attendre le résultat inévitable d'une retraite tranquille, mais cette retraite de la scène de l'action lui avait été moralement impossible. Jamais auparavant, autant qu'il se souvienne, une opération ne s'était autant emparée de lui ; jamais auparavant le tic-tac de la cassette ou le sifflet de son téléphone n'avaient été d'une urgence aussi haletante. Si excitante qu'ait souvent été la satisfaction avec laquelle il avait vu une citation passer de deux à trois, ou de trois à quatre, il ne se souvenait pas d'une inquiétude aussi fébrile que celle avec laquelle il avait assisté à l'ascension du Carmel. Car cela avait été le *comble* de tout : la hausse des prix signifiait pour lui une parfaite liberté par rapport à toute hausse future. Voir Carmel cité ci-dessus cinq avait été équivalent à son émancipation de tout ce qui devait désormais toucher les nerfs. Pourtant, il y avait là un point faible. Il avait vu la cotation de plus de cinq ans et demi cochée sur la bande, mais il n'avait pas vendu instantanément. Le vieil Adam dans son cas, comme dans tant d'autres, avait survécu de manière incommode et incohérente. Il n'avait pas pu résister à la tentation de vouloir être plus riche qu'il ne le souhaitait réellement. Mais pour se mettre à l'abri d'une telle faiblesse à l'avenir, il poussa immédiatement la trappe et dit à son chauffeur de s'arrêter au bureau télégraphique le plus proche, et dix minutes après avoir fait son dernier pas, télégraphiant tous deux à son courtier à Londres, et en chiffre à M. Chavasse, à Melbourne, pour vendre lundi matin.

Mais cette faiblesse n'était que peu considérable. Il avait réussi sur toute la ligne ; la seule hésitation avait été entre l'exhaustivité et le plus que l'exhaustivité. Ici, comme c'était naturel, l'instinct des années est intervenu. L'habitude de gagner dix livres en toute sécurité était plus puissante que la certitude d'en gagner neuf. Son propre achat important avait annoncé la hausse, les bonnes nouvelles de la mine avaient crié un soutien, le «fort soutien en Australie», dont la nouvelle était arrivée sur le marché avec le résultat infaillible qu'il avait prévu depuis si longtemps, avait mis le sceau sur le marché. sur la certitude. L'accord ne faisait aucun doute.

Enfin et enfin ! Cette paralysie de sa vie était terminée ; il était libre de la nécessité de gagner de l'argent, libre aussi, Dieu merci ! du désir. Il ne voulait plus que ce qu'il avait certainement. Que peut-on dire sur si peu !

Son bonheur intérieur semblait se refléter dans toutes sortes de petites choses extérieures. Son cheval était rapide, son cocher agile pour choisir un chemin insoupçonné, et les porteurs de Waterloo, miraculeusement remis de la paralysie cérébrale provoquée par la semaine d'Ascot, non seulement étaient d'accord sur le quai d'où partirait son train, mais , chose bien plus rare et précieuse, étaient tous parfaitement exacts dans leurs informations.

Pour M. Alington, bien que sa nature fût loin d'être cynique, cela semblait presque trop beau pour être vrai, jusqu'à ce que, au cours de ses promenades bienveillantes le long de la file de voitures, il rencontrât son hôtesse, Mme Murchison. Elle ressentait intensément la chaleur, mais avait tendance à être bavarde.

"Alors vous êtes arrivé par le train de bonne heure", dit-elle. "Eh bien, j'appelle cela simplement amical, et c'est le lève-tôt qui prend le train, M. Alington, et nous voilà. Mais la chaleur est telle que si j'étais méchant et mourais à ce moment-là, j'imagine que je devrais envoyer chercher un manteau plus épais, et c'est un marron. Lady Haslemere descend par les quatre quelque chose, qui glissent une voiture à Winchester - ou est-ce cinq ? - ce que je pense périlleux. Ils vous ont jeté à la dérive, Dieu sait où, car je me suis renseigné à ce sujet. , sans moteur, et si vous n'avez pas de moteur, où êtes-vous ? Un chapeau de paille, c'est exactement ce que nous allons être ; une fête au chapeau de paille comme Lady Conybeare et les robes de thé, et un dîner dans le jardin ".

"Ce sera délicieux", a déclaré M. Alington après sa pause habituelle. "Dîner dehors est la seule façon possible de se nourrir sans avoir l'impression d'être nourri. Je——"

"Eh bien, c'est tout simplement magnifiquement dit", interrompit Mme Murchison. "On voit tellement de fresques à l'extérieur. Et c'est ce qui m'a tant manqué lors de mon dernier séjour en Amérique, où je me suis arrêté presque quinze jours. Le banquet-fixe, avec tout le cérémonial des Barmécides, comme le disait M. Murchison se réjouit, et la couleur qu'il donne à son dîner me semble un nihilisme total du flux de l'âme. Eh bien, il y a Lady Haslemere ! Alors elle a aussi attrapé le lève-tôt.

Lady Haslemere, selon son habitude invariable, n'arriva à la gare qu'une minute avant le départ du train, dans un grand état d'agitation, mais elle serra chaleureusement la main de M. Alington.

" Vous aviez tout à fait raison ", dit-elle : " Je n'ai pas vendu il y a deux jours, et, oh ! la différence pour moi. Je viens justement de vendre à cinq trois quarts. Réfléchissez ! "

« Je vous félicite chaleureusement, » dit M. Alington avec un sourire d'indulgence aimable ; "Moi aussi, je vais vendre lundi matin."

Une nuance de vexation traversa le visage de Lady Haslemere.

"Pensez-vous que ça va encore augmenter ?" elle a demandé.

"Une nuance, très probablement. Mais peut-être que cela réagira un peu. J'étais moi-même hésitant quant à savoir si je devais vendre aujourd'hui."

Le front de Lady Haslemere s'éclaircit.

"Oh, eh bien, on ne peut pas toujours vendre tout en haut", dit-elle ; "Mais ça me dérangera si ça monte à six. Deux cent quarante fois cinq shillings. Oui-s."

"Je pense que vous avez très bien fait", a déclaré M. Alington, avec juste une nuance de reproche dans la voix.

Le financier voyageait dans un compartiment fumeur, les deux dames dans une voiture pour elles seules, et alors que le train glissait vers Vauxhall haut parmi les toits des maisons, M. Alington sentit que, dans un sens plus que littéral, il quittait Londres, cette ville occupée. cerveau du monde, derrière et en dessous de lui. Et même si ses regards d'adieu n'étaient certainement pas pleins de regret, ils étaient très gentils. Il avait été bien traité par cette auberge où il avait passé tant d'années, construisant laborieusement sa maison et la fortune de sa maison. Cela a été fait ; il n'avait plus besoin de chambres louées. Les vendeurs de journaux, qui, dans cette même station, le considéraient comme un acheteur régulier des journaux du soir les plus financiers, le trouvèrent aujourd'hui tout à fait indifférent à leurs marchandises, et même l'affiche « Scènes extraordinaires à la Bourse » rencontra un franc succès . œil indifférent. En effet, un garçon avait tellement l'habitude de lui donner l'Evening Standard que, voyant son grand profil contre la vitre du wagon avant le départ du train, il lui avait remis le journal sans demande. Mais M. Alington l'écarta doucement.

« Pas aujourd'hui, mon garçon, pas aujourd'hui », avait-il dit ; "mais voici votre sou pour vous."

La voiture était vide et, tandis que Londres reculait derrière le train, l'esprit de M. Alington, habituellement si égal et tombant si rarement au-dessous des chiffres modérés du contentement, ou s'élevant à des altitudes fébriles, devint étrangement léger et joyeux. Il s'était souvent demandé par anticipation comment ce moment – le moment où il se débarrasserait des chaînes qui lui permettaient de bâtir sa fortune – allait l'affecter. Des heures passionnantes et exaltantes avaient souvent été les siennes ; nombreux avaient été les triomphes que lui avait apportés son examen lucide des cieux financiers. Il avait ressenti une véritable passion pour sa quête ; mais la joie de la poursuite ne l'avait jamais aveuglé sur le fait que c'était un objectif qu'il poursuivait. Il voulait une certaine somme d'argent, et il l'avait maintenant, et déjà la joie de l'avoir obtenue avait englouti la moindre joie de l'obtenir. Il s'était souvent demandé si l'habitude et le désir d'obtenir ne devenaient pas trop partie intégrante de lui ; si, une fois son objectif atteint, il ne se sentirait pas soudainement abandonné, mis au chômage. Si tel devait être le cas, il sentait que sa vie serait en grande partie un échec : il aurait élevé les moyens jusqu'à la fin.

Mais le moment était venu ; c'était le sien maintenant, et il savait en lui-même qu'il avait évité une erreur aussi déplorable. Il se sentait comme un garçon quittant l'école après un trimestre réussi, après avoir remporté et mérité de remporter une distinction durement obtenue. Cette pensée donnait de la gaieté à son regard : son œil brillait insolite, il avait envie de danser. Mais l'ambiance s'est intensifiée ; la gaieté superficielle se transforma en une gratitude d'une nature bien plus vitale, et tandis que le train dévorait les kilomètres entre Clapham Junction et Waterloo, il s'agenouilla sur le tapis poussiéreux de sa voiture et, la tête nue et les yeux fermés, il remercia Dieu pour lui avoir donné le cerveau et la volonté de réussir et, pendant cette poursuite des choses éphémères, pour ne pas avoir laissé son cœur s'endurcir au contact quotidien de l'or. Gagner de l'argent, au moment de ce succès, il considérait toujours que ce n'était pas une fin en soi. Le danger de cette illusion insidieuse à laquelle il avait échappé. Et avant de se lever, il fit le vœu d'utiliser la fortune dont il avait ainsi été nommé intendant avec modération et sagesse.

Un grand groupe allait se rassembler chez Mme Murchison le lendemain, mais d'ici là, il n'y aurait que les trois qui étaient descendus par ce train, et quatre ou cinq autres qui avaient proposé de s'embarquer dans le danger du train à cale . , qui, s'il arrivait un jour au port, les débarquerait à Winchester à temps pour le dîner.

M. Alington avait accepté avec empressement l'invitation précédente, afin de pouvoir passer le samedi à examiner les monuments et les antiquités de la vieille ville. Il avait apporté avec lui un guide vert succinct de la ville, et après en avoir appris l'essentiel dans le train, il fut en mesure de montrer aux dames les bâtiments intéressants qu'elles passèrent en route. Le collège surtout attirait son regard bienveillant, et ses yeux bleu pâle s'assombrissaient à mesure qu'ils roulaient devant ces lignes de murs gris, la rivière capiteuse qui traversait sous la route, les briques moelleuses de la maison du directeur et la grâce délicate de la tour de la chapelle, qui dominait et bénissait l'ensemble.

"Un patrimoine inestimable ! Un patrimoine inestimable !" murmura-t-il. "Rien ne peut me rattraper de ne pas avoir été dans une des grandes écoles publiques. Les garçons semblent assez insouciants, assez insouciants, que Dieu les bénisse !" » dit-il, alors qu'une foule riante d'entre eux sortait en courant de la porte du collège ; "mais les influences gracieuses y pénètrent et y travaillent chaque jour, chaque heure, formant une fondation insoupçonnée pour les années à venir. La paix et la fraîcheur de ce doux coin du monde en font partie. Tout ce que j'ai manqué - tout ce que j'ai manqué! "

Il soupira doucement tandis que Lady Haslemere bâillait minutieusement derrière sa main. Mais le bâillement élaboré se termina par un rire parfaitement naturel.

"Cher M. Alington," dit-elle, "vous êtes tout à fait délicieusement inattendu et approprié. Que vous soyez mécontent de votre sort est une splendide absurdité. J'aurais vécu dans une banlieue toute ma vie si aujourd'hui j'avais pu vendre votre nombre d'actions Carmel au prix que j'ai obtenu.

M. Alington la regarda un moment, peiné mais indulgent.

"Moi aussi", dit-il. Puis, éloignant la conversation de tout ce qui lui était si intime : « Ah, cette délicieuse étendue de prairie aquatique ! il a dit. "Il n'y a pas de vert aussi vif et délicat que celui des champs anglais. Et écoutez le tonnerre frais du barrage."

Un ravissement lointain illumina son gros visage, et Mme Murchison, qui s'était fait une spécialité de la nature, frappa :

"Il existe une solidarité à l'égard du paysage anglais que je ne retrouve pas dans notre pays", a-t-elle déclaré. "Comme M. Alington, je pouvais écouter ce barrage jusqu'à devenir un octogéranium. "Paix avec abondance", comme disait Lord Beaconsfield. J'étais à Goring hier avec ma chère Lily, et nous sommes restés assis sur la pelouse jusqu'à minuit, ou cela aurait pu être plus tard, et j'ai eu une longue discussion avec Jack Conybeare sur les devoirs du conseil du comté de Londres. C'était très rural et rafraîchissant ! Ah, mon cher moi !

Mme Murchison soupira, non pas parce qu'elle était triste, mais parce que ses sentiments dépassaient sa capacité d'expression.

"Tellement vert et beau !" murmura-t-elle, comme une sorte de résumé.

Lady Haslemere a déployé son parasol, éteignant la vue à des kilomètres à la ronde.

"M. Alington, donnez-moi une idée sur ce que je vais faire la semaine prochaine. Y aura-t-il une augmentation du nombre de Sud-Africains, à votre avis ?"

Le ravissement disparut du visage de M. Alington, mais il fit place à une expression purement bienveillante. Il secoua doucement la tête.

"Je ne peux pas le dire", répondit-il. "Je n'ai rien suivi au cours de ces dernières semaines, sauf la fortune du Carmel. Mais n'importe quel courtier vous conseillera, Lady Haslemere."

La maison de Mme Murchison se dressait en hauteur sur une large colline au sud de la ville, et à cette hauteur il y avait une merveilleuse fraîcheur dans l'air, et la chaleur était sans l'oppression de Londres. Une vaste étendue de pays vallonné s'étendait de tous côtés, et des lignes de collines se succédaient comme de grandes vagues au loin. Même si la sécheresse avait été si sévère, les réservoirs de la craie sous-jacente avaient gardé l'herbe courte et étoilée encore verte, et la chaleur prolongée ne lui avait pas arraché sa couleur exquise et reposante.

Alington ôta son chapeau et laissa le vent soulever ses cheveux plutôt rares. C'était pour lui un plaisir extrême de sortir de la stagnation surchauffée des rues de Londres et de retrouver cet air intact, et il s'étonnait de l'acuité de sa jouissance. Il n'avait jamais été un grand amoureux de la campagne, mais il lui semblait aujourd'hui qu'une lourde accumulation d'années lui avait été enlevée, révélant des capacités de jouissance dont personne, et lui-même peut-être encore moins, n'avait soupçonné qu'elles pouvaient être ses . Il s'est gentiment censuré à cet égard. Il avait eu tort d'étouffer et de faire taire ainsi une source de plaisir si pure et si propre. Il s'en prendrait certainement à partie et se soumettrait à l'enseignement des images et des sons de la campagne.

Ils prirent le thé à l'ombre scintillante d'un bosquet de pins au bout de la pelouse, et peu après, M. Alington reprit son chapeau de paille, en pensant à une promenade dans la fraîcheur fraîche de la soirée qui approchait. Les deux autres dames préférèrent en profiter dans l'inaction, en attendant l'arrivée des invités aventureux en calèche, sur le sort desquels Mme Murchison réitéra son inquiétude.

Alors M. Alington, secrètement pas mécontent, a commencé seul. Il était à peu près au milieu de l'allée, lorsqu'il rencontra un télégraphiste qui se dirigeait vers la maison et, avec son air expansif et bienveillant, il le retint un moment avec quelques questions simples sur son nom et son âge. Enfin, au moment où il se retirait, il lui demanda à qui il remettait un télégramme, et l'enfant, le sortant de sa bourse, lui montra l'adresse.

M. Alington l'ouvrit lentement, se demandant, comme il s'était souvent demandé auparavant, pourquoi l'enveloppe était orange et le papier rose. C'était de ses courtiers, et très court ; mais il regarda longuement les huit mots qu'il contenait :

"Terrible panique au Carmel. Actions non négociables.
Instructions par télégramme."

Au début, il l'a lu d'un air vide ; il lui semblait que ces mots, bien que simples et clairs, ne lui transmettaient rien. Puis soudain, une immense lumière intense, chaude et éblouissante au-delà de toute description, sembla avoir été découverte quelque part dans son cerveau, et les mots le brûlèrent et l'aveuglèrent. Il laissa tomber le papier rose, s'inclina et se glissa sur le gravier de l'allée, puis se baissa avec une curieuse manière de tâtonner et le ramassa. Il le remit soigneusement dans l'enveloppe et demanda au garçon un formulaire sur lequel il griffonna quelques mots.

"Ne rien faire", écrit-il. "Je viendrai immédiatement."

Il donna un shilling au garçon, en lui faisant signe de montrer la monnaie, puis, se dirigeant vers le talus herbeux qui délimitait l'allée, il s'assit. Sauf à ce moment, où son cerveau, sans doute instantanément abasourdi, refusait de lui dire le sens des mots, il avait été absolument calme et alerte. Le télégramme ne donnait aucune indication sur la cause de cette panique, mais sans chercher d'autres possibilités, il l'attribuait aussitôt à son seul point faible, M. Chavasse. Cela déterminé, il n'y réfléchit plus, mais se demanda distraitement et sans grand intérêt ce qu'il ressentait. Mais cela le dépassait. Il n'avait aucune idée de ce qu'il ressentait, sauf qu'il était conscient d'un léger malaise, si léger et si purement physique, à ce qu'il semblait, qu'il l'aurait naturellement mis de côté, s'il n'était pas apparu simultanément avec cette nouvelle, pour une petite erreur de régime. Sinon, son cerveau, bien que parfaitement clair et capable de recevoir des impressions précises, était vide. Il y avait un murmure de sapins autour de lui, et de petits points de soleil clignotaient sur le gravier jaune de l'allée tandis que les branches remuaient au vent. La voix de Lady Haslemere était rauque et aiguë depuis la pelouse voisine – il avait toujours remarqué le caractère aigu et désagréable de son ton – et son chapeau de paille était tombé. Il n'avait conscience d'aucune consternation, d'aucune agonie de regret de ne pas avoir vendu ses billets deux heures plus tôt, d'aucun sentiment de désastre.

Il resta assis là cinq minutes à l'extérieur, puis retourna sur la pelouse. Les dames levèrent les yeux avec surprise devant la rapidité de son retour, mais ne remarquèrent aucun changement dans ses traits élégants ni aucune incertitude dans sa démarche. Sa voix également, lorsqu'il parlait, n'était ni précipitée, ni instable, ni modulée différemment.

" Madame Murchison, " dit-il, " je viens de recevoir les pires nouvelles concernant... concernant une de mes entreprises, qui est d'une certaine importance. En fait, il y a eu, je le crains, une grande panique à la Bourse à propos du Carmel. " Puis-je être reconduit à la gare immédiatement ? Il est nécessaire que je retourne à Londres. C'est un grand regret pour moi de manquer ma visite. Lady Haslemere, je vous félicite de votre rapidité à vendre. "

Il resta là un moment fade et respectable, tandis que Mme Murchison murmurait une sympathie incohérente, surprise de l'extraordinaire facilité avec laquelle les banalités polies montaient à ses lèvres. Les mots courtois nécessaires semblaient s'exprimer d'eux-mêmes, sans aucune direction de sa part. Le coup qui lui était tombé dessus devait, pensa-t-il, être descendu intérieurement, car son comportement superficiel semblait plus égal que jamais. Il n'avait conscience que de la persistance du malaise de la maladie et d'un peu d'incertitude dans le mouvement et l'action.

Par exemple, il avait eu l'intention, autant qu'il avait l'intention de le faire, de partir dès qu'il aurait dit au revoir et d'attendre seul la voiture. Mais il se retrouva à s'attarder ; ses pieds ne l'emportaient pas, et il se demandait pourquoi. Son chapeau de paille était à la main et il s'éventait avec, bien qu'il n'ait pas chaud. S'apercevant de cela, mais le tenant toujours, il cessa de s'éventer et mordit doucement le bord ; puis, conscient de ce qu'il faisait, il le remit.

"Alors au revoir," dit-il pour la deuxième fois. " Ah, Lady Haslemere, vous m'avez demandé un pourboire. Eh bien, si cette panique est vraiment grave – et je n'en doute pas – achetez des Carmels à un prix inférieur, pour tout ce que vous valez, si vous en avez le courage. Je Je vous assure que vous ne pouvez pas trouver un meilleur investissement. Au revoir, au revoir encore. Peut-être… oh non, cela ne signifie rien. Puis-je alors commander la voiture, Mme Murchison ? Merci beaucoup ! » Il souleva son chapeau, se retourna et se dirigea vers la maison.

CHAPITRE IX

LA CRISE

Les journaux du soir de Londres relataient ce jour-là les scènes extraordinaires qui s'étaient déroulées à la Bourse. Ce matin-là, avant l'ouverture du marché, on avait demandé avec impatience Carmel, en raison de l'activité produite par les achats très importants de la veille, et une heure avant midi, des nouvelles avaient été envoyées d'Australie selon lesquelles il y avait un très fort soutien en le marché là-bas pour les mêmes, M. Richard Chavasse ayant seul acheté pour cinquante mille livres d'actions. Peu après, des nouvelles de la mine elle-même arrivaient : le dernier broyage avait donné cinq onces à la tonne et un nouveau récif insoupçonné avait été heurté. La combinaison de ces causes a conduit à l'une des hausses de prix les plus remarquables jamais connues. Le marché (selon un correspondant) a complètement perdu la tête et pratiquement aucune affaire n'a été réalisée sauf par les courtiers miniers. Ce jour-là, les actions dépassaient légèrement les trente shillings et, à quatre heures, elles avaient atteint le chiffre stupéfiant de 5 £ 12 shillings. 6j. Un courtier bien connu, interrogé à ce sujet, a déclaré que jamais, au cours d'une longue expérience, il n'avait connu une chose pareille. Les dealers sobres et réguliers, selon ses propres mots, sont devenus fous en hurlant. Il est vrai que l'on s'attendait depuis longtemps à un boom de l'or occidental, mais rien ne pouvait expliquer cette demande extraordinaire. Il ne fait aucun doute que le fait que M. Alington ait acheté une grande partie la veille en avait préparé le terrain, car il était considéré parmi les exploitants miniers comme l'homme certain à suivre.

Mais les conséquences de cette ascension sans précédent furent encore plus remarquables. Les achats, comme cela a été dit, ont été fortement stimulés par l'annonce d'un fort soutien en Australie (en fait, c'est ce qui a été le signal de la ruée) ; mais vers quatre heures, alors que les actions étaient au plus haut et que des réalisations considérables se faisaient, bien que les achats se poursuive encore, un soudain malaise se manifesta. Cela était dû au fait que le télégramme annonçant le fort soutien en Australie avait été contredit par un autre, plus récent, affirmant que le marché du Carmel était absolument inactif. Là-dessus se manifesta d'abord une méfiance générale à l'égard des télégrammes provenant de la mine elle-même, puis, littéralement, en quelques minutes, une panique s'installa, aussi inexplicable que la montée précédente ; les affaires s'arrêtèrent, car en une demi-heure tout le monde voulait vendre le Carmel, et on ne trouvait pas d'acheteurs. Quelques-uns des plongeurs les plus lourds ont été éliminés, avec des milliers à leur actif, mais la majorité des détenteurs ont été rattrapés. Les actions sont devenues tout simplement non négociables. Le marché se ferma dans la plus grande confusion, et lorsque la

Bourse fut fermée, la rue devint impraticable. Jusqu'à une heure tardive, une foule de vendeurs excités continuait d'essayer de vendre, et juste avant d'aller sous presse arriva un rapport selon lequel M. Alington, qui avait quitté la ville ce jour-là, mais revint soudainement, récupérait toutes les actions sur lesquelles il pouvait mettre la main. à un chiffre purement nominal. Le jour du règlement, rappelons-le, eut lieu la semaine prochaine. Un comité de la Bourse allait enquêter sur l'affaire du faux télégramme.

Kit et Jack étaient venus à Goring ce jour-là pour y rejoindre Toby et sa femme. Kit reprenait régulièrement des forces, mais ce soir, étant un peu fatiguée, elle s'était couchée avant le dîner, et maintenant, le dîner étant à peine terminé, Lily avait laissé les autres voir comment elle allait. Ni Jack ni Toby n'avaient l'habitude de s'asseoir autour d'un vin, et dès que Lily monta à l'étage, ils se dirigèrent vers le couloir pour fumer. Le journal du soir venait de paraître, et Jack s'y pencha avec empressement, car sa participation dans Carmel était importante. Il lut tranquillement le récit de ce qui s'était passé et se pencha en arrière sur sa chaise pour réfléchir. Contrairement à Lady Haslemere, il y a quelques nuits, il n'a pas éteint sa cigarette. Enfin il parla.

"Je pense que je suis devenu fou, Toby", dit-il. Il l'a jeté sur le papier. " Lisez le récit de ce qui s'est passé aujourd'hui à la Bourse ", a-t-il ajouté.

Toby ne répondit pas mais prit le papier.

"La seule chose dont je dois être reconnaissant, c'est que je n'ai pas vendu juste avant la panique", a fait remarquer Jack.

Toby a continué à lire en silence jusqu'à ce qu'il l'ait terminé.

"Pourquoi?" Il a demandé.

" Parce qu'il semblerait que j'avais su que le premier télégramme était faux. Quel courage extraordinaire Alington doit avoir ! Voyez-vous qu'il a acheté toutes les actions sur lesquelles il a pu mettre la main ? "

"Je ne comprends pas le premier télégramme", a déclaré Toby.

"Moi non plus, Dieu merci !"

« En supposant que ce soit un véritable succès, auriez-vous perdu beaucoup, Jack ? »

"Huit mille livres, c'est plus que cela, en effet, à moins que le prix ne remonte avant le jour du règlement, car je n'ai payé qu'environ la moitié de mes actions."

Toby resta silencieux un moment, se demandant comment Jack avait pu avoir huit mille livres à investir ces dernières années. Celui-ci comprit le silence et reconnut la justesse de sa difficulté.

"J'ai gagné trois mille dollars sur le Carmel Est et Ouest", a-t-il expliqué. "Avec mon année de salaire en tant que directeur, cela fait huit. J'ai tout investi et j'en ai acheté davantage."

Toby leva les yeux.

"Est-ce que ce type vous donnait cinq mille dollars par an en tant que directeur ?" Il a demandé.

"Cet homme l'a fait."

Toby siffla.

"Il semble qu'un comité de la Bourse va enquêter sur toute l'affaire", a-t-il déclaré. "Ce ne sera pas plutôt désagréable s'ils touchent des salaires ?"

"Extrêmement. Attention, n'en informez pas Kit, Toby, avant d'avoir des nouvelles plus sûres."

Il parcourut la pièce en silence.

« Extrêmement ennuyeux », dit-il avec une louable modération ; "et je ne peux pas imaginer ce qui s'est passé, ni qui est responsable du premier télégramme. Alington ne peut pas avoir provoqué son envoi simplement pour rendre le marché actif, car il était certain qu'il serait contredit."

Un homme entra dans la pièce avec un télégramme sur un plateau et le tendit à Jack.

"Réponse payée, monseigneur", dit-il.

Jack le retourna dans sa main sans l'ouvrir, incapable de faire l'effort. Puis il le déchira brusquement et déplia le mince drap rose. C'était d'Alington.

> "Pouvez-vous me rencontrer demain matin dans mes appartements, rue Saint-James ?" il courut.

Il griffonna une réponse affirmative et la rendit à l'homme.

« Il faudra que j'y monte demain, » dit-il à Toby ; "Alington veut que je le rencontre à Londres ; j'irai, bien sûr. Quelle bénédiction d'être un gentleman, qui ne crie pas et ne transpire pas ! Maintenant, pas un mot à personne ; ce n'est peut-être pas aussi grave qu'il y paraît. ".

Jack partit tôt le lendemain matin et se dirigea directement vers les chambres d'Alington. Des sons de piano venaient de l'étage, et cela lui procurait en quelque sorte un sentiment de soulagement. « Les gens *in extremis* ne jouent pas du piano », se disait-il en montant l'escalier. Alington se leva dès son arrivée.

« Je suis heureux que vous ayez pu venir », dit-il ; "Il était opportun, presque nécessaire, que je vous voie."

"Que s'est-il passé?" demanda Jack.

M. Alington sortit un télégramme de sa poche et le lui tendit.

"L'inattendu, c'est toujours le cas : ceci, en fait."

Jack le prit et lut :

"Chavasse est parti hier pour l'Angleterre par P. et O.."

"Vous ne comprenez pas, mon cher Conybeare, n'est-ce pas ?" il a dit. "C'est une histoire très courte, et assez romantique à sa manière."

Et, en quelques mots, il raconte à Jack l'histoire du cambriolage, les aveux de Chavasse et son idée de l'utiliser comme opérateur indépendant en Australie.

"Je n'ai aucun doute sur ce qui s'est passé", a-t-il déclaré. "L'homme a retiré le solde assez considérable que je lui avais laissé à Melbourne pour qu'il puisse l'investir sur ordre, et il l'a emporté avec lui. Il a également, je suppose, mis la main sur sa propre confession - un voyou intelligent."

"Mais le télégramme ?" demanda Jack. "Qui a envoyé le télégramme concernant le fort soutien en Australie ?"

M. Alington ouvrit grand ses yeux doux.

"Moi, mon cher!" il a dit; "Au moins, bien sûr, j'ai fait en sorte qu'il soit envoyé. Comme d'habitude, il y a deux jours, j'ai envoyé un télégramme chiffré à mon valet de chambre, lui disant d'investir, et un autre à mon manager lui disant de télégraphier : 'Un fort soutien dans Australie.' Il a fait ce que je lui ai dit, Chavasse ne l'a pas fait. C'est tout."

Jack resta silencieux un moment, mais il ne lui fallut pas longtemps pour comprendre la situation dans son ensemble, car elle était très simple.

"Et ensuite ?" il a dit.

Alington haussa les épaules.

"À moins que les actions ne remontent avant le prochain jour de règlement, je serai presque certainement en faillite", a-t-il déclaré.

— Alors pourquoi, si les journaux étaient bien informés, avez-vous continué à acheter hier soir ?

"Parce que je pourrais obtenir Carmel à bas prix", dit-il. " S'ils montent, je suis d'autant plus riche ; s'ils ne le font pas, j'en ai fini de toute façon. Ce malheureux *contretemps* contre mon insensé valet de chambre n'affecte pas la valeur de la mine. L'or est là quand même. "

"Mais personne ne le croira," intervint Jack.

"Pour le moment, comme vous dites, pour le présent immédiat, ils ne s'en rendront pas compte. Ils s'estimeront heureux de se séparer de leurs actions énormément au-dessous de leur valeur. Ma fortune dépend de la rapidité avec laquelle ils s'en rendront compte."

"Il y aura une enquête à ce sujet ?"

"Sans doute. Les faux télégrammes ne sont pas officiellement reconnus par la Bourse."

Alington était certainement à son meilleur, pensait donc Jack, lorsque les choses arrivaient. Sa respectabilité élégante et tranquille, un peu éprouvante et conventionnelle en temps ordinaire, bien que inchangée en elle-même, devenait admirable, une rare manifestation de maîtrise de soi. Aucune accélération brusque ne marquait ses phrases précises et sans hâte ; ils restèrent toujours aussi tranquilles. De même qu'à l'époque où les Carmels de l'Est et de l'Ouest se comportaient d'une manière si changeante, bien que si en accord avec ses souhaits, de même maintenant, alors que le plus grand coup d'État s'était porté si *sournoisement* contre lui-même, il ne cessait d'être imperturbablement calme et lucide. . Bien que dépourvu d'éducation au sens ordinaire du terme, il possédait dans une mesure notable cette marque la plus caractéristique de l'éducation, l'absence totale d'exaltation dans une prospérité inattendue et un calme complet dans le désastre. Il n'y avait rien d'affecté chez lui ; il était, comme toujours, maître de lui-même, sans impulsivité, et ce qui, dans le moulin social semblait un manque d'animation, devenait dans le moulin de l'adversité une chose à respecter.

"Vous le prenez très doucement", a déclaré Jack.

"C'est une simple habitude", a déclaré Alington. "Au fait, j'espère, mon cher, que ta femme va mieux ?"

"Beaucoup mieux, merci. Nous sommes allés à Goring hier."

"Alors j'ai vu dans les journaux. Combien aviez-vous au Carmel ?"

"Huit mille livres en espèces. Et j'ai seulement acheté la moitié de mes actions, sans les payer."

" Ah ! est-ce que ça sera une difficulté ? "

"C'est plutôt une impossibilité, à moins qu'ils ne montent avant le jour du règlement."

"Je suis désolé pour cela", dit Alington, "car j'aurais dû vous recommander encore plus d'acheter. Je vais bluffer. Je vais acheter et acheter. Chavasse peut aller se pendre. Je ne tenterai pas de le faire. procurez-lui ou ses... mes... cinquante mille livres.

"Cinquante mille!" s'exclama Jack involontairement.

"Cinquante mille ! En effet, je ne le pourrais pas avant que le navire n'atteigne le Cap. Mais si j'achète, et je suis connu pour acheter, il est toujours concevable que la confiance puisse être rétablie, que les dégâts causés par cette panique absurde et déraisonnable d'hier peut être réparé. Je ne dis pas que la ruée vers les actions n'était pas folle, mais la panique ne l'était pas moins. Et maintenant, mon cher, je vous félicite de la façon dont vous l'avez pris. Vous feriez un financier. *Æquam memento rebus in arduis !* Comme Horace a le don d'énoncer des choses simples de manière inspirante ! Un don divin.

"Mais que pensez-vous qu'ils découvriront lors de l'enquête ?" demanda Jack.

" Ah, vous n'avez pas à craindre l'enquête le moins du monde. Cela ne touchera pas à votre salaire de directeur, ce qui est le genre de choses que vous avez en tête, je vois. Non. Ce qui serait peut-être grave pour vous, c'est que si je J'ai fait faillite. Ensuite, il est vrai, mes comptes privés où vos salaires seraient rendus publics. Le moyen le plus sûr d'éviter cela est que les actions remontent avant le jour du règlement. C'est dans cette optique que j'achète maintenant ; avec " Ce point de vue, je devrais vous recommander des mesures désespérées ! Désespéré ? Oh, certainement ! Mais je dois vous rappeler que le cas est assez vrai. Je vois que c'est l'heure du déjeuner. Vous déjeunerez ici, bien sûr ? "

Kit n'était pas encore levée lorsque Jack monta à Londres ce matin-là, et elle trouva Lily seule dans le jardin lorsqu'elle redescendit. Sa maladie l'avait laissée très faible et fragile, et même si elle s'en sortait rapidement, elle se sentait très différente du Kit qui, il y a quelques semaines, s'habillait vingt fois par jour pour vingt combats et restait assis la moitié de la nuit à jouer au baccara. . Physiquement et mentalement, elle avait été très secouée par une traction très soudaine et surprenante. Toute sa vie, elle s'était contentée de dériver avec vertige, ne demandant que le moment où cela l'amuserait ; et à l'époque où elle se trouvait dans la pièce sombre, c'était comme si quelqu'un, et non elle-même, lui avait posé des questions sérieuses et effrayantes. En tout cas, elle eut une frayeur, voire pire, et elle se sentit disposée à y aller avec prudence. D'elle ne savait d'où étaient sorties les forces qui frappent, qui payent le salaire de toute action, du péché, de la vertu, de la justice et de l'injustice, et c'est à elle qu'un salaire avait été donné. Elle avait déjà entendu parler de telles choses ; des phrases grossières de l'enfance lui rappelaient qu'on récoltait comme on avait semé, que les causes conduisaient aux effets, mais jusqu'à présent elle n'en avait plus de nouvelles sûres. Mais pendant ces trois jours de semi-conscience, pendant lesquels elle s'était accrochée instinctivement à Lily, c'était comme si une partie d'elle-même, endormie et recouverte en grande partie par les divertissements de la vie quotidienne ordinaire, avait, dans l'incapacité de cela, s'est réaffirmée, et maintenant qu'elle retrouvait son chemin vers des conditions normales, cette nouvelle conscience ne s'était plus calmée.

Lily, qu'elle avait jusqu'alors considérée comme d'une richesse enviable, plutôt convenable et *guindée*, avait touché en elle une corde sensible qui ne cessait de vibrer. De toutes les personnes au monde, Kit l'aurait, *à priori*, considérée comme celle qui l'aurait naturellement évitée. Jusqu'à présent, elle l'avait considérée, selon n'importe quel critère intime, avec toute l'indifférence complète avec laquelle les gens qui ne se considèrent pas bons regardent ceux qu'ils considèrent comme tels, et le pécheur est toujours sublimement indifférent aux attitudes et aux actions du Saint. Mais Lily était venue vers elle dans son besoin ; Aussi *guindée* qu'elle fût, elle lui avait pourtant été un réconfort et un encouragement dans le désespoir de sa désolation, comme si elle n'était pas, comme Kit le supposait, choquée par elle. Ensuite, pendant sa convalescence, pendant des jours, une crainte secrète avait assailli Kit que le moment viendrait où Lily lui parlerait sérieusement, la « mordillerait », comme elle se disait — très gentiment et gentiment, sans doute, mais quand même « mâchoire" elle. Cela gâcherait tout. Mais le jour s'était ajouté au jour, et la « mâchoire » n'était toujours pas prononcée. Lily était seulement plus patiente avec elle que quiconque, et plus à l'aise. Elle n'était pas amusante, mais Kit, pour une fois, ne voulait pas s'amuser. Sa présence était agréable ; c'était ce que Kit voulait, et cela lui donnait matière à réflexion.

Plus d'une fois, encore une fois, au cours de ces jours sombres, Kit s'était effondrée, elle-même pleurait presque hystérique, et c'était Lily qui l'avait apaisée des limites de la folie. Elle ne s'était pas enquise de l'état de l'âme de Kit, ni ne l'avait exhortée au repentir ; elle ne s'était pas améliorée ou lui avait dit que la douleur lui avait été envoyée pour une bonne raison. Une fois en effet, comme nous l'avons vu, elle avait prié avec elle, et Kit, qui aurait naturellement hurlé à une telle idée, ou aurait dit à tous ses amis les libertés que prenait parfois une belle-sœur assez gentille, ne l'avait pas fait non plus. Elle a découvert – c'était peut-être de l'imagination – que cela lui faisait du bien. Toutes ces choses, elle les avait évoquées en secret, mais souvent, pendant leur séjour à Göring, et elles lui semblaient significatives. Son esprit, en effet, les utilisait comme sa nourriture ordinaire, allant habituellement les brouter.

Lily et Toby étaient en congé le lendemain, et quand Kit arriva le dimanche matin après le départ de Jack pour Londres, elle était déterminée à parler à Lily. Cela lui parut étrange qu'il y a trois semaines, elle aurait dû être si nerveuse à l'idée que Lily allait lui parler, alors que maintenant elle était sur le point de lui donner intentionnellement l'occasion de le faire. Demain aussi, elle se retrouverait seule avec Jack, qui reviendrait alors, et tôt ou tard, il faudrait qu'elle et lui parlent. Jusqu'alors, tous deux avaient évité le seul sujet qui occupait leur esprit : tandis qu'à Londres, chacun craignait toujours que cela arrive un jour, chacun craignant continuellement que l'autre ne commence, et pourtant désireux à moitié d'en finir. Tous deux savaient qu'il fallait en parler, il n'y avait pas moyen de s'en remettre ; il ne servait pas non plus à attendre que l'accumulation narcotique du temps efface les souvenirs de cette scène où Kit lui avait tout raconté et avait reçu une réponse par un coup. Il y a certaines choses qu'aucun laps de temps ne pourra jamais couvrir : celle-ci en était une. Des mots devaient passer entre eux, et ni l'un ni l'autre ne pouvaient deviner ce que devaient être ces mots. Voilà une autre raison pour laquelle Kit voulait que Lily lui parle.

Ils marchèrent de long en large sur la pelouse pendant quelques minutes, parlant de choses indifférentes, et Lily fit allusion à son départ le lendemain.

"Et je serai seul avec Jack", dit Kit simplement, mais avec détermination.

"Oui", dit l'autre. Puis, après une pause : « Vous devez avoir des choses à vous dire, Kit. Jack a dit à Toby hier qu'il n'avait presque pas eu un mot avec vous depuis que vous étiez malade.

Kit s'arrêta.

« Je le redoute, » dit-elle, « et je sais que cela doit arriver. Mais, Lily, que dire des deux côtés ? que dire ?

"Ah, ça ne sert à rien de réfléchir à ce que tu vas dire," dit Lily. "Vous direz ce qu'il faut, ce que vous ressentez."

"Je ne sais pas ce que je ressens", a déclaré Kit. " Asseyons-nous, il fait chaud. Et je veux vous parler. "

Ils s'assirent sur un siège de jardin, à l'ombre du cèdre aux branches en éventail et regardant la brume du soleil d'été et la rivière lente et forte.

"Je ne sais pas ce que je ressens", répéta Kit.

"Essaye de me le dire du mieux que tu peux," dit doucement Lily.

"Eh bien, je ne serai pas malhonnête avec moi-même, j'en suis sûr", a déclaré Kit. "En ce moment, j'ai horreur de ce qui... de ce qui est passé. Mais comment puis-je savoir d'où cela vient ? C'est peut-être seulement parce que les conséquences terribles sont encore vives pour moi. J'ai été méchant toute ma vie, ce n'est pas vrai. Je n'ai jamais essayé de faire le bien ou d'être bon. Eh bien, je suis payé pour une mauvaise chose que j'ai faite. N'est-il pas très probable que j'en ai horreur uniquement parce que la punition est très fraîche pour moi ? moi?"

"C'est quelque chose", dit Lily. "Si la punition vous fait détester ce que vous avez fait, elle fait son travail."

" Ah, mais le cambrioleur attrapé ne déteste pas vraiment le cambriolage. Il ne recommencera peut-être pas, mais c'est une tout autre affaire. Vous battez un chien pour avoir poursuivi un chat ; quand il voit un chat la prochaine fois, il vous baisserez probablement la queue, mais vous n'avez pas éradiqué ses tendances, ni changé sa nature. »

Kit fit une pause. Elle tâtonnait, impuissante, dans son âme faiblement éclairée.

"Tu es une bonne femme, Lily," dit-elle. " Vous ne comprenez pas et vous ne pouvez pas comprendre une personne comme moi. Oh, ma chérie, je n'aurais jamais dû m'en sortir sans vous ! Je veux être bon – devant Dieu, je crois que je veux être bon, mais Je ne sais pas ce que cela signifie. Je peux seulement dire que je ne ferai plus certaines choses. Mais comme c'est faible ! Je veux revoir Ted – oh, comme je le veux ! – mais je crois que je ne veux pas " Est-ce que ça sert à quelque chose ? Je veux aimer Jack à nouveau. Je l'ai fait une fois, en effet, et je veux qu'il m'aime. C'est sans espoir : il ne le fera jamais. "

Lily était perplexe. Les difficultés de Kit semblaient si élémentaires qu'une explication était impossible. Mais elle savait que ce n'était que par leur reconnaissance et leur confrontation que son salut résidait. Kit était un enfant en matière de morale et parfaitement sous-développé ; mais, heureusement, la simple simplicité est le seul moyen d'approcher les enfants. Le tact, la finesse, toutes les qualités que Kit avait et qu'elle n'avait pas, étaient ici inutiles.

"Kit, chérie, peu importe, pour ainsi dire, que Jack t'aime ou non", dit-elle. " De toute façon, cela n'a pas d'importance sur ce que vous devez faire. Oh, vous ne trouverez pas les choses faciles, et je n'ai jamais entendu dire que c'était prévu. Vous trouverez mille choses que vous voulez faire et que vous ne devez pas faire, mille choses. vous devez faire ce qui est difficile – plus difficile que la vieille ouverture du bazar, Kit. Je suppose, bien sûr, que, dans l'ensemble, vous voulez être bon. Voilà la grande chose, en termes généraux.

Kit hocha la tête.

"Je ne sais pas. Je suppose que oui", a-t-elle déclaré.

"Eh bien, il n'y a pas de passe-partout," dit Lily. " Vous devez prendre chaque chose séparément et simplement, et la faire ou l'éviter. Vous aurez besoin d'une patience sans fin. Je ne veux pas vous prêcher et je ne sais pas comment ; mais vous m'avez demandé de vous aider. " Votre vie s'est déroulée d'une certaine manière : vous m'en avez dit certaines choses. Dans l'ensemble, vous souhaitez que l'avenir soit différent. Oubliez donc le passé, essayez de l'oublier. Ne vous y attardez pas : il est un mauvais compagnon. Cela ne fera que vous paralyser et vous aurez besoin de toute votre puissance pour ce qui se trouve devant vous.

"Tu veux dire que je dois renoncer au monde, et tout ça ?" » demanda Kit.

"Non, n'entre pas dans un couvent. Tu as un devoir envers Jack. Fais-le; surtout, continue à le faire, tous les jours et toujours. Considérez s'il n'y a pas beaucoup de choses, inoffensives en elles-mêmes, qui conduisent à des choses qui ne le sont pas. . Évite-les."

"Ne flirte pas, tu veux dire ?" dit Kit très sincèrement.

Lily fit une pause un moment. Il y avait chez Kit une certaine simplicité grossière qui était à la fois embarrassante et utile. Jamais les apparences ne furent plus trompeuses ; car Kit, avec sa pâleur et son visage exquis, ressemblait à l'image même d'une femme raffinée du monde, qui vivait à l'écart de la grossièreté de la vie, mais aux fibres fines et compliquées. Au lieu de cela, en ce qui concerne les objectifs actuels , elle était aussi ignorante qu'une enfant, mais sans innocence. Elle avait perdu le second sans remédier au premier.

« Ne flirtez certainement pas », dit-elle ; "Mais ne faites pas grand-chose de plus. Rappelez-vous que vous êtes une certaine puissance dans le monde - beaucoup de gens prennent leur ton comme vous - et laissez cette puissance être du bon côté. On sait assez vaguement quelle bonté " Oui, mais on le sait suffisamment. Je ne veux pas que vous soyez un réformateur délirant : ce n'est pas dans votre domaine. Placez-vous fermement contre un grand nombre de choses qui sont communément faites par les gens parmi lesquels vous évoluez. "

"Les choses que j'ai faites toute ma vie", a déclaré Kit.

"Oui, les choses que tu as faites toute ta vie."

Kit restait silencieuse et la douceur de son visage face à ce discours direct était touchante. Enfin, elle leva les yeux.

"Et vas-tu m'aider ?" elle a demandé. "Oh, Lily ! J'ai été en enfer. Et je n'y croyais pas avant d'y aller. Mais c'est ainsi : une obscurité extérieure."

Elle l'a dit tout simplement et avec sérieux, sans amertume ni cet égoïsme que le manque de réticence entraîne si souvent. Autour d'eux, le début de l'été était lumineux de mille fleurs et mélodies ; le doux tintement des cloches des églises résonnait dans l'air ; le temps de l'oiseau chanteur était venu.

"Mais je ne sens pas, je suis engourdie. Je ne sais pas où aller, ni où je vais", poursuivit-elle en élevant la voix. « Je sais seulement que je ne veux pas retourner à la vie que j'ai menée jusqu'ici ; mais il n'y a rien d'autre. Les grandes vérités – Dieu, la religion, la bonté – qui signifient tant, si tout pour vous, ne sont rien pour vous. Je ne ressens aucun réel désir d'être bon, et pourtant je ne veux pas être méchant. On souffre d'être méchant. Je ne peux pas aller plus haut que cela.

" Tenez-vous-en à cela, cher Kit, " dit Lily. "Je ne peux pas vous en dire plus. Seulement, je sais... je sais que si l'on continue à faire ce qu'on croit être le meilleur, même aveuglément, le moment vient où les yeux s'ouvrent lentement. De l'obscurité vient le jour. On voit d'où l'on vient. Puis on regarde, et encore.

"Mais pour toujours, jusqu'à la fin de la vie ?" » demanda Kit.

"Jusqu'à la fin de la vie. Et l'effort pour se comporter décemment a une grande récompense, qui est un comportement décent."

"Et Jack, que dois-je dire à Jack ?"

"Tout ce que tu ressens."

"Jack trouvera cela si bizarre", dit Kit.

"Vous n'avez pas vu Jack quand vous étiez au plus mal cet après-midi-là. Oh, Kit ! c'est une chose horrible de voir l'angoisse impuissante d'un homme. Il ne l'aura pas oublié."

"Jack angoissé ?" » demanda Kit.

"Oui; souviens-toi juste qu'il en était ainsi. Voici Toby. Je pensais qu'il était à l'église. Quel païen mon mari est!"

Toby s'avança d'un pas tranquille, sa pipe à la bouche.

«Je voulais aller à l'église», dit-il; "mais finalement j'ai décidé de prendre—de prendre ma consolation spirituelle à la maison."

"Moi aussi, Toby", dit Kit.

CHAPITRE X

TOBY DESSINE LA MORALE

Toby était assis dans le fumoir du Bachelors' Club quelques semaines plus tard, par une chaude soirée de juillet. La fenêtre était ouverte et le bourdonnement de Londres retentissait, doux et ample. Il était presque minuit, et la marée des voitures s'était éloignée des théâtres vers l'ouest et coulait rapidement. Les trottoirs étaient pleins, la chaussée rugissait, la saison était préparée pour son dernier effort. De temps en temps, la porte s'ouvrait et un homme en tenue de soirée s'y prélassait, sonnait pour un whisky-soda, feuilletait nonchalamment les feuilles d'un journal du soir ou échangeait quelques remarques avec un ami. Chaque fois que la porte s'ouvrait, Toby levait les yeux, comme s'il attendait quelqu'un.

Minuit avait déjà sonné il y a une demi-heure lorsque Jack entra. Il avait l'air inquiet et fatigué, et à la lumière d'une allumette pour sa cigarette, qu'il alluma en traversant la pièce où était assis Toby, les rides autour de ses yeux, remarquées et gentiment compatissantes quelques mois auparavant par Ted Comber, semblaient plus profondes et plus durement coupée. Il se jeta sur une chaise à côté de Toby.

"Boire?" demanda l'autre.

"Non merci."

Toby resta silencieux un moment.

"Je suis diablement désolé pour toi, Jack," dit-il enfin. "Mais je vois par le journal que tout est fini."

"Oui ; ils en ont fini avec moi cet après-midi. Alington en aura encore une semaine. Jupiter ! Toby, malgré toute son élégance et son chant d'hymnes, c'est un homme de fer ! Il a un nouveau plan sous la main, et il s'y met. avec toute son ancienne énergie tranquille, et m'a demandé de le rejoindre ; mais je lui ai dit que j'en avais assez des postes d'administrateur. Mais il y a un homme fort pour toi ! Il est renversé, il se relève et continue tout droit."

Il prit le journal et se tourna vers le marché monétaire.

« Et voici ce qui est cruel dans tout cela, dit-il, pour nous deux : Carmel pèse à nouveau jusqu'à quatre livres. S'ils lui avaient donné seulement un mois de plus, il aurait été aussi riche que jamais, au lieu d'avoir à le payer. déclare faillite ; et je… eh bien, j'aurais dû avoir une livre ou deux de plus. Seigneur ! de quelles petites choses dépend la vie ! »

Toby resta silencieux.

"A propos de la maison de Park Lane", dit-il après une pause. "J'en ai discuté avec Lily, et si vous nous la prêtez à ce prix, nous serons ravis de la prendre. Nous n'avons notre maison actuelle qu'avec un bail annuel, qui expire en juillet."

"Tu es un bon garçon, Toby."

"Oh, c'est de la pourriture !" » dit Toby. " Lily et moi voulons toutes les deux ta maison. Ce n'est pas comme si nous te faisions une gentillesse – ce n'est pas vraiment le cas, Jack. Mais c'est vraiment une malchance que tu doives venir. Bien sûr, toi et Kit le ferez toujours. viens là quand tu veux."

Jack alluma une autre cigarette, jetant le bout de l'ancienne par la fenêtre.

« Je pense que je vais prendre un verre, Toby, » dit-il ; "J'ai la gorge sèche comme la poussière à répondre à tant de questions pertinentes et impertinentes, sur ce que j'ai reçu comme directeur et sur ce que j'ai fait sur le Carmel Est et Ouest. On ne m'a rien laissé tomber, et les journaux radicaux seront beaux pour la prochaine semaine ou deux. Ils suffiront pour faire un tour radical.

"Pauvre vieux Jack ! Whisky ? Whisky-soda, serveur, deux. Eh bien, c'est fini."

« Ted Comber était au tribunal aujourd'hui, » continua Jack, « tout bouclé, teint, brossé et manucuré. Il m'a observé tout le temps, Toby. Sur ma parole, je pense que c'était la pire partie de toute cette histoire. montrer."

Toby montra les dents un instant.

"Je me suis réconcilié avec lui, je suis désolé de le dire", a-t-il fait remarquer. "Lily a insisté. Nous nous sommes serrés la main et j'avais peur qu'il m'embrasse."

« Au fait, comment va Lily ?

"Heureuse comme une reine quand je l'ai quittée ce matin, et le garçon, oh ! Jack, une beauté. Il criait à faire tomber la maison : on aurait pu l'entendre à Goring. Je suis parti tôt, mais Kit s'est levé et " J'ai pris le petit déjeuner avec moi. Sachant à quel point elle déteste se lever tôt, j'ai mis cela à sa juste valeur. Mais elle ne s'est pas beaucoup occupée de moi : elle n'a aucune pensée à part Lily et le garçon. "

"Kit s'est comporté comme un véritable atout tout au long de cette histoire", a déclaré Jack. "Jamais un mot ni un regard de reproche pour moi. Elle a juste été gaie, simple et splendide. Tu sais, Toby, elle a complètement changé depuis... depuis cette période avant Pâques. Nous avons eu une longue conversation le lendemain de toi et Lily nous a quittés là-bas il y a deux mois. Je n'ai jamais été aussi surprise de ma vie.

« À quoi ?

"À ce qu'elle a dit, et à ce que j'ai dit, peut-être la plupart de ce que j'ai dit. Elle m'a dit qu'elle allait essayer de ne pas être une telle brute. Et, sur mon âme, j'ai pensé que c'était un excellent plan. J'ai dit J'essaierais aussi."

Toby rit.

"Voilà votre whisky", dit-il. " Arrêtez tout ! Je n'ai pas d'argent. Vous devrez payer vous-même, Jack – et le mien aussi. Alors vous et Kit avez fait une bonne affaire ? "

Jack jeta un coup d'œil autour de la pièce, qui s'était vidée de tous ses occupants fatigués et bien habillés. Lui et Toby étaient seuls.

"Oui, nous avons conclu un marché. Le pire, c'est qu'aucun de nous ne savait comment essayer, alors nous avons consulté Lily. Est-ce qu'il t'est déjà venu à l'esprit, Toby, que tu as épousé la fille la plus gentille qui ait jamais existé ?"

"J'en *ai eu* une idée. C'était aussi l'œuvre de Kit. C'est drôle, ça."

"Eh bien, Lily nous l'a dit. Elle a dit des choses sacrément intelligentes. Elle a dit que tourner une nouvelle page signifiait ne même pas regarder une seule fois l'ancienne. Tu sais, Toby, c'est diablement bon. Je pensais qu'elle nous dirait de le faire. pensez aux brutes que nous avons été et repentez-vous. Pas du tout. Il faut juste continuer tout droit. Ne souriez pas, je suis parfaitement sérieux.

"Je suis sûr que tu l'es. Je souriais seulement à l'idée que Lily te dise de te repentir. Tu sais, s'il y a deux choses que cette fille n'est pas, Jack, c'est un pasteur et un connard."

"Tu as tout à fait raison, et j'ai toujours pensé que pour être bon, il fallait être l'un ou l'autre, et probablement les deux. Elle me dit que ce n'est pas forcément le cas, alors Kit et moi allons nous mettre au travail. Nous n'allons plus accumuler de grosses factures que nous ne pouvons pas payer, nous n'allons pas inventer ou écouter des histoires scandaleuses sur d'autres personnes et nous allons flirter. Nous l'avons suggéré et Lily a pensé que ce serait le cas. " Je devais aussi dire la vérité sur la faillite d'Alington. Je l'ai fait. Vraiment, Toby, c'est très facile de dire la vérité : cela ne nécessite aucun effort d'imagination. Mais la vérité est une brute quand elle éclate. ".

Toby leva les yeux en souriant, mais Jack était parfaitement grave et sérieux.

"Oui, vous pensez peut-être que je ne le pense pas," dit-il, "mais c'est vrai. Nous avons l'intention de réformer, en fait ; Dieu sait qu'il est grand temps. Kit et moi avons vécu dans ce que vous appelleriez, je suppose, plutôt d'une manière négligente toutes ces années, et nous sommes arrivés à un désastre tout-puissant. Nous avons eu une conversation très sérieuse - nous n'avions jamais parlé sérieusement auparavant, autant que je me souvienne - et nous allons essayer de faire mieux ".

Jack se leva et se dirigea vers la fenêtre et se pencha un instant dans la chaude nuit d'été. Puis il retourna dans la pièce.

"Nous le sommes effectivement", a-t-il déclaré. "Bonne nuit, Toby;" et il est parti.

Ted Comber était allé à l'opéra ce soir-là et allait danser. Ils jouaient les « Meistersingers », et il était donc midi passé lorsqu'il sortit. Le bal avait lieu à Park Lane et il se dirigea vers le Bachelors 'Club pour se rafraîchir avant de continuer. Il avait passé une journée vraiment délicieuse ; car il avait déjeuné avec des gens amusants, était resté assis une heure à écouter l'interrogatoire de Jack Conybeare dans l'affaire de la faillite d'Alington, et avait eu l'occasion d'en parler ensuite à un personnage très exalté, le faisant rire pendant dix minutes, et Ted, qui avait une belle estime loyale pour les personnages élevés — certains le traitaient de snob — était proportionnellement satisfaite. Bien sûr, c'était trop terrible pour le pauvre Jack, mais il était absurde de ne pas voir le bon côté des choses lorsqu'on y réfléchit bien.

"J'étais vraiment tellement désolé pour lui que je ne savais pas quoi faire", avait-il dit à Lady Coniston au dîner. "N'est-ce pas trop terrible ?" et ils avaient tous deux éclaté de rire, discuté de la question sous tous ses aspects et se demandant comment ce cher Kit la prenait.

Le rafraichissement dans les toilettes du Bachelors' Club exigeait un peu de temps et de délicatesse du toucher. Il devait faire attention à la façon dont il se lavait le visage, car il avait pris soin de le faire. Certes, l'effet était admirable ; car la moindre touche de rouge sur la pommette, et positivement seule l'ombre d'un crayon d'antimoine sous ses yeux, avait donné à son visage la fraîcheur d'un garçon. Il se regarda franchement dans le verre et dit : « Pas un jour de plus de vingt-cinq heures. » Car il n'était pas partisan de la fausse modestie, et toute modestie qu'il aurait pu assumer à son égard aurait été indéniablement fausse.

Tous ces soins de l'apparence faisaient, il est vrai, un trou terrible dans le temps ; mais si cela prolongeait la jeunesse, c'était un excellent investissement d'heures. Rien ne pouvait aller à l'encontre de cette considération primordiale. Il s'essuya les mains, toujours en se regardant, et enfila ses bagues. Il lui fallait un coup de brosse à cheveux, et pour ses mains la lime des ciseaux à ongles. Puis il remit son manteau et entra dans le couloir. Jack Conybeare était sur le point de sortir du fumoir.

Ted n'a eu qu'un court moment pour réfléchir, et presque sans pause, il a continué, rencontrant Jack.

« Bonsoir, Jack, » dit-il ; "Viens-tu chez les Taunton ? Kit est toujours à la campagne, n'est-ce pas ?"

Jack s'était arrêté en le voyant et le regardait lentement de la tête aux pieds ; puis il passa près de lui sans parler et sortit.

Ted était seulement un peu amusé, et plus qu'un peu ennuyé. Pour le moment, ce que faisait Jack n'avait pas beaucoup d'importance, mais, étant sage dans sa génération, il ne se souciait pas d'être excisé par qui que ce soit. Les Conybeares reprendraient probablement leur cours dans un an ou deux, et se faire couper par le maître de l'une des plus belles maisons de Londres était ennuyeux. D'ailleurs, il était au comble de la camaraderie après cette amusante journée.

Il entra dans le fumoir pour regarder autour de lui avant de se mettre à danser. Toby était toujours assis à la fenêtre où Jack l'avait laissé. Depuis leur réconciliation un jour ou deux auparavant, Ted s'était senti très amical envers lui, et il traversa délicatement la pièce vers lui, l'air charmant.

"Je viens de rencontrer Jack dans le hall", dit-il. "il a l'air terriblement fatigué et vieux."

Toby se hérissait comme un gros colley.

"Naturellement", dit-il.

"En fait, il était plutôt court avec moi", dit Ted d'un ton plaintif.

C'était trop. Toby s'est levé.

"Naturellement", répéta-t-il.

Le pauvre petit papillon se sentait tout à fait meurtri. En réalité, les Conybeares n'avaient aucune manière. Cela ne sert à rien d'être impoli envers qui que ce soit, et c'était si facile et si enrichissant d'être agréable. Il le savait bien, car toute sa méchante petite vie avait été consacrée à récolter les fruits d'une attitude constamment agréable envers les gens. Ils vous ont invité à dîner, ils vous ont demandé de rester dans leurs maisons de campagne, et après vous avoir demandé une fois, ils vous ont redemandé, parce que vous preniez la peine de causer et d'amuser les gens. Que peut désirer de plus un papillon qu'un jardin ensoleillé avec des fleurs toujours ouvertes ? Un besoin si simple ! si facile à satisfaire !

Eh bien, il y avait une délicieuse fleur ouverte à Park Lane, et il a continué à danser. Il devait vraiment abandonner les Conybeares, pensa-t-il ; ils devenaient trop épineux. Il avait écrit deux fois à Kit et n'avait reçu aucune réponse. Jack lui avait donné une bonne part ; Toby était un ours. Et il soupira doucement, pensant combien c'était stupide de la part des fleurs de s'enfermer.

Dès son départ, Toby reprit sa place près de la fenêtre. Au cours des derniers mois, il avait touché à la vie d'une manière qu'il ne l'avait jamais fait auparavant. Pour lui, cette activité de vie avait été jusqu'ici une affaire joyeuse et confortable ; la question de le prendre au sérieux, voire même de le prendre du tout, ne s'était jamais formellement posée à lui. Puis, tout à coup, comme il pagayait agréablement, il était sorti de sa profondeur. Les grandes forces irrésistibles de la vie l'avaient emporté, le courant rapide de l'amour l'avait emporté loin dans le grand océan de l'expérience humaine. Puis, toujours encerclé par cela, il avait vu des nuages d'orage s'accumuler, de sinistres tempêtes éclater sous la grêle et le vent hurlant, la mer était devenue noire et mouchetée d'écume. Il avait été témoin de la tragédie de la maison de son frère : le péché et son salaire impitoyablement payé. Il y avait des choses comme des réalités. Et après quoi ? Quelles formes nouvelles prendraient les épaves, ces planches déchirées d'un bateau de plaisance ? Mais sous la légèreté des paroles de Jack ce soir-là se cachait, sentit Toby, un sérieux nouveau. Et le changement chez Kit fut encore plus marqué.

Dehors, le monde roulait sur son chemin, et chaque unité dans la foule se dirigeait vers le but qu'elle s'était fixé, certains avec un objectif fixé, d'autres sans en avoir conscience, mais néanmoins d'une manière inévitable. Dans le cerveau des hommes s'agitaient des pensées qui, pour le meilleur ou pour le pire, devraient être l'héritage de la prochaine génération, une partie de leur équipement instinctif. Le vaste dessein était élaboré sans erreur, sans cesse, sans hâte ni retard, grâce au péché de l'un et à la vertu de l'autre. Tomber lui-même et échouer n'était qu'un pas vers la perfection ultime ; derrière tout travaillait la main du Maître. Par des chemins étranges et des rencontres fortuites, par la mort des enfants à peine nés et des innocents, par la vie et la santé indemnes des plus coupables, par l'amour et les belles choses et les choses terribles, tous étaient arrivés au point où ils se trouvent aujourd'hui. Les chemins qu'ils devraient désormais suivre pourraient être détournés, mais Celui qui les avait conduits jusqu'ici le savait.

Et tandis que Toby réfléchissait à ces choses, s'éloignant de son habitude, il regarda dehors et vit avec une étrange accélération du sang qu'à l'est déjà il y avait des signes que de la nuit allait bientôt naître un autre jour.

LA FIN